龍闕 1

目次

壹之章　煙波浩渺鳳凰來　7
貳之章　夢定良緣呼奇事　61
參之章　往來談笑種情愫　105
肆之章　紅塵滾滾現絕色　155
伍之章　千里送棒打鴛鴦　205
陸之章　翁婿過招走偏門　261
柒之章　精誠所至金石開　311
捌之章　奮發苦讀娶嬌娘　361

壹之章 ● 煙波浩渺鳳凰來

一剎那有多久？

佛教經典《仁王經》裡說，一彈指六十剎那，一剎那九百生滅。

不過，秦鳳儀相信，便是以佛法的無上智慧也難以解釋他在那一剎那的感受。

那一剎那，他都把小秀兒壓到床上，準備給彼此開個苞了，但就在那一剎那——

歡情香裊裊升騰，午後的風拂過窗外那滿樹瓊花，錦鸞繡帳中，秦鳳儀箭在弦上。

秦鳳儀無法形容那一剎那的感受，他整個身體貼住小秀兒掙扎不已的嬌軀，眼瞅就要得手，可就在那一剎那，他透過小秀兒驚慌絕望的雪白面孔，似乎看到了，看到了……

……

秦鳳儀是在第二天早上醒來的，他是被他娘哭醒的。他娘的哭聲很有特點，一韻三嘆，十分有節奏感，細聽有點像揚州清曲的韻味兒。

秦鳳儀覺得自己仍在夢中，在夢中似有人淡淡地說了一句：「死了，也好。」

這樣的一句話，僅四個字，卻似乎帶著數九寒天的刺骨冰冷，秦鳳儀還沒來得及思量這話是誰說的，心下一激凌，整個人便被一股無形的能量自「夢中」拉回現世，繼而，他聽到了他娘那獨有的哭腔。

他娘就坐床邊，捏著帕子哭得眼淚流成河，「我的兒啊，我短命的兒啊！你是怎麼啦？你說你，這揚州城什麼好丫頭沒有，你瞧上哪個只管跟娘說，非得自己幹，這不，把命都搭進去了，我苦命的兒啊！」

邊兒上有人勸：「兒子沒事，大夫說歇歇就能好。看妳這樣，不知道還以為咱們兒子有個好歹呢！」這一聽，就知道說話的是秦鳳儀的爹，也是個慣孩子的。

秦太太聽到這話就跟老頭兒急眼，指著兒子道：「這叫沒事？半天一宿還沒醒！你給兒子請的什麼蒙古大夫，會不會治啊？趕緊去帝都請太醫去，甭管多少錢，就是傾了家，我也得把兒子給治好！」

秦鳳儀還沒睜眼，邊兒上的大夫先不幹了，老大夫氣咻咻地拎起藥箱，怒道：「既然嫌許某醫術不精，許某這便告辭！」

秦老爺連忙攔了大夫，「哪裡哪裡，婦道人家頭髮長見識短，許大夫你可千萬別跟這婦人一般見識！」說著連連向老大夫賠禮。

秦太太又哭：「我苦命的兒啊……」

秦鳳儀覺得便是他死了，就憑他娘這哭功，也能把他能哭活，哪裡還用麻煩大夫。

秦鳳儀嘟囔：「行了，別哭啦，我沒事。」

他昏迷初醒，覺得用足了氣力，其實聲音並不大，可就這細微聲響，秦太太猶如溺水者見著浮木，絕望者見著救星一般，兩隻爛桃般的眼睛裡立刻迸射出濃濃的喜悅之光。也不嫌大夫沒用了，兩眼晶亮，伸手矯捷的秦太太，一把將鬧脾氣的許大夫拽到床前，由於驚喜過度，音調都變了，「許大夫，趕緊看看，我兒子醒啦！」

說實在的，要不是秦家有錢，不好得罪，許大夫真不樂意給這家人看病。

就這家子，揚州城裡一等一的大鹽商，可除了有錢，就啥都沒了，尤其是無德這一點，在秦鹽商家的獨子秦鳳儀身上體現得尤為明顯。

秦鳳儀這人，揚州城有名的大少爺，說他是紈絝都是對紈絝的玷汙。打秦家在揚州城發跡，秦鳳儀就把暴發戶的嘴臉演繹了個十成十。自小就不是好東西，在學裡欺負同窗，在外頭欺負小夥伴，這長大了，越發得寸進尺，都開始欺負良家婦女啦！

你說，你秦家又不是沒錢，再說，花街柳巷多的是攬生意的專職服務人員，你去那種地方多合適啊，偏生秦鳳儀是個怪胎，他就喜歡良家女孩子。倘人家願意，你情我願，也好。可人家不願，他非要硬來。這不，出事了吧。

許大夫來的時候，秦鳳儀就昏迷不醒，許大夫聽了這病的來龍去脈，心說：「活該！」

可憐天下父母心，秦太太只這一根獨苗，獨子出事，夫妻二人是哭天抹淚苦苦相求，要許大夫救他家獨苗兒子。說來，秦鹽商其實在揚州風評還好，主要是秦鹽商大方，自來城裡修橋鋪路、救濟孤寡，他向來不小氣。就是秦太太，也時不時施粥舍米、行善積德，可依許大夫看，就秦家夫婦積的這德，還不夠秦鳳儀敗的。

許大夫到底是大夫，行醫濟世，斷沒有見死不救。只是救這麼個貨，許大夫都有些懷疑自己是在積德還是在作孽，或者，叫老天收了這禍害，才算善事一樁。

然而，如今秦鳳儀都醒了。

罷罷罷，都是天意！

天意不絕這禍害。

許大夫重給秦鳳儀號脈，脈象從容和緩、不浮不沉、不遲不樹、不細不洪、節律均勻、有神有根……反正，就這脈象，秦鳳儀只要不糟蹋身子，活個百把十年完全沒問題。這樣的好脈象，本不用開方子，礙於秦太太那「我兒身子弱，我兒受了大罪，我兒可得好生補一補」的模樣，許大夫很是開了幾副金貴藥，秦老爺命管事跟著許大夫抓藥去了。自然，豐厚診金自是少不得。

秦太太守在兒子身畔，兒一聲肉一聲地餵兒子喝水，餵兒子喝湯，餵兒子吃飯……

秦鳳儀完全條件反射地張嘴：喝水、喝湯、吃飯。

待秦太太把兒子照顧妥當，看他精神猶不大好，便打發了丫鬟，親自瞧著兒子睡了，秦太太方輕移步離開，還留下了自己身邊最得力的大丫鬟桃花，吩咐仔細聽著，大少爺醒了，立刻過去通稟。又吩咐小丫鬟傳話廚下，大少爺病中，少用油膩之物，多做些清淡滋補的，給大少爺補身子。再者，為免影響大少爺養病，瓊花院裡的幾籠子黃鸝畫眉喜鵲啥的，這些愛喳喳的鳥兒，都叫暫拎到太太院裡去，待大少爺病好了，再給大少爺送過來。

秦太太細細地吩咐了一回，又不放心地隔窗往屋裡瞧了一瞧，見兒子是真的睡了，這才不放心離開。

秦鳳儀其實並沒有睡著，他就是覺得累，很累。

整個腦袋似被人一股腦兒塞進了數載光陰，好在這數載光陰不是關於關於別人的，而是關於他的。倘是別人的故事，依秦鳳儀的心理承受力，這會兒得瘋了。但，就這關於他的事兒，他也沒好過到哪兒去，因為實在是太慘了。

倒不是故事多慘，那數載光陰，秦鳳儀仍是有吃有喝，富貴榮華，樣樣不缺。

他覺得慘，是因為在那數載光陰裡，他死得太慘，太沒面子了。

他……他竟然是「那啥」死的。

秦鳳儀都不想提，著實太丟臉了。怎麼可能啊，他身體一向很好。因為家裡有錢，秦鳳儀打小立一志向，必要榮華富貴，長命百命。就為著能長命百歲，十六歲生辰前，他都沒碰過女人。秦鳳儀可以很自豪地說，他現在還是童男子哩！

他就是這會兒撒泡尿，還是著名中藥材，童子尿呢！

他這樣注重養生的人，怎麼可能那麼早就死啊？

簡直太沒天理了！

秦鳳儀懷疑自己這夢是不是假的，可那夢的感覺又是真的不得了。原本他要與小秀兒燕好，可不曉得怎麼，都箭在弦上了，竟然看到小秀兒上吊時的慘狀。

他是喜歡小秀兒清秀可愛的模樣，不喜歡吊死鬼，突然見著上吊，還不得嚇死他啊！

秦鳳儀就這樣生生被嚇死了過去。

那一發，究竟沒發出來。

秦鳳儀躺在床上翻來覆去地琢磨自己的「夢境」，他這麼躺不住，桃花見狀，以為大少爺醒了，忙令小丫鬟去稟了秦太太。

秦太太連忙過來，進屋問兒子：「可是哪裡不舒坦？要不要再請大夫過來瞧瞧？」又問外頭的藥可煎好了。

秦鳳儀道：「娘，我沒事，就是躺得久了，覺得渾身發酸。」

「叫桃花過來給你捏一捏？」

「也成吧。」秦鳳儀嘆口氣，趴在床上。

桃花一手的好按摩手藝，捏得秦鳳儀渾身舒泰，疲乏去了大半。身上一舒坦，秦鳳儀就想起小秀兒了，問他娘：「娘，小秀兒呢？」

「問那小蹄子做什麼？」一說到小秀兒，秦太太氣不打一處來，忍不住數落兒子：「你說說你，我都說了，待你過了十六，給你挑兩個乾淨齊整的丫鬟放屋裡，你非自己往外頭尋那等沒家教的野貓。那樣的女孩子，哪裡懂規矩？要不是你不謹慎，能傷著？」

「哪裡傷著了，我這不好好的？」秦鳳儀繼續問：「娘，秀兒呢？」

「柴房！」秦太太沒好氣，「你昏迷不醒，哪裡顧得上她？」又覺得兒子醒了就打聽這女孩子，看來是真上了心。秦太太拿兒子無法，嘆道：「你要實在喜歡她，花幾兩銀子買了來就是。只是，這回得聽我的，待把她教好了規矩，知道服侍人了，再放你屋裡去。」

「行啦行啦！」秦鳳儀下床穿好鞋，對他娘道：「您就別囉嗦了，我沒事！」

秦太太拉住兒子，「你這又要做什麼？剛好些，還不好生養一養？」

「娘，我真沒事。」秦鳳儀自來嬌慣，在家說一不二。想也知道，爹娘要是能管住他，他也成不了這禍害樣。他擺擺手，溜達地往柴房去了。

秦太太直跺腳，嘆道：「冤孽冤孽！」

冤孽秦鳳儀出得屋門，便見到自己院中那棵冠蓋亭亭，花開似雪的大瓊花樹，一時不由有些愣神。揚州城瓊花最有名，想當年隋煬帝就為了看瓊花，把國都給看亡了，秦鳳儀的小院亦因此樹得用。可此時再看到了這棵瓊花樹，秦鳳儀竟然有種似是而非的隔世之感。

沿著秦府繁綺富麗的雕花長廊，繞過瓊花院的小花園，經月洞門，風乍起，落了一肩細碎的櫻花瓣。這棵櫻樹許多年了，還是秦鳳儀小時候瞧見別人家養得好，死活非要，後來秦家花大價錢給他買回家，植在月洞門畔。初時，這院子叫櫻花院，待他長到十一二歲，讀了一句「倚瓊花，東風日暮」，便發了顛，硬叫他爹把瓊花禪寺的瓊花給他弄了來，然後他這院子就改名為瓊花院。

這麼一瞅自己院裡這兩棵樹，秦鳳儀不禁反省，自己有點喜新厭舊啊！好在，這倆樹養得不錯。

秦鳳儀拍拍櫻樹有些皴老的樹皮，難得發了回感慨，可惜秦鳳儀文采平平，不然他非作兩首小酸詩以記心境不可。感慨一回，秦鳳儀抬腳去了柴房。

這一路，明明是自己家，卻又似隔了一層霧一般，彷彿看不真切。

秦鳳儀不禁拍自己腦門兒，想著，若是再想「夢」裡那些事，非瘋了不可。他定一定心神，問看守柴房的婆子：「人還在裡頭？」

那婆子一看就是廚下當差的，吃得一臉肥肉，很不叫秦鳳儀喜歡。

婆子諂媚地稟道：「在！這小蹄子傷了大爺，這都快一天了，我連口水都沒給她喝！」

秦鳳儀瞧著婆子那一副邀功嘴臉，沒好氣，「滾吧！」

婆子見馬屁沒拍好，識趣地就要閃人，秦鳳儀喚住她：「先把門給老子打開！」

「是是是！」婆子殷勤地開了門，這回不敢廢話了，俐落地滾了。

柴房連個窗子都沒有，光線黯淡，但就從那黯淡光線，也能瞧見小秀兒紅腫的面皮上，那一雙恨意深重的眼睛。那模樣，要不是繩子捆得結實，非撲過來咬死秦鳳儀不可。

秦鳳儀蹲下同秀兒說話，無辜道：「妳成天跟妳爹來給我家送菜，明明跟我有說有笑，誰知妳不樂意啊？我要知道妳不樂意，我是那用強的人嗎？」

「呸！」小秀兒大罵：「你不用強，我怎麼進得你家的門？」臭不要臉的！

「那不是請妳妳不來嗎？」秦鳳儀擺擺手，他雖喜歡小秀兒了，那是覺得小秀兒可愛伶俐，卻也沒想著叫人上吊，他可不想逼出人命，「妳老實點兒，這就放妳回去。」

小秀兒問：「可當真？」

「這還能有假？」秦鳳儀哄她道：「妳想想，先時咱們多好啊，如兄妹一般是不是？唉，都是誤會！何況，我也沒得手，妳還清白著呢！」

小秀兒聽這「淫棍」說清白，更是氣不打一處來。只是，她是個心思伶俐的，好不容易這「淫棍」肯放她，小秀兒自然是願意回家的。

她當即便道：「那你趕緊放了我，我這一天一宿沒回家，我爹娘不知急成什麼樣。」

秦鳳儀過去給小秀兒解開繩子，看她手腕勒得青紫，有些心疼，剛憐惜地摸了兩把，就給小秀兒一巴掌拍開，小秀兒瞪秦鳳儀，「你再不老實，我可不客氣啦！」

秦鳳儀嘖嘖兩聲，「看妳現今這豬頭樣，哎喲，妳就是叫我不老實，我也沒興致啦！行了，我安排個轎子，送妳回家去吧！」

小秀兒哼一聲，「你家的轎子我可不敢坐。」自己氣哼哼地走了。

秦鳳儀不放心地喊一嗓子：「我可沒怎麼著妳，妳別想不開啊！」

小秀兒氣得回一句：「便是你想不開，我也想得開！」便扭噠扭噠地跑了。

秦鳳儀盯著小秀兒的小細腰小翹臀，不聯想到小秀兒的豬頭臉，只看後背身段，秦鳳儀摸摸下巴，想著自己的眼光還是可以的。

不過，再想到「夢裡」那丟死人的死法，秦鳳儀立刻心中念佛，清心寡欲起來。

秦鳳儀把小秀兒放走，委實叫人百思不得其解。就是他親娘秦太太，也有些不大明白，私下問兒子：「你要實在喜歡那小蹄子，咱們就花銀子買了來，不就是銀子嗎？咱們家有的是。就是要教她一些規矩罷了。」

秦鳳儀道：「我不喜歡了，娘，您別提小秀兒，敗興！」

「成成成。」秦太太十分欣慰，笑道：「我兒子的眼光總算是長進了，那丫頭有什麼好的？論相貌，及得上桃花？論服侍人，及得上梨花？你如今也大了，與其叫你在外尋思那些個沒調教的野貓，待你身子大安，我把桃花梨花開了臉擱你屋裡，如何？」

要擱往日，秦鳳儀那簡直巴不得。這桃花、梨花皆是她娘身邊有頭有臉的大丫頭。桃花人如其名，杏眼桃腮，眉間三分豔光，很有些嬌媚。梨花則是清冷淡然，皮膚如雪似玉，舉止間那三分冷意，反比嬌媚的桃花更加勾人。

秦鳳儀早就相中這倆丫頭，先時跟他娘要過，因他年紀尚小，他娘沒答應。如今出了小秀兒這檔事兒，秦太太已是想通了，外頭不知底理的女孩子，到底不如身邊兒的丫頭，溫柔可靠又會服侍人。

他娘哪怕早說三天，秦鳳儀也不至於對小秀兒下手，要是不對小秀兒下手，秦鳳儀不能做了那「夢」。倘不是做了那「夢」，今兒他得歡天喜地收下這倆丫頭。

所以，儘管秦鳳儀心中很是一陣蕩漾，最後仍是嚴肅了臉孔，「娘，梨花和桃花要是到了年紀，該嫁人就嫁人吧。我都想好了，我如今也大了，得學著做些正經事，哪裡能總在丫頭身上下功夫？」

秦太太頓時歡喜不已，摟著兒子直揉搓，眼淚都掉下來了，「我的兒，我的兒……阿彌陀佛，菩薩開眼啊！我兒，我兒長大了！」

自家事自家知，自家兒子什麼德行，秦太太哪裡有不知道的。兒子突然之間變好了，知道上進了，秦太太覺得，這可真是菩薩開眼，祖墳冒青煙。

秦鳳儀可沒覺得如何，他「夢裡」那幾年，沒少拿這話糊弄老太太。如今大概是「夢外」頭一回說，瞧把老太太激動成什麼樣。

秦鳳儀心下怪過意不去的，他「夢裡」死都死得極窩囊極不體面，可想想，爹娘就他這一根獨苗，他那樣年輕就有個好歹，爹娘往後的日子得怎麼過呢？

一想到這裡，竟觸動了秦鳳儀為數不多的良心，秦鳳儀攬住他娘的肩，鄭重道：「娘，您放心吧，等以後我有了大出息，叫您享大福。」

秦太太當晚同丈夫說起這事，念叨好幾回，直道：「咱們兒子是真的懂事了。」

秦老爺道：「要是能因此改了他那心性，倒是因禍得福了。」

「是啊！」秦太太笑，「兒子還說了，以後叫我享大福。」

秦老爺打趣，「哎喲，那妳可有福了！」

秦太太道：「我想著，待兒子大安，帶兒子去棲靈寺燒燒香，這都是菩薩保佑啊！要不我說呢，男孩子胡鬧就是小時候，這一長大，自然就懂事了。」

秦老爺又笑，「是是是，多給寺裡添些香油錢，請菩薩保佑咱兒子平平安安才好。」

「這我曉得。」

因秦鳳儀突然開竅，暫時成了個正經人，秦家夫妻二人相當欣慰，說了些話，便心滿意足地睡下了。

秦鳳儀知道自己根本沒病，可有那許大夫開的湯藥，他娘每日必要看著他喝了藥才能安心的。秦鳳儀道：「許老頭兒也就糊弄糊弄娘您這樣的婦道人家，瞧瞧給我開的這藥，人參肉桂一樣不少，這哪裡是治病，這分明是訛咱們家的錢！」

秦太太道：「這是什麼話，不要說人參肉桂，就是龍肝鳳膽，只要能醫好我兒，我都捨得花銀子去買。」拿帕子給兒子擦擦唇邊的藥汁，笑道：「你這幾天氣色紅潤許多，可見許大夫這藥是好的。」

「我說我都好啦，娘，您不是說要去廟裡，咱們去廟裡拜菩薩吧。」秦鳳儀智慧不多，又因發生在自己身上的事兒稀奇，想著要不要去問一問菩薩，興許菩薩知道。

「你急什麼，總要請許大夫來再給你診一診，大夫說好，那才是好了呢！」

秦鳳儀不耐煩再喝那些苦死人的湯藥，「那趕緊把許老頭兒叫來啊！」

「你這孩子，待許大夫來家，可得敬重著些，許大夫是咱們揚州城的神醫。」秦太太正色肅容，完全忘了當日秦鳳儀死活不醒，她是怎麼抱怨人家許大夫的了。

「知道知道！」自從做了那「夢」，秦鳳儀便決定要做一個好人。

秦家親自打發管事派車去請，許大夫來得很快，就秦鳳儀如今元氣豐沛、精神飽滿的模樣，不必號脈都曉得這小子已是好得不能再好了。偏生秦太太一向把兒子擱心尖兒上的，必要許大夫親自診過，許大夫只得先請秦鳳儀坐了，再為他診脈。

秦鳳儀斜眼瞥許大夫一眼，「我好了啊！」話中有幾分威脅之意。

秦太太連忙道：「鳳儀，好好說話！」又跟人家許大夫賠不是，「這孩子先時在家一直誇許大夫的藥好，喝了幾副他精神頭兒就大好了，還說要謝謝許大夫給開的藥，叫許大夫這樣的費心。偏生一見著你，就不會好好說了，男孩子就是淘氣。」

許大夫嘴裡說著「無妨無妨」，笑咪咪地將手搭到秦鳳儀的手腕上，卻是微一沉吟，「脈象微弦，大少爺近來，是不是時有些躁意？」

秦鳳儀兩眼一瞪，許大夫只作未知，秦太太已是一臉擔憂，「可不是嗎？晚上睡覺都要踢好幾回被子，略厚些的衣裳就穿不住。」

「這就對啦，約是心火未發。原本開的藥是補元氣的，如今暫停那藥，開幾副下火的，先吃一吃。飲食忌葷腥，清淡些日子才好。」

「誒，你這大夫會不會看啊？」秦鳳儀瞪眼，這什麼鳥大夫啊，他明明沒病！

秦太太沉臉喝止：「鳳儀，怎麼說話呢？」打發兒子出去自己玩兒，替兒子賠了不是，細問起兒子的病情。

許大夫道：「就是心中躁意未除，故而有些喜怒無常。往時來，大少爺多乖巧懂禮的孩子，如今都是病鬧的，這性子就有些剎不住。」

「可不是嗎？我家鳳儀最懂事不過。」

許大夫又開了五天的藥。

秦鳳儀氣得在家沒少嘀咕他娘被許大夫騙了。

秦太太道：「你去打聽打聽，許家世代行醫，要說他家的藥不好，那就沒有好的了。」而且，不知怎地，這回的藥格外苦。秦鳳儀雖不聰明，到底不是個傻子，琢磨一二，也琢磨出點兒門道。待第三次許大夫上門，秦鳳儀就許大夫長許大夫短的，既親近又敬重。

許大夫心中暗笑，想著這混世魔王倒也有些眼力，如此，許大夫方鄭重宣布：秦少爺雖還需小心保養，卻已是痊癒了。

吃夠了許大夫苦頭的秦鳳儀心說：這哪裡是個大夫，分明是個奸鬼！

得了許大夫的「大赦令」，秦鳳儀先擱家裡狠吃了兩個河鮮芽筍獅子頭，聞著那香濃的鮮味兒，險些流下口水來。

秦太太好笑，「值得饞成這樣？」

「娘，您哪裡曉得？平日不覺得，我這半個月沒沾葷腥，饞得我做夢都想咬舌頭。」秦鳳儀生得好模樣，便是吃相有些狼吞虎嚥，也透出那麼一點兒少年人的明亮嬌憨。

秦太太親自給他布菜盛湯，「你畢竟是剛好，乍吃葷腥，也不要多吃。」

「我早就好了。就那許老頭，說些嚇唬人的話，訛咱家錢不說，還害我喝這些天的湯藥。」秦鳳儀叼著塊魚肉，「娘，您也忒好糊弄了。」
「你這沒良心的，你是不是吃了許大夫的藥好的？」
「我本來就沒病。」
「好好好，沒病，趕緊吃飯。」
秦鳳儀開了葷，待吃得飽飽的，拍拍肚子道：「我這會兒才覺得活過來了。」
秦太太好笑，「今兒再歇一日，明兒咱們去棲靈寺燒香。」
秦鳳儀跟他娘打聽，「娘，棲靈寺有高僧不？」
「罪過罪過！」秦太太雙手合十念了兩聲佛，「這叫什麼話，棲靈寺方丈了因大師便是有名的得道高僧。」
「成，那到時我可得見見了因大師。」
秦太太千萬叮囑兒子：「在大師面前，不許胡亂說話。」
這位大師在城中極有名聲，不好得罪的。
「我幹嘛胡亂說話？我是有事要請教大師。」
秦鳳儀就等著第二天去廟裡解惑了，當天早早睡下，第二天更沒有賴床，早早起床，讓丫鬟把自己過生日做的新衣裳找出來。因天氣漸暖，秦鳳儀挑了身薑黃的袍子穿了。要說薑黃這顏色，就是女孩子略遜色些的也襯不出來。秦鳳儀不同，他生得長眉鳳目，高鼻薄唇，皮膚雪白，身量高瘦。就秦鳳儀這相貌，完全不誇張，揚州城裡挑不出第二位來。
他這種俊，完全俊到了美的境界。

這並不是說秦鳳儀就男生女相了，他一點兒不女相，但他這種美，美到了超脫性別，你看到這個人，第一個感覺就是美。

便是秦鳳儀先時眼饞的他娘屋裡的桃花和梨花，還有先時用下三濫手段劫來的小秀兒，可說實話，三人雖各有標致之處，但加起來也不及秦鳳儀的三成美貌。

待秦鳳儀頭上金絲冠、腰間白玉佩的收拾好了，過去爹娘那裡用早飯。秦太太一見兒子這渾身的氣派，便是滿臉帶笑，就秦老爺，也是臉露和色，笑道：「我正要打發人去叫你，你娘說你還沒起，不讓丫鬟去擾你，這不已是起了。」最後一句是與妻子說的。

秦鳳儀過去在父親下首坐下，「不是說今兒去棲靈寺嗎？當然得早些起。」

秦太太笑，「我是怕你不夠睡，正是長身子的時候，貪睡呢！」

「那我也忘不了正經事。」

「是是是。」秦太太與丈夫相視一笑，想著兒子果然是開竅長進了，以前就是拜佛都是要睡到晌午的，如今竟知道早起，多麼令人欣慰啊！

丫鬟捧上早飯，秦鳳儀大致一瞧，不樂了，「怎麼都是素的啊？」

秦太太道：「今兒去拜菩薩，如何能吃葷？」又勸兒子：「且忍一忍，明兒叫廚下做獅子頭、粉兒蒸肉。」

秦太太親自夾了塊糕給兒子，「有你喜歡的千層油糕，來，吃這個。」

秦鳳儀根本沒吃，一聞味兒就道：「味兒就不對，娘，這定是用素油做的。」

「阿彌陀佛，我的小祖宗，今天燒香，哪裡能吃葷油？」秦太太直道罪過。

秦老爺道：「那就嘗嘗這燙干絲，雖是素的，倒也還成。」

秦鳳儀揀了筷子燙干絲，撇撇嘴，「比大名寺的素燙干絲遠了。」

秦老爺又道：「棲靈寺的火頭僧燒素齋是一絕，咱們早上湊合著吃些，中午到棲靈寺再去吃素齋。」

秦鳳儀這才樂了，「成！」

因秦鳳儀如今頗是長進，一家子高高興興地用過早飯，便坐車騎馬往棲靈寺去了。

秦鳳儀少年心性，且如今揚州三月，風景正好，他必要騎馬的。秦太太就心疼兒子病剛好，怕吹了風，幾番讓兒子與她一道坐車，秦鳳儀不依，秦太太只好作罷，在車裡同丈夫抱怨：「說他長進，還是孩子脾氣。」

秦老爺笑道：「性子哪裡就能改？都說江山易改，稟性難移。咱們兒子秉性是好的，他只是年少，有些孩子脾氣豈不正常？」

秦太太一笑，「這也是。」隔窗看兒子騎著那匹照夜玉獅子的風姿，秦太太自得道：「這馬也就咱兒子配騎。」

秦老爺哈哈一笑，「妳這可真是兒子是自家的好。」

「本來就是。」

非但秦太太瞧著自家兒子出眾，秦鳳儀這樣的美貌，便是布衣草鞋都不掩其風姿，何況是為著出門刻意打扮過。有些不知秦鳳儀名聲的女娘，乍然見街上騎馬行來如此的皎皎貴公子，當下看失了神魂。偏生秦鳳儀還不是個老實騎馬的主兒，三月的揚州已有些熱，他展開一柄泥金玉骨的摺扇搖了起來，當下更有綺樓女子倚樓感嘆：「只願做公子手中玉扇。」

秦鳳儀不曉得他這一路收取了多少女娘的心，哪怕有素知秦鳳儀名聲的都不由在心下暗道：可惜了這般好容貌，如何就長在這般混世魔王身上？

秦鳳儀是不知道自己多麼招人眼的，他自小在揚州城長大，狐朋狗友亦是不少，路上瞧見，難免打聲招呼。他更不知自己已是落入一對兄妹眼中，那位兄長年紀不過十七八歲，生得文質彬彬，論相貌雖稍不及秦鳳儀，卻也是一等一的斯文俊秀。至於妹妹，相貌較其兄更遜一籌，縱是作少年打扮，卻也掩不去女兒家的嬌態，眉清目秀，算個清秀佳人。

這對兄妹正在瓊宇樓吃茶，他們位置選得好，正經臨街，眼見如此出眾人物，這位做兄長的不由道：「都說揚州地靈人傑，果然名不虛傳。不知誰人家的小公子，好生不凡。」

那妹妹笑一聲，「我不信，還有比哥哥更出眾的？」順著兄長的視線向樓下看去，這位姑娘「咦」了一聲，不知是為秦鳳儀貌美所懾，還是乍然一見，驚為天人，竟說不出話來。

直待秦鳳儀騎馬過了瓊宇樓，這姑娘方收回視線，端起茶抿一口，道：「果真不凡。」

兄長見妹妹都來了興致，便與小二打聽，「那是誰家公子，好生俊俏。」

小二見二位客人衣飾雅致，雖不是揚州本地人，卻是另有一番大家氣派，便知此二人出身定是不差的。小二嘻嘻一笑，回道：「要說咱們揚州城，不論貧富，這些正當年的少年郎加起來，論相貌，秦家公子敢稱第二，無人敢稱第一。公子一看就是外地來，故而不認得，這是我們揚州城的鳳凰公子，秦公子秦鳳儀。」

「當真好相貌！」那位兄長又讚了一句。

「那是，都說揚州城鐘靈毓秀之地，但就我們揚州城的鐘靈毓秀，也只造化出這樣一位秦鳳凰罷了。」小二笑道。

「如何叫他鳳凰公子？」那位姑娘捏著手裡的青瓷茶盞問。

小二道：「去歲中秋，我們揚州在瘦西湖舉行花魁大選，當時做評審的皆是我們揚州城有名的才子。可是不巧，那天偏生有些個陰天，晚上沒見月亮。不過，賞花魁可比賞月色好。」礙於有姑娘在側，小二連忙收了口，說起去歲中秋事來，「當時經過十輪比拚，萬花樓的渺渺姑娘眼瞅就要摘得頭籌。渺渺姑娘那一手琵琶，當真是『輕攏慢撚、珠淚盈睫』，當時聽渺渺姑娘琵琶的人，都為琵琶聲所感，一時滿湖俱靜，唯聞仙音。就在這時，突然聽得一陣鼾聲。當下多少公子大人不悅，想著誰這麼沒眼色，竟聽著渺渺姑娘的琵琶都能睡著。結果尋來一瞧，正是秦公子。秦公子的好友推醒了他，有愛慕渺渺姑娘的公子質問秦公子，可知對牛彈琴之意？」

小二一副好口才，那姑娘正聽得入神，聽到此處，不由一樂，「秦公子是如何說的？」

「秦公子說，他就是願意做那頭聽琴的牛，可惜這琴也沒引得百獸率舞啊，倒是這位公子帶頭蹦躂，挺有趣的。」秦公子說完便登舟而去，聽說那天秦公子一襲月白衣袍，他登舟遠去之際，天空烏雲飄散，一輪皓月當空，秋風乍起，衣袂飄飛，若仙人在世。秦公子那風姿，小的沒學問，不會形容。可後來，咱們城中最有才學的大才子趙老爺作了首詩，有兩句是這麼寫的，『浩渺煙波去，踏月鳳凰來』，從此咱們城裡不少人便稱秦公子作鳳凰公子。」

這姑娘道：「對牛彈琴，原是牟融書中的一個典故。那人用這典故諷刺秦公子，秦公子所答倒是《尚書?舜典》載文：『予擊石拊石，百獸率舞』，卻也有趣。」

那兄長則道：「尚書中這則典說的是聖王舜當年擊石為樂的事，用聖王之樂類比妓，女樂曲，未免輕佻。」

因小二口才好，說得這一對兄妹高興，得了一角銀子打賞，小二歡天喜地去了。私下暗道，雖則秦鳳凰在揚州城名聲不大好，但就他憑著向外地人解說秦鳳凰這外號，就得了這麼多額外打賞。反正，甭管別人如何議論秦鳳凰，瓊宇樓小二卻是覺得，秦鳳凰真是他創收的大好人一個。

此時此刻，不少人眼中口中心中的秦鳳儀秦鳳凰，已是與父母到揚州名寺棲靈寺。這棲靈寺是揚州名寺，莊嚴肅穆自不必提。據說是隋時古寺，因寺中棲靈塔得名。

秦鳳儀「做夢」之前，對於神佛之道向來不大信的，也從不來寺裡燒香。如今卻不同，秦鳳儀總覺得，自己似是「夢」到自己那不光彩的一生，種種疑問難解，聽他娘說寺裡有高僧，秦鳳儀便欲來請教。

反正他家有錢，大不了多花些銀子。

因著是有目的而來，秦鳳儀都未顧得上賞一賞這棲靈寺的風景，更甭提棲靈寺前的那座巨大的漆紅牌坊上的「棲靈寺」三字，據說便是今上手書。

秦鳳儀自己不懂書法，只是耐著性子站在他爹身邊瞻仰，待他爹說完「今上這幾個字，當真是龍騰虎躍，氣象不凡」，秦鳳儀「嗯嗯」兩聲，便催促道：「爹，咱們趕緊進去吧，皇帝再大，也沒佛祖大啊，別叫佛祖久候，我跟娘還要給佛祖菩薩燒香呢！」

秦老爺無奈，「你這孩子！」帶著妻兒往寺裡去了。

秦家是揚州城有名的富戶，既要過來燒香，自然提前一天著人過來，借了間上等香房以作歇腳處。今秦家人一到，自有知客僧迎出款待。

秦太太是虔誠的佛信徒，秦鳳儀燒香心切，一家人自然是先去燒香。

秦鳳儀燒過香，還學著他娘的樣子向佛祖認真地磕了幾個頭，親自添了香油錢，問知客僧：「你家了因大師在嗎？」

了因大師身分不同，秦太太在旁補充道：「我這兒子近來得了佛緣，想請教大師。」

秦家是揚州城大戶，況秦太太添香油錢一向大方，故而縱秦家只是鹽商人家，想見方丈了因大師也不是難事。原本秦太太也想聽聽兒子遇著什麼難事，偏生兒子不讓她聽，與方丈道：「有沒有僻靜地兒，我再同大師說。」

了因方丈已是七十高齡，見過達官顯貴無數，倒是頭一遭見秦鳳儀說話這般直率的。秦太太剛要說兒子注意態度，了因方丈已道：「有，施主請隨我來。」

了因方丈引秦鳳儀出了香房，經過廟中甬道，繞過棲靈塔，到了一處竹林掩映的淨舍。了因方丈推門進去，道：「我慣常在此修行，平時並無人來，施主吃杯茶吧？」

秦鳳儀其實沒有吃茶的心，他正琢磨這事兒怎麼請教老和尚。不過，他為人也知輕重，這棲靈寺他即便頭一遭來，也知這是揚州第一名寺。棲靈寺的方丈，自然不是尋常人。

秦鳳儀按捺住性子，深揖一禮道：「有勞大師。」

了因方丈倒了兩盞茶，秦鳳儀喝來頗苦，他強忍著嚥了，生怕再不說事兒，老和尚又拿出什麼古怪東西招待他。秦鳳儀趕緊道：「我朋友遇到一事，他做了一夢，夢中娶妻納妾，好不風光，待夢醒，恰如一場春夢。大師，這夢是真是假？」

了因方丈笑，「公子，此時你我是夢中交談，還是醒時交談？」

「當然是醒著。」

「公子如何確定是醒著？」

秦鳳儀掐了自己的大腿一記，疼得齜牙咧嘴，又伸手掐了1大師手臂一下，道：「疼，就是醒著的。」

饒是了因方丈佛法精妙，也不由笑道：「公子天然童心，妙哉妙哉！」

秦鳳儀心說「妙個頭」，他認真等著了因方丈解釋呢！

了因方丈能有今日佛門地位，自然不是等閒人，他見識過的人多了，秦鳳儀這樣單純心思，雖見得不多，了因方丈心裡也有譜了，知道說些禪語，這位秦公子怕是不能懂，了因方丈道：「我與公子說個故事吧。」然後便把「黃粱一夢」的故事講了一遭。

秦鳳儀皺眉，「可我這朋友夢中所見，並不似這位盧生入夢前貧困潦倒，夢中有嬌妻美妾入懷，我這朋友夢中所見，如見未來。」

饒是了因方丈亦吃驚，不過，他這把年紀，且又身在佛門，佛法精深，自不比常人。了因方丈拈著頷下仙氣渺渺的長鬚，道：「如公子所言，您這位朋友當真是大造化之人，這是得了佛祖點化。既見未來，那麼，想來未來有許多歡喜，亦有許多悲傷。」

秦鳳儀一嘆，問了因大師：「倘是不好的事，能改變嗎？」

「若不能改變，佛祖何以令公子看到未來？」

秦鳳儀先是心下一鬆，繼而強調：「不是我的事，是我朋友的。」

了因法師微微一笑，一雙眼睛寧靜又透著智慧。

秦鳳儀得了大師句準話，也便放下心來，想著自己以後只要行善積德，還怕落個「夢裡」那樣的結果嗎？秦鳳儀眉眼間漫上幾許喜色，習慣性端起茶盞再啜一口茶潤喉，結果又給苦了個好歹。秦鳳儀實在受不了因方丈這裡的茶水，起身道：「既得大師指點，不好再擾大師清修，我這就告辭了。」

了因法師笑道：「待施主下次來，老衲備好茶。」

秦鳳儀還死活不承認，「這茶挺好，乍一吃是苦的，再一回味，反是有些回甘。」畢竟得了人家大師指點，秦鳳儀不好說人家茶不好。客客氣氣地辭過大師，秦鳳儀出了法師的清修禪院，便一蹦三跳、歡歡喜喜找爹娘去了。

秦老爺和秦太太見兒子這般歡喜地回來，心下自是高興，秦太太還問：「我兒有什麼事還要私下請教大師？」

秦鳳儀笑，「不能說，不過，我已是請教明白了。」

秦太太道：「這就好。」又擔心兒子年少唐突，「在大師跟前，可得恭謹有禮。」

「娘，您放心吧，我都多大了？大師非常好，還請我吃茶。」秦鳳儀再次感慨，「大師可真是有智慧，我好些天不能明白的事，他與我一說，我立刻便明白了。」

秦鳳儀心願得解，秦家一家人又在棲靈寺吃的素齋，秦鳳儀早飯不合口吃得少，棲靈寺素齋乃揚州城一絕。瞧這胭脂鵝、桂花鴨、蟹粉獅子頭、松鼠魚、大煮干絲、三丁包子……琳瑯滿桌，當然，素的自不必說，但凡葷的都是用豆腐、腐竹等素菜燒出來的，不過，若不是知道是素齋，就這賣相、風味及吃到嘴裡滿滿的香腴適口，完全不會覺得是在吃素齋。

只是，這一席素齋可不便宜，便是在山上吃，也要二十兩銀子一席。

秦家自不會愁銀子，秦鳳儀一直吃到撐。

秦太太看他胃口好，與丈夫笑道：「果然是佛祖地界兒，咱兒子這飯都吃得格外香。」

秦老爺笑，「是啊！」

就是秦老爺吃得也香，主要是早上全素，對於暴發戶的秦家而言，當真是沒胃口。

一家三口用過素齋，在香房裡歇了個晌，因有兒子陪著，秦太太格外有興致，下午還帶著兒子登了棲靈塔，細細地與兒子講了這塔的來歷。直待下晌，日影西斜，一家子方你騎馬我坐車回了家去。

待回得家去，剛進門，就見門房忽地竄出一人來，撲通便跪下了，二話不說磕了三個響頭，喊道：「李菜頭給老爺、太太、大少爺請安了！」

秦太太被這人嚇一跳，定睛一瞧，黑漆漆一人，也不認得，尤其一身粗布短打，一看就是下人。秦太太氣不打一處來，「嚇死個人！」

秦老爺也不認得此人，倒是秦鳳儀認得，「李菜頭，你來做什麼？小秀兒還好嗎？」

這是小秀兒的爹嘛！

李菜頭捧上一籃子雞蛋，「前兒，我那閨女不懂事，衝撞了大少爺。小老兒沒別的可孝敬，這是家裡母雞下的鮮雞蛋……」

不待李菜頭說完，秦太太想到皆因那個什麼小秀兒令兒子大病一場，登時沒了好氣，喚道：「阿鳳，跟娘進去！」

秦鳳儀卻是決意要改邪歸正做好人的，便將他娘推給他爹道：「爹，您先跟我娘去歇著吧，我同李菜頭說兩句話。」

秦老爺見事不大，便與兒子道：「辦完事就到你娘這兒來，等你用晚飯。」

「我知道。」

秦太太到了自己院裡還埋怨丈夫：「你可真是，好不容易阿鳳歇了那心思，又叫他跟這姓李的打交道，萬一勾起阿鳳的心來，如何是好？」

秦老爺勸妻子：「倘他仍有那心，便是不叫他與那李菜頭見面，他心裡掛著，仍要尋機去尋的。如今正好看看，看他可是真改了。」

秦太太哼一聲，「也還罷了。」

秦鳳儀主要是問一問小秀兒的情況，畢竟他並沒有成事，小秀兒還是個清白姑娘。且今兒剛自棲靈寺回來，秦鳳儀善心正熱，便在門房同李菜頭說了幾句。

見秦鳳儀問起閨女，李菜頭兒連忙道：「那丫頭好得很。」

「那我就放心了。」秦鳳儀就怕小秀兒出事，聽說小秀兒好，笑道：「多謝你送的雞蛋。」吩咐小廝取了一套文房四寶來賞給了李菜頭，「小秀兒說，你家裡兒子也是念書的，這個給你兒子使吧。」

李菜頭見秦鳳儀不像計較前事的意思，連忙千恩萬謝地接了。

秦鳳儀見無事，抬腳便走了。

李菜頭頓時張口結舌，他他他……他過來是有事要求秦公子的，事兒可還沒說啊！

李菜頭焦急地看向秦公子的小廝攬月，攬月看李菜頭一眼，忙追著秦鳳儀去了。

秦鳳儀其實打小收到的禮物多了去，但他覺得，人家滿懷感激之心來送禮的，就李菜頭這個還是頭一份。李菜頭肯定是感激他仁義，所以送一籃雞蛋給他。

秦鳳儀兩輩子頭一回善行，還得了善報，當下命小廝拎著那一籃雞蛋到他娘跟前顯擺。秦太太對李菜頭一家可是沒半分好感，就因李家那丫頭害她兒子大病一場。不過，秦太太到底是佛信徒，瞧見那一籃子雞蛋都均勻白淨，顯然是細心挑的，蓋在雞蛋上的藍布也洗得乾乾淨淨，上頭還繡了些花紋草樣。

秦太太道：「他家既然來賠禮便罷了，好在阿鳳沒事，不然倘咱們阿鳳有個不痛快，看我跟他們沒完！」

「行了。」秦老爺吩咐道：「給他個紅封，打發他去吧。」到底不是什麼大事。

秦鳳儀道：「爹，我已是賞了。他好意過來，咱們也不好收他的雞蛋，他家有個小子，聽說在念書，我叫攬月拿了套文房四寶賞他。」

秦老爺點點頭，「那便罷了。」

秦太太不欲談李家事，笑道：「我兒，過來娘身邊兒坐，一來一回騎馬，累不累？這回來也沒歇會兒，先吃茶歇一歇。」

「累什麼，一點兒都不累。怪道娘您喜歡去廟裡拜菩薩，我也覺得往廟裡走一趟，我這心裡就清明許多。」秦鳳儀接了茶吃兩口。

秦太太十分歡喜，「那以後娘再去廟裡，還叫著你？」

「成。」秦鳳儀道：「我打算好了，以後要做個好人，更得做個孝子，娘，以後您出門就叫我，我騎馬給您護衛，這叫人瞧見，也顯著威風不是？」逗得秦太太笑個不停，秦老爺哼一聲，「哎喲，你現在才要做個好人，做個孝子，合著以前沒這麼打算過？」

「當然有啦，不過，我以前沒有現在這麼清明。」

秦老爺一笑，「行啦，你既一意上進，眼下你也大了，明兒就同我去鋪子裡，學著做生意。咱家就你這一根獨苗，家裡產業以後還是你的。」

秦鳳儀是個清閒慣了的，有些不樂意去，但想到「夢裡」那下場，一口應下，「成，那明天一早，我就跟爹您往鋪子裡去。」

秦老爺頷首，對兒子的看法大為改觀。

其實要說別個生意，還講究做生意的手段，偏生這鹽商是個例外，鹽課自來是歸於朝廷的，各大鹽商是從朝廷那裡得了鹽引，如此方能經營鹽業生意。

天下誰人不吃鹽啊！

就秦家這鹽業生意，向來不愁銷路。

秦鳳儀無非是跟著他爹往鋪子裡轉轉，見一見掌櫃，聽他爹說一說帳目上的事兒。秦鳳儀雖則是半點兒聽不懂，好在他那一「夢」之後，立志做個好人，或者「夢境」太過逼真，秦鳳儀本人較先前也穩重許多，便是聽不懂賬上的事，也知道裝個認真模樣聽著。再者，他生得好，這一點真是占盡了便宜。縱他只是裝個樣，畢竟年紀小，不過十六歲，掌櫃夥計一看，私下都說：「瞧著大少爺跟換了個人似的，當真是長進了。」

還有人道：「以前就是小孩子貪玩，男孩子嘛，有幾個不淘的？」

當然，也有心下尋思，興許一時熱乎頭上，過幾天沒這興致，估計原形畢露。

秦鳳儀不曉得別人如何議論他，他頭一天跟他爹出門，頗有些新鮮感，覺得做買賣倒也不是很累人的活計。

待得傍晚，秦鳳儀隨他爹回家，剛進家門口，就見李菜頭又竄出來了，秦鳳儀好奇得要命，「你這又來做什麼？」

李菜頭陪笑，「小的就是來問問，那雞蛋大少爺吃著可還好？」

「還成，怎麼了？」

「大少爺喜歡，是我李菜頭的福氣。」李菜頭老臉笑開了花，「大少爺，那以後我還按老規矩給您送菜送蛋？」

秦鳳儀不明白了，「不一直是你送嗎？」

李菜頭欲言又止，一副想說啥又不知如何開口的模樣。

李菜頭這模樣，甭看秦鳳儀有些懵懂，秦老爺卻是一看就明白，對李菜頭道：「你去找採買上的管事，阿鳳與我進來。」

秦鳳儀隨父親往母親院裡去，一路上仍有些懵，秦老爺與他道：「這有什麼不明白？採買上怕是換了菜商，他昨天過來送雞蛋，就是想從你這裡巴結，走走路子。」

秦鳳儀此方明瞭，「這採買也是小題大作，我根本沒放心上，先時也不過是鬧著玩。算了，畢竟是我嚇著了小秀兒，何苦再奪了他這吃飯的營生？」

秦老爺笑看兒子一眼，問他：「真算了？」

「自然是算了。」秦鳳儀一臉坦白。

秦老爺雙眼含笑，睨兒子一眼，「你呀，還是沒懂。」笑著抬腳先進屋去了。

秦鳳儀追上他爹，想問個究竟，偏生他爹賣關子，憑他如何問，就是不說。

秦鳳儀氣道：「愛說不說，我還不問了！我就不信，有什麼事爹你能懂，我不懂！」

秦太太笑，「你們爺倆又打什麼啞謎？」

「娘，您看我爹這樣也該知道，我爹就喜歡故弄玄虛！」

激將都沒用，秦老爺就是不說。

秦鳳儀回去琢磨半宿，仍是沒覺得自己哪裡不懂來著。他現在做的都是好事，小秀兒沒碰，就是李菜頭的生意，先時他是不知道，他既知道，自然不會奪了他吃飯的飯碗。那還有什麼是他不明白的呢？

秦鳳儀特意喚了小廝攬月問李菜頭家送菜的事，攬月道：「有大少爺您親自發話，採買上哪裡敢有二話，自然還是叫他送菜。其實昨兒我就想跟大少爺說，偏生沒尋著機會。」

秦鳳儀道：「怎麼，李菜頭還託你了？」

攬月點頭，「可不，因我在大少爺跟前還算有些個臉面，那些天大少爺您在家裡養病，他哪裡見得到您，就求到我頭上。其實送菜這事是個小事，咱們老爺太太都是大善人，不過一時惱了，大少爺您安然無恙，哪裡真會與他家計較。李菜頭託我，倒不全為送菜的事。」

「那還有什麼事？」秦鳳儀不解了，就這李菜頭，他又沒打過什麼交道，先時全因瞧著小秀兒標致可愛，他三不五時在李菜頭送菜的時候找小秀兒說話。小秀兒又口齒伶俐，一來二去的，李菜頭方能湊到他秦大少跟前。不然，李菜頭這樣的人，哪能同秦大少說得上話？

攬月笑得頗是雞賊，小聲道：「能有什麼事，就是小秀兒的事。」

「小秀兒怎麼了？我不是放她回去了？」

「哎喲，我的大少爺，您怎麼倒糊塗了？」攬月親自給大少爺捧了茶奉上，「咱家是何等樣人家，何等樣的氣派，大少爺您又是何等樣的人品？不是小的輕狂，揚州城的女娘們，等著給大少爺做妾沒有一千也有八百。就小秀兒，上輩子燒了高香，入了大少爺您的眼，這是她的福。那李家，大少爺您看上他家閨女做小，他家能不樂意？」

「誰說樂意了，小秀兒那模樣像樂意？小秀兒還說過，她擱她們村都訂親事了。」

攬月擠擠眼，「大少爺，這您就不知了，小秀兒不大樂意，那是傻，可李菜頭樂意，要不那天我們能那麼順利把小秀兒弄回來？李家心知肚明，不然閨女丟了，他家能不找？」

「哎喲，那李菜頭瞧著長得烏漆嘛黑的，像個老實人，不想心眼兒比臉還黑！」

「少爺，這得看怎麼說？」攬月道：「就小秀兒定的那家親事，不過是個尋常人家，便是嫁了，聘金只得三五兩，以後也是些伺候公婆伺候男人的窮日子。可要到咱家，咱們老爺和太太都是寬厚人，大少爺您又疼她。不要說咱家的姨娘，就是咱家的丫頭，平日裡吃喝穿戴，哪樣不比鄉下丫頭強？」

話到此時，秦鳳儀才算徹底懂了他爹說他「還是沒懂」的意思，想來他爹早就看出李菜頭的黑心了。秦鳳儀真替小秀兒可惜，怎麼有這麼個爹？

秦鳳儀問攬月：「這小秀兒是親生的吧？」

攬月笑，「少爺，您哪裡知道外頭人家的事。這些鄉下人家，若是遇著疼閨女的人家還好，若是遇著那不心疼閨女的，分斤秤兩地賣了不是什麼稀罕事。不說別家，就咱們府上這些丫鬟，多有在外頭買的，縱有些是家裡不得已，過不下去了賣的，也有各種緣故。」

先時秦鳳儀還覺得自己作惡，結果沒想到，除了小秀兒，李家人都挺樂意的。

大丫鬟瓊花端進一盞牛乳，嘆道：「攬月這話在理，不說別人，就是奴婢，當初要不是奴婢有幾分運道賣到咱們府上，這輩子還不知是個怎麼著。」

秦鳳儀問：「瓊花姊，妳家也跟小秀兒她家似的嗎？」

「我家還不及秀兒她家，她家好歹沒把她賣了。」瓊花道：「像我家，既賣了銀子，還來尋我做什麼？初時我還以為他們是想贖我出去，不想卻是打聽著咱們府上月錢多。我做小丫頭子的時候，他們不來，還是打聽著我出息了，到少爺身邊服侍，他們便上門，與我哭訴家裡如何艱難，話裡話外不過打我月錢的主意。」

秦鳳儀連忙道：「妳沒給他們吧？」

「給什麼呀，既是賣了我，生養之恩我便是算報答了，自此兩不相欠，何必再扯上些銀錢因果？」瓊花說著端上牛乳，「就這麼著，不少人說我沒良心。」

秦鳳儀道：「哪裡是妳沒良心，做的對！」又說瓊花，「這些事竟沒聽妳提過。妳要是遇著難處，只管與我說。」

瓊花笑，「眼下跟著少爺，吃穿不愁的，哪裡還有什麼難處？」

要不是她家少爺突然開竅變成個好人，瓊花估計也不會多嘴說自家的事。

秦鳳儀與攬月道：「你接著說，合著李菜頭這過來，還是想叫小秀兒給我做小？」

「可不是嗎？」

秦鳳儀哼一聲，「不要臉的狗東西！」完全沒想自己先時幹的那事還不如李菜頭。

秦鳳儀原想做個好人，結果竟被李菜頭攪局，那叫一個敗興，深覺李菜頭是自己做好人的人生道路上的絆腳石，立刻吩咐攬月：「跟採買上說，以後不准再從李菜頭那裡採買。」

身為一個好人，就不能吃這壞人家的菜蔬，秦大少如是想。

李菜頭原想著，跑秦家給秦大少送了兩回雞蛋，秦大少賞他一回文房四寶，而且瞧著秦大少沒有真生氣的樣，關鍵是，還惦記著他家小秀兒。

李菜頭夜深回家，李太太上前服侍，待李菜頭洗過臉，李太太方悄聲問：「如何了？」

李菜頭一臉喜色，「放心，我瞧著，大少爺的心還在咱們秀兒身上。」

李太太命小丫頭子去廚下端來溫著的飯菜，親自給丈夫斟酒。

李菜頭問：「秀兒還好吧？」

說到這個閨女，李太太就沒好氣，「那傻丫頭，還跟我嘔氣呢！」

「得勸她個明白。」李菜頭道：「嫁那窮秀才家去，哪有去秦家吃香的喝辣的好？妳瞧瞧，昨兒我不過送一籃雞蛋，人秦少爺就賞我一套文房四寶，那文房四寶我經過書鋪子時找夥計問了，那一套就得三兩銀子。她有福，叫秦少爺相中，以後有的是錦衣玉食的好日子。叫她放明白點，過這村可沒這店了。」

「這話我能沒勸過，奈何你那毛丫頭，實在不像有福的模樣。」李太太一臉的晦氣，只恨閨女糊塗。

李菜頭啜一口小酒，「妳好生勸她，待明兒我再唬她一唬，這叫黑白臉，這麼一軟一硬的，她也就應了。」

「就她？她軟硬不吃！你是不知道，我看那丫頭就是個窮命，沒福！」李太太與丈夫商量，「你說，咱們要不要先把阮家的親事給退了？」

「不成不成，秦家那裡我雖託了攬月小哥，可到底還沒得著秦少爺的準話，要是現下就退了阮家的親事，豈不沒了退路？」李菜頭問：「家裡還有雞蛋沒？要不，明兒我再去給秦少爺送回雞蛋？」

「你等一等吧，咱要上趕著，秀兒進了門怕要被小瞧。」

「什麼大瞧小瞧的，只要進了門，過一年半載給秦家添個大胖小子，非但秀兒這一輩子有了著落，就是咱家，這宅子也能換一換了。」李菜頭想到將來的好日子，喜笑顏開。

「我也這麼說，奈何那丫頭不識抬舉。」

「行啦，一會兒我去瞧瞧她。」

李菜頭樂呵呵地吃了頓小酒，想著一會兒去瞧閨女，好生與閨女講一講好賴道理。

李菜頭與妻子道：「也不是全為了咱家，不說別個，就秦大少的相貌，不是我說，咱閨女當真是走得大運。也就秦大少現在年輕，沒見過什麼世面，兩人又有這麼段緣法。不然，就憑秦大少的家財相貌，別說做二房，上趕著不要名分的不知有多少。」

李太太跟著打聽，「真有這麼俊？」

「那是！就是他長得俊，妳知道揚州城的人都怎麼稱呼他不？」

「怎麼稱呼？」

「都叫他鳳凰。」李菜頭道：「這有學問的人誇一個人長得好，有個詞怎麼說的？嗯，人中龍鳳。對，就是這麼誇人的，可想而知秦大少有多俊了。我頭一回見，都不敢說話，瞧著不似真人。」

「哎喲，那可真是俊！」

「可不是嗎？也不知這丫頭的眼珠子怎麼長的，俊的有錢的瞧不上，怎麼就老阮家這一棵歪脖樹上吊死了呢？」

要說人家小秀兒，縱阮家是棵老歪脖樹，人小秀兒也沒白吊一回。

當然，這並不是說小秀兒就上吊了。

這回活得好好的。

是阮秀才為著未婚妻，親自進城，找秦鳳儀來了。

倘不是為了小秀兒，阮秀才當真不會來找秦鳳儀，身為一個男人，要不是兩家差距大，就秦鳳儀幹的那事，阮秀才能跟他拚命。

秦鳳儀這二五眼倒是挺願意見阮秀才，他就是想瞧瞧，什麼樣的酸秀才能叫小秀兒死活不願意跟他這又俊又有錢的，而是要屈就這麼個又酸又窮的臭秀才。

這打眼一瞧，秦鳳儀便心直口快地說了：「也不怎麼樣嘛！」

高高瘦瘦的模樣，一身洗得發白的藍布袍，完全與俊俏無關。

阮秀才臉色不大好看，秦鳳儀才不管呢，他反正一向不看人臉色的，秦鳳儀道：「就為著你啊，小秀兒我是給座金山她都不肯依。來，跟我說說，你哪兒那麼好啊？」

阮秀才能放下臉面，放下一些男人十分看重的東西，親自來找秦鳳儀，可見對小秀兒也相當真心。阮秀才道：「論貌，論財，我皆不能與秦少爺相比。要說哪兒好，應該是我運道好，遇著秀兒妹妹這樣堅貞如一的女孩子。」

倒是會說話！秦鳳儀心說。

秦鳳儀問：「你來有什麼事？」

阮秀才認真中帶了絲懇求道：「秦少爺，還請您看在我和秀兒妹妹情比金堅的面子上，就成全我們吧。」

秦鳳儀道：「我都叫人停了李菜頭家的菜了，怎麼，他還在逼小秀兒？」

阮秀才面露尷尬，點了點頭。

「嘿，這老東西！」秦鳳儀瞧阮秀才一眼，「你可別以為我跟李菜頭是串通好的，我當初是覺得小秀兒不錯，可也只是覺得她天真可愛，拿她當個妹妹。你也知道，我家裡連個兒弟姊妹都沒有，誰曉得這李菜頭就動了歪心。我跟你說吧，也就小秀兒有主見，要擱別個姑娘，縱自己不情願，爹娘這樣相逼，怕也沒法子只得點頭了。要我說，李家真是想錯了我，我家雖算不得什麼大戶，你打聽打聽去，我爹身邊半個姬妾都無，我以後也是只要娶一妻，再不納妾的。李菜頭這純粹胡思亂想，我根本不是那樣亂來的人！」

當然，秦鳳儀也為先時的「金山論」描補，「我就是逗了逗小秀兒。」他說著，瞧了阮秀才一眼，「你也甭覺得我這是拿話搪塞你，我現在就能起個誓，以後甭管娶什麼樣的媳婦，我這一生必然一心一意，倘有二心，天打雷劈！」

古人信重誓言，像秦鳳儀這等平地起誓的，當真稀罕。

阮秀才一見人家張嘴就一天打雷劈的毒誓，連忙道：「切莫如此，切莫如此！」一臉羞愧，起身對著秦鳳儀深深一揖，「是我誤會了秦少爺，我給秦少爺賠禮了。」

秦鳳儀連忙扶起阮秀才，心下得意得緊，覺得自己名聲算是洗白一半了，面上卻裝出一臉誠懇，道：「可別這樣，以前小秀兒跟李菜頭給我家送菜，我那時候小，時常與她說話，她就跟我阮家哥哥長阮家哥哥短的，說了不少你們的事。我呀，當她妹妹一般，就盼著你們能順順利利，白頭到老才好。小秀兒也年歲不小了，你都能找到我這裡來說這事，你們這親事，也別拖著了，盡早尋個吉日把喜事辦了，不就結了？」

阮秀才道：「我何嘗不想早辦親事，原就是定了今年九月，往常我去岳家看秀兒妹妹，岳家見我總是歡歡喜喜的。如今我去，岳母諸多推辭，不令我倆相見。我……我這才冒昧地打擾了秦少爺。」

秦鳳儀「夢醒」後，第一個見到的就小秀兒，因那「夢境」太過可怕，秦鳳儀必要了結這段因果的。秦鳳儀乾脆道：「一事不煩二主，你既來了，就別說打擾不打擾。這也怪我，先時年少，愛跟姊姊妹妹的說話，我把這事替你們了了。」

阮秀才簡直千恩萬謝地告辭而去。

阮秀才一走，秦鳳儀很是臭美了一回，原來做好事的感覺是這樣啊，尤其阮秀才千恩萬謝的模樣，叫秦大少受用得很。

秦大少喚了攬月進來，與攬月道：「你往李菜頭家去一趟，務必悄悄把事辦妥了，別大肆嚷嚷，這不是什麼好事，事關小秀兒的名聲。就跟李家說，阮秀才身上有著功名，我這心已是淡了，趕緊叫他家跟阮家把喜事辦了。叫李家死了心，就說，我這就要說親了。」

攬月道：「成，今兒天晚了，明兒一早我就去。」

「去的時候找你瓊花姊姊，備下兩件尺頭，就說是給小秀兒的添妝。」

攬月點頭應了。

秦鳳儀交代攬月這一套，臭美兮兮地問攬月：「如何，爺做的這事如何？」

「哎喲，真是大仁大義啊！」攬月拍馬屁道：「不是小的說，整個揚州城，像少爺您這樣好心的，可是不多見！」翹著拇指，一臉諂媚樣。

「那是。」秦鳳儀做了件大好事，更是得意地尾巴都翹起來了，「你可得把這事給爺辦好，不然人家不罵你，罵的是我。」

「爺，您就放心吧，這麼點事我還辦不好，還配替爺跑腿？」

主僕倆貧嘴幾句，秦鳳儀帶著攬月下樓，準備回家。這剛一出門，秦鳳儀就被人撞了一下子，秦鳳儀這性子，當下忘了自己要做好人的宗旨，張嘴就是一句：「長沒長眼？」

結果，一抬頭，秦鳳儀就愣住了。撞他的是一個小廝，那小廝忙不迭賠禮，秦鳳儀並沒有把這小廝看在眼裡，關鍵是，那小廝身後的人。

其實那人也不過就是眉目清秀的長相，要說俊俏，也是有的。再細看，耳垂上兩耳洞，胸脯微鼓，這一瞧，就知道是女扮男裝。

哪怕女扮男裝，秦少爺也不是沒見過，只是，這人，這人……

秦鳳儀怪叫一聲，轉頭往樓下奔去，因跑得急，還險跌下樓吃個狗吃屎。

他……他這是什麼命啊？

剛對阮秀才發一什麼「娶妻後絕不納小」的假毒誓，就遇著了夢境中的媳婦，而且，再一回憶，他夢境中的媳婦好像自隔壁包廂出來的。

天啊，他說話嗓門一向不小，不會……不會他說的話叫媳婦聽到了吧？

哎喲，這可叫人拿住短了！

秦家鳳凰一路連滾帶爬地回了家裡，不知道的還以為出了什麼要命的事。

秦太太見兒子跑得滿頭大汗，道：「這可怎麼了，什麼事跑得這麼急？」

「娘，不得了啦！」秦鳳儀瞪圓了眼睛，拉著母親的手道：「我見到我媳婦啦！」

秦太太忍了又忍，實在沒忍住，「噗哧」就給樂了，「我的兒，這是怎麼了？」

秦鳳儀完全是被「夢境」嚇著了，因為在夢裡，他那樁親事簡直是……一言難盡。如今見他娘與侍女們皆是各種笑，秦鳳儀一下子就清醒了。

是啊，現在又不是夢裡，他還沒娶媳婦呢！

秦太太一面給兒子擦汗，一面道：「可是出門遇著合眼緣的女孩子了？」

秦鳳儀嘆口氣，「娘，您不曉得，我前兒做了個夢，夢到成親了。您說多玄，今天我出門，就見著一位姑娘，生得如我夢中的媳婦一模一樣，把我嚇了一跳。」

桃花端來蜜水，秦太太道：「喝口水再說。」

秦鳳儀咕咚喝了半盞，秦太太問：「什麼樣標致的女孩子，叫我兒這般魂牽夢縈？」

「別提了。」秦鳳儀擺擺手，「可是把我嚇壞了，幸虧這不是夢裡。」

秦太太一笑，拉了兒子的手道：「我兒，你今年已經十六，也該開始議親了。」

「不急不急。」今兒叫李氏嚇一跳，秦鳳儀是半點成親的心都沒有了。

秦鳳儀倒不是覺得李氏，哦，就是李鏡，秦鳳儀並不是覺得李鏡生得尋常。秦鳳儀每天照鏡子看慣了自己這張美人臉，看誰都覺得尋常，於是，李鏡和其他人也沒什麼差別。只是啊，哎喲，這個女人可不是一般的厲害，夢裡就管他管得跟孫子似的。

奇怪的是，就這麼叫李鏡管著，他怎麼還是那種死法呢？

秦鳳儀翻來覆去地想不通，也就沒有再想了，反正他已經決定即便是要娶妻，也不娶李鏡，忒厲害了。

秦鳳儀晚上倒是得了他爹的誇讚。他爹這回不是在他娘跟前誇他，而是把他叫到書房一通誇，誇他把阮秀才那事辦得好。

秦鳳儀被他爹一誇，立刻將因他媳婦所受的驚嚇拋到腦後去，美滋滋地摸摸後腦杓，明明一臉受用臉，還硬是拗出個謙虛嘴臉，「爹，我當時就是一時糊塗，後來明白過來。小秀兒說來也是好人家的姑娘，這阮秀才又一派真心，成全人也是一樁好事。」

「這就是了，三國時諸葛孔明說過一句話，叫莫因善小而不為，莫因惡小而為之，你這就很好。世間好姑娘多了，何必盯著一個村姑不放？何況，遇事得慮長久。咱家可不是李家那沒見識的。這阮秀才啊，年不過二十，已是秀才功名。阿鳳，有句話叫莫欺少年窮，誰知道他以後會如何呢？可這讀書人，一旦得了造化，也不過是三五年的事，你今天就做得很好。」秦老爺連說兩次「很好」，可見對兒子今日見阮秀才的事多麼的滿意。

秦鳳儀心下亦覺得自己這事辦得好，又受了老爹的誇獎，當即道：「以後比這還好的事還有呢，爹您就走著瞧吧。我知道有人在外說我壞話，我非把這名聲給扭回來不可。」

「好，有志氣！」眼瞅兒子當真是知道上進了，秦老爺就說到正事上了，「你娘同我說你做夢夢到娶媳婦了，你如今也大了，的確該正正經經娶一房媳婦。成家立業，成家立業，都是先成家後立業。」

秦鳳儀不待他爹多說，忙道：「爹，別說了，暫緩暫緩，我現在一點也不想成家！」

反正，憑父母如何說，秦鳳儀就是咬死了不談親事，弄得秦老爺都與妻子道：「看妳弄錯了吧，阿鳳這模樣，就差去廟裡做和尚了，沒有半點要成親的意思。」

「都說夢到娶媳婦，能不想？」秦太太倒是不急不徐，「這親事原也急不得，總得慢慢來。就咱們阿鳳的人品，只怕揚州城裡沒有姑娘能配得上咱們兒子。」

秦老爺不愧與秦太太是夫妻，在兒子身上亦有一種奇怪的自信。

秦老爺感慨，「是啊，憑咱家的家財，咱們阿鳳的人品、相貌，哎，他十二三時就有人打聽有沒有定下親事，我就是覺得沒有可匹配的，故而一直拖著。可這要給阿鳳議親吧，應了張家，便得罪了李家，又是一樁愁事。」

秦家夫妻為兒子的親事發了一回愁，秦老爺道：「對了，近來咱們揚州城有件大事，方閣老辭官還鄉，就要回來了。聽知府大人說，知府大人想設宴，款待方閣老。」

「哪個方閣老？」

「就是方家巷子，他家太爺不是在朝為禮部尚書嗎？聽說快八十了，實在幹不動了，辭了官，思念家鄉事，要回鄉來住。」

「哦，原來是他家。」秦太太眼睛一亮，「我與他家南院大太太可熟了。」

「妳說的那位南院大太太不過是旁支，此次方閣老回鄉，我尋思著，他家嫡支也要回來服侍的子孫。知府大人已經準備了為閣老大人設宴洗塵，還給了我一張帖子，妳給咱們兒子做幾身鮮亮衣裳，到時我帶著兒子一道去。如今他年歲漸長，人也懂事，正該趁此時帶他出去見見世面。」

「很是很是。」秦太太道：「如今天熱了，我正巧得了塊藕荷色的料子，說是江寧織造府那邊流出來的。那顏色又輕又亮，正好是年輕人夏天穿，給咱們兒子裁身新袍子。」

秦太太突然一拍大腿，「誒，不知道方閣老家裡有沒有適齡的孫女，憑咱兒子的人品，哪個女娘見了能不喜歡。」

秦老爺微微一笑，拈鬚頷首，「妳才明白過來呀？」

秦太太可真是方明白了丈夫用意，「你這老鬼，有話還不直說，跟我打啞謎！」

「我的太太啊，趕緊，妳也多打兩套首飾，屆時少不得要多多出門的。」

夫妻倆發了一回白日夢，倒很是歡喜。

倒是秦鳳儀，自從上遭在瓊宇樓見到夢裡的媳婦，那是再不肯去瓊宇樓了。好在，老天爺待他不薄，之後數天總算沒再見到那可怕的女人。

讓秦鳳儀高興的是，攬月那事辦得不錯，小秀兒與阮秀才的婚期已是定下了，因著阮秀才與小秀兒都急，不是阮秀才說的九月，兩人親事便定在了四月。

攬月道：「虧得爺您好眼光，沒怎麼著那小秀兒。您不曉得，那丫頭真潑啊，我瞧著就是我不去，李菜頭也招架不住她。擱家裡，好不好的，不是上吊就要跳井，放下狠話說，她不想活了，叫李菜頭雞飛蛋打，一個銅板也撈不著。把李菜頭愁得，眼瞅老了五歲。」

秦鳳儀哈哈大笑，笑一陣，神祕兮兮地同攬月道：「別說，小秀兒身上就是有這麼一股悍勁兒，格外招人。」

「爺，也就您覺得招人，要小的說，就是個小胭脂虎啊！就阮秀才那文弱樣，招架得住這個？」攬月搖搖頭，很為他家大爺慶幸。

秦鳳儀問：「小秀兒有沒有說啥？」

「說啥啊？」攬月不明白了。

「平日枉你也自誇聰明，這怎麼倒笨了？」秦鳳儀抖一抖二郎腿，「爺為她的事兒，特意著你跑趟腿，她就沒謝謝爺？」

秦鳳儀難得做好事，做了好事得有回報呀，他就等著誇獎呢！

攬月一臉慘不忍睹，「哎喲，我的爺，那小胭脂虎一見我去，先拿著燒火棍就衝我來，要不是小的機伶，還不得被她給揍一頓？待我把事兒說了，她方好些，只是也沒好話，說你雖良心發現，可事兒都是從你這起的，休想叫她領情。我是白跑一趟，爺您是白發善心，人家半點也不承情。」

倘換個男人如此不識秦少爺好心，秦少爺必要惱的，偏生是小秀兒。只要一想到當初小秀兒從自家扭噠扭噠跑遠的背影，秦鳳儀是半點生不起氣來，相反，他心裡還淫蕩蕩地癢了那麼一回，搔搔下巴，嘿嘿數聲，方與攬月道：「小秀兒就是這性子，行啦，男人還與女人計較不成？」

他心下覺得，自己當真是大好人，小秀兒這麼招人的丫頭，他為著行善，竟把這丫頭給放了，這是多大的善行啊！秦鳳儀都覺得，待他弱冠時取字，就取兩個字：大善。

秦鳳儀是個有點陽光就能燦爛的性子，因著小秀兒的事算是解決了，心情大好，就將李鏡帶來的壓力暫且拋到腦後去了。

李鏡則是有些鬱悶，完全不曉得秦鳳儀如此複雜的心理狀態，但秦鳳儀這一見她如同見了鬼一般，也叫李鏡頗是不解。還是說，因自己生得不甚貌美，嚇著這揚州城的鳳凰了？

原想著既湊巧遇到，就同秦鳳凰偶遇一下，結果倒像是把鳳凰嚇著了。偶遇不成功，李鏡回家便不甚歡喜，其兄李釗聽聞妹妹不歡喜後特意過來相問：「怎麼了，不是說搶良家女孩子那事是個誤會嗎？」

李鏡已是梳洗過，換了女裝，坐在藤蘿架下同兄長說話。

李鏡道：「這事的確是誤會。也是巧了，原本我想著人打聽一二，結果在瓊宇樓喝茶，正好我就坐在秦公子隔壁的雅間，聽著了一些。我親耳聽秦公子與那個女孩子的未婚丈夫說，便是以後成親，也對妻子一心一意，絕不納小。這樣的人，能是強搶民女的人嗎？」

李釗都覺得詫異，倒了盞茶遞給妹妹，「別說，秦家雖門第尋常，我觀這秦鳳儀相貌出眾，再加上他聲名不大好，還以為他是個輕佻人，不想倒是看錯了他。」

李釗又道：「只可惜此人才學平平，聽說在學裡念書時就很一般。」

李鏡道：「有才無德，也是枉然。何況，這世間，及得上秦公子相貌的能有幾人？」

李釗忍笑，打趣妹妹，「我猜妳就是那天看中人家的美貌了。」

李鏡大大方方的，「誰不喜歡長得好的？說來，還是大哥指給我看的呢！」說著，她嘆了口氣，「我就擔心他覺得我相貌平平。」

「妳才學勝他百倍。」

李鏡道：「可惜這世上衡量女人男人的標準不一樣，男人有才學便可做官，女人終要嫁人。我也不圖秦公子別的，只要人品端正，我便願意。」

李釗反是有些猶豫，「秦鳳儀雖生得好，可秦家這門第，也太委屈妳了。」

李鏡哼道：「平家倒是門第好，可倘是嫁平嵐那等人，我寧可出家做姑子！」

依李釗對妹妹的了解，李釗斷定，妹妹就是相中了這秦家鳳凰。

原來女孩子見著相貌出眾的小哥，也能這般癡狂啊！

秦鳳儀覺得自己已是半個大善人了，而且因著他近來在同他爹做生意，雖然生意的事仍不大懂，起碼沒出去惹事。有這麼個乖巧樣，秦鳳儀在府中、鋪子裡的名聲都好了不少。

秦鳳儀如今這般懂事，秦老爺欣慰的同時，也有意鍛煉兒子一二。抽了個空，秦老爺便將方閣老回鄉的事說了，秦老爺道：「咱家雖不是官宦之家，也是揚州城有名的士紳之家，閣老大人回鄉，屆時若是方便，咱們也該去問安。這麼著，你去給閣老大人挑個禮物，不論價碼幾何，只要覺得合適就成。」

秦鳳儀道：「就是閣老巷方家的那位閣老嗎？」

「對。」秦老爺欣慰，「比你娘還靈光呢，我說到方閣老，你娘還問是哪個？咱們揚州城，能有幾個閣老，無非就這一個罷了。」

秦鳳儀會知道，倒不是比他娘消息靈通，主要是他剛被夢中媳婦嚇個半死，怎能忘了這方家呢？方家是揚州城一等一的大戶，他夢裡媳婦姓李，說來與姓方的沒啥關係，可他夢裡大舅子頗是了不得，竟跟這方閣老是師徒。哎喲，他不過一鹽商子弟，夢裡娶了個大戶人家的媳婦，初時是瞎美了一陣，可後來真是被這婆娘從頭欺負到腳。種種淒慘，秦鳳儀簡直不願回憶，並十分慶幸是身在夢中之事。

秦鳳儀不大願意去給方家送禮，道：「有什麼好送的啊，去歲方家南院的老三還諷刺我聽不懂琵琶，說什麼對牛彈琴。呸！什麼東西？世上彈好琵琶的多了，就非得妓子彈的是好的？我看瓊羽樓裡賣藝的老頭兒，那琵琶彈得就很不錯！」

秦鳳儀這一叨叨，就叨叨得離了題。

秦老爺聽兒子抱怨一通，道：「我早說不叫你去那等下流地界，什麼時候的事啊？」

秦鳳儀後悔不已，瞧自己說漏嘴，他爹臉都黑了，連忙道：「給方閣老送禮是吧？成，我知道了。讀書人喜歡文雅物，什麼時候我去古玩店裡淘換些個好東西，就這麼定了。」然後撒腿跑了，把秦老爺生生氣笑，罵一句：「這臭小子！」

秦鳳儀因嘴巴不嚴，把聽妓子彈琵琶的事說了出來，招致他爹不滿，秦鳳儀就想著，快些把他爹交代的事辦妥，也叫老頭子高興高興，就直接騎馬往古玩鋪子去了。

按理，夢裡他媳婦與方家走得近得了不得，可秦鳳儀硬是想不起方閣老有啥喜好了，所以說夢就是夢，一點也不準。

秦鳳儀夢裡夢外頭一遭來古玩鋪子，就這些東西，秦鳳儀也瞧不出個好賴。關鍵是到底要買什麼，他也沒拿定主意。因秦鳳儀在揚州府素有名聲，便是他不認得這古玩鋪的掌櫃，掌櫃也認得他。

掌櫃知道秦家豪富，親自出來招呼，「秦少爺想看看字畫？」

秦鳳儀擺手，「看不懂。」

掌櫃一笑，「那看看珠玉？」

「俗。」

掌櫃一瞧，明白了，這位大少爺還沒想好買啥。對於這種沒想好買閣的客人，掌櫃就不在身邊囉嗦了，因為這種客人大多就是想隨便看看，他轉身招呼新來的二人道：「李公子，您訂的那紫砂壺到了。」

「成，拿來叫我瞧瞧。」李釗照顧妹妹，雖著男裝，到底是女兒身，便道：「咱們樓上去說話吧。」這古玩鋪子，因做的是雅致生意，故而鋪子裡便有吃茶的雅間。

李鏡用手肘輕輕撞兄長一記，給兄長使了眼色，李釗方瞧見正在鋪子裡閒逛的秦鳳儀。當真是閒逛，跟逛大街似的那種閒逛法。

因妹妹相中了秦鳳凰的美貌，李釗雖然覺得秦家門第實在太低，不過，妹妹在跟前，也不能拂了妹妹的意。

李釗便過去打招呼，「先時在瓊宇樓見公子策馬經過，一見之下，驚為天人。公子若不棄我們兄弟粗俗，請公子上樓吃杯茶可好？」

秦鳳儀正發愁給方家的禮，忽聽人說話，回頭一瞧，險些嚇暈。

他他他……他夢裡的大舅子跟他夢裡的媳婦正一臉笑意地望著他，跟他說話。

秦鳳儀臉都嚇白了，連忙道：「不不不，我不吃茶，告辭！」說著溜之大吉。

李釗自認非面目可憎之人，還是頭一回遇著這麼懼他如鬼的。

李釗看他妹臉都黑了，與鋪子的掌櫃道：「聽說鳳凰公子素有名聲，我方起結交之心，倒是把鳳凰公子嚇著了。」

掌櫃也有些摸不著頭緒，「今兒秦公子不曉得是什麼緣故，聽說尋常可不是這樣。」他跟鳳凰也不大熟。

李釗一笑，看過紫砂壺，也沒在這鋪子裡吃茶，就帶著紫砂壺與妹妹走了。

這兩人一走，秦鳳儀第二天倒是鬼鬼祟祟來了，跟掌櫃打聽他們買的什麼。

掌櫃道：「是訂了一套紫砂壺，說是送給長輩的。」

秦鳳儀心下一喜，暗道自己聰明，這可不就打聽出方老頭兒的喜好了。李家能送壺，他也能送，不就是個壺嗎？

秦鳳儀大搖大擺地問掌櫃：「有沒有煮茶的器物，要氣派些的，紫砂的就不用了。」紫砂值什麼錢啊？他送就送比紫砂更好的！

掌櫃心下有數，道：「有一套前朝官窯的茶具，成色還不錯，大少爺看看？」

「成！」

掌櫃取出一套雪青色茶壺茶盞來，那瓷光澤細緻，看得出縱不是最上等，也是中上品。只是秦鳳儀雖年紀不大，見的世面也沒多少，就是加上夢裡的那幾載光陰，他在眼界上依舊是平平。不過，秦家豪富，好東西見多了，秦鳳儀就不大瞧得上這套壺盞，「什麼東西啊，青白青白的，這瓷是不錯，可你看這色，怎麼跟人家守孝穿的衣裳的色差不離？」

這話把掌櫃給晦氣的，掌櫃連忙道：「童言無忌，童言無忌！」又解釋：「這是前朝最有名的南越官窯的精品，我的大少爺，您瞧這顏色，多麼的素雅，文人就喜歡這個色。」

「胡說，誰喜歡這種色？難看死了，拿幾套好看的出來！」秦鳳儀道：「這東西不管哪個朝代的，我是送禮，你得弄個喜慶的給我。這叫什麼東西，素得要命。你看，這人家辦喜事，誰不是大紅大紫地穿啊，誰會弄身素服穿？虧你還做生意，這點道理都不明白？」然後還一副鄙視的小眼神，很懷疑這鋪子掌櫃的品味。

這可真是秀才遇到兵了，掌櫃是生意人，笑道：「既然大少爺不喜歡素雅的，我這裡也有喜慶的。」命夥計尋出一套紅瓷茶具來。

秦鳳儀一瞧，臉色微緩，手中摺扇往這茶具上一拍，「這顏色是不錯，可這品相不如這套雪青瓷了。」

嘿！

掌櫃都覺得奇了，說這秦大少不懂，他有些眼力，說他懂，說出的話能氣死人。

掌櫃倒不怕秦大少挑剔，挑剔的都是買家。最後，秦大少挑累了，出門去獅子樓用了個午飯，回來接著挑，把一鋪的掌櫃夥計都累得頭暈，秦大少終於挑好了一套茶具。

這茶具叫掌櫃說也很不錯，是套釉裡紅，尤其那茶壺頂上暈出一抹紅，秦大少與掌櫃道：「瞧見沒，這壺通體雪白，就頂上一點紅，遠看跟個壽桃似的，多吉利啊。你賣東西，得賣這些吉利的。」

掌櫃見大少爺挑對了心意，笑道：「是，大少爺眼光就是好。」

秦鳳儀瞧見合眼緣的，問了價錢，就直接讓小廝付帳了，極是爽快。

掌櫃命夥計把這茶具包起來，又請秦鳳儀樓上吃茶。

秦鳳儀擺手，「我買東西就請我吃茶，一來時你怎麼不請？勢利眼！」

掌櫃哭笑不得，「您一來就忙著挑東西，我就是想請，您大少爺還得說我掃興呢！」

秦鳳儀正與掌櫃說話，外頭又進來主僕二人，進門便問：「李掌櫃，我要的東西到了嗎？」

秦鳳儀抬眼一瞧，就笑了，「哎喲，這不是方兄？」

那位叫「方兄」的也笑了，過去與秦鳳儀打招呼，「真個巧，前些天聽說你病了，如今看來，可是大安了？」

這等禍害，還真要遺千年了不成？

「大安大安了。」秦鳳儀上下打量「方兄」一眼，刷地展開摺扇，擺出個耀武揚威的鳳凰樣，那嘴臉甭提多討厭了，「怎麼，方兄這又是淘換什麼好東西了？」

方兄瞪秦鳳儀一眼，「跟你這頭蠢牛怕也說不明白。」

當初就是這小子，聽渺渺姑娘那樣動人的琵琶都能睡著！

「有什麼不明白的，不就是銀子嗎？」秦鳳儀將扇子往「方兄」肩上一拍，想到他娘先時念叨他的話，於是，輕咳一聲，學著他娘的口吻道：「我說，阿灝啊……」

方兄原名方灝，秦鳳儀拖著長長的尾音道：「那個渺渺，用過就算了，我看也不咋地，你怎麼還忘不了情啦？爹娘掙錢不容易，你買件東西孝順爹娘也就罷了。爹娘擱一邊不聞不問，成天巴巴地跑百花樓晨昏定省，阿灝，這於禮不合啊……」

當初就是這小子，他不過是聽個琵琶不小心睡著了，竟然被笑是蠢牛！

要說秦鳳儀與方灝的過節，那就多了。

「滾滾滾！」方灝最煩秦鳳儀，他這來取東西的，竟碰到這小子，還聒噪個沒完。秦鳳儀偏生不滾，他還伸著脖子等著看方灝買了啥，他要從頭到腳批評一番。

不想，那李掌櫃又取出一套茶具。

方家是揚州的大戶，而且與親家這等鹽商暴發之家不同，人家方家是正經書香門第，族裡還出過閣老。對，秦家準備送禮巴結的方閣老，就是這位方灝方兄的堂祖父，所以，方灝親自來取的東西，自然也差不了。

這茶具也是個古物，頗為特別的是，茶具原是碎了的，但被工匠極精巧地修補過。原就是一套雪色茶具，工匠卻又極為精道的修補工藝，將碎裂之處修補為老梅蜿蜒梅枝，還用紅寶鑲成朵朵梅花點綴，極是精緻。

便是依秦大少挑剔的審美，也得說這茶具不錯。

「既素雅又嬌豔，不錯不錯！」

秦鳳儀這麼一誇，方灝當即臉色大好。

掌櫃也樂了，「公子真是好眼力。」

秦鳳儀見方灝面露得色，便轉了話音，「樣子雖好，只是，阿灝，你堂堂方家少爺，如何買個破的？這給人送禮，弄套破瓷，這也不吉利不是？」

「哎喲，我的大少爺，這雖是修過的瓷器，可也得是看誰修的。這技藝是前朝大師趙東藝的手藝啊！大少爺，當初趙大師因焗補瓷器聞名天下，還有藩邦小國，不遠千里過來求一件趙大師修補過的瓷器。不是焗補過的，人家還不要。故而，當時有一些瓷器是燒製後故意捽碎再行焗補，要的就是這份與眾不同。瞧瞧，這品相，這光暈，全揚州城，要是您能找出第二件，這一件我分文不取。」

先急的竟不是方灝，而是李掌櫃，想著秦鳳凰這是抽哪門子風，這不是攪我生意嗎？

「這可真是廢話，誰家能捽個一樣的出來，我雙倍買了，正好湊一對，成雙成對，更是吉利了。」秦鳳儀哼哼唧唧，「阿灝，你還真要這種破了拼湊起來的物件？你說，你這不是嘲笑人家渺渺小姐人非完璧嗎？」

說來也是好笑，方灝對渺渺姑娘一見傾心，結果渺渺姑娘初夜竟給漕運的羅家少爺花重金買下。要說方家，門第清貴是清貴，但在銀錢上，就不能與鹽漕這樣的大商家相比了。

秦鳳儀這話，把方灝氣得臉都青了，當下就挽袖子與秦鳳儀幹了一仗，然後兩人打了個鼻青臉腫，方灝氣得茶具也沒買，氣呼呼地回家去了。

秦鳳儀在街角看他走遠，略整儀容，再折回古玩鋪子，對黑著臉的掌櫃道：「剛那茶具多少銀子，給我包起來。」

掌櫃正因秦鳳儀攪黃了他人生意來氣，一聽這話，心下稍緩，還是道：「大少爺不嫌這是破的，這可怎麼送禮啊？不吉利啊！」

「我說你傻啊，有生意還不趕緊做，就你這樣的，一輩子發不了財。」

「大少爺啊，您以後就嘴下積點德吧。」掌櫃搖搖頭，「這原是方少爺訂的，還不曉得方少爺會不會回頭再買。這一時間，我還真不好賣給大少爺。」

「你有沒有點眼力，就這東西，這麼雅致，你叫人把它送到百花樓？虧你也自詡雅人，這事兒你要辦了，我就告訴你們趙老爺去。」

這古玩鋪子是揚州大才子趙老爺的生意，這掌櫃是替趙老爺打理生意的，趙老爺還親自作過畫送給過秦鳳儀。掌櫃聽秦鳳儀這樣說，只得一嘆，想著這樣的雅物，縱進了百花樓不妥，但進了秦家這樣的暴發之家，也是明珠暗投啦！

秦鳳儀抱著茶具走出古玩鋪子時還美滋滋地想：這樣的破爛玩意兒，他是不喜歡啦，什麼焗啊補啊的，雖則好看，到底是壞了再修的。不過，他雖不喜歡，卻記得他媳婦很喜歡這種，買一套倒可討他媳婦歡心。

回到家秦鳳儀才想起來，他現在還沒媳婦呢，而且他發誓絕不娶李鏡了。

哎喲，還買這瓷器做什麼，真是白花了銀子！

接著，秦鳳儀給臉上塗藥時才想起來：誒，他家這是要給方家閣老送禮，他今天又與方灝幹了一仗，不過，方灝也打他了，看把他打得都快毀容啦！

待第二日，方灝消了氣回頭再去古玩店買茶具時，得知茶具被秦鳳儀買走了，方灝立時知道自己上了秦鳳儀的鬼當，那個恨啊，不要說與秦鳳儀打架了，倘秦鳳儀還在當場，他非掐死秦鳳儀不可。

貳之章 ● 夢定良緣呼奇事

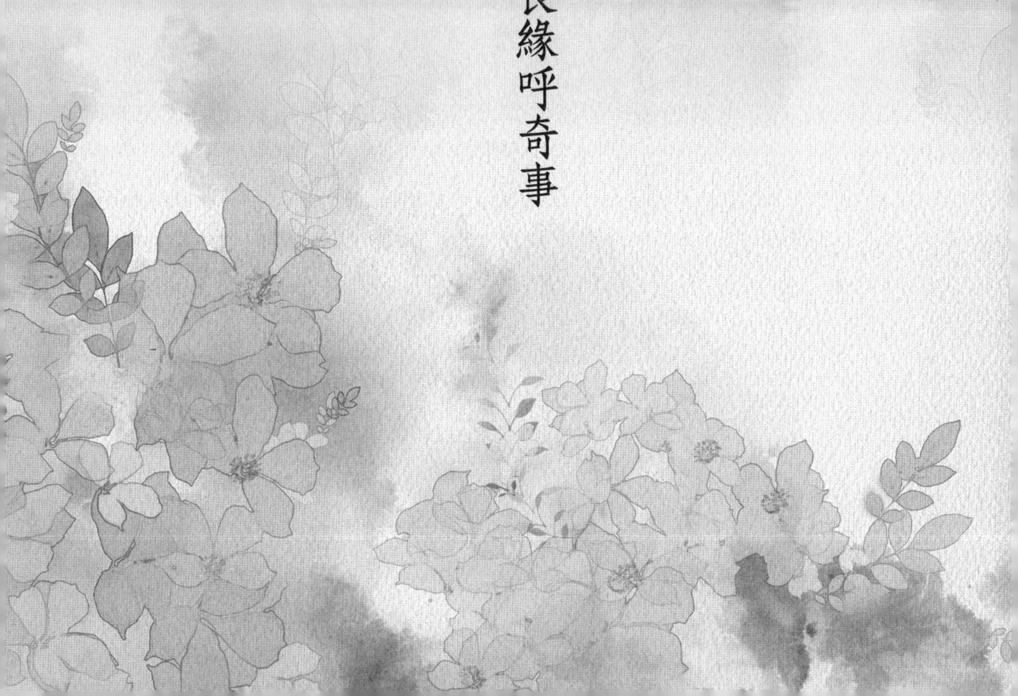

雖然茶具買了，媳婦暫時不打算娶了，但能叫方灝吃回癟，秦鳳儀心下還是很得意的。這人吧，一得意就愛得瑟，像秦鳳儀，他的具體表現就在於，做事的熱情分外高漲，特別願意幫著爹娘做事，把秦家夫婦喜得了不得，連秦老爺都說：「咱們兒子的確是長大了。」

秦太太道：「不是我自誇，往揚州城瞧瞧，咱們阿鳳這樣懂事的孩子能有幾個？」

秦太太不僅在家裡誇，出門也誇，因自誇次數過多，弄得別人家太太都嫌她。秦太太卻是半點不嫌，眼瞅著兒子一日比一日懂事，秦太太歡喜得很，與丈夫道：「咱們阿鳳越發出息，你該帶他多見世面。」

「我知道。」秦老爺道：「聽說方閣老這幾天就回鄉了，哎喲，阿鳳臉上的傷可怎麼辦？」一想到兒子買個茶具都能跟人打一架，秦老爺嘆道：「還是不穩重。」

「男孩子哪裡少得了打架？」秦太太道：「放心吧，用的是許大夫開的上好的藥膏，過個三五天就沒事了。」

秦鳳儀甭看長得漂亮，皮膚也好，但一點也不嬌氣，基本上這種小傷也就五六天的事。

秦太太與丈夫打聽，「知府大人那宴準備設在哪兒啊？」

「瘦西湖的明月樓。」

「好地方。」秦太太道：「咱們阿鳳的新衣衫已是得了，那衣裳一穿，嘿，我同你說，這揚州城也就咱們阿鳳啦！」

總之，秦太太看兒子是怎麼看怎麼順眼。

秦鳳儀的傷呢，好得倒也挺快，家裡衣裳啥的也都備好了，只是人家方閣家回鄉，根本沒去知府大人那裡吃酒。倒不是知府大人面子不夠，主要是方閣老一回鄉就病了。倒也不是什麼大病，就是回了家鄉，見著家鄉人，喝到有家鄉水，吃到家鄉的老字號，晚上多吃了兩個獅子頭，撐著了。

秦鳳儀聽聞此事，對方閣老很是理解，「要說咱們揚州的獅子頭，真是百吃不厭。」

秦老爺哭笑不得，「趕緊換身衣裳，跟我過去探病。」

秦鳳儀道：「這跟人家又不熟，去了也見不著人家閣老啊！」

「熟不熟，見不見，都無妨，可去不去這就是大問題了。」秦老爺與兒子道：「別穿得太花俏，換身寶藍的袍子，顯穩重。」

秦鳳儀不喜寶藍，「老氣橫秋的。」他換了身天藍的，透出少年蓬勃朝氣，也很討喜。

秦老爺微微頷首，不是他自誇，他這兒子，光看臉，特拿得出手。

秦鳳儀騎馬同父親一道去方家送禮了，不去還好，這一去，可算是見識到方閣老的身分地位了。呵，就方家待客的花廳裡，人多得都有些坐不下。

秦家甭看是揚州城的大戶，可說起來，論門第只是商戶。說坐不下也不是誇張，花廳裡坐的都是士紳一流，按理，秦老爺身上也有個捐官，只是因揚州城富庶，有錢的人多了去，商賈捐官的太多。故而，這捐的官，委實有些不夠檔次，排起來還在士紳之下。於是，秦家父子只得去花廳的偏廳落坐了。

秦老爺在揚州城人面頗廣，與士紳老爺們打過招呼，就要帶著兒子去偏廳。揚州才子趙老爺道：「阿鳳就與我在這屋裡坐吧。」

趙老爺就是為秦鳳儀作詩，叫秦鳳儀得了個鳳凰公子名聲的那個。

秦老爺倒是願意，不過，這屋裡有一個算一個，人家不是身上帶著進士舉人的功名，就是家裡祖上有官的書香門第，秦鳳儀若留下，坐哪兒都得擠出一個去。

秦老爺道：「他一向跳脫，還是跟著我吧。趙老爺哪日有空，我叫他過去向您請安。」

秦鳳儀聽他爹這諂媚話就翻起白眼，他跟趙胖子都平輩論交的，趙胖子家裡調理的歌舞伎，有什麼新曲子新舞蹈的，從來都是先請他過去瞧。他爹這是做什麼呀，以後他跟趙胖子怎麼論輩分啊？

趙老爺笑咪咪的，「什麼請安不請安的，阿鳳有空，哪天都成。」

兩人寒暄幾句，秦鳳儀就跟他爹去了偏廳。

偏廳也是滿當當的一屋子人，好在這裡能容秦家父子有個座了。在偏廳寒暄過一圈，秦鳳儀瞧著這兩屋子人，想著今天是絕對見不著方閣老的了。

他悄悄問：「爹，要不，咱們放下東西，先回吧？」

秦老爺給他一個白眼，「閉嘴！」

來都來了，就是見不著方閣老。方家這樣的大戶人家，你攜禮來探病，定要有主事的爺們兒過來相陪午飯的，秦老爺早就沒想見方閣老，他就是琢磨著，趁這機會，與閣老院裡的主事的爺們兒先打個照面，混個臉熟。

秦鳳儀只好乖乖陪坐，然而，他又是個坐不住的，坐了一時，就打算起來去外頭逛逛。

秦老爺連忙問：「幹什麼去？」

秦鳳儀眼珠一轉，「茅房！」

秦老爺好玄沒說咱倆一塊去。知道他這兒子是個屁股上長釘子的，擺擺手道：「外頭站站就行了。」

秦鳳儀便起身出去了。他是個悶不住的，如今跟著他爹在外應酬，其實也懂了些規矩，知道大戶人家規矩重，也沒往外去，乾脆就在這花廳小院的門口與守門的小廝貧嘴閒話。

秦鳳儀說得正熱鬧，就見遠處行來一行人，不過，人家不是朝這待客的花廳小院來的，人家是順著方家的青石路，直接往正院去的。隱隱的，秦鳳儀覺得那行人有些眼熟，不由伸長脖子認真望去。

這一望，那一行人裡就有人回頭，這一回頭，秦鳳儀就瞧見了那人的臉。

啊！他媳婦！

秦鳳儀立刻雙手捂臉，李鏡哭笑不得，這秦鳳凰不曉得怎麼回事，哪回見了他們兄妹都似見到什麼可怕的人一般。李鏡甭看相貌遠不及秦鳳儀這等俊美，李鏡論腦子，十個秦鳳儀都不及她。李鏡稍一琢磨便明白，這秦家定是來方家探病的。

其實這事並不稀罕，方閣老這樣的地位，回老家便病了，本地士紳自然會過來探望，可方閣老剛回鄉，再加上身子不爽利，此時怕是沒心思見本地士紳。要擱個旁人，李鏡如何肯理會，但秦鳳凰就不一樣了。

李鏡吩咐身邊小廝一聲，那小廝便跑了過去，打個千道：「公子可是過來探病的？」

秦鳳儀眼睛往他媳婦那裡瞟一眼，點頭，「是。」

「我們家姑娘說，公子若是不嫌棄，不妨與我們一道進去。您在這兒等著，怕是也見不著閣老大人。」

秦鳳儀心下一喜，又有些不好意思，抬頭又往李媳婦那裡瞧一眼，李鏡微微一笑。

秦鳳儀性子活絡，想著他又不是借別人的光，是借他媳婦的光，而且他爹明知道今天見不著人還苦等，不就是想往方家巴結嗎？再者，秦鳳儀「大夢」之後，長了不少良心，知道體貼父母不易了。

秦鳳儀與那小廝道：「那你等等，我去叫我爹。」

小廝心說，我家姑娘就是請你，可沒請你爹，可架不住秦鳳儀腿快啊，他撒腿就去喊他爹了。小廝那話硬是沒來得及說，秦鳳儀過去就把他爹拉了出來。

秦老爺小聲問：「哪個李家？」

「回去再說。」秦鳳儀拉著他爹就過去了，有些不好意思地與李家兄妹打招呼：「李大哥，李妹妹。」

李鏡唇角一勾，「哎喲，看來你認識我！」

秦鳳儀道：「那哪兒能不認得。」夢裡做好幾年夫妻哩！

李鏡斜睨秦鳳儀一眼，笑道：「這位是秦叔叔吧？」又介紹：「這是我哥，李釗。這是方師兄，方悅。」

方悅不大認得秦家父子，李鏡便為方銳介紹了秦家父子。

方悅客氣地拱手道：「有勞秦先生與秦公子過來探望，祖父已是好多了。」便請秦家父子一併入內。

秦鳳儀遞給李鏡一個感謝的眼神，李鏡挑挑眉，一副事後有話說的模樣。

秦鳳儀想到他媳婦的難纏，心下暗暗叫苦，想著探完病立刻逃跑，再不能被媳婦逮住。

殊不知，李釗在一旁看得是滿肚子氣，想著這秦家小子，你什麼意思啊，先時見了我跟我妹跟見鬼一般，如今這才說話三句半，眉眼官司都打上啦！

嘿！

他妹這是啥眼光啊？這小子除了長得好，咋這麼輕佻啊？

秦鳳儀渾不知自己在大舅子那裡得了個「輕佻」的名號，因為大舅子在替他說好話。這不，大舅子就與方悅方公子說啦，「那日我與阿鏡在瓊宇樓吃茶，見秦公子打馬經過。以往我只知帝都人物風流第一，不想世間還有秦公子這等品貌，此次南下當真是見了世面。」

方悅笑道：「我乍一見秦公子，亦是驚為天人。」

然後，秦公子表示：「哪裡，我大哥才是一等一的斯文俊秀。」給大舅哥拍馬屁。

李釗暗笑，說這小子輕佻吧，他也不是沒眼力。然後，秦鳳儀又把方悅方公子從頭到腳誇了一遍，什麼有學識啊，風度好啊……反正，只要好話他就說。還有他媳婦的馬屁，秦鳳儀也沒忘了。看他媳婦多照顧他啊，還沒嫁他呢，就知道幫他。

秦鳳儀道：「還有我家阿鏡……」

接收到大舅兄殺人的眼神，秦鳳儀有些摸不著頭緒，怎麼了，他說他媳婦，怎麼了？

秦老爺輕咳一聲，「阿鳳，如何這般無禮，虧得李姑娘不嫌你。」

「哦，明白了，是阿鏡妹妹，不，李妹妹。」秦鳳儀笑得跟朵花似的，對李鏡道：「叫妳妹妹真不習慣。」

李鏡笑，「那你怎麼習慣怎麼叫唄！」

「不成不成，你看李大哥，跟要吃了我似的。」秦鳳儀想著他媳婦這剛來揚州，遂提議道：「什麼時候有空，我帶妳到揚州城好生逛逛，咱們揚州城好地方好東西可多了。」

方悅望向好友李釗，眼神裡滿滿的不可思議，都不能信等閒人不能入她目的李鏡，竟然與秦鳳儀這般有說有笑。

李釗木著臉，心說：習慣就好，習慣就好，誰叫這秦鳳凰生得好呢！要不是李鏡在場，方悅非得問問李釗，李鏡不是相中秦鳳儀了。

李鏡心下卻是對與秦鳳儀的進展很滿意，這秦公子一點都不怕她嘛，也不曉得先時是怎麼回事。這也不必急，待她以後問問就明白了。

秦鳳儀也沒只顧與李鏡說話，他也打聽了方閣老吃的什麼藥，請的哪家大夫，還給方家介紹了揚州城幾家有名的大夫，表示了探病的誠心。

方閣老其實沒什麼大礙，正是草長鶯飛的時節，方家這宅子，在方閣老回鄉前提前收拾過，景致自然不差。他老人家正在院子亭中烹茶，見著孫子與方家兄妹過來，眉眼間透出歡喜。見到秦家父子時，方閣老不由一愣，繼而讚嘆，「這是誰家兒郎，好生俊俏模樣。」

秦鳳儀一副二百五的歡喜樣，笑嘻嘻地作揖，自我介紹：「老大人，我姓秦，叫鳳儀，這是我爹。聽說您身子小有不適，我跟我爹過來向您請安問好，您老可好些沒？」

方閣老微微頷首，笑道：「坐，坐。」

秦老爺表明來意，送上禮物，方閣老笑道：「有勞秦老爺、秦公子想著，我初回鄉，昨兒就饞了獅子樓的獅子頭，一時貪嘴，吃了兩個，這可不就塞著了。」

秦鳳儀笑，「獅子樓的獅子頭當真是一絕，而且這時候吃，裡頭放了河鮮芽筍，再一清燉，清香適口，我有一次餓極了，一頓吃了仨。」

方閣老望向秦鳳儀，拈鬚笑道：「那不叫多，我年輕時，有一回一頓吃了四個。」

「我現在年紀小，還能再長個子，以後說不得能吃五個。」

方閣老哈哈大笑。

李釗白眼秦鳳儀，心說，怎麼跟個棒槌似的，白瞎了這好模好樣。偏生他那妹妹還跟著說：「這揚州的獅子頭的確不錯，我在京城也吃過，聽說也是揚州請去的大廚，可到這揚州城吃，又是一番滋味。」

「那是！」秦鳳儀道：「京城的山水能跟揚州的山水一樣嗎？水土不一樣，做出的東西味兒便不一樣。阿鏡，妳吃過獅子樓的獅子頭不？」

「剛不是說過嗎？去過了。」

「那下回咱們去明月樓，我請你吃三頭宴。嘿，我跟妳說，咱們揚州最有名的就是三頭宴，扒豬頭、拆燴鏈魚頭、蟹粉獅子頭，哎喲，那叫一個香！」秦鳳儀說得來勁，忽然想到什麼，問：「妳不會明月樓也去過了吧？」

李鏡含笑，「便是去過，再去一次也無妨。」

「那不成，我得帶妳去一個妳沒去過，還最道地的地方。」秦鳳儀想了想，「那咱們去河上吃船菜，這春天魚蝦最嫩，撈上來用水一煮，魚蝦都是甜的。船菜瞧著不起眼，實際上比些大館子還道地。」

李釗道：「看你倆，過來探病，倒說起吃的沒個完，再把先生饞著了，如何是好？」

方閣老笑咪咪地掃過李鏡，與李釗道：「這不必擔心，我年輕時比你們更會玩。」

結果，明明大夫說了，這既是撐著了，得吃幾天素方好。就因為秦鳳儀在方閣老跟前說那些吃的喝的，老爺子當天一看，素湯素麵的，就很不開心。

方悅私下與李釗抱怨，「那天秦鳳凰說得天花亂墜，把我這剛回揚州城的都饞得不輕，何況老爺子？當天吃什麼什麼都不香，還吵著要吃新撈的河蝦，說蝦是小葷，無礙的。」

李釗忍俊不禁，方悅悄聲道：「鏡妹妹是不是相中那位秦公子了？」

「不許胡說！」李釗是不能認的。

方悅顯然是把秦家的底細都打聽清楚了，道：「別說，那秦公子真不愧有鳳凰公子的名號，生得的確是好。以往在京城，你與平嵐算是平分秋色，咱們不提出身才幹，單論相貌，我說這話你不許惱，那秦公子當真不比你們遜色。」

方悅說不比二人遜色已是客氣說法，實際上，秦鳳儀那等相貌，比李釗還要好上兩分。

李釗道：「我看先生也對鳳儀有些另眼相待的意思。」

「秦公子走後，祖父直誇他生得靈秀。」方悅道：「他這樣的相貌，還真是……難怪鏡妹妹素來眼光極高的，也不能免俗了。」

「誒，我說，你這總提阿鏡是個什麼意思？」

方悅笑，「你少跟我含糊，我又不瞎。我與鏡妹妹也是自幼相識，她什麼樣的人難道我不曉得？我先時就覺得，她連平嵐那樣的人都不放在眼裡，普天之下，焉有能入她目之人？我原以為我這輩子怕是見不到有此等人物了，不想在揚州城就瞧見了。」

「你少提平嵐，我妹妹與他，一無婚約，二無媒聘。」李釗道：「你可將嘴把嚴實了，不許亂說。」

「我曉得，我曉得。」方悅也就是八卦一下，「鏡妹妹不在家嗎？」

李釗道：「剛羽衣坊的裁縫過來，她來揚州帶的衣裳不多，我說乾脆做幾件也好穿，眼下天氣也越發熱了。」

方悅笑，「妹妹怕是要赴鳳凰之約了。」

「秦公子是城中知名人物，你雖是揚州人，卻也是頭一遭回老家。倘他相邀，咱們有他這個嚮導一道逛逛揚州城，也沒什麼不好。」李釗說得坦蕩，雖然他妹妹相中了秦鳳儀那張臉，他也不能讓妹妹單獨赴約，自然是有他相陪的。

方悅一想，也是這個理。李家乃帝都豪門，眼瞅這秦鳳凰走了大運，便是李鏡無下嫁之意，只要秦鳳凰不傻，還不順勢攀上李家這高枝。

秦鳳凰有這段機緣，方悅便想著不妨與他多來往。

李家就等著秦鳳儀的帖子了，秦鳳儀在家卻是頗多猶豫。說來，昨兒自方家回家，他爹當真是一臉欣慰與榮光啊！

欣慰是欣慰兒子出息了，懂事了，榮光是因為，那麼多送禮的，唯他見著閣老大人了。秦太太問起來，秦老爺茶都顧不得吃一口，先大讚兒子有出息，「要說咱家的門第，不要說閣老大人病了。便是閣老大人好好的，咱們去請安也不一定能見得著。這回啊，真是咱們阿鳳，我都不曉得他如何交到了那樣顯赫的朋友。原本我在偏廳等著，想著縱是見不到閣老大人，能送上一份禮也是好的。不想，咱們阿鳳出去一刻鐘就回來叫我，我們就與李家公子李家姑娘還有方家公子一道進去了，親自向閣老請安，中午還是方公子陪著咱們吃飯。哎喲，這可是再想不到的造化。」

秦太太聽得一臉驚喜，猶有些不能信，「當真是見著閣老大人了？」

「還能有假？」秦老爺接過丫鬟奉上的茶，問兒子：「那李公子和李姑娘是什麼人？」

秦鳳儀喝的是桂花蜜水，對大舅子與媳婦的來歷自然清楚，道：「李大哥是景川侯家的公子，阿鏡是景川侯的長女，他們是兄妹。」

秦老爺手一歪，一盞茶灑了大半盞，澆濕了衣裳。

秦鳳儀已是眼疾手快地幫他爹把濕了的地方提起來。

秦太太連忙問：「燙著沒？」

秦老爺道：「無妨，茶水並不燙。」撂下茶盞問兒子，「你如何認識他們的？」

秦鳳儀怎好說「夢裡」認識的，只好道：「在瓊宇樓見過，後來又在古玩店見了一回，便認得了。」

秦老爺和秦太太互看了一眼，都不能信兒子有這般的運道。

秦太太先回了神，問：「怎麼沒聽你說過？」

「這有什麼好說的，又不熟。」夢外這才剛認識不久呢！

秦老爺可不似秦鳳儀東想西想亂想一氣，也不去換袍子了，道：「要是不熟，人家能見著你在外張望，就帶咱們一道去見閣老大人的？這是什麼樣的人情？人家是看重你，才帶咱們一塊過去的！這孩子，是不是傻呀！」這麼要緊的事，竟然不跟家裡說一聲？

秦鳳儀看他爹叨叨個沒完，也不給他爹提著茶漬沾濕的地方了，鬆了手道：「娘，您看我爹這勢利眼的勁兒！您不知道，我爹跟趙胖子說話，都是趙老爺長趙老爺短，殷勤極了。那趙胖子有啥啊，不就會寫個字畫個畫，就他畫的那畫，很不怎麼樣嘛！」

「快給我閉嘴吧，人家趙才子畫得不好？人家是翰林院出來的！你畫得好，你也去翰林院畫一個！」秦老爺說兒子，「人家趙老爺的書畫，咱們江南稱第二，就沒人敢稱第一。」

「好好好，第一第一。」秦鳳儀道：「爹，您不換衣裳，我得去換衣裳啦！」

「有事。」秦老爺喚住兒子，道：「人李家公子和李家姑娘這麼照顧咱們，你明兒就下帖子，請人家來家裡吃飯。」

「家裡有什麼好吃的，我跟阿鏡說好了，帶她去吃船菜。」

秦老爺又是嘆氣，「李姑娘的閨名，私下叫叫也便罷了，當著人家兄長的面，務必得尊敬著些。」又道：「人家是姑娘家，又是京城來的，必得找乾淨地界吃飯。」

「我曉得。」秦鳳儀看他爹沒別的吩咐，就回院裡換衣裳了。待換了家常衣裳，秦鳳儀盤算著到哪裡請他媳婦吃飯。這想著想著，秦鳳儀突然想起來，他不是不打算與媳婦重續夢中緣了嗎？

那麼，他他他……他是怎麼答應請他媳婦吃船菜的啊？

先時他不過隨口那樣一說。

秦鳳儀回憶了一下，在方家吃過飯，秦家父子告辭，她媳婦便與她大舅兄說：「讓先生好生養一養，阿悅哥這裡事情也多，咱們便一併回吧。」

自方家告辭後，他媳婦就問了一句：「是船菜的蝦好，還是今天中午的蝦味兒好？」

他拍著胸脯道：「明兒咱們去吃船菜，妳便曉得了。」

然後，他媳婦微微一笑，「好啊！」

似乎，這事兒就這麼定下來了。

秦鳳儀長聲一嘆：他就曉得，他媳婦這完全是對他一見鍾情啊！

哎呀，真是太苦惱了，他媳婦好像喜歡上他了，可咋辦哩？

秦鳳儀在家甜蜜、臭美，又為賦新詞強說愁了一回。當然，新詞沒賦出一個字，他就是對他媳婦的一片真心感到惆悵。

主院的秦老爺和秦太太可是就兒子的終身大事很有一番商議，秦太太打發了丫鬟，再三跟丈夫確認，「那景川侯的大小姐，當真是相中咱們阿鳳了？」

「這能有假？」秦老爺道：「咱們阿鳳當初剛生下來，叫了城南的吳瞎子來給他算命。吳瞎子就說了，這孩子一等一的富貴命，以後有大福的。果然，吳瞎子這卦再錯不了的。妳想想，要不是阿鳳，景川侯家的公子小姐能理我？要說咱阿鳳的相貌，就是拿到京城去，那也是有一無二。」說著，秦老爺一嘆，「別的倒無妨，我就擔心咱們家的門第，與景川侯府還是有些差距的。」

秦老爺這話說得委婉，什麼叫「有些差距」啊，秦家這鹽商門第，到了景川侯跟前，也分巴結得上或巴結不上呢！

秦太太思量片刻，倒是另有看法，問丈夫：「你瞧著，那李姑娘待咱們阿鳳如何？」

「沒得說！」秦老爺斬釘截鐵，「咱們阿鳳妳也曉得，有些個孩子脾氣，說起話來也是隨心暢意，直來直去的，人家李姑娘還幫他圓話。正因有李家姑娘、李家公子的另眼相待，方家對咱們也是客氣的。不然，哪得與方家公子一席用飯？」

秦太太笑，「那你就別擔心了。我與你說，這孩子們的親事啊，全看有沒有緣分。你想想，前兒咱們才說該給阿鳳議親了，正巧就遇著景川侯家的姑娘。你說，要是無緣，那景川侯府遠在京城，如何能到揚州來？便是到了揚州來，他家那樣顯赫門第，按理，來往的皆是方家這樣的大戶人家，如何就能與咱們阿鳳相識？便是相識，兩人就能看對眼？可偏偏就這麼有緣千里來相會了，就這麼看對眼了，你說說，這難道不是天上的緣分？說不得，咱們阿鳳就有這命！」

秦太太喜孜孜地又道：「原本我想著，方家要是有合適的姑娘，原也配得咱阿鳳，不想卻是有更好的。」

繼而，秦太太信心滿滿地表示：「單論咱們阿鳳的人品相貌，什麼樣的閨秀配不得？你也別想太多，原我就想給阿鳳說大戶人家小姐。倘是要聘商賈之家的姑娘，咱們阿鳳能耽擱到這會兒？」

秦老爺一笑，「別說，什麼人什麼命，咱們阿鳳沒準兒就是命好。」

「什麼叫『沒準兒』？定是如此！」

秦家夫妻斷定兒子命格不凡，定能娶得貴女進門。

眼前就有這樣的好人選，秦太太斷不能讓兒子錯過這等良緣，對於兒子的終身大事，秦太太萬分關心，當下請了羽衣坊的裁縫來家裡，給兒子置辦新衣。

秦太太也是女人，頗明白姑娘家的心事，這姑娘家啊，就沒有不愛俏郎君的。雖則兒子相貌本身已是極為出眾，但這可是最要緊的時候，秦太太是不惜銀錢工本，定要叫鳳凰兒子在李姑娘跟前好生開屏。

還有，給人家姑娘的帖子也要用上好的雪浪箋。令兒子親筆書了，方讓家裡最懂事的管事送去。送帖子前還告誡了管事一番送帖子的規矩。大戶人家規矩重，倘管事沒規矩，豈不令人小瞧，屆時丟的是她兒子的臉面。

倒是秦太太不曉得，正因她叫秦鳳儀親自寫帖子，險令李釗在妹妹親事上重做考量。

秦家管事是個機伶人，妥當地把帖子送了去。

李釗接了帖子，便打發秦家管事下去叫茶，也沒忘了賞個跑腿紅包。只是，李釗把這帖子翻天覆去瞧了幾遭，當真是越看越不滿意，捏著帖子就尋妹妹去了。

李鏡正坐在花園裡看書，見兄長過來，起身相迎，李釗擺擺手，「坐。」

李鏡見她哥手裡捏著張帖子，不禁一笑，朝她哥伸出手去。

李釗把帖子交給妹妹，皺眉，「妳瞧瞧這兩筆字，這當真是念過書的？」

「要是沒念過書，哪裡會寫字？再者，看人先看人品。先帝時趙天時倒是一筆好字，結果呢？叛了我朝降了北羅，字好有什麼用？人品不成！」李鏡展開帖子一瞧就笑了，上面就一行字：阿鏡，明天一道去吃船菜，可好？

倘換個別的只見了三面的人，還是個男人，敢寫這樣的帖子，李鏡會摔到他臉上去。偏生秦鳳儀寫起來，李鏡只想笑。李鏡與她哥道：「你看，秦公子多麼率真。」

李釗以扇遮面，李鏡說她哥：「你這是什麼怪樣？」

「這小子忒輕佻！」李釗氣不順，「明兒他再喊妳閨名，叫他好看！」

「你還不是成天這小子這小子地喊秦公子？」李鏡把帖子往書裡夾，「學識不好可以學習，才幹不足可以歷練，唯獨人品是天生的。我看中秦公子，主要是看中他的人品。」

「哪裡？相貌才是天生的。」

李釗心說，那姓秦的有個屁人品，揚州城沒幾人說他好。

李鏡卻是一笑，「這話也對，我唯有相貌有所欠缺，自然要在這上頭補足。我呀，就是相中秦公子生得俊了，比大哥還俊。」

李釗氣得半死，深悔不該帶妹妹來揚州散心。

李鏡道：「其實，哥，秦公子還有一樣好處，你沒發現嗎？」

「我瞎！」

李鏡道：「秦公子能讓我高興，我一見他就高興。我活了這十幾年，獨獨秦公子能夠令我如此歡喜。」

李釗一嘆，「這事我可沒允，我必要細考察他，待我允了，這事才算成了一半。」

家裡盼著他妹能與平郡王府聯姻，要是知道他兄妹二人另有打算，老頭子得七竅生煙。

「知道知道。」李鏡笑，「要是沒有哥你替我把關，我也不放心呢！」

「這小子也不知哪來的時運？」

不獨李釗，便是方悅，都覺得秦鳳儀當真是有時運。

大概獨秦鳳儀不會這麼想了，在秦鳳儀看來，阿鏡原就是自己的媳婦啊！

這叫什麼時運？這是命中註定！

秦鳳儀甭管學識上如何令李釗不喜，他對女孩子很有一手，就是請李家兄妹吃船菜，他也安排得妥妥當當。秦鳳儀早上用過飯就來接李家兄妹了，他一身輕紫長袍，頭戴紫金冠，腳踏小官靴，站在李家別院中廳時微微一笑，便是李釗都覺得，秦鳳儀一笑，整個別廳似乎都亮堂三分，真真是蓬蓽生輝。便是上茶的小廝，都不禁多看了秦鳳儀兩眼，暗道：世間竟有此等神仙人物！

秦鳳儀與李釗打過招呼，笑道：「鏡妹妹還沒打扮好呢？」

李釗一聽秦鳳儀這口氣熟稔的「鏡妹妹」就心裡發悶，提醒秦鳳儀：「秦公子，家妹的閨名一向只有在家裡叫的。」

秦鳳儀點頭，「哦，這不就是在家嗎？」

也不知妹妹那樣聞弦歌知雅意的怎麼相中這麼個聽不懂人話的棒槌，李釗都不想與秦鳳儀交流了。秦鳳儀卻是熱情地與大舅子，不，夢裡的大舅子道：「大哥，你們吃早飯沒？」

「吃過了。」

「那咱們先去瘦西湖，這會兒春光正好，許多人都去踏春。可惜這會兒過了上巳節，不然上巳節才有意思，那會兒大姑娘小媳婦的都出來了，哎喲……」眼尾掃過大舅子的臉色，秦鳳儀忙道：「我是說，那會兒女眷多，鏡妹妹不至於害羞。」

李釗冷哼一聲，秦鳳儀立刻嚇得不敢說話了，李釗問：「你很喜歡去街上看大姑娘小媳婦啊？」秦鳳儀在揚州城名聲可是不大好的。

這話秦鳳儀哪裡能認啊，秦鳳儀道：「哪裡是我喜歡看她們，是她們喜歡看我。」跟這等渾不吝的傢伙說話，李釗氣得胃疼。

秦鳳儀覷量著大舅哥的臉色，小心翼翼地開口1「大哥，我真不是那樣的人。」

「不是哪樣的人？」

「不是亂來的人唄。」秦鳳儀道：「你別聽人胡說，不然你看我這相貌，我不敢說在揚州城稱第一，可也沒見過比我再好的。因我生得好，打我主意的女娘們多了去，我要真是亂來的人，哪裡能是現在的名聲？以前還有花樓給我送帖子，不收錢都想我去，我一次都沒去過。我當然不敢說是那種對女色不動心的人，可我現在還是童男子呢！大哥，你是嗎？」

秦鳳儀突放大招，李釗正在吃茶，一時沒防備，一口茶就給噴了。

秦鳳儀立刻道：「瞧吧，你肯定不是了。我就知道，大哥你也只是瞧著正經，就像美男子宋玉寫的那篇《好色賦》一樣，長得越好的，越不好色。因為再好看的人，美男子都見過的。反是長得一般的，好色的比較多。」

說著這等渾話，他還一個勁兒用小眼神兒瞧著李釗，很明顯，好色的肯定不是童男子的秦鳳儀，那麼是誰，不言而喻。

李釗氣得抖一抖衫子上的水漬，一指秦鳳儀，「我去換衣裳，回頭再教訓你！」

秦鳳儀偷笑，「大哥快去吧，瞧大哥噴的這部位，不知道的還不得想錯了大哥。」

大舅子嗆了茶，不少水漬沾到了褲襠的地方。

李釗當下就要動手，秦鳳儀倏地跳起來躲得老遠，還威脅李釗道：「你要是欺負我，我就告訴阿鏡去！」

李釗指一指秦鳳儀，他畢竟年長幾歲，難不成還與個猴子計較，放了句狠話，抖著袍子回去換衣裳了。

秦鳳儀夢裡夢外頭一回見嚴肅得與老夫子有得一拼拚大舅子這般狼狽，心下偷樂一陣。待李釗走了，秦鳳儀招來小廝道：「去裡頭問問鏡妹妹可快好了，就說我在等著她。」

小廝觀秦鳳儀如觀奇人，真是個奇人啊，把他家大少爺氣得那樣，硬是沒被攆出去。

秦鳳儀說那小廝：「愣著做什麼，快去問問。過一時天氣熱了，坐車會覺得熱的。」他這媳婦旁的都好，就是一樣，打扮起來沒完沒了。

小廝只得去了。

李鏡與李釗是一起出來的，見到李釗時，秦鳳儀偷笑兩聲，打招呼：「鏡妹妹好。」

李鏡笑，「秦公子好。」

「別叫秦公子，多生分，叫秦哥哥吧，叫我阿鳳哥也一樣。」秦鳳儀又讚李鏡這衣裳好，「妹妹生得白，這桃紅的正襯妹妹膚色好。」

李鏡笑，「女孩子梳洗起來時間久，讓阿鳳哥久等了。」

「也不久，我是想妳早些出來幫我跟大哥說幾句好話，別叫大哥生我氣了。」

李鏡早聽他哥抱怨過一回了，三人邊走邊說，李鏡道：「我哥那是與你鬧著玩呢，哪裡就真生氣了？」

「那就好。」秦鳳儀道：「妳不曉得，我一見大哥就想起了我小時候念書時學裡的老夫子，那叫一個莊嚴威武。」

李釗道：「這麼莊嚴威武也沒把你治好，可見那夫子不過爾爾了。你要過來我府上念書，我包管你也能莊嚴威武起來。」

「不用不用，我有不懂的請教鏡妹妹就是。」秦鳳儀道：「鏡妹妹，咱們先去遊湖，中午就在船上吃，晚上去二十四橋，今兒十五，月色正好。」

「都聽阿鳳哥的安排。」

秦鳳儀是騎馬過來的，也帶了馬車，不過，李家兄妹自有車馬，秦鳳儀自馬車裡取出一個食盒交給李鏡的丫鬟，與李鏡道：「裡頭是些我們揚州的小零嘴，妳放路上吃。」

李鏡一副淑女得了不得的模樣，「有勞阿鳳哥了。」

秦鳳儀當真覺得太陽從西邊出來了，不想他媳婦還有這樣溫柔的時候。

秦鳳儀伸手要扶媳婦上車，李釗伸手就把他推開了，扶著妹妹的手，「上去吧。」

李鏡鬱悶地瞪她哥一眼，你看阿鳳哥的手，纖長潔白，陽光下如同精雕美玉。看她哥的手，當然也不算醜，但與阿鳳哥的手一比，勉勉強強只能算漢白玉一類，雖帶個玉字，到底不是玉。李鏡就搭著這不甚美好的兄長之手上了車，心下很是遺憾，挑開窗對秦鳳儀一笑。

秦鳳儀湊過去同她說話，「我就在一旁騎馬，妳有事只管叫我。」

李鏡道：「春天路上人多，騎馬小心著些。」

「放心吧，我曉得。」

李釗瞧著兩人隔窗說話，直接拉走秦鳳儀，「你的馬牽過來了。」

秦鳳儀與李鏡眨眨眼，騎馬去了。

秦鳳儀安排活動很有一手，主要是他這十幾年沒幹別的，專司吃喝玩樂，對瘦西湖更是熟得不得了，每一處風景，每一處人文，他都能說得上七七八八。還有周圍哪有飯莊子都有什麼好菜色，更是如數家珍。

不要說李鏡，便是對秦鳳儀很有意見的李釗，都覺得有秦鳳儀做嚮導非常不錯。

中午就在船上吃的飯，在揚州，春天的魚蝦最是鮮嫩，如今吃的是河蝦。蝦子不大，殼軟，秦鳳儀那嘴頗是不凡，李鏡就瞧著，一隻蝦子夾進嘴裡，接著是一隻完整的蝦殼出來。這等吃蝦的本領，李家兄妹是沒有的，李釗令侍女剝蝦。

秦鳳儀親自替李鏡剝，「京城天氣冷，魚蝦亦不若江南豐盈，我們自小吃慣了的，你們初時到來，不大習慣，多住些日子就好了。杭州有道菜，用龍井茶炒蝦仁，用的也是河蝦來炒，這菜，春天最是好吃。鏡妹妹，以後咱們有空還能去杭州，這龍井蝦仁，杭州做得就比揚州要道地。」

飯後的茶是揚州珠蘭茶，茶香芬芳，適合女孩子。

李鏡都道這茶好。

秦鳳儀心說，夢裡就喜歡，果然夢外也是不差的。

中午用過飯，三人就在船上休息，待下午天氣涼爽人，去岸上走一走。伴著和風，兩岸垂柳萬條絲條垂落湖水，秦鳳儀這樣的俗人都有了心曠神怡之感，「今天天氣真好。」

「是啊！」李鏡笑睨秦鳳儀一眼，「阿鳳哥當知道我出身景川侯府了吧？」

「知道。」秦鳳儀道：「我早就知道。」

李鏡原是想著，大概秦鳳儀知曉她的出身，故而今日對她格外殷勤，但聽秦鳳儀這話，再觀秦鳳儀的神色，坦誠到一眼望到底。這兩句相處，李鏡已知秦鳳儀性情，知道此人並不是頗有心機之人，便說出了自己的疑惑，「我有些不明白，先時阿鳳哥兩次見我，似是驚懼，不知這是何等緣故？」

秦鳳儀面露尷尬，「這個啊……那啥，妳看那野鴨，多好看……」

李鏡直接把他的臉扳正面對自己，兩眼直對秦鳳儀眼睛，「不要轉移話題。」

「妳看妳看，怎麼總這樣？」剛說這女人今天溫柔，沒半日就原形畢露。

「總這樣？我與你還是頭一回出來遊湖，怎麼是總這樣？」

秦鳳儀心知說錯話，立刻閉嘴不言。

李鏡問他：「到底怎麼回事，你要是不說，我可自己查了！要不，我自己查？」

秦鳳儀嘿嘿一樂，道：「要是別個事，妳一準兒能查出來。這事，我不說，妳要能查出來，我就服妳。」

「快點說，你別招我發火啊！」

一想到這女人發火時的可怕模樣，秦鳳儀連忙舉手投降，「瞧妳，動不動就要翻臉。這女人啊，得溫柔。頭晌還好好的，太陽還沒下山呢，妳這就露了原形，可不好。」

李鏡笑，「你少胡說，我本來就這樣。」催秦鳳儀，「你到底說不說？」

「我得想想怎麼說。」

「實話實話就是。」

「這兒不行，人多嘴雜的。」

「那回我家去說。」

「晚上咱們不得賞月嗎？」

「你比月亮好看多了。」

李鏡就這麼把秦鳳儀帶回自家去了，李釗也想聽聽，這秦鳳儀是挺古怪，與他兄妹相處時處處透著熟稔，偏生以前並未相見過。

待到了李家，李釗屏退了下人，然後兄妹倆就等著秦鳳儀說了。

秦鳳儀道：「說了怕你們不信。」

「你說我就信。」李鏡道。

「反正你們不信我也沒法子。」秦鳳儀道：「我先時做過一個夢，夢到過鏡妹妹，所以頭一回見她，簡直把我嚇死。」

「你夢到過我？」

「可不是嗎？說來妳都不信，要不是那天在瓊宇樓見妳男扮女裝，我也不信啊！後來在古玩店我見著大哥，又把我嚇一跳。」

李鏡問：「你害怕什麼？」

李釗道：「說不得在夢裡做過什麼虧心事。」

秦鳳儀翻個白眼，李鏡好奇，「那你在夢裡就知道我，知道景川侯府，知道我大哥？」

「我還知道妳腰上有顆小紅痣。」秦鳳儀突然賤兮兮地來了這麼一句，李鏡饒是再大方的性情，也是臉刷地紅成一團，坐立難安，別開臉去。至於李釗，那模樣恨不得尋劍來砍死秦鳳儀，好在李釗理智猶存，低聲怒問：「你如何知道這個？」

秦鳳儀嘟囔：「都說夢裡知道的。」

「放屁，世上有這樣的夢？」

「你愛信不信，我還知道大哥你屁股被蛇咬過，你最怕蛇了，是不是？」

李釗大驚，「誰與你說的？」這是他小時候的事，現在的貼身小廝都不曉得。

「當然是阿鏡與我說的。」

李鏡問秦鳳儀：「那你在夢裡，咱們是什麼關係，你如何知道這些？」

「這還用問，我都知道妳腰間有痣了，能是啥關係？妳是我媳婦。」一眼瞅李釗要殺人的眼神，秦鳳儀連忙道：「夢裡夢裡，現在沒成親，不算。再說，阿鏡妳最好別嫁我，我夢裡夢見自己沒幾年就死啦！」

李鏡臉色先是一紅，自是聽到秦鳳儀說在夢裡竟與她做了夫妻，接著一白，便是聽秦鳳儀說在夢裡沒幾年就死了的事。

這一爆料，比先時說在夢裡曾與李鏡做夫妻都要勁爆，饒是李釗也不禁道：「這怎麼會？」看著秦鳳儀挺結實的模樣啊！

秦鳳儀一攤手，無奈道：「這誰曉得，人有禍夕旦福，不過，棲靈寺的大師也說了，我既夢到自己死了，說不得現實不會這麼早死。」

李鏡忙道：「那不過是夢，如何說這樣不吉利的話？」

「我本來不想說，妳非問，問了又不叫人說。」秦鳳儀道：「看，總是妳有理。」

由於秦鳳儀爆了個會「早死」的大料，李釗對秦鳳儀也沒了先時的芥蒂，與他道：「棲靈寺是揚州大寺，裡面的了因方丈我也見過，是有名的高僧，既是了因方丈這麼說，可見亦有逆轉之機，你也不要太放在心上。」

「我知道啊，跟你們說，許多事都變了。」秦鳳儀並不似李家兄妹這般憂心，他展顏一笑，如皓月當空，李釗也不禁一樂，「老天疼憨人，說不得見你這憨樣，格外疼你幾分。」

把事都說出去了，天色亦已晚，秦鳳儀起身告辭。李釗親自相送，李鏡也要起身，李釗與她道：「外頭風涼，你別出去了，我送一送阿鳳吧。」

李釗一路相送，路上也並沒有說什麼。不過，大是大非上，秦鳳儀總有些明白的，知道他可能會「早死」，大舅兄定不能叫他媳婦再嫁他的。

不過，不嫁也好，這婆娘溫柔不到半日便原形畢露的。

這麼彪悍，誰娶誰倒楣啊！

秦鳳儀心寬，倒覺得無事一身輕了。

及至二門，秦鳳儀道：「大哥，留步吧。」

李釗道：「阿鳳，對不住了。」秦鳳儀坦誠相告夢中曾早死之事，且他這夢如此邪性，李釗這是親妹妹，自然不能叫妹妹冒著守寡的危險嫁秦鳳儀。

秦鳳儀一笑，「我明白，大哥，我走了。」

秦鳳儀算是了卻了一樁心事，既有輕鬆之感，總算不用娶那厲害女人了，又覺得心裡像空了一塊似的。好在他素來心寬，待回家被爹娘一通問今日與李家兄妹出遊之事，秦鳳儀就把這些心事忘了個七七八八，待得晚上沐浴更衣躺床上睡覺，秦鳳儀才想起來，他媳婦當時在瘦西湖問，他是不是知道媳婦出身景川侯府的話，不由心想，他媳婦是不是懷疑他想攀景川侯府的高枝啊？

嘖，這婆娘一向心眼兒多，說話也七拐八繞十八彎，叫他現在才明白。

攀什麼高枝啊！

他要是想攀高枝，還會告訴她他夢中之事嗎？憑那女人對他一見鍾情的模樣，只要他啥都不說，還不是會照著夢裡發展娶了她嗎？

只是，他不想那樣做。媳婦待他到底不錯，雖然厲害些，多是為他好的。如果他以後當真有什麼危機，他不想連累到媳婦。畢竟青春年少，守寡的日子可怎麼過？便不是守寡，寡婦再嫁也尋不到好人家了。

突然間，秦鳳儀發現，自己好像又發了回善心，做了回大善事。

只是……

上回發善心，把小秀兒發沒了。

這回發善心，把媳婦發沒了。

秦鳳儀抱著被子在床上打個滾，心裡憋悶：小秀兒那好歹不算他碗裡的飯，可他媳婦這個，明明是他的啊明明是他的啊明明是他的啊！他怎麼這麼嘴快，把媳婦給發沒了啊？

最後，秦鳳儀總結：這發善心，當真不是人幹的事啊！

雖然是發善心做好事，但這回做善事的損失忒大，把碗裡的媳婦都發沒了。秦鳳儀本就夠鬱悶的了，結果他娘還一直追著他問跟李姑娘出遊如何如何，李姑娘高不高興……那一副殷勤模樣，恨不得他立刻去做李家上門女婿似的。當然，他家就他一根獨苗，估計捨不得他給人家上門。再說，就算他家願意叫他上門倒貼，人景川侯府也不缺兒子啊……

誰曉得發善心損失多大？那可是媳婦呀，就這麼沒了！

秦鳳儀心裡正捨不得，後悔不該發善心，結果一把善心發成了光棍，他娘還問個沒完。

秦鳳儀滿臉晦氣，「甭提了，娘，您就別想了，阿鏡是再如何也不會嫁我了！」

「這話怎麼說的？世上還有比我兒更俊的？」那李家姑娘，不是極愛俊俏郎君嗎？

秦鳳儀倒不是有事瞞著父母的脾氣，他連媳婦和大舅兄都能說，這事便沒有什麼不能說的。只是他夢到自己死了，這事能告訴媳婦和大舅兄，無非就是媳婦不嫁他了，大舅兄做不成大舅兒了，可爹娘不一樣。就他爹娘，知道這事兒不得嚇癱？

秦鳳儀直接道：「俊有什麼用，他家是景川侯府，能嫁我嗎？」反正媳婦也不能到手了，想必他媳婦也不介意他說幾句壞話吧？

「你怎麼了？這世間只有配不上我兒的，哪裡有我兒配不上的？」秦太太給兒子鼓了回勁，不叫兒子自卑，問兒子：「到底怎麼了，總不能就出去一回，這事便不成了吧？」

「娘，咱們兩家本也沒議親，您這說什麼呢？要是人家姑娘跟我說幾句話就要嫁給我，我娶得過來嗎？」

「這位李姑娘不是不一樣嗎？我聽你爹說，她對你特別上心。」

「娘，就我爹，出門連老娘們兒都不愛瞧他，他做生意是成，可在這上頭，他能比我看得準嗎？」秦鳳儀道：「不成就不成吧，這事原也要看緣分的。」

「那你們是如何看出你們沒緣分的，我怎麼瞧著特別的有緣分？」

「您瞧著有什麼用，又不是您嫁給我。」

「胡說八道！」秦太太給兒子逗笑，拉了兒子的手道：「我的兒，咱們揚州城到底只是個小地方。你說這闔城也沒什麼大戶人家可尋，你這親事，倘是小門小戶，就委屈了你這人品才幹。這好不容易有李家這段緣法，你可得抓住了啊！」

「景川侯府算什麼，就憑我這相貌，說不得以後能娶公主呢！」

秦太太便是以往喜歡自吹，還是有一定限度的，不想兒子在這自吹自擂方面，還當真是青出於藍而勝於藍。秦太太卻是小心臟有些受不住，連忙道：「我的兒，公主倒不必了。聽說做駙馬跟入贅差不多，在公主跟前沒地位的。我的兒，你如何能受得了這樣的搓磨？」

合著不是覺得兒子配不上公主，是覺得做駙馬忒苦？

秦鳳儀擺擺手，「娘，您就先別管了，親事我也想放一放，著什麼急啊？就像娘您說過的，尋就尋個好的。」

「成！」秦太太就不信了，憑他兒子的品貌，娶不到個好媳婦！那什麼李姑娘，這般沒有眼光，錯過她兒子，等著後悔去吧！秦太太這不知底裡的，很是抱怨了李鏡一回。

當晚秦老爺回來，秦太太把這事與丈夫說了，秦老爺也頗覺可惜。

秦老爺道：「眼下也顧不上這個了，妳備份厚禮，巡鹽御史張大人這就要任滿還朝，咱們鹽商商會要擺酒相送。阿鳳也閒不住，讓他跟著管事學著些，這些人情往來，以後可是少不了的。」秦老爺是鹽商商會的會長，這些事自然是他的分內事。

秦太太點頭道：「說來張大人當真是不錯的官了。張大人一走，來的不知是哪個？」

「聽說派來的是一位平大人平御史。」

「平御史？」秦太太想了想，道：「平家？我記得有一回同綢緞莊陳家太太說起話，他家與江寧織造陳大人府上是同族，就是借著織造府的光，在揚州城開了綢緞莊。聽陳家太太說，帝都平家可是郡王府，顯赫得了不得，難不成是平郡王府的人？」

秦老爺道：「這就不曉得了，既是姓平，說不得是同族。」

秦太太道：「那這給新御史的禮物，可是得一併預備起來了。」

「是啊！」秦老爺嘆道：「只盼新御史能與張御史一般方好。」

鹽商雖則豪富，但要打點的地方當真不少，尤其鹽課上的，哪裡打點不到都不成。秦老爺事多，正好兒子開竅懂事，索性就帶著兒子，既叫他學習了，也能幫襯自己。秦鳳儀甭看生意上的事不大懂，這人情往來他倒不陌生。像為張大人安排的餞行酒，秦鳳儀就頗有主張，席上安排的都是揚州城的名菜，張大人在揚州城自然少不了吃這些菜，可臨別之際，見著揚州城的名菜，喝著揚州城的名酒，對這座繁華府城亦不禁生出難捨之心。

秦老爺自張大人那裡也打聽到了，新來的平御史是雅人中的雅人，而且出身平郡王府嫡系，讓秦老爺一定把人伺候好了。

秦老爺其實還想多打聽些平御史的喜好，張大人卻是不願多說。秦老爺自然不能強求，待張大人走的時候，秦老爺安排了諸鹽商相送，還有鹽商送給張大人的愛民傘、一包揚州棲靈寺的泥土。張大人捧著這兩樣東西，委實覺得秦老爺會辦事。

張大人揮淚辭別了這座江南第一名城，踏上新的仕途征程。

諸鹽商回家，就等著新的巡鹽御史駕到了。

秦老爺回家讓兒子去古玩店尋些雅物，必要上等物件。

秦鳳儀道：「古玩店雅物多了，要尋什麼總得有個類別，琴棋書畫還分四大類呢！」

「新來的平御史是平郡王府的嫡系，咱們哪裡曉得他喜歡什麼？」

「平御史……」秦鳳儀想了想，「夢中」對此人倒是頗有印象，「爹，您不用急了，我知道這位平御史平生最愛丹青。」

「那就去尋上等古畫。」

秦鳳儀道：「我先去鋪子裡尋一尋，人家是郡王府的，什麼好東西沒見過。聽說這位平御史少時曾去宮裡臨摹名家名畫，我是擔心，便是能尋來一二幅好畫，可落在人家眼裡，怕也是不能入目之物。如此，一來白花了銀子，二來送了主家瞧不上的東西，這東西倒不若不送。這樣，我先去古玩鋪子裡瞧瞧，若有合適的就買回來，若是不好，咱們再商量。」

「成，就按你說的。」秦老爺道：「這字畫你不大懂，找個懂行的與你一道去。」

「我讓趙胖子跟我一道去。」

秦老爺嗔道：「趙才子趙才子，你這孩子，人家對你另眼相待，你也不能放肆。」

「他本來就胖，肚子圓得跟個球似的。」秦鳳儀嘀咕，「我先去給趙胖子寫帖子去。」

「去吧去吧。」秦老爺揮手，將人打發了出去。

秦太太見兒子走遠，方抿嘴笑道：「看咱們阿鳳，現在越發有條理了，說話還知道一來如何二來如何，長進了。」

「還成。」秦老爺慢悠悠地呷著茶，「到底沒白同景川侯府的公子一道出門，這就出去遊玩一日便知道這麼些事。平御史這些喜好，我都不清楚。」

他以為兒子是從李釗那裡打聽出來的。

秦太太嘆，「可惜李姑娘沒眼光，沒看中咱們阿鳳。」

秦老爺道：「這也不必急，種得梧桐樹，自然引來金鳳凰。只要咱阿鳳知上進有本事，以後還怕娶不著好媳婦？」

「是這個理。下個月是方家南院大太太的生辰，我過去給她賀一賀，也順帶瞧瞧他家長房可有適齡淑女。」景川侯家的姑娘不成，秦太太轉眼就打上了方家閣老府姑娘的主意。

秦鳳儀不曉得他娘又思量著給他說親事，他給趙家送了帖子，趙老爺當天就回了，讓秦鳳儀第二日過去。秦鳳儀請趙老爺幫著去瞧畫，趙老爺可是要有條件的，「這事辦妥，你得好好地讓我畫兩張。」

「一張。」秦鳳儀還價。

「三張。」趙老爺伸出三根圓滾滾的手指。

「好吧，兩張就兩張。」秦鳳儀不大樂意，還是應了。

趙老爺不知道什麼癖好，就愛畫他，秦鳳儀卻不是個喜歡叫人畫的。因為秦鳳儀不大靈光的腦袋認為，大家都是畫仕女圖，女人才叫人畫呢。

趙老爺笑著哄他：「我府裡的鶯歌又學了幾支新曲子，屆時我叫她唱給你聽。」

秦鳳儀笑，「甭說，小鶯歌的嗓子在揚州城也是數得上的。」

「那是。」趙老爺遺憾道：「就是生得差了些。」

「還不都那樣？」秦鳳儀一向覺得人都長得差不多，也沒什麼太好看的。

趙老爺看秦鳳儀一眼，「在阿鳳你眼裡，估計誰都差不多。」

「那不是。」秦鳳儀拍一下趙老爺圓滾滾的肚子，道：「像趙老爺您這滿肚子的才學，咱們揚州城也就這一個。」

趙老爺哈哈大笑，「這馬屁多少人拍過，還是阿鳳你拍出來叫我最歡喜。」

秦鳳儀再拍兩下，「虧你也自稱才子，這能是馬屁嗎？就算是，也是馬肚啊！」

趙老爺道：「阿鳳啊阿鳳，你就是白生了這麼副好模樣，該多念幾本書才好。」

「你不曉得，我小時候也是聰明伶俐的，後來生了場大病，自此一看書就頭疼。」秦鳳儀說得有鼻子有眼，問趙老爺：「你說，這是不是老天爺不叫我念書啊？」

「信你鬼話！」趙老爺問：「今天就是瞧字畫嗎？」

「上上好的字畫。」

趙老爺打聽，「這是要送給新御史的。」

「瞞不過您。」趙老爺是揚州城的知名人物，張御史剛走，秦家這麼急著淘換古物，秦家暴家之家，家裡沒人愛書畫，自然是走禮用的。秦鳳儀道：「新來的御史姓平，京城平郡王府上的嫡系，聽說極愛丹青。這走禮自然得投其所好，在這上頭我又不大懂，只得請您幫著掌掌眼，拿個主意。」

趙老爺在京城做過翰林的，平郡王府的大名自然是知道的，趙老爺問：「可知這位平御史的名姓，說不得我在京城時還見過。」

「姓平，叫……」秦鳳儀想了又想，最後道：「看我這記性，竟想不起來了。」

趙老爺與他道：「磨刀不誤砍柴功，要我說，你把平御史這事打聽清楚，我這裡也幫你想一想。這上等古畫，向來可遇不可求。」

「我對京城的事又不清楚，要不，你跟我一道跟李大哥問一問。」

「李家？」趙老爺道：「他家不是賣醬菜的嗎？他家能知道御史的事？」

「看你，就想著醃菜了，你是多愛吃醬菜啊？」秦鳳儀悄與趙老爺道：「景川侯府的長子李釗，我李大哥。」

「哎喲，阿鳳，我以後得對你另眼相看了！」

「看吧，以往淨說好話哄我，說得天花亂墜的。這知道我與李大哥認識，立刻就對我另眼相看。趙老爺，我與你說，你一直嚷嚷著你的畫不能進境，知道什麼緣故不？你這心啊，不清靜！」勢利眼的趙胖子！秦鳳儀道：「這愛書的人，必極於書。愛畫的人，得極於畫。你們才子不都說字如其人，孰不知畫也如其人。你畫畫時心得靜，這樣才能畫出好畫。」

秦鳳儀胡說八道一通，趙老爺道：「我倒想靜，每次請你來畫一幅畫，三催四請不說，等閒你還叫苦又叫累。有你這樣不配合的，我畫畫能清靜嗎？」

「走吧走吧。」秦鳳儀別看過了十幾年紈絝日子，他心思活絡，「我李大哥現在已是舉人，你家裡我趙大哥不也是舉人嗎？咱們帶著趙大哥一道去，也弄個臉熟不是？」

趙老爺猶豫，「這不大好吧？」

「有什麼不好的，快叫人把趙大哥請出來。」

「請什麼請，老子叫他還用請的？」趙老爺道：「阿鳳我沒白認得你，你這人有良心。」

「嘖，你別捧我，這是順帶的，到底你們兩家能如何，我可不敢保證。」

「你看，這剛誇你，你又……」趙老爺到底年長，處事老成，「我還得說你一句，景川侯府也是帝都豪門，雖不比平郡王府，這也是一等一的人家。你雖與人家熟，也不好不先下帖子就直接上門的。這樣，此事也不要急了，反正平御史一時半會兒到不了揚州，你先寫張帖子給李家送去，待李家回了信，咱們再上門，這樣才合禮數。」

秦鳳儀思量一二，「也好。李大哥這人性子端莊，的確是個講究規矩的。」

貿然上門，又得說他沒規矩了。正好，一天沒見媳婦了，也瞧瞧媳婦去！

李家接到秦鳳儀的帖子，李釗與妹妹商量，「妳說，他這是打算過來做什麼？」

李鏡精神頭有些不大好，一想到秦鳳儀說的那些「夢中」事，一宿沒睡好覺，心情很複雜。一則，她是相中了秦鳳儀，但當真還沒有太大的情分，要說見了四面，就能冒著以後可能做寡婦的可能性嫁給秦鳳儀，那是胡說八道，情未至，李鏡做不出來。二則，她又委實擔心秦鳳儀，秦鳳儀瞧著好好的，而且縱有些紈絝名聲，實際上並不是個會亂來的人，最大的惡就是些紈絝間的口角，再瞧秦鳳儀那天欲言又止的模樣，這死斷不是病死的。

聽兄長這話，李鏡道：「肯定不是後悔先時說了那些話……你以前總說人家人品不好，要真是人品不好，如何肯據實相告？」

「我先時不是看妳心太熱，才那樣說的嗎？」李釗道：「雖做不成親事，阿鳳心性的確不錯，是個好的。就憑這個，也值得相交。」他將帖子給妹妹看，「他說是要帶人一道過來，不知道是有什麼事呢？」

李鏡接了帖子，還是秦鳳儀那筆不咋地的字，此時瞧著，卻是越看越親切。

李釗見他妹愣神，不禁心下暗暗吃驚，想著秦鳳凰這功力難道已經深厚到令他妹妹透過字跡見美貌的地步了嗎？

李鏡出了回神，見帖子上寫的是攜友同訪，李鏡道：「這個趙裕，也是揚州城有名的才子，以前在翰林院做過翰林，後來辭官回了鄉，記得他人物畫得最好。這個趙泰，說不得跟趙裕是一家，即寫在趙裕的後面，多是晚輩後生。」她情不自禁為秦鳳儀操了回心，「秦公子帶著趙家人過來做什麼？」一時又道：「他那人素來熱心，難不成是趙家人求到他頭上，他卻不過情面，就帶他們過來的？」

「妳少發昏了，秦鳳儀的確還算厚道，可他也不傻，他跟咱們正經不是很熟，難道還會為別人的事來求咱們，他有那麼大的面子？」

「哥，你這叫什麼話？咱們看他是覺得不熟。可依秦公子說，他對咱們可是熟得不能再熟。倘有什麼難事，他都上門了，就看在夢裡的面子上，也不好回絕他的。」李鏡道：「人家待咱們多麼厚道。」

「行，只要不是什麼難辦的事，我一準兒幫他，成了吧？」李釗道：「不過有一樣，明兒妳去找阿澄說說話，別留在家裡。」

李鏡看他哥操心得跟隻老母雞似的，不由好笑，故意道：「不行，我等著瞧瞧看秦公子可是有什麼事？」

「哎呀，我說阿鏡，你們以後還是少見面。」

「見一面可怎麼了？」

「我不是怕妳把持不住嗎？」

李鏡氣笑，「不見就不見！」回憶一遭秦公子的美貌，不禁感慨，「別說，秦公子的樣貌當真挺叫人難以把持。」

李釗連忙道：「這話，在家說說便也罷了，在外可千萬不許說的。」

李鏡哼一聲，她能連這個都不曉得嗎？

李釗喚了管事進來，吩咐管事回了秦家下人，讓秦鳳儀第二天過來。

李釗其實覺得不怪他妹妹對秦鳳儀尤為另眼相待，秦鳳儀此人的確有些過人之處。就擱秦鳳儀與他們說的那「夢中」之事，擱別人，知道自己早死，如何還有這等灑脫自在氣？秦鳳儀就不一樣，與李家兄妹把老底都抖了個乾淨，結果李釗再見秦鳳儀，秦鳳儀竟還是那副張揚的鳳凰樣。

秦鳳儀規規矩矩地施一禮，原本挺平常的禮數，由秦鳳儀做出來，那姿勢硬有說不出的瀟灑好看。秦鳳儀笑道：「大哥早上好。」說著送上禮物。

李釗令侍女接了，還一禮，「阿鳳你也好，坐。」也請趙家父子也坐了。

秦鳳儀又將趙家父子介紹給李釗認識，李釗笑道：「我少年時就聽說過趙翰林的名聲，至今京城說起來，論畫美人，趙翰林的美人圖當真一絕。」

「那是。」秦鳳儀道：「大哥，趙才子可是咱們揚州城第一有學問之人，他畫的那畫，縱我這不懂畫的都覺得好。原本以為趙才子就了不得了，偏生我這位趙世兄更是青出於藍。大哥您說說，這可還有天理不，怎麼才子都趕他們老趙家了？有才學，真有才學！」

趙老爺連忙道：「阿鳳，你這也忒誇張了，李公子在京城什麼世面沒見過。不說別個，李公子年紀輕輕，已是舉人功名。我家阿泰年長李公子好幾歲，也不過是個舉人，較李公子相差遠矣。」

秦鳳儀道：「我大哥這屬於天才那一種，不好比的。趙世兄已是難得了，咱們揚州城，趙世兄亦是數一數二的人物。」

大家互相吹捧了一回，李釗方轉至正題，問秦鳳儀：「阿鳳你此次過來可是有事？」

秦鳳儀道：「可不是嗎？險把正事忘了。」他對李釗使個眼色，李釗把下人屏退，秦鳳儀方說明來意，「我只知道來的巡鹽御史姓平，聽說是平郡王府的嫡系，極愛丹青。大哥你也曉得，我家是鹽商，平御史過來，我家得有所孝敬才是，可多餘的事也打聽不出來，大哥你對京城的地頭熟，可曉得這位平御史的情形？」

「新御史定的是平家人啊……」李釗沉吟道。

「是啊。」聽大舅兄這口氣，感覺還不如他消息靈通呢，秦鳳儀道：「不知道就算了，這也沒什麼。」

「新御史是哪個我是不曉得，不過平家嫡系愛丹青的，我倒曉得一位。」李釗道：「這是平郡王的老來子平珍，他是平郡王最小的兒子，如今也不過二十幾歲。說來書畫，幾近癡迷。你要是想尋件趁他心意的古畫，那可不容易。他曾在宮裡臨摹前朝古畫，在陛下的珍寶齋一住便是大半年。京城名畫沒有他沒見過的，想在揚州城尋這樣一幅，得看運道了。」

秦鳳儀好奇了，「依大哥說，這平大人該在翰林當官啊，怎麼倒來了揚州管鹽課？」

李釗一笑，「這皆是朝廷的意思，我如何曉得？」

「這可難了。」秦家送禮多年，秦鳳儀亦頗有心得，要是來個沒見過世面的暴發戶，這禮反是好送，無非就是銀錢上說話。最難送的，就是這種見多識廣的。人家什麼都見識過，這種人最難討好。秦鳳儀打聽，「這平御史還有沒有其他嗜好，譬如琴啊棋啊啥的？」

李釗道：「天下最好的琴，大聖遺音、焦尾都在宮裡珍藏，平珍有一張綠綺。還有，平珍不喜棋道。」

秦鳳儀思量半日，也沒思量出個好法子，但他在「夢裡」有個習慣，一遇難事問媳婦，而且他今天來，原就是想順道瞧瞧他媳婦的。於是，秦鳳儀四下瞅一眼，問李釗：「大哥，阿鏡不在啊？」

李釗重重地咳了一聲，秦鳳儀一拍腦門，吐吐舌頭，「哥，我一不留神，一不留神。」

對，在外人面前不該叫媳婦的閨名！

李釗正色道：「這次便算了，以後你言語得慎重。」

「一準兒一準兒。」不過，大舅兄也忒小氣了吧。他不娶他媳婦就是，難不成因著他說了實話，連見都不能見啦？

秦鳳儀打聽完事，看李釗也沒留飯的意思，縱沒見著媳婦，也只得起身告辭。待出了李家門，秦鳳儀對趙老爺道：「李大哥規矩嚴吧，一句話說不對盤就擺臭臉。」

趙老爺好笑，「我說阿鳳，你少得了便宜還賣乖，你打聽啥人家就告訴你啥，還嫌人家規矩嚴？走吧，去獅子樓，我請客。」

「那哪兒成，我還有事求你呢，我請我請。」

說有事求趙老爺，其實也沒什麼事，秦鳳儀就是跟趙老爺打聽了這揚州城的古畫行市。

趙老爺道：「這麼與你說吧，先不說民間珍品不能與帝室珍藏相提並論，便是偶見一二難得佳作，那真正上乘的，除非是家裡揭不開鍋，或是有什麼要命的事，不然誰家也不會把這樣的書畫轉手。現在古玩鋪子裡擺著的，都是二三流的東西。」

秦鳳儀問：「難不成咱們揚州府就一件這樣的好物什都沒有？」

「有，總督府裡據說有幅吳道子真跡，你敢去討？」

「你這不白說嗎？」秦鳳儀給趙老爺斟酒，「我要有那本事，揚州城還能盛得下我？」

「我勸你另尋他法。」

秦鳳儀笑咪咪的，「我記得趙伯伯你好像也藏了不少好畫。」

趙老爺險沒叫秦鳳儀嗆死，趙老爺將肉嘟嘟的脖子在秦鳳儀跟前一橫，惡狠狠道：「要畫沒有，要命一條！你殺了我，你乾脆殺了我！」

「哎喲，我的趙伯伯，可不能這樣，你是咱們揚州城第一才子，這叫人瞧見多不好？」秦鳳儀忙將趙老爺肉嘟嘟的脖子擺正，笑嘻嘻的，「我就開個玩笑，俗話說的好，君子不奪人所愛，我就問問，我就問問。」

「這還差不多。」趙老爺舀了一顆獅子頭，「說來這獅子頭還就這獅子樓的最道地。」

「明月樓的也不錯，聞起來也是一樣的醇香，只是吃起來不如獅子樓的軟嫩。」

「要不說獅子樓的最道地呢！」

秦鳳儀給趙泰布菜，道：「阿泰哥，你多吃點，我聽趙伯伯說，明年你要去京城春闈，待到了京城，怕就沒這麼好吃的淮揚菜了。」

趙泰性子端方，不大習慣他爹跟秦鳳儀嬉笑的說話方式，他謝過秦鳳儀，道：「阿鳳，你這樣的伶俐人，且年紀尚小，該多將時間用來讀些書。」

「阿鳳是書念的太少，你是書念的太多。」趙老爺道：「看你這說的是什麼話？也就阿鳳不是外人，倘是外人，人家還不得惱？」

秦鳳儀道：「要是外人，阿泰哥如何肯說這般關切的話？」秦鳳儀又將自己小時生病，病壞了腦子，一念書就頭疼的鬼話說了一遍。趙泰連忙道：「為兄的失言了，阿鳳你縱不讀書，也是一等一的機靈人，不似為兄，倘不念書，倒不知做何營生。」

「哪裡，我最羨慕會讀書的人了，腹有萬卷書多好。」說來，秦鳳儀這奉承人的本事，半點不比他做紈絝的本事差，連趙泰這樣端方性子，雖覺得秦鳳儀有些聒噪，卻也覺得秦鳳儀不失是一個好少年，尤其懂得為父母分憂，孝順！

秦鳳儀一時半會兒也沒想出怎麼給平御史送禮的法子，李鏡下午回家，換過衣裳去見他哥，自然問起他哥秦鳳儀的來意。李釗如實說了，「平珍要來揚州任巡鹽御史，秦家想要送禮，不知平珍喜好，前來打聽。」

李鏡道：「平珍要說畫畫是當世名家，他懂鹽課？」

「不過叫他應個名兒，鹽課上的事，平郡王府自然給他安排了懂的人。」李釗道：「這揚州鹽課，可是肥差中的肥差啊！」

李鏡不欲說鹽課，她自然更關心秦鳳儀的事，李鏡道：「這揚州，有什麼能入平五爺眼的東西，這回怕是難尋了。」

「是啊！」想到那秦鳳儀一副還想找他妹妹商量的模樣，李釗就不願意再說秦鳳儀，李釗問妹妹：「今天與阿澄可玩得好？」

「挺好的。」李鏡問：「哥，阿鳳過來打聽事，沒有空手而來的道理，他送了什麼？」

李釗一下午都在琢磨平珍任揚州巡鹽御史之事，經妹妹一提醒，笑道：「我還沒看。」令侍女取了來。

李鏡打開來，竟是一套焗補的古瓷。那是一套雪色茶具，雖焗補過，卻是焗補得巧奪天工，竟是將碎痕之處將勢就勢地焗補出一枝蜿蜒峻拔的老梅來。

李鏡笑了，「哥，你快看，這是當初咱們看過的那套茶具，前朝趙東藝大師的手藝，當時我就相中了。咱們過來江南帶的銀子不多，還要置辦給先生的禮物，就沒買，這定是阿鳳送給我的。」

「送給妳的？」你倆可真是心有靈犀啊！

「難道是送你？你又不喜歡焗過的資器。」李鏡道：「我最愛趙大師這份獨具匠心。」

李釗鬱悶：秦鳳儀，你啥意思，都說了我妹不能嫁你守寡，你咋還送東西勾搭我妹？見妹妹就要把這茶具帶走，李釗道：「妳幹嘛？」

李鏡一臉理所當然，「既是阿鳳送我的，我自然要拿我屋裡去。」

參之章 ● 往來談笑種情愫

知道少女懷春時的表現特徵嗎？

最主要的一個表現特徵便是：想的多。

一向自詡冷靜自持的李鏡也不例外，尤其李鏡很有些顏控的小毛病，遇到的偏生還是絕代美貌的秦鳳凰。這不，李鏡抱著茶具回屋，立刻就想多了。

那天她與兄長去古玩店，原是為了尋一件給方閣老安宅的紫砂壺，偏生就見著了這套前朝趙東藝焗補過的茶具。像秦鳳儀，一向不喜這破碎後再焗好的瓷器，李鏡卻是對此情有獨鍾。只是兄妹二人下江南，縱出身景川侯府，帶的銀錢卻是不豐，當然，憑兄妹二人如何吃用遊玩是足夠的，但這樣前朝有名大師的瓷器，開價就是六百兩，這便是對於侯府，也不是一個小數目了。

故而，李鏡也只是賞玩一番，並未購下。

不想今天秦鳳儀便送了來。

李鏡便想多了，想著當初在古玩店她兄妹雖然將秦鳳儀嚇了一跳，可想來事後秦鳳儀必是又去了古玩店，肯定是跟老闆打聽了他們當時買東西的情況，進而購下這套茶具。

原本李鏡對秦鳳儀所說的「夢裡」之事，既惆悵又恍惚，心裡又有那麼一絲懷疑，因為秦鳳儀的經歷委實太過離奇，但看到這套瓷器，李鏡是真的信了。

她的喜好，非極親近之人不能知道。

說她與他在他的「夢中」做了好幾年的夫妻，也不知「夢中」那裡年他們是怎麼過的？

李鏡又是一番惆悵，心下不禁思量，秦家要是想在禮物上討好平珍，怕真是不易了，秦鳳儀大約正在為此犯難吧。

不要說對平珍不大了解的秦家，便是對平珍有所了解的李鏡都覺得，想討好平珍不是那樣容易的事。

一想到秦鳳儀要為此犯難，李鏡心裡竟也不大好過。

李鏡在自己屋裡情思半日，傍晚兄妹倆吃飯時與她哥商量道：「哥，咱們與秦公子也算有段機緣，雖則有欠緣法，可眼瞅他這樣的犯難，我這心裡總是過意不去。」

「這有什麼過意不去的？」李釗道：「他來打聽，能說的我都說了。要換第二個人，有這樣的便宜？」

「不是說這個，就是你不說，秦家在外打聽，平珍的事也不是什麼祕密。阿鳳過來跟咱們打聽是打心眼裡覺得跟咱們親近。」李鏡給他哥盛了碗豆腐羹，「你說，這世上，他這樣的人有幾個？不要說咱們出身侯府，便是出身尋常大戶人家，倘是那些卑劣的人，要知我相中了他，還不得趁勢巴結上來？秦公子就不一樣，他生怕害了我。」

「我也就是看在他這一點上才見了他。」

「行啦，你就一小舉人，見見秦公子怎麼了？哥，不是我說，你以往可不是這樣的勢利人，如今越發勢利了。」因為李釗說秦鳳儀的不是，便得了妹妹一個「勢利眼」的評價。

李鏡道：「你說，就你幫人家這麼一點小忙，能與人家的對咱們的恩情相抵嗎？」

「有什麼恩情啊？妳恩來恩去的。」

李鏡正色，「不娶之恩。」

「我真是求妳了，妳有話直說吧。」見妹妹又給他布菜，李釗道：「別給我布菜了，妳這菜可『不好』吃！」

李鏡與她哥商量，「給平珍備禮，就是咱們來備都不好備，何況秦公子？既知他有此難事，不如幫幫他。」

「怎麼幫？」

「我幫他把禮湊齊了就是。」

李釗問：「妳？」

「自然是我，你那眼神？你會挑東西嗎？」把他哥最愛的青筍放他哥碗裡了。

「不成。」李釗道：「你們少見面才好，既知無緣，就當彼此遠著些，不然見得多了，心思重了，又知不能嫁娶，屆時妳要怎麼著？」

「你當我還真把持不住啊？」李鏡道：「大哥，你這樣出眾的人成天在我身邊，我眼光方養刁了的。要不，你與我們一道去，這便不怕了。你想想，秦公子這經歷多神奇啊，我總覺得秦公子不是個凡俗之人。倘是凡俗之人，哪裡有生得他那樣好的？何況，他既然在夢裡夢到咱們，便是說咱們幾人之間必有一段因果。便是今日遠遠避開，焉知明日會不會遇上？既如此，倒不若順心意而為，如此秦公子有什麼難處，趁著咱們在揚州，能幫的幫了，屆時我與大哥你回了京城，這因果也算了了。」

知道為什麼秦鳳儀沒說出「夢中」之事前，李釗也不大願意這樁親事的緣故了吧？聽聽他妹妹的口才，想著他妹妹的才幹，李釗如何捨得妹妹真的就嫁給鹽商子弟，委實太過委屈妹妹了。

李鏡對她大哥是鞭辟入裡地一通勸，李釗終於點了頭。主要也是因為秦鳳儀經歷太過奇特，何況有他跟著，想來也不會有什麼大事。倘若他攔得太緊，倒真叫二人彼此生出牽掛，那就不好了。

李釗給秦家下了帖子，請秦鳳儀過來一趟。

秦家接到李釗的帖子時，秦鳳儀不在家，是秦太太接到的。秦太太那叫一個驚喜，想著兒子前幾天不還說李家這事沒戲嗎？如何李家又打發人送了帖子來？秦太太立刻替兒子應了，還賞了李家下人大紅包，令管事留著吃了茶，方打發了那送帖子的小廝去。

當晚丈夫兒子一回家，秦太太就與丈夫兒子說了這個好消息，還抱怨兒子：「你瞧瞧先時你說的都是什麼話，人家都主動打發人給你送帖子了。明兒換那身月白的袍子，過去後好生與李公子李姑娘說話，知道不？」

「知道。」秦鳳儀心下一喜，以為是他媳婦請他過去，那他一定得穿得好看些才行。結果接了帖子一瞧，竟是大舅兄的字。秦鳳儀失望極了，無精打采道：「我今兒剛去過，還在李大哥跟前說錯了話，他叫我明天去做啥，不會是嫌我今天說錯話，過去打我一頓吧？」

秦太太連忙問：「你說錯什麼了？」

「也沒什麼，就是一不留神，喚了阿鏡的閨名。」

「你也真是，當著人家兄長的面，可不能這樣沒規矩。」秦太太安慰兒子，「放心吧，這不是什麼大事，李公子不至於為這事責你。

「娘，您不曉得李大哥的脾性，他經常為著丁大點兒的事就能叨叨你一下午，叨叨得人頭都暈了。」

秦太太笑道：「有時人家說你，倘你果真有什麼地方不大好，改了就是。」

秦鳳儀拿著帖子直嘆氣，「李大哥給我派帖子，我一點把握都沒有，要是阿鏡給我的帖子就好了。」

秦太太險沒笑出聲來，與丈夫交換個眼色，看兒子這模樣就知道有多中意人家李姑娘。只盼李姑娘不要似那些尋常人般勢利，莫要糾結於門第之限才好。

第二天，秦鳳儀就打扮得俊逸秀美的上門了。

李釗每回見秦鳳儀這麼鮮亮奪目就擔心他妹會越陷越深，於是，先與秦鳳儀講了半日為人當穩重的話，言下之意就是，讓秦鳳儀到他家來時，不要刻意打扮。秦鳳儀以為李釗說的是昨日他不該直呼李鏡閨名，還覺自己料事如神，心說，果然是為這個說我的。

秦鳳儀想著，夢裡叫了好幾年，豈是說改就能改的？不過，為了免讓大舅兄囉嗦起來沒完，秦鳳儀連忙應了，還道：「大哥的話我記下了，以後我定端莊穩重，向大哥學習。」

李釗此方露出滿意模樣，與秦鳳儀說明想幫忙的意思。

李釗問：「你昨兒特意來我這裡打聽，想是知道我家與平家的關係吧？」

秦鳳儀點點頭，「你跟阿鏡的後娘不就是平家人嗎？這個平御史說起來算是你們的後舅舅，我想著你們肯定相熟的。」

李釗平生頭一回聽人這麼說話的，與秦鳳儀道：「對外說話，那個『後』字就去了。」

兄妹二人生母早逝，景川侯續娶的平氏為妻，故而這平珍還當真是李釗兄妹在禮法上再正經不過的舅舅。不過，像秦鳳儀說的，不是親舅舅，是後的。

反正不論大舅兄說什麼，秦鳳儀點頭就是。

待他媳婦出來，秦鳳儀終於鬆了口氣，笑若春花地起身相迎，「阿鏡，妳可來了。」

李鏡見秦鳳儀一身月白衣袍，色若春曉，清雅出塵，心下便不禁多了幾分歡喜，也是一笑，「今兒外頭很熱嗎？阿鳳你腦門上汗都出來了。」

秦鳳儀立刻腆著一張俊美無邊的臉遞到媳婦跟前，關鍵是他還閉著眼睛，一副等著媳婦給擦汗的乖模樣。李鏡剛想擦，李釗一隻手伸過，將秦鳳儀的臉按了回去。

秦鳳儀嚇一跳，自己醒過神，見大舅兄臉都黑了，忙連連作揖道：「對不住對不住，大哥，我這一時沒改過來！大哥，我可不是故意的！阿鏡，我不是有意的！」

李鏡看他汗還沒擦又急出一頭汗，連忙道：「我知道，莫急莫急。」

秦鳳儀自己提袖子把臉上的汗隨便抹了，他本就是唇紅齒白的好相貌，這麼一急，臉都急紅了，更添三分豔光。李鏡心說，便是沒有「夢中」之事，這麼個美人叫她給擦汗，她也必是願意的。

李釗沉著臉，「走吧，早點把事辦完，早清靜！」

然後，李釗提步先行。

秦鳳儀在大舅兄身後做個鬼臉，李鏡不禁莞爾。

秦鳳儀眉眼彎彎地朝媳婦一笑，就想伸出手去挽媳婦的手，結果，想到又不能跟媳婦成親，便欲將手縮回去。李鏡卻是不待他收回手去，悄悄在他手上碰一碰，便加急步子，追了她大哥而去。

秦鳳儀卻是走不動了，他望著自己被媳婦碰過的那隻手，心說，難不成媳婦還是對我餘情未了嗎？

這可不行，有空他得批評媳婦一回！他生死未卜，是不能同媳婦成親的！

唉，他媳婦愛他愛到不顧將來可能守寡，這可如何是好？

唉，他媳婦就是太愛他了！

這次出行，並不似前番李釗秦鳳儀騎馬，李鏡坐車。

這次出行，李鏡也是扮了男裝，騎馬同行。

原本是李鏡在中間，因著秦鳳儀和李鏡兩人總是有說有笑，李釗便把秦鳳儀叫到自己那邊去了，弄得秦鳳儀大是不滿，秦鳳儀道：「大哥你忒小氣，我跟阿鏡說說話怎麼了？再者你也別總說我的不是，你就偏著阿鏡，她有不是，你怎麼就不說了？」

李釗聽這姓秦的一口一個「阿鏡」地喊他妹的閨名，一肚子火大。

李釗沉了臉問：「哦，她哪裡有不是了？」

李鏡臉上的笑忍都忍不住，唇角彎彎，就聽秦鳳儀道：「大哥，你聽聽阿鏡都怎麼叫我的，竟然叫我阿鳳。我倆才兩天沒見，她就叫我阿鳳了，這怎麼能行啊？我比她年長，都說了要叫阿鳳哥的。大哥，你不是素來有規矩，怎麼不說她，只說我？」

李釗道：「看你這樣，有個做哥的穩重勁兒嗎？」

「做哥看穩重啊，那是看誰生得早。我比阿鏡生得早，她當然得叫我哥了。」說著，秦鳳儀突然眼睛一亮，想出一個絕好主意，與李鏡道：「阿鏡，妳看，現在咱們見一面多難，跟天上的牛郎織牛似的，而且我過來找妳，大哥總是橫挑鼻子豎挑眼，不叫咱倆見面，他還總說我不是。別看他板著臉一本正經很有理的樣子，其實我心裡都明白，他就是不想我來找妳。我也不想總來，可不曉得為啥，有時特想妳，就想過來瞧瞧妳。」

李鏡好話聽了千萬，唯秦鳳儀這話叫她心裡一陣酸暖。

李釗未來得及攔上一攔，李鏡已道：「以後你想我就來我家，咱們一道說說話。」

「好是好，只是有個王母娘娘的大哥在咱倆中間，哪有這麼容易的？」秦鳳儀臉上笑得跟朵牡丹花似的，與李鏡說出了自己主意，「阿鏡，我想了個絕好主意，咱倆結拜吧？」

「結拜？」

「是啊，做了兄妹就能天天見面了，大哥也不擔心了。」

饒是李鏡聰慧過人，也被秦鳳儀這主意驚著了，她可是從沒想過跟秦鳳儀做兄妹的，她又不是缺哥哥。不想，李釗卻是極力贊同，「這是個好主意。」

秦鳳儀笑，「是吧？以後阿鏡做我妹妹，我比現在還要疼她。」

李釗道：「既是做兄妹，你就要有個兄長的穩重樣。」

「是是是，我一定向大哥你學習。」見李釗應了，秦鳳儀就當李鏡也應了，轉頭與李鏡道：「阿鏡，咱們中午就去獅子樓吃飯，樓裡那些大菜妳肯定都吃過。新近來了個廚子，做得好一手黃魚麵。」

李鏡笑笑，「成，那可得嘗嘗。」做兄妹，也成吧？

既是要做兄妹了，李釗也就不死拉著秦鳳儀在自己身邊來了，而且，做了兄妹，秦鳳儀自認也放下心中一樁難事，這樣就可以跟媳婦天天見面，也免了媳婦嫁他做寡婦的風險。於是，放下心中難事的秦鳳儀，更加眉飛色舞地與李鏡有說有笑起來。

這一回，有異性兄妹的梗在前，李釗便不說什麼了。想著他二人縱無夢裡的夫妻緣法，做夢外兄妹亦是好的。

李鏡是個極有品味之人，說幫著秦鳳儀挑禮物，也是相當賣力，三人足走了一天，方把禮物挑好。李鏡並不只選古玩，有些今物並不比那些三流古玩差。至於書畫，一件未購。

李鏡道：「平珍的丹青固然是好，可他也不過二十出頭，年齡所限，也不過一流水準，遠遠未到大師之境。古畫他見多了，你們這裡沒有那等古代名家的丹青，倘是尋幾張二三流的，反不入他目。你與那位趙翰林不是相熟嗎？請趙翰林畫幅好的丹青，屆時裱了送去。趙翰林的美人圖也是極不錯的，如此可算今人名家丹青切磋。」

「就聽阿鏡的，妳的話一準兒沒錯。」秦鳳儀道：「阿鏡，今天妳也累了，妳好生歇兩天，我與趙胖，不，趙翰林先說好，去他那裡選畫，妳與我一同去，妳眼光比我高。」

「好啊！」李鏡一口應下，笑道：「到時我與我哥一道去。」

「這是自然。」秦鳳儀道：「還有咱們結為異性兄妹的事，雖不用大辦，也要請幾位朋友做個見證方好。咱們就在明月樓擺酒，如何？」

李鏡淡淡一笑，「好，聽你的。」

秦鳳儀出門一整日，非但把給平御史送禮的事辦好，還要與李家兄妹結拜。頭一件事，秦家夫婦都無比熨貼，後一件，秦太太就說了，「哎喲，我的兒，我不是說讓你與李姑娘好生相處，你怎麼弄了個兄妹啊？」

秦鳳儀道：「我都說娘您不要瞎想了，您就不聽。我與阿鏡本就是兄妹之情，再說，結拜成兄妹有什麼不好的？要擱別人，阿鏡能瞧得上？」

不是他吹，他媳婦眼光高得很。兄妹怎麼啦，做了兄妹，他可以隨便哪天去看他媳婦，也不用總被大舅兄三擋四阻地為難。一想到結拜這主意，秦鳳儀就覺得自己靈光得不得了。

「我不是說結拜兄妹不好，算了，兄妹就兄妹吧。緣分未到，也是李姑娘無福。」

秦鳳儀心說，在他娘眼裡，怕是沒有比他更好的了。他媳婦的好處，他娘哪裡知道？唉，說來，婦道人家，有幾人有他媳婦的眼光呢？

既是要做兄妹，秦鳳儀就想大大方方送他媳婦一些東西，而且他媳婦的生辰也近了。雖則做不成夫妻，可看他媳婦為他的事多上心啊，秦鳳儀一想到，心裡就暖暖的。

秦太太也想到了備禮的事，「既是要結拜做兄妹，可得給人家李姑娘備份厚禮。」

「這個我來準備，娘，您就別操心了。」

「我如何能不操心？屆時擺酒還是咱們家來張羅的好。」

「我說了，擺酒擺在明月樓，再請趙胖子。可惜阿羅哥去跑漕運了，不然也能請阿羅哥來了。」秦鳳儀道：「這事本也不欲大張羅，就請趙胖子和阿泰哥吧。」

秦太太笑，「我兒越發會辦事了。」

秦鳳儀要與李鏡結拜為異性兄妹，這事自然與秦家夫妻的初衷有所不同，不過，這是景川侯府的公子小姐，能結拜為兄妹，也是極大的體面，秦家夫妻雖不欲將此事到處顯擺，心下亦覺榮光。想著這景川侯府的公子小姐果然有眼光，看人並不局限於門第身分。

真正吃驚的是方家，李家兄妹的好友方悅就驚得了不得。因為李秦三人結拜之事，是請了方悅方澄兄妹的，方澄都與她哥打聽，「哥，這位秦家公子是誰啊？」

方悅道：「說來妳都不能信，是咱們揚州鹽商商會會長秦會長家的公子。」

方澄極是驚異，一方是鹽商子弟，一方是景川侯府的嫡長子嫡長女，身分差距何止千萬里。方澄道：「這位秦公子當真是有手段。」

方悅笑得意味深長，「手段不一定高明，秦公子在揚州城有個名聲，妳肯定不知道。」

「什麼名聲？」

「人家都叫他鳳凰公子。」

「哎喲，什麼樣的人，就敢自稱鳳凰？」

方悅道：「先時咱們在京城，京城中若論斯文俊秀，當屬李釗。若論英挺俊俏，當是平嵐。不過，若單論相貌，他二人皆不及這位鳳凰公子。」

「世間有這樣好看的人？」

「妳去了就知道了。」方悅道：「妳可去開開眼，只是別一見那鳳凰公子，也想著與鳳凰公子結拜個兄妹才是。」

「三哥，你這叫什麼話？」方澄嗔一句，打趣他哥，「那哥你可得打扮一二，別真叫人家秦公子比到泥裡去。」

「泥裡不大可能，不過比到土裡倒是有可能的。」

兄妹二人說笑打趣，見祖父遛達著過來了，二人連忙出亭迎接。

方閣老笑道：「什麼事這麼高興，我在外頭都聽到你們的笑聲。」

方澄扶祖父坐了，笑道：「是李家大哥和阿鏡姊姊要與秦公子結拜的事。祖父，您認識秦公子不？我哥說，城裡人都叫他鳳凰公子。」

方閣老笑，「如何不認得？上回我不舒坦，秦公子還來探病。嗯，是個齊整孩子。」

方悅笑，「阿釗和阿鏡妹妹請我們後兒去明月樓吃飯，也算做個見證。」

「那就去吧。」方閣老道：「阿釗和阿鏡都是有分寸的人，這個鳳凰，既得他們另眼相待，可見必有其過人之處。你們年紀都差不多，咱們剛回老家，你們多認識幾個朋友，倒也沒有壞處。」

二人皆笑應了。

待得去明月樓赴宴，方澄才算開了眼界。那樣大紅底繡金槿花的袍子，這樣的豔色，竟然壓不住秦鳳儀那更加耀眼飛揚的相貌。不要說方澄這樣初次見秦鳳儀的，便是明月樓樓下那些吃酒的，多有認得秦鳳儀這張臉的，皆是看呆了去。

秦鳳儀一路與認識的人打著招呼，一面照顧著李鏡先上樓，他隨於其後。秦鳳儀一行到的時候，人便齊了。說來都是熟人，就是方悅，以往也是見過的，秦鳳儀又打了回招呼。方澄則是頭一回見，方澄與李鏡是閨中密友，也是舉止大方的大家閨秀，此時見著秦鳳儀，卻不禁多了幾分女兒家的扭捏。

秦鳳儀待女孩子尤其有禮，抱拳道：「方家妹妹好。」

方澄連忙還禮，「秦哥哥有禮了。」

彼此見過禮，秦鳳儀道：「阿鏡，妳與方家妹妹坐一處，妳們女孩子在一處好說話。」

李鏡道：「你不說我們也要坐一處的。」

「那妳照顧著方家妹妹些。」口氣之熟稔，自較常人更為親近。

李鏡一笑，「我曉得。」

人既齊全，秦鳳儀請了趙家父子做個見證，李家就請方家兄妹，如此秦李三人便結為了異性兄妹。李釗年紀最長，自然為兄長，李鏡小秦鳳儀一歲，與秦鳳儀便以兄妹相稱了。

名分既定，秦鳳儀再到李家走動自在許多，便是李釗，先時的種種擔憂亦是煙消雲散。

李鏡與秦鳳儀到趙家選畫時，李釗便沒有攔著。

秦鳳儀與李鏡悄悄話：「早知結拜後大哥就好說話，我該早提結拜的事。」

李鏡笑，「也不曉得你怕我哥什麼？他那樣和氣的人，你還怕，怎麼膽子這樣小？」

「哎喲，我不僅怕你哥，我還怕妳呢！你們倆一說話，理都在你們這邊。妳不曉得，大哥叨叨起來，能叨叨得妳耳鳴，嗡嗡嗡，嗡嗡嗡，這樣子。」

秦鳳儀說話有趣，逗得李鏡又是一陣笑。

待到趙家選畫，因秦鳳儀先時與趙才子說好的，趙才子也大方，拿出自己得意的畫作讓秦鳳儀與李鏡挑選。李鏡見裡頭竟然還有一幅月下鳳凰圖，畫的正是月色之下，一人乘舟遠去。那人身形極具意境，不必說，定是秦鳳儀了。

之後，李鏡選了一幅美人圖，另則這幅月下鳳凰圖也一併挑了去。

趙才子還與秦鳳儀道：「那你抽空讓我另畫一張啊！」

「知道了知道了，看你這小氣勁。我說，咱們都這麼熟了，縱不看著我，也該能畫個十張八張的，還單用照著我才能畫出來。」

趙才子道：「我就是瞧著你，也畫不出你萬一之神采啊！」

「這倒是。」秦鳳儀道：「我總覺得，你把我畫得太醜了。」

趙才子嘆，「是啊，縱丹青妙筆，也難描你這天人之姿。」

秦鳳儀深以為然。

二人挑過畫，因還要出去遊玩，便未在趙家多加打擾。待辭了趙才子，李鏡將那幅美人圖給了秦鳳儀，另外一幅《月下鳳凰圖》自己收了起來，李鏡還說秦鳳儀：「這些什麼花魁選美的，都不是什麼好去處，你並不是那樣的人，這樣的事，以後還是少去。」

秦鳳儀大概是「夢裡」被媳婦管習慣了，他點點頭，「我知道，就去了那一次，我先時沒去過才去的，結果人都很一般，還說是花魁？要花都那樣，花都要哭死了。還有那琴啊簫啊琵琶的，彈得也不好，叫人一聽就想睡覺。」

李鏡笑，「那就更要少去了。」

「嗯。」

李鏡與秦鳳儀出去逛了一日，彼此皆心懷舒暢。就是李釗，見著妹妹拿回來了《月下鳳凰圖》，不禁問：「妳把秦鳳儀這畫拿回來做什麼？」

李鏡展開來給大哥看，再次品鑒了一回，「大哥，你不覺得這畫中還真有阿鳳哥的三分風儀嗎？趙翰林畫人物，當真是有一手。」

李釗微微皺眉，李鏡連忙道：「我想著什麼時候請趙翰林幫咱們兄妹也畫一幅。」

李釗面色大為緩和，李鏡忙將畫收了起來，不著痕跡地遞給丫鬟。

李釗道：「收著偶爾一觀便也罷了，切不可掛到牆上去。」

「我曉得，待咱倆的畫得了，我再掛牆上，天天看大哥。」

李釗受用地點點頭，覺得妹妹還是有些品味的。

秦鳳儀把給平御史的禮物置辦好，可算是出了大力氣，早上吃飯時他就說了，不跟他爹去鋪子裡，得要兩天假期，好生歇一歇。秦老爺看兒子這軟趴趴的樣，想著，虧得生個好模樣，不然當真沒法兒看。

秦老爺給兒子夾個翡翠燒麥，道：「給我坐直了，就你這憊賴樣，要是咱們鋪子裡的夥計，我早叫他回家去了。」

秦鳳儀懶洋洋地咬口燒麥，無甚胃口地放下，對他爹這話很是不滿，「我是夥計嗎？我不是你兒子嗎？你不心疼夥計，難道還不心疼心疼你兒子？」

家裡就這一根獨苗，自小寵到大，秦老爺當真不是嚴父，無奈笑道：「行，心疼心疼，你就歇兩天吧。」

秦鳳儀見有了假期，立刻高興了，身子也坐正了，吃飯也香甜了，喝了兩碗粥，吃了半籠燒麥、兩個包子，還有不少菜，便挺著肚皮歇著去了。

秦家夫妻看得哭笑不得，秦老爺道：「有時覺得他跟個大人似的，能幫上忙了。妳瞧，現在又是個孩子樣兒了。」

秦太太滿眼寵愛，「到底年紀小，也不能太拘了他。這樣就挺好，忙幾日，歇幾日。這幾天為著給平御史備禮的事，阿鳳哪得著半點空閒？你瞅瞅，我瞧著阿鳳都累瘦了。」又吩咐廚下熬些補湯給兒子喝，秦太太道：「的確是累這些天了，就叫他歇一歇吧。」

秦老爺道：「虧得妳這樣的實誠人，還燉什麼補湯，他又不在家吃飯。」

「不在家吃在哪兒吃？」兒子這不是在家休養身體的嗎？

秦老爺道：「這剛結拜了兄妹，他能在家待著？」

不得不說，知子莫若父啊！

秦鳳儀跟他爹要假期，還真不是為了在家歇著，這不，他跟他媳婦做了兄妹，他得更疼他媳婦些才好。說來他媳婦也命苦，家裡娘不是親娘，爹雖是親爹吧……其實，秦鳳儀夢裡也沒見過老丈人，主要是夢裡他與媳婦都是在揚州城過日子，根本也沒去帝都城拜見過老丈人。可有句話說的好，有後娘便有後爹，他那老丈人縱是沒見過，也覺得不是太靠譜。就看他媳婦穿戴，雖然也不差，但離奢華還是有些差距的，而且，夢裡他媳婦的嫁妝就不豐厚，也是真的。唉，想來岳家不大寬裕。秦家雖自己是經商的，卻也時常跟官宦門第打交道，知道有些官宦之家，也就是個面兒光，內裡其實挺一般。說不得，他岳家也是如此。

秦鳳儀這麼琢磨著，就去了銀樓，準備給媳婦訂做幾樣好首飾。

是的，秦鳳儀不要現成的那些大街貨，他給媳婦弄幾個獨一無二的。

秦鳳儀甭看學問上不咋地，但他自小就是個愛臭美的，眼光不錯，再加上頗知媳婦的喜好，不過，夢裡他可是沒有這樣為媳婦盡過心的。如今也做不成夫妻啦，秦鳳儀決定對媳婦再好一點。挑了些寶石，又瞧了瞧玉器，秦鳳儀不甚滿意。

夥計笑道：「秦公子，您的眼光不一定看得上咱們這兒現成的擺件。我們這裡有好玉，要是您相中哪個，您畫了樣子，叫師傅按您的意思雕琢也是一樣的。」

秦鳳儀便又去瞧了玉料，結果還真相中了一塊。那塊玉料原是塊羊脂玉，本身便是極好的玉材，只是這羊脂玉上偏生了一抹粉紅，平添幾分嫵媚。

秦鳳儀笑，「這料子還成。」

「公子您真是好眼光。」

秦鳳儀道：「叫你們這兒最好的玉工師傅來。」

秦鳳儀把首飾玉料的事交代好就已是中午了，他沒去館子裡吃飯，一個人在館子裡吃沒什麼意思。也不想回家，現在他娘就一門心思琢磨他的親事，一回去他娘就叨叨。

秦鳳儀想了想，乾脆去找他媳婦一道吃飯了。

秦鳳儀趕得巧，李家兄妹正在用午飯，聽聞秦鳳儀來了，李鏡還以為有什麼事。卻是看秦鳳儀笑咪咪的模樣，李鏡也跟著高興，問他：「什麼事，這麼歡喜？」

秦鳳儀笑，「好事，但是現在還不能告訴妳。」他簡直不用人讓，便道：「阿鏡，我還沒吃午飯呢！」

李鏡忙讓人加椅子加碗筷，又令廚下加菜。

秦鳳儀看桌上不過四五樣小菜、兩道湯品而已，的確不大豐盛，想著岳家日子怕當真不大寬裕，更心疼媳婦。秦鳳儀心疼媳婦怕超支，忙道：「菜不用加了，這也夠吃了。」

李鏡道：「早上做什麼了，午飯都顧不得吃？」

秦鳳儀險就把給媳婦打首飾的話說出去，臨到牙關，他還是牢牢管住了嘴，秦鳳儀一副神祕兮兮的模樣，「妳少套我話，現在還不能告訴妳。」

待侍女擺上餐具，李釗道：「用飯吧。」

秦鳳儀極有風度地先給媳婦夾了一筷子菜，自己這才吃了起來。李家兄妹畢竟是打京城來的，故而這菜多是帝都菜色，秦鳳儀也挺吃得慣，尤其一道焦炸丸子，讓秦鳳儀直拍大腿，「哎呀，我怎麼忘了這道菜？說來，我們揚州人吃都是吃獅子頭，你們京城人就會吃這種焦炸的小丸子。這樣焦炸出來的小丸子，又酥又香。我怎麼忘了，等我回家，也叫廚下做來給我爹娘嘗嘗。」

李鏡笑，「你們揚州人也會做這焦炸丸子？這可是有講究的，有些不會炸的，炸出來跟石頭一樣，既不焦也不酥，只剩一個硬了。」

「這倒是。」秦鳳儀跟媳婦半點都不客氣，「阿鏡，要不，一會兒叫他們給我炸一盤，待我走時帶走，回家再過油炸一遍就好吃了。」

李鏡笑，「成。」

李釗道：「難得你也喜歡京城菜，在京時，有許多你們南方人到京城做官，總覺得我們吃得頗鹹。」

「你們吃得本來就鹹，我也是好些日子才習慣的。」說著，還朝李鏡眨眨眼。

李鏡一笑，問：「難不成，我還逼你吃京城菜了？」

「哪裡用逼，每回看妳吃得津津有味，我就想嘗嘗。開始覺得有點鹹，其實吃慣還好，尤其這焦炸丸子，特別好吃。」秦鳳儀先歌頌了回京城的焦炸小丸子，夾了一個放在嘴裡，搖搖頭，「這不是阿圓做的，阿圓炸的最好。」阿圓是媳婦身邊的丫鬟。

李鏡道：「阿圓沒同我一道來，在京城呢。待什麼時候，叫她炸了給你吃。」

「嗯嗯。」秦鳳儀壞笑，「阿圓還那麼圓嗎？」

李鏡瞪他一眼，「阿圓那是福相。」

「福相福相，一臉的福相。」秦鳳儀嘿嘿樂了幾聲，他忙了一上午，又正是長身體的時候，委實餓了，足足吃了兩碗飯才算飽。原還假惺惺的不必加菜，結果加的兩盤菜都給他吃了。要是不加兩盤菜，估計得不夠吃。

李鏡還關心地問他：「可吃飽了？」

「飽了飽了。」秦鳳儀把肚子給媳婦瞧，「看我，肚子都吃鼓了。」

「怎麼累成這樣？」

「嘿嘿，我是不會告訴妳的。」秦鳳儀這等無賴樣，招來李鏡免費送他一大白眼，「不說就不說，看還不憋壞了你？」

「我就憋著，也不說。」

其實依秦鳳儀的文化水準，他也說不出啥有水準的話，就是這些口水話，硬是把李鏡逗得不成。還有，這飯都吃過了，姓秦的怎麼還不告辭走人？

李釗真是好奇死了，這秦鳳儀臉皮也忒厚了。

人家秦鳳儀半點不覺自己臉皮厚，這原就是他媳婦、他大舅兄，現在大家結拜了，就是他哥、他妹，這又不是外處。而且，秦鳳儀下午沒有計劃，便打算在李家消遣了。

秦鳳儀死賴著不走，依李釗的教養，也做不出趕人的事，他就是喝了一盞茶又一盞茶，端茶好幾次，偏生秦鳳儀跟眼瞎似的，就瞧不出他「端茶送客」的意思，倒把一向伶俐的李鏡險笑出個好歹。

李鏡忍笑，與秦鳳儀道：「阿鳳哥，咱們去我院裡說話吧。」

「好啊好啊！」

李釗將茶盞一放，與妹妹道：「妳中午都要小憩片刻，阿鳳過來與我說說話。」

秦鳳儀平生最不愛與大舅兄說話，他連忙道：「大哥，我也有點睏，我……」他險說跟媳婦去歇了，虧得沒說，不然又要得大舅兄教訓，秦鳳儀道：「阿鏡，妳安排個地方，我睡一會兒，待下午妳醒了，我有話與妳說。」

李釗看這白癡還瞅他妹，一把拉過秦鳳儀，皮笑肉不笑，「正好，到我書房去歇。」

秦鳳儀做最後掙扎，可憐兮兮地看向大舅兄，「能不去嗎？」

大舅兄火冒三丈，「不能！」

秦鳳儀很糾結：大舅兄這麼拉拉扯扯地拉著他往書房去，不會是對他圖謀不軌吧？

秦鳳儀又默默表示：要是大舅兄對他圖謀不軌，他是死都不會從的，他是他媳婦的！

李釗覺得，這縱是結拜為兄妹，也不似很保險的樣子。

尤其是秦鳳儀這小白癡，隔三差五就過來他家，你再有事過來，咱們幫你把事辦了，也就結了，可這小白癡便是沒事也要來。說秦鳳儀笨吧，他還有點小聰明，像來他家，從不空手，但也不送重禮。如果是貴重東西，李釗還能以「東西太貴重」為由拒收，可秦鳳儀送的什麼點心、衣料子、街上買的花籃外加一整籃的鮮花……總地來說，都是不值錢卻很討他妹喜歡的東西。

特別是那整籃整籃的鮮花，他家一花園子的花，買這些有什麼用？偏偏瞧他妹的樣子，竟喜歡得緊。

這小白癡來他家還不算，還時常約他妹出門。李釗不放心，必要跟去，結果人家兩人倒也沒什麼私密事，無非就是去瘦西湖散步、坐船，或者哪個飯莊出了新菜，一道去品嘗。

說句心裡話，李釗活了十八年，從沒覺得自己是個多餘的人，但跟著人家兩人出遊，他竟硬生生覺得自己是個多餘的。

雖然小白癡對他很尊敬，他妹對他也很好，但李釗就是覺得自己很多餘。

便是李釗也不由尋思，難不成他妹真的跟這小白癡有這樣的緣分？

只是，便是有緣，李釗本身也認可秦鳳儀的人品，卻不成啊！

他他他……這是親妹妹，他不能眼睜睜看著他妹守寡！

每當李釗隱諱地同他妹談心時，他那一向冷靜又智慧的妹妹總是一句：「咱們與阿鳳哥都結拜了，大哥還有什麼不放心的？」

「雖是結拜，到底是異姓兄妹。」

李鏡便道：「我這輩子說不得就來揚州城這回，等回帝都就再也見不到阿鳳哥了。」

看妹妹露出悵然之色，李釗心疼妹妹，又不忍再說了。

李釗道：「其實我也不僅是為了妳，妳也知道，阿鳳是個實誠人，我看他對妳極上心，他又是個有些糊塗的，他自以為是哥哥對妹妹，可以後咱們一走，怕他要傷感的。」

李鏡默默無言。

這聰明人就容易想多。

秦鳳儀從來不會想這許多，他素來隨心而行，想來見媳婦，就過來看媳婦。想送媳婦東西，就送媳婦東西。

故而，聰明人如李家兄妹，煩惱便多。像秦鳳儀這樣的，反是每天樂呵呵的。因為他爹他娘也很支持他多找媳婦玩，他爹還說了，「李公子和李姑娘來揚州城，怕也不能久留，你們既投緣，該多多來往。咱們揚州城好地方多了去，他們打京城來，到底不熟，你多帶他們遊玩才好。」也不要求兒子跟他去鋪子裡學做生意啦！

秦鳳儀當真覺得：他爹可真好，特別理解他！

秦鳳儀一高興，當晚還特意從獅子樓買了好菜回家孝敬他爹。

秦鳳儀是個率真的性子，卻不知他爹他娘很有一番盤算。

秦太太與丈夫說：「阿鳳對李姑娘這樣的上心，我瞧著這事有門。」

秦老爺道：「不都結拜為兄妹了？」

「這就是咱們阿鳳聰明的地方。」秦太太一副對兒子特有把握的模樣，分析道：「你想想，那李家高門大戶，縱李姑娘有意，能像現在這般，時常與咱阿鳳出遊相見嗎？這先結拜為兄妹，見面便容易，憑咱們阿鳳的相貌，哪個女孩子不喜歡他？」

秦太太又欣慰地道：「別說，咱們阿鳳還真有幾分靈透。」反正只是結拜的兄妹，沒血緣關係，只要彼此情分到了，自然水到渠成。秦太太不解內情，將兒子腦補得智慧過人。

秦老爺被妻子一說，也覺得此事有門，「要當真能成，這親事委實不錯。」

「那是！」秦太太道：「我雖沒見過那位李姑娘，可你看她幫著挑的那幾樣給平御史預備的東西，皆是既雅致又講究的，也就是李姑娘這樣的出身，才有這樣的眼光。而且，人家是誠心幫著咱們阿鳳。沒聽阿鳳說嗎？跑了一天呢！阿鳳一個男孩子都說累得腿酸，何況李姑娘這樣的大家閨秀？倘不是誠心幫忙，誰肯受這個累？這姑娘多好啊，要是換了別個大戶人家的小姐，還不知如何嬌貴拿捏。」

秦太太喝口茶潤喉，繼續道：「你不曉得，前兒我去方家南院大奶奶那裡說話，就她家那姑娘，平日裡扭扭捏捏、裝模作樣，就不必提了。我只是一說咱們阿鳳，也沒說要跟他家提親啊，那方大奶奶就好像怕咱家相中她閨女似的，忙忙地與我說定了她娘家的侄兒。哼，就她家那姑娘，尋常人矣，能與景川侯家的大小姐相比？人景川侯家的大小姐都對咱阿鳳另眼相待。她家閨女，上趕著要聘給咱家，我都怕委屈了咱阿鳳。」

合著秦太太是在方家碰了壁，肚子也窩著火。再者，秦太太說的也是實情，景川侯府的門第擱在這揚州城，不要說方家南院的大姑娘，便是方家嫡支的姑娘也沒得比。

秦太太道：「明兒我就去棲靈寺給咱們阿鳳燒炷紅鸞香，請菩薩保佑阿鳳的姻緣。」

正是兒子姻緣關鍵時刻，秦老爺也迷信兮兮地表示：「多加香油錢。」

「我曉得！」

故而，這夫妻二人對於秦鳳儀隔三差五尋李鏡之事，甭提多支持了。

秦鳳儀自己也願意與李鏡相處，覺得現在媳婦不似夢裡那般凶悍，就是偶爾有些小蠻性子。哎喲，秦鳳儀天生愛這口！如此，他去得更勤了。

這一日，卻是銀樓的首飾打好了，秦鳳儀給媳婦送去。

讓秦鳳儀唯一不大喜歡的就是，每回去瞧媳婦，總得先過大舅兄這關。

今次亦不例外。

秦鳳儀抱著個紅木匣子，笑嘻嘻的，「大哥，阿鏡在嗎？」

李釗真想說不在，奈何他妹在家。因為這姓秦的總過來，她妹現在都少出門了，就等著姓秦的來約似的。

不過，李釗是要一併去妹妹院裡的。

去就去唄，秦鳳儀半點也不怕大舅兄去，反正他與媳婦做啥，大舅兄都要在一旁守著。久而久之，秦鳳儀都習慣了，他現在已能將大舅兄視若無睹。

李鏡正在屋裡看書，見秦鳳儀來了，未語先笑，起身相迎。秦鳳儀一手托著匣子，一面擺手，「坐著坐著。」把匣子放他媳婦手裡，然後一臉獻寶的得意樣，「阿鏡，妳生辰快到了，這是我特意為妳準備的生辰禮。」

李鏡生辰在五月，其實李鏡不大喜歡自己這生辰，民間的說法，五月是惡月，但看秦鳳儀特意為她慶生，李鏡笑，「什麼東西？」

「打開來看。」秦鳳儀一臉期待。

李鏡打開匣蓋，見是一套金嵌紅寶的首飾，不由有些呆。

秦鳳儀雖則時常送她東西，可這樣貴重的，李鏡有些猶豫要不要收。

秦鳳儀迫不及待呱啦呱啦說起來，「那天我去銀樓，看他們擺的都是一些俗貨，想來阿鏡妳也不喜歡。我想了好幾天，想出花樣子叫他們照著樣式來打的。」拿起一支芙蓉花釵給媳婦瞧，「現下市面上的芙蓉釵多是以黃金為瓣，何其笨重。我叫他們用以金為枝脈，直接嵌紅寶磨出的花瓣，這花瓣也是有講究的，既不能太緊湊，緊湊太過就成一團，失了這花釵的靈秀。也不能太稀疏，稀疏則不成個樣子。中間花蕊用的是黃晶，正合妳戴。妳看，這步搖和鐲子、戒子、項鍊，都是我想出的樣式，世上僅此一套。還剩了些料，給妳磨了花扣。阿鏡啊，妳喜不喜歡？」

秦鳳儀一副就等著被誇獎的神色了，李鏡笑，「很喜歡。」眼中卻是忽就滾下淚來，她緊緊握住秦鳳儀的手，哽咽難以抑制，以致於渾身顫抖。

秦鳳儀聽到李鏡哽咽問他：「告訴我，你在夢裡是如何早逝的？」

女人真是一種難以預料的存在啊！

秦鳳儀如是感慨。

他明明是提前給他媳婦送生辰禮，好端端的，前一刻還在笑，忽然就哭了起來，還問他那些不能說的事。真的，要是能說，他早就跟他媳婦說。這實在不能說，關係到他的臉面，他是打死都不能說的。

秦鳳儀簡直是落荒而逃。

當然，逃之前沒忘了把帕子塞他媳婦手裡。

一路跑出李家，秦鳳儀繼而一口氣跑出半條街，小廝攬月這此方牽著馬追了上來。秦鳳儀嘆一聲，無精打采地騎馬回家去了。

李鏡卻是狠狠哭了一場，李釗勸妹妹許久，李鏡方收了淚，待侍女捧來溫水，李鏡洗過臉，同她大哥道：「哥，我實在不甘心。」

一個人好端端的，無病無災，怎會年紀輕輕突然死去？

李釗嘆，「看秦鳳儀那樣，他是絕不會告訴咱們的。何況，他既夢中有所得，說不得也不會似夢中那個結局。」

「他要是無德無行之人，死也就死了，也無甚可惜。可你看他，哪像有什麼大惡之人？我這心裡，要是看他真有個好歹，我沒幫過他，我怕是一輩子都不能安心。」

「他有什麼事，我來幫他，妳不好再與他相見。阿鏡，他既有此隱憂，別個想頭，妳且斷了吧。」李釗苦口婆心，「秦鳳儀的確是個好人，妳趁著情未深，別再與他來往了。他有什麼難處，我絕不袖手旁觀。要是他身邊有什麼可疑的人，我也留心，成不成？」

「不成。」李鏡揉揉臉，「你是來跟著方先生念書的，明年就得春闈，不能耽擱。哥，你也不必擔心我，我心裡有數。若能幫他查出身邊的隱患，也不枉他待我一場。我幫他，權當是報償。」

李釗猶豫，「妳真沒對他動心？」

「我就是太不甘心他是那樣的結局。他這個人，咱們來往這些天，看也看得明白，他沒什麼心機，對誰好，就是一心一意對誰好。我也不是他突然送我首飾就心動的人，去歲我生辰，平嵐送的那一匣珍珠，論珍貴遠勝這匣首飾，我就是太不忍心他落得早逝的下場。」

倘是別個沒見過世面的女孩子，乍然收到心儀男人的貴重珍寶，感動驚喜之下，以身相許亦不稀奇。但李鏡不是這樣的人，她出身侯府，且她的素質配得上侯府嫡女的身分。要說突然失態，並不因秦鳳儀的禮物在價值上如何貴重，而是這份心意太難得了。

李鏡決定的事，那必是要做到底的。

秦鳳儀卻是經李鏡一哭，自此再不敢登李家的門。

原本，夢裡他被媳婦各種收拾，簡直是受盡折磨，秦鳳儀是怕了這厲害婆娘，可沒想到他媳婦這一哭更是厲害，秦鳳儀至今想起來都心裡悶悶的。

好端端的，怎麼就突然哭了呢?還不如發頓脾氣叫人明白。

秦鳳儀想不通，卻是怕了他媳婦哭，雖則心裡惦記，但是不敢再去，生怕他媳婦問他上輩子如何死的事，簡直丟死人了，秦鳳儀是誰都不會講的。

秦鳳儀悶悶的，秦太太看他這樣，以為他與李姑娘鬧什麼彆扭了，還打聽來著，秦鳳儀哪裡肯說。秦老爺看他在家沒精神，乾脆道：「平御史就要到了，這些天鋪子裡也忙，你既是無事，就與我到鋪子裡去吧。」

秦鳳儀便繼續跟在他爹身邊打下手。

不過，他不去李家，卻是未料到，李鏡要登門拜訪啦！

把秦鳳儀嚇得團團轉，「這可怎麼辦？這可怎麼辦？」

秦太太好笑，「我的兒，這是好事啊！」

人家姑娘主動登門，秦太太是不管兒子這慌頭慌腦的樣，連忙吩咐管事，明日請獅子樓的大廚來家掌勺，再安排明日採買貴重食材，必要好生招待李家兄妹。

秦太太與丈夫道：「你明日若無要緊事，也不要出去了，阿鳳到底年輕，你幫著他招待李公子，我明兒也不去方家南院赴方大奶奶的約，我就在家，與李姑娘也好生說說話。」

秦老爺點頭，「這話是。」

結果，第二天秦鳳儀一大早就跑出門不見了，把秦太太氣得直捶胸口，「這個不爭氣的臭小子！」人家姑娘都來了，你跑什麼呀？

秦老爺也是急得團團轉，一迭聲令家下人去找兒子，只要找到人，便是綁也要綁回來。

最後，夫妻倆都未料到，秦鳳儀是被李家綁了去。

秦鳳儀為啥怕媳婦，這絕對是有原因的。也不知他媳婦哪裡來的這些神機妙算，他天剛亮就起了，偷偷摸摸出門，剛出家門，就被他媳婦派來的人逮住，一路「押送」到李家。

李鏡見著秦鳳儀便道：「我早料著你要偷跑！」揮手將下人打發下去了。

「阿鏡，妳算無遺策！」秦鳳儀習慣性拍馬屁，陪笑道：「有事好好說，妳叫我一聲，我也過來了不是？」

「你要這麼聽話，我用得著叫人去堵你？」李鏡問秦鳳儀：「你跑什麼？我到你家去還能吃了你不成？」

「吃，妳隨便吃。」

李鏡被這無賴話氣紅了臉，「還沒吃早飯吧？」

「這麼早，哪裡來得及？」秦鳳儀知道被媳婦逮住是再跑不了的，露出個可憐樣，「阿鏡，咱們一道用早飯吧。」

「就知道吃飯，你這偷跑出家，你家指不定怎麼急呢，你就不擔心父母著急？」李鏡哼了一聲，喚來丫鬟，令丫鬟叫小廝到秦家傳個話，李鏡道：「就說秦公子到咱們府上來了，讓秦老爺和秦太太不必記掛。」

秦鳳儀心下感慨，他媳婦行事，夢裡夢外都是這般周全。

先令人去安了秦家夫妻的心，李鏡接著安秦鳳儀的心，「你不想說的事，我以後再不問了，你也不要成天提心吊膽的。」

秦鳳儀立刻露出彷彿卸了千斤重擔的輕鬆模樣，「成！」

「你先坐下，咱們說說話。」李鏡指指身邊的椅子，待秦鳳儀坐了，李鏡方道：「你不想說的事，我不問，可有一樣，咱們雖有緣無分，但叫我看你遭那等下場，我不能坐視。你自己也留心，要是城中有什麼仇家，與我說，我縱幫不上什麼大忙，也能幫你想個主意。只要你平平安安的，我也就放心了。」

先時他媳婦突然哭，他還覺得女人的情緒不能理解，眼下卻被他媳婦的感動，秦鳳儀抽抽鼻子，「阿鏡，妳對我真好。」

「你才知道啊？」李鏡嗔道：「那你初時見我還跟見鬼似的，我多問一句，這些天就不見你上我家的門了！」

「我不是不想來，我心裡可惦記妳了，就怕妳傷心，可我又怕來了妳總問我。」

「好了，不問你就是。」李鏡問秦鳳儀：「你在城中可有仇家？」

不問就不問，不直接問，還不能拐著彎打聽了？

「沒有。」秦鳳儀也不願意早死，他縱腦子不大好使，這事他翻來覆去想了幾百遍，與李鏡道：「以前我也就上學時欺負欺負同窗，出門頂多與朋友有個口角，那些不過小事。對了，前些天我與方灝打了一架，但方灝是個書呆子，哪裡有殺人的本事。」

「為何打架？」

秦鳳儀不大想說，不過，此事倒也不是不能說，秦鳳儀就照實說了，「就為那壺，就是我送妳的那個焗過的破壺。妳不是喜歡這種破爛嗎？我去古玩店，正好瞧見這壺，偏生給那小子預定了。你不曉得，他早就與我不對付，因他多念兩本書，成天以為自己多有文化，時常笑我學識不佳。我見著那壺，想著妳定喜歡，要是個和氣的，我就請人家讓給我了，偏生是方灝。他要知道我也喜歡，如何肯讓？我就想個法子，氣得他跳腳，他一惱竟然動手，我倆便打了一架，他氣得沒買壺就走，我便把壺買下來。就這麼點事，能為把壺就殺人？」

「不至於。」李鏡也搖頭，認為這麼點小事不值得殺人，不過，李鏡正色道：「趙東藝大師的手藝，那是破爛嗎？還有沒有眼光？原以為你挺懂欣賞，原來都是裝的！」

「我沒眼光，妳有眼光，還不成？」秦鳳儀見左右無人，他媳婦也不問他那丟人的事，心下輕鬆，心情也大好。自袖子裡摸出個荷包，倒出兩個寸大的小玉雕，「妳屬虎，我屬牛。妳看，這個小玉虎是給妳的。這個小玉牛，是我的。這倆是一塊玉料上來的，瞧出沒？」

李鏡見兩隻小玉雕皆玲瓏可愛，心下亦是喜歡，「挺好看。」本是羊脂玉料，卻是這小玉虎和那小玉牛脊上多了一絲胭脂紅，給這兩個小玉雕平添了一絲俏皮。

「你那天就想送我的吧？」

「是啊！」秦鳳儀把小玉虎放李鏡手心裡，偷偷在人家掌心劃一記，「妳看，非但合了妳的屬相，還有絲胭脂色，更合了妳的性情。」

李鏡知秦鳳儀言下之意，笑咪咪地問：「我什麼性情啊？」

「胭脂虎唄。」秦鳳儀偷笑，李鏡氣得抬手，秦鳳儀握住她的手，「開玩笑的。」

李鏡抽回手，「老實點兒！」

「知道知道。」秦鳳儀道：「我就是一時忘了。」嗯，沒成親，不能隨便握媳婦的手。

李鏡取走那隻小玉牛，「這個給我吧？」

秦鳳儀便收起小玉虎貼身放好，悄悄道：「那啥，阿鏡，妳可不能喜歡上我啊！」

飯還沒吃，李鏡就險被秦鳳儀這話噎著。

李鏡到底是李鏡，要是擱別個女孩子，被男人這樣說，還不得羞窘到地縫裡去。

李鏡見左右無人，竟能反問：「那你喜不喜歡我？」
秦鳳儀老實地點頭，「能不喜歡嗎？」
李鏡白他一眼，「那你憑什麼不許我喜歡你？」
秦鳳儀道：「我也就喜歡妳一個了，可妳以後還得嫁人，妳要是喜歡上我，以後可怎麼嫁人過日子呢？」
「你就那麼願意我嫁別人？」
「是男人就沒樂意的。」秦鳳儀道：「可我不能耽誤妳。」
李鏡有些心酸，看秦鳳儀一副坦白模樣，與他道：「現在先不說這個，我定要把害你的人查出來，看我不宰了他！」
秦鳳儀被李鏡這殺氣騰騰的一鬧，連忙端茶給她吃，勸道：「息怒息怒，吃茶吃茶。」
「吃什麼茶，吃飯去了！」
秦鳳儀常來李家，自然也熟悉李家的飯廳，與李鏡一道去飯廳時還說：「平常我來，大哥都在的，怎麼今天不在？」
「不是不在，大哥在溫書，他明年春闈。」李鏡有些好奇，悄問秦鳳儀：「你說，大哥明年春闈能中不？」
這件事秦鳳儀記得再清楚不過。
秦鳳儀點頭，悄悄同李鏡道：「非但能中，還是傳，傳什麼來著？」
「傳臚？」

「對對對，就這個。」秦鳳儀道：「妳可別告訴大哥，萬一不靈，豈不叫他空歡喜？」

「我曉得。」李鏡臉上已是一派喜色，待到飯廳時，李釗見了妹妹這一臉喜色，還以為有什麼大喜事。李釗見秦鳳儀，點點頭，讓秦鳳儀坐了，道：「這正說要去你家拜訪，你這麼早就過來了？」

秦鳳儀心說，莫不是大舅兄不知道他媳婦著人逮他的事？

秦鳳儀順著李釗的話道：「是，這好些天不過來，心裡也記掛著大哥和阿鏡。」丫鬟捧上早點，大家便用早飯，李家素有食不言的規矩，秦鳳儀先給李鏡夾了糯米糍，挨大舅兄一看，他想著不好冷落大舅兄，忙給大舅兄夾根油條。

李釗無奈地拿個三丁包子來吃，李鏡忍笑，對秦鳳儀個眼色，秦鳳儀就不再照顧大舅兄了，自己端來放灌湯包的瓷碟，取了秸稈，在灌湯包上戳個洞，先喝湯，後吃皮。

另一邊，秦家得了李家小廝送的信，方知道兒子是去了李家接人。

夫妻二人立刻轉怒為喜，打發了李家小廝，秦太太笑得甭提多舒心了，眼尾的魚尾紋都飛揚起來，與丈夫道：「看咱們阿鳳，多會辦事。人家姑娘頭一遭來，他上門去接，豈不顯得鄭重？」完全不曉得兒子是被李家人逮去的。

秦老爺也道：「是啊，就是一樣，這樣的事，如何不提前跟家裡說一聲？他既未騎馬，也未套車，哪裡像個接人的？實在唐突。」

「孩子們來往，總有孩子們自己的道理。」秦太太笑，「咱們在家等著就是。」

「先用飯。為了尋那小子，這一大早上起來，我連口水都沒顧得上喝。」

秦太太笑，「我何嘗不是？」

夫妻二人喝過茶水潤喉，也便傳早飯了。

待用過飯，秦鳳儀與李釗在書房吃茶，李鏡回房梳洗換衣，李釗難免說秦鳳儀：「看你也不是個怕事的，你心裡都曉得是怎麼回事，其實叫我說也簡單，我問你一句，你那夢裡可有今日之事？」

秦鳳儀搖頭，夢裡他媳婦也很中意他，但絕對沒著人去他家大門口逮他的事。

「那不就得了？可見如今的事與你夢中所夢，仍是大有不同。你便不知是誰要害你，可想必你記得當初是怎麼出的事。避開那天的事，想來不是難事。」李釗道：「或者，你現今與夢裡大有不同，也許根本不會遇到夢中的事。」

秦鳳儀頗覺不可思議，「大哥，你怎麼知道我心裡就是這樣想的啊？」

李釗道：「正常人都會這樣想。」

「大哥放心吧，我這回肯定好好的。」

縱李釗一直覺得秦鳳儀不大穩重，卻也佩服秦鳳儀的心理素質。這要是尋常人知道自己幾年後會死，哪裡還能如秦鳳儀這般能吃能喝的？

生死無小事，李釗與秦鳳儀說會兒話，主要是指點一下秦鳳儀留心身邊的人事，畢竟秦鳳儀為人還不錯，起碼知道自己可能早逝沒瞞著，也不會耽誤自己妹妹。這樣的人，李釗也不願意他有個好歹，不然妹妹心裡怕是更放不下了。

李鏡打扮好後，一行人就往秦家去了。

秦家今日都是特意收拾過的，何況本就是豪富之家，只是秦家再有錢，平民房舍的規制也無法與侯府相比的。

譬如，秦家只是尋常的黑漆大門，侯府卻是面闊兩間的獸頭大門。李家兄妹不是勢利之人，自然不會在意這個，倒是一進秦家大門，李家兄妹很是見識了回淮揚鹽商的豪富。秦家這也是五進大宅，正是初夏，院中景致極佳，不論花柳植株，還是雕欄粉砌，皆極是講究。秦家雖不是三步一景，五步一閣，但這一重重的院落，認真比較起來，不比侯府軒昂，但在富貴風流上並不遜色。

可見鹽商之富，名不虛傳。

秦鳳儀為李家兄妹介紹著沿路的景致，秦鳳儀道：「最好的景還在我院裡，阿鏡，呃，妹妹妳不是喜歡看瓊花嗎？我院裡就有瓊花樹，妳要是早些來，還能見著我院中的櫻花，這會兒花都落了，結了櫻桃，待櫻桃熟了，我請妳吃櫻桃。」

「好。」

李家兄妹隨秦鳳儀到了秦家主院，秦老爺和秦太太都未出門，就等著李家兄妹上門。李家兄妹參觀過秦家宅院，待到了秦家主院，見到秦家夫妻，送上帶來的禮物。

秦太太笑道：「實在太客氣了，你們過來，我就高興。」

李釗和李鏡既與秦鳳儀結拜為異性兄妹，便沒有擺侯府公子小姐的譜，對秦家夫妻行過晚輩禮，端的是大家風範。秦老爺與秦太太滿臉帶笑，深覺兒子這回交到了好朋友。

秦太太笑道：「坐，都坐。早就聽阿鳳提過你們，阿鳳在家不住地說李公子斯文，李姑娘心好，今日總算得見，比阿鳳說的更加好。」

李釗謙遜道：「阿鳳實在是過獎了。」

「哪裡過獎？大哥，你不曉得，我爹和我娘就是羨慕像你這樣會念書的人。」秦鳳儀道：「娘，我李大哥現在就是舉人了，明年就能中進士，你說多厲害啊！原本我覺得趙胖呃，趙才子家的阿泰哥就已經很厲害，可看我李大哥，比阿泰哥還厲害。」

秦鳳儀又誇李鏡：「還有阿鏡妹妹，別看阿鏡妹妹是女孩子，其實她比我李大哥還聰明哩，只是她不能科舉罷了。但在女孩子裡，我也沒見過比阿鏡妹妹更好的了。」

李家兄妹饒是再謙遜，聽得好話也沒有不高興的，就是秦鳳儀這話忒直白了些。於是，李釗給秦鳳儀示範了個不直白的，李釗笑，「阿鳳這性子最好，直率。」

秦太太笑，「是啊，這孩子就是有什麼說什麼的性子。待人最是誠摯，只要是認識阿鳳的，就沒有不喜歡他的。」

秦老爺畢竟在誇孩子上頭還是有理智的，補充一句：「阿鳳年紀小，我們家就他一個，隨性慣了。其實心地再好不過，就是偶爾有些跳脫，還得李公子你多指導他。」

「李大哥整天指導我呢！」秦鳳儀笑嘻嘻地問：「爹，您今天沒去鋪子裡啊？」

秦老爺笑，「我這不是聽說你有朋友來，鋪子也不忙，就沒去，正好一處說說話。」

秦鳳儀與李釗李鏡道：「我爹見聞可廣了，我家現在是富了，可我爹小時候，家裡窮得很。我爹全靠自己發的家，掙下我家的家業來。雖比不得那些做官的老爺們，我爹也是行過萬里路，各地見識過的人。」

「你這孩子，哪有這樣誇自己爹的？」秦老爺哈哈笑道：「以前都是為了討生活，才到各地行商，後來攢了些家業，娶妻生子。有了阿鳳後，我就不往外地行商了，不然家裡就他們娘倆，我也不放心，就做起了鹽業生意。不值一提，不值一提。」

「哪裡不值一提了？爹，您多了不起啊，我就覺得您特別厲害！」

秦老爺笑聲更響，欣慰道：「只要你懂事，爹就值了。」

「爹，我現在還不算懂事？」

「算算算。」秦老爺笑得見牙不見眼，要不是有客在，得去摸摸兒子的頭，以示欣慰。

於是，李家兄妹啥都沒說，先聽了秦家人一頓互誇。

秦家人真的是李家兄妹生來所見最愛自誇的人家了。

別人家都是要別人來誇，秦家不同，秦家自己就能把自己誇樂，而且人家不是假誇，人家是真的誇，如秦家父母對秦鳳儀那濃濃的滿意之情，如秦鳳儀對自己爹娘那滿滿的孺慕之意。哪怕出身侯府的李家兄妹瞧著，心裡都有些不是滋味。

他們出身自是比秦家高貴百倍，但論起家中父母子女之間的關係，是遠不及秦家的。

也就李家兄妹都是心胸寬闊之人，不然要換個小心眼的，縱不覺扎眼，也得說秦家這是一家子神經病。

秦家夫妻都是圓潤富態模樣，當然，能生出秦鳳儀這樣的美貌兒子，縱如今不顯當年俊俏，想來年輕時相貌都不差的。

何況，秦鳳儀這種一看就是挑著父母相貌精華而生的。家裡就這一個兒子，又生得這樣得人意，不怪秦家父母對兒子迷之自信。

總地來說，這家人都不錯。

待丫鬟捧上茶點，李鏡見是清一色的雪底墨字的官窯瓷，當然，官窯瓷不供民間用，不過，李鏡何等眼力，一眼就瞧出，這定是官窯私下燒的不留款的瓷器。一般民間但有富戶，多有用這些瓷器。

秦鳳儀招呼李鏡吃點心，「這是四方齋的芙蓉糕和綠豆卷，現在吃最好了。」他看李鏡不大好意思，過去在她下首坐了，遞塊芙蓉糕給她，自己拿個綠豆卷吃，又道：「大哥，你也嘗嘗。夏天吃點心最怕油膩，這兩樣都是既不油膩，也不太甜的。」

李鏡掰了一半，嘗了嘗，讚這味兒好，怕秦鳳儀又勸她吃，「我剛吃過飯，還不餓。」

秦鳳儀把綠豆卷吃完，又將李鏡剩下的半塊芙蓉糕給吃了，「我總覺得餓是怎麼回事？尤其近來，娘，我早上跟大哥和阿鏡妹妹一道吃早飯，吃了兩個大灌湯包、半籠三丁包子，還喝了兩碗粥，吃了不少小菜。」

秦太太沒覺奇怪，「以往也是吃這些啊！」

「可我看大哥就吃的大約我一半的樣子，我是不是吃太多了？」

秦太太笑，「正長身子的時候，就是這樣。」

李鏡也笑，「你沒見我哥前幾年比你還能吃呢。就是現在，他是早上沒胃口才吃的少，每天夜裡都要吃宵夜的。」

說一回吃的，秦老爺又問了李釗來揚州都玩了哪些地方，大家說會兒話，秦鳳儀就請李家兄妹到自己院裡說話去了。原本見過秦家的正院，已覺得處處講究，待到秦鳳儀的瓊花院才曉得秦家夫妻有多寵孩子。秦家正院是明三暗五的結構，秦鳳儀的院子不可能比正院大，但他是兩個院子打通的，兩個院子擱一塊，便比正院更寬敞三分。

一進院門便有棵上百年的老櫻樹遮去初夏炎熱，帶來絲絲陰涼，李釗說：「這樹好。」

「那是。我小時候念書要經過一條巷子，有戶人家的櫻花樹，花枝從院牆逸出，好看極了。我就央了我爹，把這樹給我買回來了。」秦鳳儀為李家兄妹介紹自己院門的樹，待到院中，那幾乎遮住了半個院子的瓊花樹，更是叫人移不開眼，尤其現下，瓊花樹花期雖然只剩下尾巴，也頗有可賞之景。於是，三人也不進屋了，先賞瓊花，秦鳳儀臭顯擺地表示，「阿鏡，這瓊花好看吧？」

李鏡笑，「要是知道你家有這樣好的瓊花樹，我與大哥早就來了。」

「淨說大話，要是咱倆不結拜，大哥哪裡肯？」秦鳳儀還賤兮兮地問李釗：「是不是，是不是，大哥？」

李釗臉一板，「是，怎麼了？」

秦鳳儀最怕大舅兄板著臉，跟學堂的夫子似的，秦鳳儀笑嘻嘻的，「沒事沒事。」

秦鳳儀見李鏡還跟夢裡似的，這般愛他的瓊花樹，便令丫鬟在樹下設了桌椅，跟李鏡介紹自己的院子，「咱們這院子就是樹多，到了夏天有這兩棵樹遮蔭，也是半點都不熱。」

李釗問：「這就是瓊花禪寺那棵瓊花樹吧？」

「是啊。」秦鳳儀有些驚奇，「大哥，你怎麼曉得的？」

「你這事兒略一打聽，誰都曉得。」李釗雖生於侯府，卻並非仗勢之人，反是對秦鳳儀這種見誰家樹好必要弄到手的性子有些看不慣，「人家在山上長得好好的，偏你相中，就非弄回家不可。」

「我以前就是年紀小，做事有些唐突，現在絕不會幹這樣的事了。」秦鳳儀道：「好在這兩棵樹在我這裡養得都不錯，我院裡每年都會製瓊花茶，這是今年新製的瓊花茶，大哥，你跟阿鏡妹妹嘗嘗。」見丫鬟將茶果擺好，秦鳳儀請李家兄妹坐了。

李釗也只是隨口說一句，接了茶，卻是吃著不錯。

李鏡也說茶好，秦鳳儀道：「是我院裡的瓊花姊姊製的茶，她手特別巧。」

李鏡打趣，「光有瓊花姊姊，有沒有櫻花姊姊？」

「自然是有的，不過，櫻姊姊到了年歲，去歲嫁了我家田莊上的管事，現在做了管事媳婦，就不常到我院裡來了。」

見秦鳳儀答得坦蕩，李鏡又是一笑，深覺阿鳳哥是正經人。

吃過茶，秦鳳儀又請李家兄弟去他屋裡坐。

秦鳳儀的屋子，那叫一個富麗堂皇，家具清一水的花梨木，起居所用，絕不在公侯之下以下，可見秦氏夫妻對這個獨子多麼的寵愛。要說唯一不富麗的，就是秦鳳儀書桌上的一幅丹青了。見李鏡拿起來，秦鳳儀連忙跑過去奪，李鏡笑，「我都看到了，還藏什麼藏？畫得真醜。」而且，畫這麼醜，竟然還歪歪扭扭地寫上名字：阿鏡妹妹。

「醜怕什麼，主要是我這心意。」秦鳳儀跟大舅兄示好，「我還想給大哥畫一張呢！」

李釗也瞧見了秦鳳儀的「丹青」，連連推辭，「不必不必。」

待中午用飯時，沒見秦老爺。

秦鳳儀問：「娘，我爹呢？」

秦太太道：「剛鋪子裡掌櫃打發人過來，說巡鹽御史平御史提前到了，你爹過去御史府問安去了。咱們先吃，今天是獅子樓大廚的手藝。」

秦鳳儀請李家兄妹坐下，「不是說平御史的船還得有兩天才能到嗎？」

「是啊。」秦太太道：「這事兒也怪，不過，有時候當官的性情也不一樣，咱們揚州的知府大人不也是如此嗎？提前來了半個月體察民情，大家都不曉得。」

「平御史跟章知府又不一樣。」秦鳳儀很孝順，「娘，叫廚下給我爹留飯，他這一去，還不知道能不能見著平御史，更別提吃飯了，怕是沒處吃去，得餓著肚子回來。」

「知道，我叫廚下留了。」秦太太笑吟吟的，兒子越發會體貼父母的辛苦了。

秦鳳儀還很關心李家兄妹，「大哥，你們要不要帶上東西去看看平御史？」

李釗道：「不急，明日去也是一樣的。」

秦鳳儀想，反正不是親舅舅，倒也的確不用急。

大家一處吃飯，獅子樓大廚的手藝自不消說，何況就伺候這一席，更是拿出平生手藝。不說別個，單是一道佛跳牆就香氣滿廳，秦鳳儀讚道：「這道菜在獅子樓吃，都覺得不如請了大廚來家裡做的好。」

秦太太滿臉笑意，「這裡頭，料是一樣的，就差在一個火候上了。」

秦鳳儀點點頭，他很會照顧人，見李鏡頗是淑女樣，給李鏡布菜的事就自己攬了，而且自己媳婦的喜好，再沒有比他更清楚的。秦鳳儀給李鏡夾的，都是李鏡喜歡的。李鏡暗地裡給了秦鳳儀個滿意眼神，於是，秦鳳儀幹得更來勁啦！

李釗都覺得，在這殷勤一道上，秦鳳儀還真沒得說。難得的是，他殷勤得很自然，並非刻意，故而很叫人喜歡。

在秦家用過飯，李家兄妹便告辭了。秦鳳儀頗是捨不得，他還有好些話沒跟媳婦說，可看大舅兄的樣子，這定是要走的，秦鳳儀便道：「我送送你們。」

然後，他很不客氣地連帶自己一併送到李家去了。

瞧著與妹妹有說有笑的秦鳳儀，便是一向肅穆的李釗，也是無奈了。

李鏡一回家就吩咐管事置辦幾樣禮物，再打發人往御史府遞帖子，說了明日過去請安的話。秦鳳儀道：「那明天我就不來了，咱們今兒好生說說話。」

「成。」

李釗懷疑秦鳳儀是今天請他們吃飯覺得虧了，才會留到晚上，吃過晚飯，方告辭而去。

及至回家，秦鳳儀又受了他娘一通誇，秦太太與丈夫道：「中午咱們阿鳳見你沒在家，特意交代廚下給你留飯。」

「這還不是應當的？」秦鳳儀道：「爹，今天見著平御史沒？」

「沒。」秦老爺道：「說是舟車功頓，改日再見。」

「那禮呢？送去沒？」

「禮倒是都收了。」

秦鳳儀放心了，「爹，明兒我跟你一道去鋪子裡吧。」

秦老爺自是樂不得，秦太太問兒子：「阿鳳啊，李公子和李姑娘也認得平御史嗎？」中午聽兒子提了一嘴，秦太太當時沒好問，如今兒子回來，自然要打聽的。

「如何不認得？」秦鳳儀將他們的關係說了說，「要說親戚，也算是親戚，可到底不是親舅舅，也就有限了。」

秦太太點點頭。

秦老爺笑問兒子：「聽你娘說，你送人家，一送就送到了這會兒？」

秦鳳儀眉開眼笑，「這不是阿鏡明天要去御史府嗎？我就多留了一會兒，也跟阿鏡說說話。明兒我就不過去了。」

哦，怪不得兒子這麼懂事說要跟他去鋪子裡，原來人家姑娘明兒個不在家！

秦老爺被這個兒子氣得都沒脾氣了。

好在，李家姑娘這樣的門第出身，秦家夫妻又巴望著兒子憑這副好相貌得個好媳婦，故而秦鳳儀這總往李家跑，秦老爺也不說他，秦太太又同兒子打聽了一番與李姑娘的進展。

秦鳳儀一副坦蕩樣，還說他娘：「娘，您就別想了，我跟阿鏡現在是兄妹。」

秦太太笑，「不想不想。既是結拜做兄妹，他們畢竟是自京城來的，人生地不熟。你做兄長的便要細緻些，別大咧咧的。要是瞧著他們有什麼要幫忙的地方，咱們不是外處。」

「娘，我曉得。」

秦鳳儀高高興興回自己院睡覺去了，第二天精神抖擻同他爹去鋪子裡學做事。

李家兄妹亦是一大早出門，去了御史府。

李家兄妹對平家人自是不陌生，平珍因是平郡王的老來子，再加上他為人不拘一格，所以與李家兄妹關係不錯。讓李鏡吃驚的是，平郡王府的小郡主也來了。

李鏡反應極快，驚訝也只是一閃而過，笑著行禮道：「不知道郡主也來了。」

寶郡主不過十四五歲的模樣，生得極是俏麗多姿，尤其一雙眼睛，猶若春水盈盈，嬌憨動人處，遠勝李鏡。見李鏡施禮，這少女忙上前扶起李鏡，笑如鶯歌，「鏡姊姊何必多禮？咱們又不是外人。小叔過來做官，我出生到現在，還沒來過揚州。李太白說，腰纏十萬貫，騎鶴下揚州。都說這裡繁華綺麗，不遜於京城。我借小叔的光，一道過來瞧瞧。開始我娘還不放心，後來知道鏡姊姊和釗哥哥也在揚州，就同意我過來了。」

李鏡笑道：「我們是前些天知道珍舅舅要來揚州任御史的，提前打聽說珍舅舅得過兩天才能到。昨兒得了消息，說珍舅舅已是到了揚州，得信兒時已是過晌，想著珍舅舅遠來，舟車勞頓，便未過來打擾。」

平珍道：「我是不耐煩接官的那一套，便提前下船，讓隨扈其後，我帶著阿寶先來。」

寶郡主道：「我昨兒就想去找姊姊，偏生剛來，還要收拾屋子打掃庭院，有各樣雜事，便沒去得。今兒姊姊和釗哥哥來了，鏡姊姊，我可就靠妳做嚮導了。」

李鏡笑，「這是自然。揚州城雖不若京城氣派，倒也有幾處可玩的地方。」

平珍留兄妹二人用過午飯，兄妹二人便告辭了。

這寶郡主一來，李鏡要給寶郡主做嚮導，便叫小廝跑一趟秦家，送了封短信給秦鳳儀，讓秦鳳儀明日不要過來。

李釗道：「要我說，妳乾脆叫上阿鳳，這外出遊玩，阿鳳是一把好手。」

李鏡道：「平家人素來高傲，要是知道阿鳳哥是鹽商出身，寶郡主指不定怎麼想。阿鳳哥那樣熱情的心腸，他是好意相陪，倘寶郡主覺得請鹽商子弟是侮辱了她，豈不是好心做壞事？我約上阿澄，哥你再叫上阿悅哥，一道逛逛還罷了。」

「這也行。」

李鏡說有事，秦鳳儀自然就未到李家。不過，秦鳳儀琢磨著，估計阿鏡妹妹是要陪平家人。平家，秦鳳儀突然想到了小郡主。想到那明豔可人的小郡主，秦鳳儀不禁心下一蕩，不過，他迅速念了兩聲佛。他都不能害他媳婦，何況人家小郡主呢？

秦鳳儀念了一晚上佛，這蕩漾的心方清靜了些。第二天，繼續跟他爹去鋪子裡做事，他爹還說：「你不去找李姑娘了？」

「阿鏡有事，近來不得閒。」

秦老爺方不再問。

也不知是不是就有這天定的緣法，秦家父子去鋪子裡，向來是騎馬的，秦老爺一副圓潤的富家翁模樣，在揚州城並不罕見，基本上，揚州城富戶財主，多是這一款，但秦鳳儀不同，這是揚州城大名鼎鼎的鳳凰公子，秦鳳儀出門，向來是多人圍觀的。有傾慕秦鳳儀的，知道秦鳳儀現在時常去店鋪，出行比較有規律，然後每天在他必經之路上等著圍觀他。

便如瓊宇樓，就是在秦鳳儀去往商鋪的路上。如今瓊宇樓臨街的包廂都漲價了，因為每天一早一晚都有人包了，一面吃早點一面看鳳凰。

李鏡因近來多是與秦鳳儀在家裡說話，她出門時不多，故不知此事。瓊宇樓又是揚州茶數一數二的茶樓，這一大早，李家兄妹就約了平家叔侄來瓊宇樓吃早點。

既是請平家叔侄，自然要最好的包廂。一行人早起過來，早點剛上，就聽得茶樓上下的竊竊私語聲，便是街上亦不大寧靜。四人往窗外看去，便見秦鳳儀騎著他那匹照夜玉獅子從容而來。秦鳳儀就是正常同他爹去鋪子路過，彼時正值清晨，秦鳳儀一襲銀色紗袍，偏生右衽前襟露出一截寸寬的大紅紗色，連帶著這件銀紗袍所用腰帶，亦是銀紗嵌了紅邊。

這抹豔色，在有人喊「鳳凰公子」時，秦鳳儀對著瓊宇樓微一回首，陽光下秦鳳儀那一張帶了淺笑的臉龐，彷彿讓清晨的陽光都褪色成了暗色的背景，世間僅存這一張絕世容顏。

這樣的一回首，也只是短暫一瞬，秦鳳儀笑笑，隨父遠去。

李家兄妹饒是見慣，這好幾日未見，都覺秦鳳儀這張臉當真是舉世無雙。

如第一次見的平家叔侄，平珍讚嘆，「傾國傾城，不外如是。」

寶郡主亦道：「若不親見，怎能信世間竟有此等絕色人物？」

寶郡主與李鏡打聽，「剛我聽有人叫『鳳凰公子』，鏡姊姊，這位公子叫鳳凰嗎？」

李鏡笑道：「倒不是叫鳳凰，他姓秦，上鳳下儀，叫秦鳳儀，是我與大哥的結拜兄弟。因他生得好，便有此雅號，揚州城的人都叫他鳳凰公子。」

「哎喲，什麼樣的人竟能叫鏡姊姊和釗哥哥結拜？這樣的人物，鏡姊姊定是要引見我認識才好？」寶郡主是真的有些好奇了。

李鏡道：「他是揚州城鹽商子弟，妳要不嫌，我就介紹你們認識。」

寶郡主一愣，繼而笑道：「姊姊和釗哥哥都能與鳳凰結拜，我嫌什麼？姊姊認識我這些年，哪回見我就依門第來看人了？」

「知妳不是那樣的人，只是得先跟妳說一聲。」

「姊姊就是細緻太過。」

女孩子說著話，就聽李釗道：「珍舅舅，你不吃飯啦？」

平珍起身擺擺手，「不必理我，你們自己玩去吧。」匆匆下樓走了。

寶郡主見有隨扈跟上，嘆道：「小叔這一準是回去作畫了。」又是一笑，「說不得是鳳凰勾起小叔的畫癮來。」

李鏡笑笑，不再提鳳凰的話題。

待得下午回家，李鏡面色就不大好，李釗還以為她不喜歡陪寶郡主，李釗道：「若是累了就歇一歇，過幾天再同寶郡主出門是一樣的。」

侍女捧上茶，李鏡只是略沾唇，就氣呼呼地與兄長道：「我說這幾天不叫他來，你看，他就整天在外招蜂引蝶！」

李釗一口茶噴滿地。

秦鳳儀接到他媳婦的帖子還高興呢，暗道，果然那句老話是對的，什麼一日不見如隔三秋，他媳婦這定是想他了，這不，打發人送帖子叫他去呢！

秦鳳儀接了他媳婦的帖子，既要赴他媳婦的約，就不到鋪子去了。

秦老爺對於兒子追求景川侯府大小姐的事，也是一千個支持。不去鋪子就不去鋪子吧，兒媳婦比較要緊。秦老爺身為過來人，還指點兒子，「李姑娘和李公子喜歡什麼，你記得帶些東西過去。」

「我知道。」秦鳳儀早想好了。

秦老爺看兒子一副心裡有數的模樣，也就不再多說。

肆之章 ● 紅塵滾滾現絕色

秦鳳儀為李鏡挑了好幾塊衣料子，一大早，沒吃飯就過去了。秦鳳儀這回穿得，比昨兒更鮮亮華麗，昨兒不過一襲銀紗袍子，今兒這料子卻是正經繚綾。不知工匠如何染出那淺金色，便是於室內也有一層淡淡柔光，左肩用銀線繡出一襟濃淡相宜的瓊花，秦鳳儀是個騷包的，出門時還搽了些薔薇水，當真是步步生香。

往時間，李鏡看他模樣漂亮，一見便心生歡喜。今日不同，一想到昨天秦鳳儀在街上那招蜂引蝶的模樣，李鏡就一肚子的火。

秦鳳儀見李鏡不大樂的模樣，笑嘻嘻地湊上前，「是不是想我了？」

李鏡看他那花花公子的紈絝腔，立刻將臉一沉，「你再沒個正經，我可打你了！」

「看妳，說笑都不成。」秦鳳儀笑，「妳不想我，我卻是想妳的。昨兒一天沒見，妳就是不叫我來，我也要過來的。阿鏡，看我給妳挑的料子。這件銀紗的特別襯妳。我做了件袍子，覺得不錯，也給妳送了些來，夏天做衣裙最好，透氣不熱。還有，我身上這件怎麼樣？這可是織造府今年的新花樣，等閒鋪子都沒有的，過來看看，喜不喜歡？」

李鏡原是氣悶，覺得秦鳳儀在外不莊重，可看他做件新袍子也想著自己的心，這氣悶登時就不知哪兒去了。李鏡還是得提一句，「我早見了，昨兒一大早你穿著出門，半城人都在圍觀你呢！」

「妳怎麼知道我昨兒穿著出門了？」

「自然是見過了。」

「在哪兒見的，我怎麼沒見著妳？」

哎喲，他媳婦難不成昨天想他想得到大街上去圍觀他了？

「在瓊宇樓上。」丫鬟捧上茶來，李鏡打發她們下去，說昨兒的事，「你萬眾矚目的，眼裡還能有誰？」

「看妳這話說的。」秦鳳儀端起茶吃兩口，「妳不叫我來找妳，我就跟我爹去鋪子裡。我要知道妳在瓊宇樓上，我陪妳吃早飯多好。再說了，要知道妳也在樓上，我昨兒就不穿那件銀紗袍了，我昨兒該穿這身金底銀花的才好。」

李鏡看他一副得意樣兒，偏生不起氣來，輕哼一聲，「還嫌招蜂引蝶不夠啊？」

「招蜂引蝶倒不必。」秦鳳儀笑著湊過去，雖是花花公子的招人臉，說話卻實在，「這不是妳一直稀罕好看的，我怕我醜了，妳不待見我。」

李鏡死都不認這話，她直言道：「我豈是那等膚淺之人？」

「好吧，妳說不是就不是唄。」秦鳳儀從來不跟女人一較口頭長短的，他拿著料子往李鏡身上比，道：「我跟羽衣坊說好了，叫他們明兒過來。妳喜歡什麼樣式的，只管讓他們做去，到時妳做好了，咱們一起出遊穿。」

李鏡心裡喜歡，只是如今二人身分是結拜兄妹，如何能穿一樣的衣裳出遊。

李鏡道：「先把料子放下，我有話跟你說。」

「什麼事？」

李鏡道：「我說你以後穿得莊重些才好，你昨兒出門，我與平郡王府的寶郡主在瓊宇樓吃早點，她見到你自樓下經過，又知道咱們認識，非要我將你引薦給她。」

「咦？小郡主來啦？」秦鳳儀心中素來存不住事，不必李鏡問，自個兒就說了，「她怎麼這時候就來了？」

李鏡心內一動，「怎麼，她不當這時候來？」

秦鳳儀早將自己夢中之事告訴李鏡的，此時自然也不瞞她，況屋內並無他人，秦鳳儀便道：「按著時候，得明年小郡主才會來。」

李鏡想了想，道：「你不是說有很多事同你夢裡不一樣了，說不得，這事也變了。」

李鏡好奇的是，「這麼說，你夢中也認得她？」

秦鳳儀立刻如被剪了舌頭般，李鏡雙眸微眯，「看來，還不是一般認得？」

「哪裡，就是一般的認得。」秦鳳儀連忙道：「就我家的身分，要不是因著妳，如何能認得郡主？就是我夢裡，也是因妳認得她的。」

李鏡頗有些女孩子的第六感，看秦鳳儀這模樣，雖然秦鳳儀嘴硬，李鏡心裡卻是懷疑的。不過，想想寶郡主的身分，也不可能與秦鳳儀有些什麼，秦鳳儀又是個膽小的，不想說的事，怕是逼問也逼問不出來。

李鏡道：「她素來心細，你可不要把你夢裡之事叫她知曉。」

「我明白，我連我爹娘都沒說過，只告訴妳和大哥。」秦鳳儀主要是怕嚇著他爹娘，便道：「放心吧，我怎麼會跟她說這個？再者說了，她這身分，不見面也罷。」

見秦鳳儀不欲與寶郡主相見，李鏡心中隱隱有些歡喜，卻是道：「她都說了，請我引薦你給她認識，見一面就見一面吧。」

秦鳳儀道：「咱倆是結拜了兄妹的，何況咱倆的關係，也不是尋常人能比的。妳叫我見她做什麼？我畢竟未婚，她是高高在上的郡主，說來也是未婚女孩，在一處多彆扭。」

「她性子素來好強，為人也霸道，要是見不到你，再不能甘休。不如這樣，屆時定有我哥相陪的，再喊上方家兄妹，人多了，你也就不顯眼了，如何？」李鏡道：「到時你別穿得這般鮮亮，穿得低調些，別太招人眼。」

秦鳳儀道：「成，那我回去做兩身大哥那樣的衣裳。」

李鏡笑道：「你慣會說這樣的話。」

「本來就是，妳說咱們這正青春呢，大哥成天不是藍就是灰，明明一副好模樣，偏生打扮得跟個小老頭似的。」秦鳳儀不願意說小郡主，轉而拿大舅子打趣。

李鏡看他對寶郡主的身分不是太在意，深覺阿鳳哥是個知深淺的，遂說起秦鳳儀給她的衣料來。李鏡道：「這樣上好的繚綾，便是在京城，尋常官宦人家也不能有的。你們鹽商之富，名符其實。」

秦鳳儀笑道：「這哪裡是買的？繚綾素來只供皇家或是公卿府第，我家等閒也沒處買。說來是沾了江寧織造的光，揚州城陳家綢緞莊，與江寧織造府陳大人家是同族，故而，陳家綢緞莊頗有些好料子。他家綢緞莊有自己的織工，這是他家織工自己織的，陳太太跟我娘的交情好，每年不知給我送多少料子。這兩塊也是他家送的，這銀紗的紗織細密，薄而輕透，夏天穿最涼爽。這繚綾也是他家今年的新料子，這花色還是我去歲跟陳太太說的，叫她弄點素雅的，甭成天大紅大綠的，俗得很，還非送過來叫我穿。」

「這哪裡是免費叫你穿，這是叫你穿出去給他家廣而告之呢！」

「是啊，妳說，這做生意的就是精明。」秦鳳儀道：「妳不曉得陳太太有多精明，那些便宜料子總是送我家很多，還都是鮮亮的。我爹我娘從苦日子過來的，覺得白得的衣料子，不穿糟蹋，還要做衣裳穿，要不是我死活攔著，不知道怎麼叫人笑話我家。後來看我不穿，陳太太見我就叨咕，叨咕得人心煩。要是遇著貴的好料子，就給我做一身衣裳的料。她家做衣料生意的，這眼力也好，真是多一寸都沒有。她這麼摳門，我後來都不穿她家的衣料了。方家南院大奶奶家也有綢緞莊，方大奶奶就很大方，起碼做得兩三身是夠的。也不知陳太太怎麼曉得了方大奶奶也送我衣料子的事，她後來才開的眼，現在有織花的料子，還都會請教我，我要是瞧著好的，一準好賣。」

秦鳳儀鹽商出身，說起這些事來眉飛色舞的，李鏡心喜他，亦覺有趣，還道：「別說，你穿的衣裳，就是拿到京城去也不過時。」

「什麼叫過時啊，別看京城裡做官的多，要論起穿衣打扮，我們揚州城不比京城差。妳且想想，就是皇宮的衣料子，也是江寧織造採辦。我們揚州到江寧坐船一個多時辰就到了，有很多京城的大戶人家給家裡女孩置辦嫁妝，都是著人來揚州採買。」秦鳳儀小聲道：「那啥，妳那時就是這樣的。」

李鏡瞪他，「你這嘴，在別人跟前可不能這樣。」

「我曉得，我只跟妳這樣。」

「跟我也不許這樣。」

「那我得多憋得慌啊！」

李鏡嗔道：「憋死你算了！」

到了用飯的時辰，李鏡就帶著秦鳳儀過去用早飯。

李釗見秦鳳儀一大早就來，心說，就是咱們下帖子給你過來，你這來得也忒早了吧？秦鳳儀慣常不拿自己當外人，完全沒覺得大舅兄嫌棄他，禮數周全地同大舅兄打招呼。李釗微微頷首，讓他坐下一併用飯。

秦鳳儀這一來就是一天，要是個能聽懂人話的會看人臉色的，估計瞧著李釗的臉色，以及先時李釗說的話，都不能這麼成天過來。秦鳳儀不一樣，李釗板著臉，他認為大舅兄一向就肅穆。至於李釗說的那些委婉的話，秦鳳儀一向是直線思維，你太過委婉，他硬是當聽不懂。他自己又挺願意來，那就來唄。反正以李釗的教養，人家秦鳳儀這麼高興地來了，他也做不出攆人的事。

何況，就是他攆，也得問問他妹同不同意呢！

於是，秦鳳儀在李家吃了早中晚三頓飯，還帶回了大舅兄的兩身衣裳。

李鏡說：「就是現做，明兒就要穿，今兒也來不及。我哥這兩身衣裳都是沒穿過的，叫丫鬟們改改大小就成。」這不，晚上就改好了，正好叫秦鳳儀帶回家去，明天穿戴。

秦鳳儀這一回家，秦太太笑咪咪地問過他這一天的行程，知道就在李家消磨的，秦太太頷首，覺得兒子在討媳婦這事上很是爭氣。

第二天，秦鳳儀穿了身寶藍絲織長袍，秦太太方問：「阿鳳，這是你的衣裳嗎？」

沒記得兒子有這衣裳啊！

秦鳳儀道：「今天得跟阿鏡出門，有貴客，她叫我穿得穩重些。我沒這樣的衣裳，這是大哥的，我借來穿穿。」

秦太太看兒子是怎麼看怎麼好，何況這又是李公子的衣裳，那就更好了。

秦太太笑，「這衣裳好，穿著斯文。」

秦老爺喚住兒子問：「什麼樣的貴客？」

秦鳳儀道：「平御史不是來了嗎？是平御史的侄女，平郡王府的小郡主。」

秦太太險沒一口氣噎過去。

天啊天啊！郡主？這樣的貴人，簡直是想都不敢想的啊！

好在秦老爺理智尚在，秦老爺問：「怎麼個事？郡主出行，你去合適嗎？」

郡主是貴女，有品階的。不同於李家姑娘，景川侯再貴重，李姑娘也就是侯府閨秀。郡主不同，郡主與郡王平級，比侯爵高兩級。就是揚州府的總督，論貴重，都差這郡主一頭。這樣的身分，秦老爺就有些擔心兒子了。

秦鳳儀道：「沒事，就是尋常出遊，還有李大哥、方大哥他們，阿鏡也喚了方家姑娘一道。我就跟著，若有個跑腿的事，我畢竟地方熟不是。」

秦老爺此方放心了，與兒子道：「務必要謹慎，寧可不出頭，別冒失了。」

「爹，您放心吧，我曉得。我與小郡主又不認識，哪會冒失？」

秦老爺看兒子的確比先時穩重多了，倒也放心，點點頭，「去吧。」

待兒子走了，秦太太方撫一撫澎湃的老心，抱怨道：「你說說，這麼大的事，這孩子也不提前說一聲。」

秦老爺笑，「提前說能怎麼著啊？阿鳳交朋友一向如此，他與趙老爺相交還不是這樣，多少人巴結趙老爺都巴結不上，我看他並不怎麼上心，倒是趙老爺，跟咱們阿鳳很是不錯。前兒城東當鋪范老爺想求趙老爺的畫，想請我幫著問問呢！」

「趙老爺又不是賣畫的，既是想求畫，直接說就是。」

「當鋪這行當……趙老爺又不差賣畫的錢。」秦老爺一笑，搖搖頭沒再多說。

秦太太唇角翹起，「別說，趙老爺主動送咱們阿鳳畫呢！」

「外頭人說阿鳳會結交朋友，我瞧著倒有幾分道理。」秦老爺拈鬚而笑，「這也奇，多少聰明伶俐的人都結交不到的人物，咱們阿鳳不費什麼力氣就能搭上話。」

「也不看看咱們阿鳳是什麼樣的人才。」秦太太笑中透出得意，「昨兒個方家南院大奶奶還抱怨我說阿鳳不穿她給的料子呢！」

「別叫她送了，咱們家又不是沒衣裳給孩子穿。」

「不讓送豈不是要得罪人？」秦太太道：「平日裡常來往見面的，人家送過來，還能再送回去嗎？」

秦老爺想想，也是這個理。知道這裡頭有婆娘們一些家長裡短的事，便不再多說。

秦鳳儀一身寶藍衣袍去了李家，結果一看，李大哥也是寶藍衣袍。秦鳳儀笑道：「大哥還真喜歡寶藍色的。」問李鏡：「阿鏡，看我跟大哥穿的，像不像兄弟？」

李鏡瞧瞧這個，再望望那個，都是他最親的人，不禁抿嘴一笑，「真有幾分像。」

結果，李釗出門前，硬是換了身天青的袍子。

秦鳳儀道：「這顏色不好看，多少人家家丁都穿這顏色。大哥，你雖人才出眾，這衣裳也不配你。我記得大哥有身月白的，那顏色好，襯得大哥更斯文。」

李鏡也恨不得今天秦鳳儀泯滅於眾人，結果，秦鳳儀就是穿身尋常的寶藍袍子，仍是鶴立雞群。李鏡心思靈，想著她哥也是帝都城有名的美男子，正好把她哥好生打扮得出彩，如此就不大顯著秦鳳儀了。李鏡遂道：「是啊，大哥，你穿月白的好看。」

李鏡心思靈活，李釗也不笨。

李釗瞥妹妹一眼，再看一副坦白臉的秦鳳儀，將臉一板，「我就愛這天青色。」

「那就穿吧。」秦鳳儀一向不敢與大舅兄爭的，他還一個勁兒拍大舅兄馬屁，「大哥，你這樣的人品，穿什麼都好看，就是不穿也好看。」

這叫人說的話嗎？

李釗瞪秦鳳儀，「不會說話就閉嘴！」

秦鳳儀小聲嘀咕：「我是說，什麼時候咱們可以一道游泳？」見大舅兄沉著個臉，秦鳳儀縮縮脖子，不敢再說，蹭到媳婦身邊站了。

李鏡道：「大哥，你這麼嚴肅做什麼？咱們出去玩，不是去參加文會，不用板著臉。」

「就是啊。」一看有媳婦撐腰，秦鳳儀立刻腰桿直了，「大哥年輕，別太肅穆才好。」

李釗看此二人一眼，冷哼一聲，抬腳先走了。

秦鳳儀朝李鏡笑笑，李鏡回之一笑，然後兩人笑咪咪地跟在李釗後頭。

李釗心下感慨，當真是女大不中留，他妹還不大呢，就這樣不中留了。

一行人先去方家與方家兄妹匯合，待到了方家，自然又是一番寒暄，秦鳳儀還有幸再次見著方閣老。要秦鳳儀說，方閣老一點也不像大官的樣子，老爺子很隨和，還問他們：「今天到哪兒去玩？」

李釗道：「瘦西湖的荷花正好。」

老爺子點頭，「不錯，正是景致最好的時候。」

方銳道：「還可遊湖作詩。」

老爺子道：「作詩就你們幾個，人少了些。」

方銳道：「叫了南院的族弟族妹一道，也能與阿鏡妹妹和妹妹做個伴。」

秦鳳儀一聽作詩就著急了，先時媳婦也沒與他講過，他不會啊。秦鳳儀正急得恨不得抓耳撓腮地悄悄找媳婦拿個主意，偏生老對頭方灝與其妹方洙過來了。方灝一見秦鳳儀就心下三聲冷笑，不過，當著族長祖父的面，自然不會對秦鳳儀失禮。

秦鳳儀朝方灝笑，「阿灝兄弟也一道，甚好甚好。」

方灝皮笑肉不笑，「阿鳳兄弟，你好你好。」

人既到齊，辭過長輩，大家便一道出門了。

女孩子們坐車，男人們騎馬，最讓方灝氣憤的是，他知道今天是與郡主同遊，特意換了身既斯文又襯得他俊秀的寶藍衣袍，不想卻與這討厭的秦鳳凰撞了衫。女孩子撞衫都是誰醜誰尷尬，換了生物世界裡比較愛開屏的雄性，更是不能免俗。於是，方灝那陰鬱的小眼神直盯了秦鳳儀一路，把秦鳳儀盯得都懷疑方灝對他是不是由恨生愛了。

沒辦法，人生得好，就是這麼有魅力。

一行人往御史府去，寶郡主已是在等了。

寶郡主過來揚州，也只是微服，並未驚動揚州官場。故而，她並未如何瑣碎排場，無非是車駕寬敞些，丫鬟婆子侍衛多帶幾個罷了。

寶郡主在諸人堆裡一眼便看到了秦鳳儀，秦鳳儀便是這樣一身尋常的書生慣穿的寶藍衣衫，仍是皎皎如明月，燦燦似星辰，望之不似人間色。便是見多識廣的寶郡主，都要再次感嘆一聲，江南竟有這等人物。

秦鳳儀起初不願再與小郡主有瓜葛，只是此時再見，仍是難忍再望一眼那雙翦水雙眸。柔腸百結的秦鳳儀發現，人家小郡主就是看他一眼，翦水雙眸倒是夢中的翦水雙眸，只是柔腸好像只是他而已，人家完全沒啥反應，就是這平平淡淡的一眼罷了。

秦鳳儀不禁又生出一種既是解脫，又是失落的心思來。不過，這心思也只一瞬，因為他媳婦的眼神不著痕跡地掃了過來，秦鳳儀立刻脊樑骨一冷，幾乎是條件反射地做出個挺胸抬頭，然後，眼觀鼻，鼻觀心的規矩樣。

秦鳳儀收回眼神時，不留心掃過方灝，悶笑起來。

瞧瞧方灝那呆頭鵝的樣兒，簡直樂死他了。

秦鳳儀偷樂，李鏡卻是一肚子暗火，想著秦鳳儀面上老實，卻是個花花腸子：竟然跟她說與小郡主沒啥？這是沒啥的模樣嗎？回去定要好生問他！

寶郡主請了李鏡與她同乘，姑娘們各上了自己的車，秦鳳儀完全不曉得他媳婦因他神色不莊重，已是一肚子火，他伸手捅方灝的腰，方灝嚇一跳，秦鳳儀憋笑，「傻了吧？」

方灝暗暗握拳，警告道：「你今天可別招我。」

「我招你做什麼？再說，我就是招你，你敢當著這麼多人的面動我？」秦鳳儀賤笑了一回，翻身上馬，瀟灑萬分地騎馬跟上了車隊，留下方灝氣的臉色發黑，思忖著什麼時候非好生收拾這臭鳳凰一回才好。

其實陪女孩子們遊湖無非就是賞賞景吃吃飯啥的，諸人都做慣了的。秦鳳儀牢牢記著他爹與他媳婦的話，一直跟在最後，不冒頭也不亂說話，就是老老實實地跟著。

小郡主當著這麼些人的面，自然不可能與秦鳳儀說什麼私話，不過些客套腔罷了。何況因著方灝與秦鳳儀不對盤，作詩的時候，秦鳳儀死活憋不出來，還叫方灝笑話了一回，「都說才貌雙全，鳳凰公子有表無裡，這可不成啊！」

秦鳳儀笑嘻嘻的，「對對，看我大哥，年紀輕輕，舉人老爺，我大哥這才是才貌雙全。再看我阿悅哥，聽說也是案首，就等今年考解元了，這叫才貌雙絕。我不成，我是白身，還有表無裡。不過，阿灝哥，最可悲的那種你沒說出來。」

方灝直覺秦鳳儀沒什麼好話，不搭秦鳳儀的話碴，秦鳳儀也不用別人搭，他一臉壞笑地湊近方灝，「不過，看到阿灝哥，我就知道有表無裡不算啥，最可悲的是，無表又無裡。」

方灝臉一黑，秦鳳儀立刻敬酒，一臉陪笑，「開玩笑開玩笑，阿灝哥你要惱，可就是與我這有表無裡的一般見識。你是何人，你是童生，怎能與我計較？來，弟弟敬你一杯。」

當著女孩子們的面，方灝不能沒風度，只得接了秦鳳儀賠酒，道：「不下為例。」

「好，下不為例，下不為例。」

秦鳳儀因是敬陪末座，也與李鏡說不上話，至於小郡主，秦鳳儀柔腸了一回，結果沒收到回應，要擱他人得體諒，你自己做夢是你自家的事，人家小郡主頭一遭見你，又沒夢到過你，焉能有什麼柔腸？可秦鳳儀不是他人，此人生來貌美，傾慕他的人多了，他素來是你若無情我便休的，只因為休之後還有無數人愛他貌美。再者，他是有媳婦的人了，他媳婦又是個蠻醋蠻醋的，秦鳳儀上輩子還死得不大體面，故而，於這些事便淡了。縱是這等出身這般美貌的小郡主，他竟也未再多思多想，反是因守著方灝坐。

秦鳳儀調戲方灝大下午，一時好一時歹的，把方灝鬧得，硬是再沒顧得上傾慕一下美貌的郡主。待宴席散後，小郡主也回了家，方灝指著秦鳳儀道：「怪道古人說，唯女子與小人難養也，我算是明白了。」諷刺秦鳳儀是小人。

「你明白個屁，我阿鏡妹妹、阿澄妹妹、阿洙妹妹都是女子，你說誰難養啊？」秦鳳儀說方灝：「我看你是酒喝多，不要命了。」與方悅道：「阿悅哥，你多瞧著他些。」又叮囑方洙，「阿洙妹妹，回家用晉中的老陳醋給你哥醒醒酒。」

秦鳳儀雖生得貌美，有李鏡這樣的顏控，對秦鳳儀夢裡夢外一見鍾情的，自也有例外。方洙就不吃秦鳳儀這一套，人家小姑娘很知道裡外，自然是護著她哥的，冷哼一聲，「你還說，都是你灌我哥的，我早瞧見了。」

秦鳳儀笑，「這不是不知道妹妹一直瞧我，我要知道，我定不這樣的。」

方洙再哼一聲，摔下車簾子，才不理這紈絝商賈子弟。

秦鳳儀在馬上嘻嘻直笑，笑得跟朵微醺牡丹一般，拱手與方悅告別。

方悅辭了李家兄弟與秦鳳儀，帶著兩位妹妹與喝得有些多的方灝回家去了。

秦鳳儀原想回家的，不想李鏡喚住他，「我看你喝的也不少，先到我家醒醒酒吧。」

秦鳳儀眼珠一轉，剛要推辭，李鏡已道：「你要不來，就是心虛！」

秦鳳儀倒吸口冷氣，想著真要命呀，他不過剛動要走的念頭，這婆娘如何知曉的？說來，秦鳳儀夢裡與李鏡做了好幾年的夫妻，對李鏡還是頗為了解的。別個不說，他這媳婦啥都好，就是愛吃醋，而且眼睛特別尖，要是給她瞧出什麼苗頭，那定是能把秦鳳儀心肝肺審個通透的。秦鳳儀最怕這個，猜到他媳婦要問他看小郡主那一眼的事，故而想先回家避避風頭，待他媳婦這醋勁過了，他再過來。

不想，他媳婦竟然瞧出他要遁走來？

秦鳳儀被李鏡識破，自然是走不了了，只得跟著李鏡進去。

方灝有沒有喝到晉中老陳醋調的醒酒湯不知道，反正他是喝著了，秦鳳儀給酸得打個激靈。秦鳳儀極是不滿，「我又沒喝多，怎麼灌我老陳醋？」

「省得你一會兒給我裝醉！」

秦鳳儀一聽這話，頓時覺得生無可戀，轉頭求援，「大哥，大哥……」

李釗一撣衣袍，「我去看會兒書。」起身走了。

妳就醋這一整天。」

秦鳳儀氣得碎碎念一路，「這沒義氣的。」然後，跟著媳婦去媳婦屋裡說話了。

李鏡要問啥，秦鳳儀不用猜也知道。果然，一開口就問他與小郡主的事。

秦鳳儀道：「我說不去，妳非叫我去。要是妳見著故人，能不看一眼嗎？我就瞧一眼，還怕什麼？」

「我是醋這個嗎？」李鏡道：「你當初見我跟見鬼似的，見她倒是含情脈脈。」

「我當初見妳都不能信我夢裡都是真的，故而驚訝。見她的時候，咱倆都商量過了，我還怕什麼？」秦鳳儀喝了半盞蜜水，「再說，我也不是對她含情脈脈，我是看妳呢！妳不正在她身邊嗎？我就瞅妳一眼。說來，別看小郡主生得不賴，妳在她身邊，半點不遜色。」

李鏡受秦鳳儀一奉承，心下順暢不少，轉念一想，「你還說看我？你要看我，怎會知她生得不賴？少拿這話奉承我！」

氣一回，李鏡拉秦鳳儀坐下，認真道：「我問你這些，難道就是吃醋？我是要問清楚，你到底跟她有沒有關聯？難不成，還要像夢裡那樣，稀裡糊塗就送了性命？」

秦鳳儀心下一暖，想著，即便此生做不成夫妻，他媳婦待他的心，與夢裡也是不差分毫的。秦鳳儀道：「真沒見不得人的關係，那會兒咱們都成親了，妳成天管著我，我連丫頭都不敢多看一眼。再者說了，她是什麼身分，焉會與我亂來？」

「那你們私下可有來往？」

「就是平御史找我作畫時見過幾面。」

李鏡悄問：「可有私情？」

秦鳳儀堅決否認，「沒有，真的沒有！」

李鏡道：「你一定要小心，要知道能不動聲色害了你的，絕對不是尋常人。」

「嗯，我曉得，放心吧，妳說的話，我都記住了。」秦鳳儀習慣性邀功，「阿鏡，我今天表現得還不錯吧？」

李鏡道：「還成。」除了看寶郡主那一眼有些可恨外，倒是沒再招蜂引蝶。

「什麼叫還成啊，我都是聽妳的，一句話都沒亂說。」秦鳳儀道：「今天玩得沒意思，哪天咱倆去遊湖。」

李鏡笑，「好吧。」瞅瞅外頭，「天不早了，你這就回吧。」

「還早著，我再坐會兒吧。」審都審完啦，秦鳳儀無事一身輕，就又想跟李鏡在一處。

秦鳳儀這人吧，就是這樣。有時你覺得特討厭，恨不得給他兩巴掌，有時又覺得這人有些賴有些笨卻又叫你心裡暖暖的，李鏡不好攆他，當然也不想攆。於是，秦鳳儀嘀嘀咕咕與李鏡說了半日的話，又在人家吃了晚飯方回家。

秦太太私下都跟丈夫說：「阿鳳總這麼著，咱家倒省下飯了。」

秦老爺道：「這叫什麼話。」

「什麼話？高興的話。」秦太太眉眼彎彎，「我瞧著咱們阿鳳這事八九不離十了。」

只是正當秦太太覺得自家寶貝兒子攀上了景川侯府大小姐時，秦鳳儀又開始頻繁出入御史府來。倒不是秦鳳儀主動去的，就如秦鳳儀與李鏡說的那般，平御史平珍請他過去畫畫。

畫畫什麼的，李鏡不怕，就是一想到秦鳳儀說的，便是因到御史府給平珍畫，此方與寶郡主相識。不知為何，一念至此，李鏡心中便隱隱不安。

平珍這樣愛畫成癡的人，縱做巡鹽御史，亦不改其癖。說來，平珍對秦家是有印象的，他對秦家的印象還在自瓊宇樓被秦鳳儀的美貌驚豔之前。平珍會記得秦家是因為，這麼多鹽商土財主給他送禮，諸多物件都不能看，唯秦家送的很有些品味。

平珍當時還想，到底是鹽商會長家，不只是一味掙錢。

再者，當時秦家送的禮物裡還有一幅趙裕的美人圖。平珍是丹青名家，趙裕趙才子亦是美人圖大家，第二天，平珍就請了趙裕到府裡一塊說丹青。及至於瓊宇樓見秦鳳儀這等傾國傾城之貌，平珍當時便畫癖發作，立刻回家執筆丹青，結果畫了好幾天，竟是難以描摹秦鳳儀百分之一的美貌。

平珍一向行事隨心，便令人請了秦鳳儀來。

平珍是巡鹽御史，秦家正是鹽商之家，收到御史大人的帖子，如何敢不去？這頭一回，不曉得平御史為何叫秦鳳儀去，秦老爺不放心，還是與兒子一道去的，結果秦老爺都沒能見到平御史的面，他在御史府等了大半天，中午御史府管飯，四菜一湯，飯菜很不賴，待得下晌，秦鳳儀僵手僵腳出來，秦老爺這才曉得，平御史找兒子是來作畫的。

之後，便都是秦鳳儀自己去了。

秦鳳儀真不愛去，他也不愛被人畫。秦鳳儀悶悶的，平珍倒也不一味作畫，見秦鳳儀精神不好，他還挺關心秦鳳儀，問他：「阿鳳，你不開心？」

秦鳳儀一向存不住話，他道：「我成天過來給你畫，累不說，都沒空出去玩了。」

「在我家玩難道不好？」

「有什麼好的，怪悶的。」秦鳳儀道：「再說了，總這樣擺那樣擺的，我身上都瘦了。平大人，咱們出去玩吧。」

「去哪裡？」

「去哪裡都成啊，那詩怎麼說的，春風十里揚州路，卷上珠簾總不如。平大人，你來揚州城還沒逛過吧？我帶你去逛逛。」秦鳳儀說到玩樂就來了精神，「這人啊，要是總悶在家裡，是要生病的。同樣的，花草種在園中，就沒有山間的有靈性。大人，您要作畫，我這麼沒精打采地擺個樣子，畫出來的畫沒精氣神。咱們得出門走一走，看一看外頭的風景，大人您的畫肯定有進益。」

平珍看他眉飛色舞的模樣，果然比先前無精打采的招人稀罕。平珍想了想，秦鳳儀這話倒也不是沒道理，便放下畫筆，「也好，那就由阿鳳你安排，咱們出門逛逛。」

「成！」

秦鳳儀當下便帶平珍出門了，平珍雖則是癡迷丹青，學識亦是極佳。秦鳳儀知道哪裡有好山好水，平珍雖是頭一遭來揚州，對於揚州的山水似全不陌生，人家說的也頭頭是道。秦鳳儀道：「原本我覺得我大哥就特別有學問，平大人，你這樣年輕，竟比我大哥還有學問。」

「你家裡還有兄長嗎？」平珍問，想打聽秦家若還有長子，倘似阿鳳這般美貌，一併叫來畫畫才好。

秦鳳儀笑，「沒有，我是獨子。我說的是李大哥是李釗，他就特有學問。」

平珍笑道：「阿釗要科舉，他的心都在科舉文章上，這些雜篇知道的便少了些。」

「他可嚴肅了，見我就這樣。」秦鳳儀學個李釗板著臉的模樣，「可有意思了，比我以前學堂裡的夫子都嚴厲。不過，我知道大哥是為我好。他就是看著嚴厲，心腸可好了。」

平珍笑，「你也很好。」

「哪裡哪裡。」秦鳳儀道：「我也就生得略好些罷了。」

「老話說相由心生，你如此相貌，心腸必也是好的。」

一聽這話，秦鳳儀就覺得這位平大人跟他媳婦倒是挺像的，就是喜歡好看的。秦鳳儀一向自恃美貌，也愛聽人誇自己，他那樣燦然一笑，竟猶如給這山水間都添了幾許顏色。平珍一時看呆了去，暗道，果然阿鳳這話是不錯的，非得出來走一走，不然如何能見得阿鳳如此靈秀之姿。

秦鳳儀這總要往平御史去，李鏡就有些擔心，特意叫他來問，知道只是過去作畫，或是陪著平珍出遊，鏡方放下一顆心來，想著平珍此人除了有些畫癖，倒沒什麼。

李鏡主要擔心寶郡主，問秦鳳儀：「寶郡主有沒有過去找你？」

秦鳳儀道：「有打發人送東西，就是一些茶水點心，別人再沒有的。妳放心吧，要有什麼事，我一準兒告訴妳。」

李鏡點點頭。

結果，秦鳳儀說過這話沒兩天，再次出遊就有寶郡主為伴了。秦鳳儀拉過平珍，悄聲道：「大人，我畢竟是外姓男子，如何敢與郡主同行，這不合禮數吧？」

平珍一向不拘泥這些規矩禮法，笑道：「咱們出門，總落下阿寶在家，她也怪悶的。反正是遊玩，人多了才熱鬧。」

秦鳳儀便不好再說什麼了。寶郡主年紀尚小，人亦靈秀，而且並無貴女架子。主要是，她不擺架子，秦鳳儀就拘謹得不得了，要是再擺架子，就怕這鳳凰緊張得連話都不會說了。

寶郡主笑道：「我與阿鏡姊自小像親姊妹一樣，你是阿鏡姊的結拜兄長，便如同我的哥哥是一樣的。你這樣的人，不該拘泥那些俗事規矩，不然倒可惜了的。」

秦鳳儀暗嘆，小郡主果然還如夢中那般善解人意，不同於那些俗流女子。秦鳳儀不禁一笑，「好。」可轉念想到他媳婦交代他的話，秦鳳儀道：「要不，咱們把阿鏡妹妹也叫上，妳們女孩子家，倒可一塊說笑。」

平珍縱不同俗流，到底在俗世生活，俗世禮法亦是知曉的。平珍覺得，這秦鳳儀即便偶爾有些曠達之處，倒是個懂規矩的人，遂道：「這主意好。」

寶郡主則是深望了秦鳳儀一眼，微微一笑，「如此，我命人去請鏡姊姊。」

平珍將手一擺，起身道：「何其瑣碎，咱們過去接阿鏡就是，她又不是外人。」

李鏡正在家，見平家叔侄二人過來請她一道出遊，還有秦鳳儀在一邊悄悄朝她眨眼，李鏡便知緣故，心下熨貼，笑道：「還請舅舅和阿寶稍待片刻，我換身衣裳就來。」

李鏡這回打扮的時間短些，只是寶郡主貌美，李鏡便有些不甚得意。不過，她一出來，對上的就是秦鳳儀一雙含笑的眼睛。秦鳳儀夢裡夢外的就喜歡看李鏡認為自己不甚貌美的鬱悶模樣。其實秦鳳儀因生得好，他看別人的相貌都差別不大，要不是有平家叔侄在場，他非過去逗逗他媳婦不可。

便是不說話，秦鳳儀那一雙蘊藉著無數含義的桃花眼也遞過去不知多少打趣。李鏡笑了笑，不去看秦鳳儀，與平家叔侄道：「叫珍舅舅和阿寶久等了，咱們這就走吧。」路上又問了寶郡主是要去往哪裡遊玩。

秦鳳儀安排的地方，自有其妙處所在，中午用飯時，自然是挨著李鏡的。他慣會照顧人又深知李鏡的習慣，為李鏡蝦剝殼魚挑刺，還時不時布上一兩筷子菜。

寶郡主都說：「阿鳳哥對鏡姊姊可真是周到。」

「我們是兄妹嘛！」秦鳳儀道：「雖是結拜的，不過，我拿阿鏡當親妹妹一樣的。」

李鏡一笑，與寶郡主道：「咱們在京城，魚倒是常吃，便是吃蝦，也是烹蝦段一類的做法，阿鳳哥他們這裡水多，魚蝦都是現撈現做，比京城的就更鮮美些。只是，像這樣的白灼來吃，剝殼我就不成了。」

「有我呢，妳只管吃就是。」秦鳳儀道：「現在的蝦少了春天時那一股鮮嫩味，要是平大人與郡主再早些來，味道更好。什麼時候你們都有空，咱們去太湖，太湖三白，平大人肯定是知道的。」

平珍笑道：「白魚、白蝦、銀魚。」

「對。」秦鳳儀撫掌贊道：「以前我跟我爹去過，那味兒鮮香無比，真是在別處吃不到的。這魚蝦離水即死，便是太湖到揚州不遠，也吃不到鮮的，非得到太湖去，現撈再煮現吃，而且不能用別地方的水，只有用太湖水，味道才算正宗。」
寶郡主道：「那可一定得要去嘗嘗。」
秦鳳儀順嘴便道：「你們要都有空，我就安排了。」
寶郡主不著痕跡地掃過李鏡，迅速捕捉住李鏡眼中一絲不悅，寶郡主笑得明媚，「自然是都有空的，便是小叔，到了煙波浩渺的太湖，說不得更有作畫的興致。阿鏡姊也不忙，那就等阿鳳哥哥什麼時候安排好，咱們便遊太湖去？」
秦鳳儀一口應下，「成！」
一席宴，盡歡而散。
秦鳳儀自是送李鏡回家的，見李鏡面有憂色，秦鳳儀遞了盞茶給她，「怎麼了？」
李鏡道：「我看寶郡主是瞧著你我關係與他人不同來。」
「瞧出來就瞧出來唄，咱們與別人本也不一樣。」秦鳳儀大咧咧的，他又不怕人瞧出來，不過，秦鳳儀還是比較在乎他媳婦的名聲的，便安慰道：「妳放心吧，都說了咱們是結拜的兄妹了。我就不信，她能看出咱們夢裡做過夫妻。」
李鏡無奈，「你哪裡知道她的厲害，她說什麼太湖遊，那不過是試一試咱們，你竟然還順勢應下了。」
「試什麼？」秦鳳儀不解。
別個時候，要是說些什麼沒用的話，秦鳳儀倒挺靈光，一說到這要緊事，就笨得很。
李鏡忍住羞意道：「試一試咱們是不是有私情。」

秦鳳儀搔搔下巴，「難不成小郡主真看上我了？」

李鏡險沒把他打出去。

秦鳳儀這性子，李鏡為他做了個總結，送他八個字：三天不打，上房揭瓦。

而且，為人十分臉大。

不是李鏡說話難聽，當然，李鏡自己相中秦鳳儀，就不會看低秦家門第，但現在還是講究門第的，秦家是鹽商，不曉得秦鳳儀如何這般大臉竟會覺得堂堂正二品郡主心儀於他？

也就是沒成親，不然李鏡非好生收拾秦鳳儀一番不可。就這樣，秦鳳儀耳朵險沒被李鏡擰下來，秦鳳儀好話說了半個時辰，方把李鏡哄好了。就這樣，最後也沒能在李家吃晚飯。李鏡把他攆了出去，還送他一面鏡子，叫他有空好生照照自己。

秦鳳儀把小鏡子妥貼揣懷裡，厚著臉皮笑嘻嘻地告別，「阿鏡，那我就先走啦！」

李鏡沒好氣，「走吧走吧。」

秦鳳儀揣著小鏡子，到獅子樓訂了幾樣阿鏡妹妹偏愛的小菜，叫人送到李家去，向阿鏡妹妹賠禮。李鏡與她哥說秦鳳儀：「平日裡瞧著殷勤老實，其實也不是很老實。」

李釗好玄沒笑出聲來，打趣妹妹：「難得妳火眼金睛，竟然看出來了。」

李鏡看是看出來了，不過，聰明人一般都有自信，如李鏡，便自信能把秦鳳儀的性子裡不大正確的那部分給糾正過來。見秦鳳儀訂的菜，李鏡道：「怎麼都是些大魚大肉的？」

說大魚大肉當真是誇大了。淮揚菜並不以大魚大肉見長，無非是李鏡平日裡喜歡吃的如獅子頭、八寶豆腐、清蒸石首魚等菜。主要是，李鏡一向注意身材，她正是愛美的年紀，故而晚上多食素食，結果秦鳳儀弄一桌子她愛吃的，她到底是吃還是不吃啊？

侍女道：「姑娘，還有一封短信給姑娘的。」

李鏡接了信，上面漆封封好的，李鏡拆開，就九個字：多吃點，沒關係，我喜歡。

李鏡縱是餘怒未消，唇角也不自覺揚了起來，而後，高高興興地吃了一餐飯。

寶郡主用過晚飯卻是反覆思量，一時懷疑又一時不能確信，指尖拈著一顆水晶棋子，良久，喚了心腹侍女桂圓道：「桂圓，妳覺得阿鏡姊是不是對秦公子格外與眾不同？」

桂圓聞言道：「非但李姑娘待秦公子不同，便是秦公子待李姑娘，依奴婢說，似是也格外周到。莫說是結拜的兄妹，就是親生的兄妹，奴婢也沒見過李公子這樣照顧李姑娘的。李姑娘一向高傲，倘是換了他人，便是想如此殷勤，怕也不能入李姑娘的眼吧。」

「這可真是稀奇了。」寶郡主將水晶棋子擲入棋罐內，似笑非笑，「我哥都不能使阿鏡姊展顏，這位秦公子倒真有些本領。」

這話桂圓便不好接了。

第二日秦鳳儀早早去了李家，他是帶著早點去的，與李鏡道：「省得妳不給我飯吃。」

李鏡笑，「還記著呢？」

「就昨晚的事，怎麼會忘？」秦鳳儀道：「我帶了金團、蝦餅、玉帶糕，昨天晚上特意交代廚下早些起來做，剛做好的，我帶了來。是我家廚子的手藝，一會兒妳嘗嘗。」

其實小兒女的事，哪裡真會記仇？便是李鏡一向精明，但秦鳳儀也只有待她這般殷勤妥貼，尤其一大早見到秦鳳儀這張美人臉，頓覺心情明媚，再大的氣也沒了。

李鏡對鏡簪好一支新開的芍藥，笑道：「好吧。」

秦鳳儀在李家吃過早飯，與李鏡商量著去太湖的事，秦鳳儀道：「正好趕上妳的生辰，咱們在湖上為妳慶生，如何？」

李鏡見秦鳳儀還記掛著她的生辰，自然越發歡喜。

兩人正說著話，秦家下人過來，說是平御史府的帖子，請秦鳳儀過去說話。

秦鳳儀鬱悶，「一準兒是叫我過去畫畫的，煩死了。」

李鏡能說什麼呢，別人家的事好駁，平家的再不好駁的。

李鏡道：「你也別不耐煩了，珍舅舅性子不錯。你要累了，就與他說一聲，歇一歇也是無妨的。或是同他說好，過幾天去一回？」

秦鳳儀道：「幹嘛總是畫我，別人都是畫女人，女人才給人畫呢！」

李鏡沒想到他是為這個彆扭，不禁笑道：「誰說都是女人才給人畫？多少山水畫裡，多的是男子。」

「真的？」

「我騙你做什麼？」李鏡拉他起身，幫他整理衣裳，道：「早去也是去，晚去也是去，這就去吧。」

秦鳳儀拉住李鏡的袖子，「阿鏡，妳與我一道去吧。待平大人畫好了，再一道回。」

李鏡有些猶豫，「這好嗎？」

「有什麼不好的？去嘛去嘛，一道去吧。」秦鳳儀無師自通撒嬌技能，而且十分厚臉皮在比他小一歲的李鏡跟前撒嬌央求。女人或許有天生的母性，再者，李鏡慣常強勢，這簡直是直戳李鏡的弱點，李鏡抿嘴一笑，「好吧。」

李鏡出門自要梳妝，秦鳳儀甭提多熱情，李鏡梳什麼樣的髮髻，簪什麼樣的首飾，配什麼樣的衣裳，他都幫著出謀劃策。待李鏡收拾好，二人便一同去了平御史府。

秦鳳儀去給平珍畫，李鏡與小郡主在花園喝茶，小郡主原就心下生疑了，此時見兩人竟一道過來，便笑道：「小叔著人尋阿鳳哥哥，倒是鏡姊姊也來了，你們在一處不成？」

「是啊。」李鏡落落大方地坐在敞軒內，「阿鳳哥早上過去，與我商量去太湖的事。珍舅舅的帖子送到秦家，秦家去我家找的人，我便也來了。」

桂圓捧上茶點，小郡主道：「這是揚州城有名的珠蘭茶，姊姊嘗嘗。」

喝了回茶，小郡主方道：「前番我過來的時候，我哥也很記掛姊姊。」

李鏡聽小郡主談及平嵐，心下大是不悅，模樣轉淡，語氣也是淡淡的，「有勞嵐公子記掛了，我與兄長一道，一切都好。」

小郡主聽李鏡這語氣，並沒有半點熱絡，更替兄長不值，心下亦是不悅，面上微笑，不再多提兄長，反而說起揚州城的景致來，又誇李鏡的花簪難得，小郡主笑道：「在京城倒沒見這個樣式，怪別致的。」

李鏡望向小郡主，輕輕扶一扶髮間這支芙蓉花簪，直接道：「的確不是京城的樣式，是阿鳳哥送我的生辰禮。」

小郡主心下一沉，卻是面不改色，「阿鳳哥哥非但生得好，看他平日間穿衣打扮，也知眼光不俗。這花簪，怕是他特意說了樣子，叫銀樓打製的。」

「是啊。」李鏡悠閒地品一口珠蘭茶，道：「真是好茶。」

要說先時小郡主只是懷疑，今日卻是篤定了的。

小郡主與桂圓道：「妳說，這事稀不稀奇？」

桂圓道：「不能吧？李姑娘堂堂侯府千金，咱們家大爺可是郡王府嫡長孫。不是奴婢這話不好聽，若不是咱們大爺實在相中了李姑娘，莫說侯府千金，便是公府千金，咱們大爺也配得上啊！」

在桂圓這樣的下人看來，李鏡能嫁入郡王府，給平嵐做正妻，已是一等一的好姻緣。這位秦公子自然是生得好，可除了生得好，秦家算什麼？一介鹽商而已。便是桂圓這樣出身郡王府的大丫鬟，倘是叫她嫁，她都不樂意鹽商門第。

小郡主冷笑，「真個不識好歹！」

李鏡與秦鳳儀回家時心情很是不錯，秦鳳儀都覺得女孩子可真是一時好一時歹的。昨兒還吃小郡主的醋呢，今兒個見了小郡主，又這樣開心了。

女人真是一種難以理解的存在啊！

秦鳳儀心下未及多感慨，李鏡留他吃晚飯，秦鳳儀忙喜不迭地應了，打發小廝攬月往家裡說一聲，便留在了李家用飯。

秦家夫婦知道兒子又留在李家用飯了，秦太太與丈夫道：「昨兒回來還說得罪李姑娘，我還為阿鳳擔心來著。他這孩子，說話行事素來隨心，我就怕他哪裡不妥當，唐突了人家姑娘。不想，今兒又好了。」

秦老爺笑，「阿鳳這個年紀，李姑娘比他還小一歲，都年輕，哪就短了拌嘴什麼的。」因給李鏡留飯，秦鳳儀自己也挺美。說實在的，他如今也不大顧得上小郡主，今生與媳婦無緣，秦鳳儀就想趁媳婦還在揚州，多多對媳婦好才是。

結果，秦鳳儀再去平御史府，卻是聽得一樁晴天霹靂的大事。

喝茶時，小郡主親口說道：「我過來揚州，我哥最是不放心阿鏡姊，千叮萬囑要我把阿鏡姊照顧好。」

秦鳳儀初時沒在意，拿了塊綠豆卷咬一口，道：「這有什麼好擔心的，有李大哥呢！」

小郡主臉上帶著一種秦鳳儀看不大懂的笑容，「這如何一樣？」

「有什麼不一樣？」秦鳳儀仍是不明白，再咬一口綠豆卷。

平珍聽他們說話，隨口道：「不是說阿鏡過了及笄禮就訂親的嗎？」

小郡主笑，「是啊，待阿鏡姊回京城，就會把親事定下來吧？」

秦鳳儀都傻了，一口綠豆卷就卡了喉嚨裡，接著是一陣驚天動地的咳嗽，直待灌了兩盞茶，這口綠豆卷方嚥了下去，秦鳳儀卻是聲音都變了調，「阿鏡與妳哥有婚約？」

「是啊。」

秦鳳儀當時就不能再與平家叔侄坐著喝茶了，平珍看他面色極差，以為他被綠豆卷噎壞了。秦鳳儀便順嘴尋了個不舒服的藉口，自御史府告辭而去。

從御史府出來，秦鳳儀就直往李家去，想去問個究竟。可到了李家門口，一時又不曉得進去要怎麼說？原本他與媳婦就是夢中的緣分，而且他有可能還會早死，說好不連累媳婦。

小郡主的哥哥，以後會做王爺的吧，那媳婦以後就是王妃了。

媳婦有這樣的大好前程，自己怎麼能拖媳婦的後腿呢？

秦鳳儀一面想做善事，覺得自己能看著李鏡這輩子榮華富貴加身也是好的，一面心裡又很是難過，卻又不知該怎麼講。在李家門外呆呆地站了良久，摸摸自己懷裡揣著的小鏡子，終於調轉馬頭，一路抽抽噎噎地回家去了。

秦鳳儀是一路哭唧唧哭唧唧哭回家的。

以往回家都是高高興興地到父母的院裡去說話，這回秦鳳儀正傷心，也沒去父母那裡，便逕自回了自己的院子。待秦太太得了信兒，過去看兒子時，秦鳳儀已哭得直打嗝。

好不容易這止了打嗝，秦太太問吧，秦鳳儀正傷心，更不願意說這事，裹成個被子卷，繼續哭。把秦太太心疼得，拍著兒子的背道：「我的兒，你要是難受就哭出聲來，別這樣不吭聲的，叫為娘的難受。」

秦太太這話剛說完，就聽秦鳳儀「哇」一聲嚎啕大哭起來。

秦鳳儀悲上心頭，張著大嘴哭了大半個時辰，喉嚨都哭啞，這才好些了。秦太太也跟著哭了一陣，想她兒子自落地起，便是吃奶的時候，別的小孩都愛哭，就她家兒子，生下來便是笑多哭少。今番這般傷心，想也知道兒子定是受了天大的委屈。

秦鳳儀哭累了，瓊花早備好蜜水，秦太太親自餵兒子吃了一盞，然後秦鳳儀潤潤喉嚨，又哭了起來，一直哭半日這才好些了。

秦太太問起緣故，秦鳳儀抬袖子拭淚，哽咽道：「沒事，就是心裡難受。」

秦太太問不出來，瞧著兒子哭累睡了，令丫鬟好生服侍，這才回了自己院，叫了攬月過來問話。這事，攬月也不曉得，他隨秦鳳儀到御史府，也就是在下人群裡待著，又不能到秦鳳儀跟前服侍。

攬月道：「去的時候還好好的，待大爺自御史府出來，便失魂落魄往李家去。等到了李家，大爺也沒進去，站了約莫一盞茶的時候，就哭著回家了。」

秦太太打發了攬月，心下思量著，這事定與平李兩家相關。唉，要擱個尋常人家，秦太太現在就能過去問個緣故，偏生這兩家，哪家都不是她家能惹得起的。秦太太心疼兒子，也沒什麼好法子，只得叫廚下燒幾樣好菜，待兒子醒了給兒子吃，想著再尋幾樣好玩意兒，讓兒子開心才是。

秦鳳儀一覺睡到下午，醒了也沒胃口，秦太太勸著，也不過喝了碗湯，便又懨懨的沒了精神。直至傍晚秦老爺回家，秦太太與丈夫說了兒子的事，秦老爺道：「這是怎麼說的？不是早上出門時還好好的嗎？」

「是啊。」秦太太嘆道：「咱們阿鳳自小到大，什麼事都沒瞞過家裡，如今我問我好幾遍，他都不說，可見真是傷了心腸的事。」

秦老爺思量道：「從御史府出來去了李家，卻未進門就哭著回來了？這事，怕十之八九與李家相關。」

「是不是與李姑娘有什麼不對盤？」

「要是小事，阿鳳一向不與女孩子口角的。何況，這都沒進去，更談不上吵架拌嘴。」秦老爺道：「定是一樁大事啊！」

「能是什麼大事？」秦太太追問。

這個嘛，秦老爺也不是神仙，哪裡猜得出來？

倒是秦鳳儀，自此便清心寡欲起來，以往待丫鬟們總是有說有笑，現在成天沒個笑容，更沒了與丫鬟說笑的心。就是吃飯，以往哪頓不得兩碗飯，現在一碗都吃不完，把秦太太心疼得不得了，有心想去李家打聽一二。

李家也正奇怪，以往秦鳳儀有空就過來。

便是秦鳳儀哭回家的那一日，李鏡知道他去了平家畫畫，晚上還特意吩咐廚房添了幾道淮揚菜，就是預備著秦鳳儀晚上過來吃飯，結果秦鳳儀沒來。

之後連續三天，沒見秦鳳儀的影子。

李鏡就擔心是不是出事了。

出事倒沒出事，就是秦鳳儀在家傷感，覺得無可寄託，就往棲靈寺去了一回。這一去，頓覺佛法空靈，秦鳳儀直接就在寺裡住下了。這一下子，可是把秦家夫妻嚇著了。

這可是秦家這千畝地裡的一根獨苗啊！

不要說一根獨苗，就是再多幾根，誰家捨得好好的孩子出家啊！

秦太太是真的坐不住了，當下就要去廟裡把兒子叫回來。

秦老爺勸妻子：「解鈴還需繫鈴人，妳這麼去，怕也無用。阿鳳這性子，平日裡別看說什麼他都聽的，執拗起來，反是難勸。」

「那要怎麼著？」秦太太亦非笨人，她試探地與丈夫商議，「你說，我若是過去李家打聽一二，可好？」

秦老爺委實擔心兒子剃光頭，知此事耽擱不得，同妻子道：「先送張帖子看看。」

秦家夫妻商量一回，就打發人給李家送了帖子，李鏡正覺得秦鳳儀好幾天沒來，生怕有事，見著秦家的帖子，自然就讓秦太太過來了。

秦太太神色憔悴，禮數依舊很周到，給李家帶了禮物，待敘過寒暄，秦太太卻是再等不及，說到兒子就淚濕了眼眶，「阿鳳他……往廟裡去了。」

李鏡不明所以，「去廟裡做什麼？他又不信佛。」

「我看他那樣子，是要出家。」說著，秦太太淚如雨下，李鏡也驚得臉色都變了，「好端端的，如何要出家？」

秦太太哭得說不出話來，李鏡倒是沉得住氣，她十分了解秦鳳儀這一類人，說來，秦鳳儀很有些赤子之心，為人也坦蕩直接，喜則喜，怒則怒，並不是那等九曲十八彎的人。

秦鳳儀說要出家，秦太太又傷心成這樣，看來定是真的。

李鏡卻是不急，凡事自有緣故，秦太太上門，想來與自己有關。

待秦太太哭了會兒，李鏡命丫鬟打來溫水，服侍秦太太洗過臉，秦太太面露愧色，「一想到阿鳳，我這心就如刀割一般，失儀了。」

「秦太太愛子情深，情之所至，有何失儀之處？」李鏡縱擔心秦鳳儀，在秦太太面前卻是條理分明，「到底什麼緣故，我與阿鳳哥也是結拜的兄妹，秦太太不如與我說一說。」

秦太太便將攬月的話與李鏡說了，秦太太很不好意思，「我先時想著，不好過來唐突姑娘。在家勸了阿鳳好幾日，他也不見好。我原想著慢慢勸他，誰曉得他這樣的想不開。」一想到兒子要變禿頭，秦太太便悲從中來，不禁又落下淚來。

李鏡皺眉尋思片刻，一時半刻也是想不出這其間關竅。

李鏡道：「我與阿鳳哥素來沒有半點不好。」

秦太太的意思，是想李鏡能幫著往平家問問，看看能不能打聽出到底是何緣故，令她兒子這般傷心，這眼瞅著就要看破紅塵了。李鏡卻是根本不提平家，直接道：「此事想來是與我相關的，我去瞧一瞧阿鳳哥，興許能開解他。」

秦太太感激涕零。

李鏡沒讓秦太太一道去，而是自己去的。

這棲靈寺也是揚州名寺，若往日來，依李鏡的性子，定要賞一賞棲靈塔，此時卻是顧不上，先去尋了秦鳳儀。知她來，秦鳳儀卻是不見。李鏡什麼脾氣，你說不見我就不見的。

李鏡一個眼神掃過去，攬月就不敢攔了。其實攬月生怕他家大爺出了家，他也要跟著出家啥的，他巴不得有個人能勸他家大爺回了塵世才好。今日李鏡既來，攬月簡直雙手雙腳歡迎，還悄悄回稟了些他家大爺近況。

李鏡掃攬月一眼，想這小廝倒也知進退，令侍女與攬月在外候著，自己進得香院去。

秦家豪富，秦鳳儀便是來寺中小住，也是給了大把布施，故而，秦鳳儀住的還是個二重小院。佛門之地，清幽自不必提，這院中還有一棵上百年的菩提樹。

白日之下，菩提幽幽，冠蓋如亭。

李鏡到時，秦鳳儀正蹲在菩提下不知道在做什麼。李鏡過去，俯身細看，秦鳳儀約是在埋什麼東西，手上許多泥土不說，那晶瑩的淚珠順著眼角滾落，當真如斷線珠子一般，顆顆落在地上，染出一個個小泥點。

約莫是正在傷心，秦鳳儀竟未察覺李鏡的到來。

李鏡瞧著都有幾分傷感，問秦鳳儀：「你這是怎麼了？」

秦鳳儀見竟是李鏡來了，慌張地要起身。一時腿麻了，一個踉蹌，險栽地上去。虧得李鏡扶他一把，秦鳳儀便一頭扎進李鏡懷中。

李鏡氣笑。

秦鳳儀以往慣愛占些小便宜，不想這一遭秦鳳儀連連退開，扭過頭不說話。

秦鳳儀如此舉止，根本不必再猜，李鏡就知與自己有關了，拿帕子給他擦擦眼淚，問他：「你這是怎麼了？好幾天不往我那裡去，還說都不說一聲就往廟裡來了。」

秦鳳儀抽嗒一聲，嘴硬道：「沒事！」

「還說沒事？」李鏡道：「你素來是個有什麼說什麼的人，如何磨嘰起來？說吧，平寶兒與你說什麼了？」

「沒說什麼！」

「你到底說是不說？」李鏡一急，聲音便高了些。

秦鳳儀聽她大聲，更是傷心，氣哼哼道：「果然是有了新人就忘了舊人！」這沒良心的女子！以前對她多好啊，眼下有好的了，就把他給忘了，待他還這麼凶！

李鏡看秦鳳儀那一副傷心欲絕的樣，又是好氣又是好笑，「什麼新人舊人，我哪裡有什麼新人？怎麼你就成舊人了？」

「妳別不承認了，我又不會礙妳的好姻緣！」秦鳳儀本不是能存住事的性子，這些天他滿腔心事無人能說，尤其他爹娘，問了幾天竟不再追問了，要是他爹娘肯再追問他幾天，他一準兒告訴他們。現在沒人問，秦鳳儀無可傾訴，正憋得夠嗆，又遇著正主兒，見李鏡竟還不承認，秦鳳儀正義感發作，立刻把事情竹筒倒豆子地說了出來。

「平嵐！妳都與他有親事了，還招惹我做什麼？枉我一番真心……」這麼說著，秦鳳儀又想哭了，明明媳婦該是他的。

「你這都說的什麼，誰說我與平嵐有親事了？」

「小郡主親口說的，平大人也承認了！」

「放屁！我有沒有親事我不知道，要別人說？」

噢噢噢噢噢！

李鏡斬釘截鐵的一聲「放屁」，秦鳳儀那眼淚刷地就沒了，他瞪著一雙由桃花眼進化成的爛桃眼望著他媳婦，「真的？」

「不是真的，你做和尚去吧！」

要是他媳婦跟人沒有婚約，他還做什麼和尚啊？

他媳婦一向精明，竟然連這個都想不透。

唉，原來精明人也有笨的時候啊！

秦鳳儀全然沒了做和尚的心，拉著李鏡不讓走，定要叫李鏡說清楚。

李鏡拍開他的手，「髒死了！」

秦鳳儀馬上跑去把手洗乾淨，兩人到禪房說話。

秦鳳儀自然要先問李鏡親事的事，李鏡只一句話：「根本沒影的事。」

「要是沒影，平家人怎麼會亂說？」

李鏡嘆道：「我就是因為看不上平嵐，方與大哥到江南來的。」

一聽媳婦竟不喜這姓平的，秦鳳儀更是來了精神，習慣性往懷裡摸去，卻是什麼都沒摸著。秦鳳儀連聲道：「阿鏡，妳等一等啊！」

他起身跑出去，把臉也洗了一回，對著盆裡的水，用梳子整理了髮型，再把僧衣換了身月白袍子，而後整個人便閃閃發亮地坐在了李鏡面前，還與李鏡解釋道：「廟中儉樸，無甚可打扮之物，待回了城再說吧。」

待回城，他一準打扮得叫他媳婦移不開眼去！

於是，李鏡就這麼目瞪口呆地見識了一回鳳凰開屏。

好吧，也就秦鳳儀這等相貌，他開屏，李鏡願意看。要換第二個人這樣臭美，李鏡立刻得起身走人。如此，李鏡非但沒走，還打趣道：「這就挺俊。」

「只是挺俊？」果然人靠衣裳馬靠鞍，來了寺裡，不打扮，他媳婦都覺得他不俊了。

李鏡一笑，「非常俊。」

秦鳳儀此方放下心來，只要他媳婦愛他容顏就好。

兩人解了心結，自然重歸於好。

李鏡先時就想到秦鳳儀出家的事可能與自己相關，卻不想竟是誤聽自己有親事，秦鳳儀就傷心成這般。李鏡早便對秦鳳儀有意，見他如此深情，心下亦如飲了蜜一般，與秦鳳儀略說了與平嵐的事。

李鏡道：「他自是中意我的，我卻最厭這等好色之人。你不曉得，他年紀不過與我哥相仿，如今房裡就有七八個通房，京城時不時有風流名聲傳出。他這樣的人，不要說只是生在王府，便是皇帝老子，我也不嫁。」

秦鳳儀一聽說平嵐竟是這樣的爛人，更不是能讓李鏡嫁的，當下連聲道：「萬萬不能嫁這種人，雖則妳我無緣，我也不能見妳跳火坑。」

想到平嵐竟是這等品行，秦鳳儀連向他傳達錯誤消息的小郡主也埋怨上了，道：「小郡主也真是的，就是她家想結親，也得看看人品配不配得上，這也忒一廂情願了！」

「我說你心直你別不認。你只當她隨口說的？我與你說吧，她是故意在你跟前說的。」

「為啥？」

李鏡道：「那天咱們一道去御史府，你與珍舅舅去畫畫，我與她在園子裡吃茶，她試探咱們的關係。那天我簪的是你送我的芙蓉釵，她既問，我便說了。她疑心咱們倆，這是拿平嵐的事試你。」
秦鳳儀便是再沒心眼，這會兒也瞧出小郡主的心思來，秦鳳儀哼了一聲，「她這個心眼兒，妳說，怎麼我夢裡就沒瞧出她心眼這麼壞來？」
「你瞎唄。」
得了個「瞎子」評價的秦鳳儀，根本不必李鏡再勸，他也不打算出家了。
李鏡還說他，「你也是，聽別人個三言兩語就當真，還跑到廟裡出家，你就不會去問我個清楚？」看秦鳳儀眼睛到現在都是腫的，李鏡又是生氣又是心疼。
秦鳳儀老老實實道：「妳哪裡知道我的心，我乍一聽此事，如同晴空打了個悍雷，我當時都不知如何到妳家的。站在妳家外頭，我也想進去問問，可一想平家是王府，我那時不知平嵐是這樣的人品，就怕我問了，反叫妳為難，耽擱妳的將來，畢竟妳又不能嫁給我。」
李鏡嘆，「那我嫁誰去？」
秦鳳儀一時想不出來，「反正不能嫁給平嵐那樣的爛人。」
「是啊，那我嫁誰呢？」
秦鳳儀是個實心人，竟沒聽出李鏡話中之意，他還當真開始為李鏡考慮起來，想了想便道：「第一，人品要好。出身好不好的，倘是人品不好，那也過不得日子的。第二，出身也得配得上阿鏡妳，妳這樣的人品，倘尋個出身不好的，我就捨不得妳下嫁。第三，相貌得要好，妳慣愛美色，要是沒有我這樣的相貌，妳哪裡相得中？也不必太俊，比我俊就成。」
秦鳳儀這三個條件開出來，李鏡又是氣他不解人心，又是好笑，「那我是不是乾脆去庵裡做姑子算了？」

秦鳳儀突然又與李鏡心有靈犀起來，他道：「是啊，這世上，人品好出身好的倒是不難找，如大哥就是這樣的人，但要比我還俊的，我還真沒見過。」秦鳳儀問李鏡：「阿鏡，妳在京城見過沒？」這話一出口，秦鳳儀自己先搖頭，「定是沒有的，要是有比我更俊的，阿鏡妳一早就移情別戀了。」

李鏡笑著給他一記，「胡說八道，我豈是見異思遷之人？」

秦鳳儀臭美兮兮的，「主要是妳還沒見過比我更好的。」

「我哥就比你好。」

便是與一向肅穆的大舅兄相比，秦鳳儀不甘示弱，「大哥才學是比我好，可他生得沒我好，而且他那樣嚴肅，過日子一準沒我有趣味。」

「你忒有趣味，都跑這和尚廟裡來尋趣了。」

秦鳳儀想自己因著誤會這好幾天的傷心，也有些不好意思，「我是一時沒想通，想著佛門之地清靜，就過來住幾天，哪裡就真出家了？」

「廟裡方丈有沒有勸你剃度？」見秦鳳儀好了，李鏡打趣地問他。

秦鳳儀正色道：「妳不要亂說，了因方丈可是得道高僧，豈會勸人出家？他還與我說，我紅塵未了，不能出家。要不，我早成小沙彌了。」

李鏡道：「要我說，你這人也有意思，口口聲聲與我無緣，一聽得我有親事在身的假消息，卻是問都不敢問一句，就跑到廟裡來。你既知與我無緣，我早晚都會有婚約，要是下回是真的，你還出家不成？」

秦鳳儀認真想好久，嘆道：「是啊，是這個理，我正是明白這個理，當初才沒去妳家問妳。可不曉得為何，一想到妳以後要嫁給別人，我心裡就酸得難受。」說著眼圈又紅了。

李鏡與他道：「我早把相中你的事與平寶兒透露了，想來她此時亦心下有數。我來揚州這些日子，想我這十幾年，從未中意一人如中意你這般。我看，你對我亦不算沒有情意，你願不願意咱倆再試一回？」

「試試試試……試著成親？」秦鳳儀激動之下都結巴了。

李鏡堅定如磐石，「對，只要你別再有什麼別的花花腸子。」

秦鳳儀立刻表白真心，「我哪裡會有別的花花腸子，我根本就沒有花花腸子！」然後，秦鳳儀大聲道：「我上回就跟大哥說了，我現在還是童男子呢！再說，就是夢裡，咱們成親後，我也沒別人！」

「你給我小聲點！」李鏡羞得滿面通紅，恨不得堵上秦鳳儀的大嘴巴。真是的，沒個把門兒的，什麼都往外說。不過，李鏡還是敏銳地聽出秦鳳儀話中漏洞，「這麼說，在夢裡與我成親前，是有過別的人了？」

秦鳳儀小聲辯白道：「我那會兒不是還不認得妳嗎？」

李鏡哼一聲，「你以後都給我老實點。」

「我一準兒老實。」秦鳳儀發誓，「要是我不老實，就叫老天爺罰我娶不上媳婦！」

「又胡說了！」李鏡心下雖有不舒服，也沒有太過計較，畢竟秦鳳儀說，現在還是童男子啥的，真是羞死人了，而且李鏡一向看重現實，只要現實裡阿鳳哥保持身心純潔便夠了。

兩人眼瞅著說好了，秦鳳儀都發下「不老實就娶不上媳婦」的毒誓了，結果秦鳳儀又來了一句：「那萬一我以後有個好歹，可怎麼著？」

這樣的時候，便是沒有花前月下，怎麼能說這樣掃興的話呢？

李鏡氣他不解風情，狠狠瞪他一眼，沒好氣道：「那我立刻改嫁！」

秦鳳儀竟是點了點頭，「媳婦，就是改嫁，也要按我先時說的那三條找人，知道不？」

李鏡對這烏鴉嘴忍無可忍，給他一下子，「別說這不吉利的話，我就不信，誰能在我眼皮子底下把你給害了？」

「嗯！」秦鳳儀道：「媳婦，妳放心，我以後啥都聽妳的！」

李鏡嗔道：「你叫什麼呢？」

秦鳳儀笑嘻嘻的，「以前都這麼叫的，好吧，妳要是不習慣，我就暫且憋著，先喊妳的名字吧。」看他媳婦對他多麼深情啊，縱知道他以後可能會那啥，都對他癡心不改。秦鳳儀大為感動，握著李鏡的手道：「我以後一定讓妳過好日子。」

李鏡笑，「咱們和和順順，平平安安，就是好日子了。」

秦鳳儀又感慨，「果然大師就是大師，了因大師說我塵緣未了，可不就是這樣？」

李鏡好笑，「既是塵緣未了，你就趕緊收拾收拾，與我下山去吧。」又說他：「自己跑山上清靜了，也不想家裡父母如何擔心。」

秦鳳儀道：「我這幾日滿心都是咱們之間的事，我就是看他們擔心，才到山上來的。」

「你到山上來，他們就不擔心了？」李鏡一笑，「走吧。」

秦鳳儀悄悄握住她的手，李鏡面上微紅，卻並沒有掙開。待出門時，兩人方悄悄分開，只是彼此對視時眉眼間纏綿的情意，彷彿要放出光來。

李鏡被秦鳳儀那滿是喜悅的眼神看得都紅了臉，輕聲道：「這就走吧。」

「嗯。」剛走兩步，秦鳳儀忽然道：「等一下。」然後跑到菩提樹下，小鏟子都不用，就雙手開挖。好在他是新埋的，土質鬆軟，沒兩下就被秦鳳儀刨了出來。秦鳳儀舉著一面尚掛著泥土的小鏡子，對李鏡晃了晃，笑靨如花，「妳送我的小鏡子。」

夏風送來草木微香，李鏡站在陽光下，忽而落下淚來。

秦鳳儀不是什麼聰明人，但李鏡前十五年見的聰明人加起來，都不如秦鳳儀打動人心。秦鳳儀就是這樣的人，他當然有許多壞毛病，但同時也至真至純，至情至性。

秦鳳儀又跑去打了水，把小鏡子沖洗乾淨擦乾，再妥貼地放到懷裡，這才拉著李鏡的手下山去了。至於攬月，留下收拾行李吧。

其實秦鳳儀還想讓李鏡嘗嘗棲靈寺的素齋，李鏡卻是被秦鳳儀出家這齣弄出心裡陰影，再不願在寺裡多待，說想吃獅子樓的菜。一提獅子樓，秦鳳儀開始吞口水，「我這好些天不去，獅子樓的獅子頭肯定得想我了。」

李鏡笑，「去了也叫你吃素。」

「阿鏡，別這樣嘛！」秦鳳儀說著，笑咪咪地扶李鏡上車，還隔著車窗甜言蜜語，「跟妳在一起，就是吃一輩子素，我也願意！」

李鏡輕斥一聲，落下車簾，秦鳳儀此方瀟灑萬分地飛身上馬。甭看他不懂啥武功，但生來臭美，為了上馬好看，上馬姿勢是家裡特意請了馬術師傅，練習好幾個月，方在外騎馬，故而那一番風姿，便是隔著薄紗車簾，也著實引得李鏡注目。

秦鳳儀朗聲一笑，吩咐車夫趕車，他隨在一旁。

兩人既回城，便直奔獅子樓。

因秦鳳儀是城中名人，他要出家的事已在城中傳開了。這會兒獅子樓的夥計見鳳凰公子這麼滿面喜色春風得意地來了，微訝之下連忙上前招待。

秦鳳儀接了李鏡下車，入得樓內，那一番指手畫腳的暴發戶嘴臉簡直絕了，「最好的包廂給爺預備出來！有什麼好茶好點好菜，你瞧著上！」吩咐攬月：「爺今兒高興，賞！」把夥計喜得不得了，揣著賞銀連忙鞍前馬後地服侍秦鳳儀一行。

李鏡對於秦鳳儀這副嘴臉也是無奈了，給他個眼色，秦鳳儀嘻嘻笑著，與李鏡進包廂，便讓小二下去準備茶水了。李鏡道：「攬月先回家一趟，別叫你家裡惦記。」

攬月笑道：「大姑娘放心，辰星已是回去知會老爺和太太了。」

李鏡便不再多言。

秦鳳儀叫攬月下去自叫幾樣好菜去吃，秦鳳儀說：「這幾天我在廟裡混混沌沌的，吃的什麼也不大知道，想來都是些蘿蔔青菜，也叫你們跟著我吃了好幾天的素。我吃素倒沒什麼，看你，臉都吃成青菜綠了，下去叫幾個好菜補一補，都算爺的。」

攬月笑應，連忙下去，不在這裡礙大爺的眼了。

李鏡卻是留了近身侍女在旁，秦鳳儀並不在意，就開始嘀嘀咕咕與李鏡說起獅子樓的好菜來，越說越是饞得慌，李鏡都說：「我看，就是不去勸你，過些天你自己明白了，想起這獅子樓的菜，也能把你饞回來。」

秦鳳儀道：「妳不是那樣心狠的人，哪裡捨得我受苦呢？」

李鏡一笑，有時笨到不行，可有時說起這些無賴話，又似是無師自通。

秦鳳儀雖然饞獅子樓的好菜，但心裡還記掛一事，與李鏡商量，「阿鏡，咱們既是要成親，我就該三媒六聘的置辦起來，這事可要怎麼做？」

李鏡自有主張，「這個你不要急，我有法子。」

秦鳳儀有些憂心，「我要早知娶妳，以前就該好生念幾本書，倘有個功名，估計岳父還能多看我幾眼。如今我也沒功名，岳父沒見過我，亦不知我真心。倘以門第之見，我怕岳父會不樂意。」

「他樂不樂意有什麼要緊，你又不是倒插門，更不用看他臉色過日子。只管放心，我自會叫他點頭的。」

秦鳳儀自是信任他媳婦的本事，卻道：「要有難處，妳可別自己扛，只管與我說。」

一時，菜品上了滿桌，李鏡吩咐夥計：「下頭的菜不要上了，這就夠了。」

夥計連聲應了，秦鳳儀為他媳婦布菜，李鏡笑，「你也吃。」

秦鳳儀好些天沒吃肉，饞慘了，好在他吃相好，儘管有些急，仍不減鳳凰公子的風姿。

李鏡跑了趟棲靈寺，這眼瞅就過晌了，自然也餓了，乾脆命侍女坐下一併用些。那侍女自幼隨李鏡一道長大，見姑娘這樣吩咐，依言坐在姑娘身畔，既服侍姑娘，自己也能吃些。

一餐飯後，兩人情意更深。

秦鳳儀原想這就隨李鏡去李家商議成親的事，李鏡道：「你娘擔心你擔心得都找到我家來，我方曉得你去廟裡的事。咱倆的事急不得，這樣，你先回家，明兒再過來。」

秦鳳儀點頭，「那我先送妳回去，我再回家。」

李鏡能相中秦鳳儀，秦鳳儀自然不只是臉好一個優點。秦鳳儀性子紈絝了些，但行事周全，尤其待女孩子極是妥貼。先送李鏡回家後，秦鳳儀方眉飛色舞地回了自家。

秦家正因秦鳳儀去廟裡的事，好些天氣壓低迷。

今見廟裡去的大少爺神采飛揚回家來了，門房老遠就跑出來給大少爺牽馬請安問好。秦鳳儀人逢喜事精神爽，笑嘻嘻的，「好幾天不在家，越發有眼色了。」他沒理由找個理由誇了回門房，命攬月一人賞二兩銀子，門房喜不自勝地謝了賞。

秦鳳儀一路直奔父母的院裡，秦太太已得了辰星報的信，眼下正心焦地等著兒子回家。縱是早聽辰星說了，大爺已是好了，與李姑娘去獅子樓吃飯云云。今真正見著精神抖擻、神采奕奕的兒子才算放心，笑著就迎上前，抱住兒子的雙臂，上下打量著，眼中就流露出心疼來，「我的兒，可算是回來了。」

「娘，我好著呢！辰星沒回來跟你說嗎？我都好啦，眼下還有樁大喜事要與娘說！」秦鳳儀眉開眼笑，這樣的大喜事，簡直是想憋都憋不住啊！

秦太太喜得落淚，「什麼喜事，趕緊與為娘說來。」

秦鳳儀孝順地幫他娘擦眼淚，扶他娘坐下，打發丫鬟們，「妳們先下去。」丫鬟們都退下，秦鳳儀方說：「娘，阿鏡說要嫁給我，跟我成親，是不是大喜事？」哪怕這是秦家一直盼著的事，此刻聽來，秦太太竟有幾分不敢信，「可是真的？」

「自然是真的。」秦鳳儀唇角不自覺揚起，「我們都說好了。」

秦太太拉著兒子的手，顧不得說兒子這些天在廟裡的事，先與兒子說起這親事，「我的兒，親事得三媒六聘，過了婚書才算數。就你倆私下說的，這叫私定終身，不算數的。」

秦鳳儀笑，「我知道啊，我已是同阿鏡商量三媒六聘的事。不過，她家離得遠，咱們跟岳父大人也不熟，此事一時還急不得，得慢慢來。我想著，明兒先過去，同大哥商量好，再說到京城提親的事。」

驚喜來得太快怎麼辦？

對於秦太太，前番還擔心兒子一時想不開要出家，只要兒子從廟裡出來，她就謝天謝地了。不想，陡然間竟有兒子要娶景川侯府大姑娘的天大喜事砸頭上，秦太太一時都不能信。

秦太太歡喜得沒了主意，母子倆笑得跟朵花似的，秦太太道：「好好好，我兒果然是有福。這事，哎，先把你爹叫回來，咱們一家子商議出個章程才是。」

秦鳳儀自廟裡出來就格外懂事，「我爹又沒在家，他肯定忙的，待晚上回來再說吧。」

「再忙也沒你的終身大事要緊。」秦太太把桃花喚了進來，讓她去二門傳話，趕緊把老爺叫回來商量正事。

秦老爺還以為是兒子出事了，急慌慌地騎馬回家，見到妻兒都在家，皆是眉開眼笑，喜氣盈腮的模樣，秦老爺先是放下心來，再看兒子，在廟裡這幾天，果然消瘦了，但是神采更勝從來，秦老爺心下大暢，笑道：「這麼急著喊我回來，也沒說什麼事，叫我著了回急，什麼事這樣歡喜？」

丫鬟奉了茶，秦太太便打發丫鬟下去，先讓丈夫喝口茶潤潤喉，秦太太一面在旁說了兒子與李姑娘的親事。秦老爺一拍大腿，「著啊！」又問兒子：「先時是不是因著李姑娘你才那樣傷心的，還去了廟裡？」

秦鳳儀道：「爹，您不曉得，原我也沒想與阿鏡成親，我們都結拜為兄妹了，小郡主卻忽與我說，他哥與阿鏡有親事。我當時如同被雷劈中，整個人都傻了，心下難過極了。」

「啥？」這回被雷劈的不是秦鳳儀而是秦家夫婦，李姑娘與平家有親事在身？

秦鳳儀連忙與父母解釋了這事，「並沒有親事，是小郡主亂說的。阿鏡說了，寧可出家做姑子，也絕不會嫁那樣的紈絝子弟。那樣的人，如何配得上阿鏡的人品？」秦鳳儀有些不好意思的，「我曉得阿鏡中意的人是我。我先時以為自己能忍下對她的情意，不想這人生了情，竟是半點忍不了，一想到她嫁給別人，我便難過得不成。」

然後，秦鳳儀還跟他娘說了半截夢中事，秦鳳儀道：「娘，您還記不記得，有一次我跑回家說我見著一位姑娘？先時我曾做過一個夢，就夢到過這位姑娘，在夢裡是我媳婦。」

「記得，不就是三月的事嗎？跑了一腦袋的汗。」

「我夢到的就是阿鏡啊！」秦鳳儀認真道：「我以前從未見過她，突然做了那樣的一個夢，您說多稀奇？更稀奇的是，這夢沒幾天，我就在茶樓遇到了她。她那會兒與大哥是剛到揚州，我們就遇到了，您說，是不是天上的緣分？」

「我的兒，竟有這樣的事？」

「是啊，先時怕嚇著你們，我就沒說。」

要說先時秦家夫妻還有些擔心這樁親事，此刻有兒子的夢境加以佐證，秦家夫妻是認定了：自家兒子天生就有這樣的好命！

伍之章

千里送棒打鴛鴦

兒子從廟裡回來了，還帶回這樣的好消息，秦家夫妻一掃先時的擔心啊頽喪啊，滿面紅光，意氣風發地幫著兒子籌備親事。

秦老爺是一家之主，對於自家兒子，秦老爺是這樣安排的，秦老爺道：「我先去活動活動，給咱們阿鳳買個功名，這說出去也體面。」

秦太太對於丈夫的安排極力贊同，「買個大官，能買多大買多大。有了官職，再加上咱們阿鳳的人品相貌，揚州城也是有一無二的！」又說：「明天你與阿鳳一塊去李家，先同李大公子商議這親事要怎麼辦。我這裡把聘禮預備出來，人家李姑娘這樣的人品這樣的眼光，咱們就阿鳳一個兒子，可不能委屈了兒媳婦。」

「這事妳來辦，不惜銀錢，定要好看為上。」

秦太太點頭，心下又有一樁難事，與丈夫道：「這提親得有媒人，以景川侯府這樣的門第，媒人可是得請個體面的。」

秦老爺一時犯難了，「我與知府大人倒是說得上話，只是，知府大人四品官身，比起侯府，還是有些低了。」

秦太太問：「巡撫大人那裡，說得上話嗎？」

「修橋鋪路捐銀子時說得上，這事嘛，我試試看吧。」為了兒子，拚啦！

秦鳳儀道：「爹，不用，我有個特別好的人選，比巡撫大人官大還合適。」

「誰啊？不會是平家人吧？你可別去碰這釘子。」雖則平李兩家並無婚約，可平家人敢這樣說，可見先時有苗頭。

「怎麼會是他家人？」秦鳳儀道：「方閣老啊！我見過方閣老好幾次，覺得老爺子挺和氣的。他還是李大哥的先生，而且閣老這官不是比巡撫總督還大嗎？要是能夠請方閣老出面，豈不是更好？」

「方閣老的身分自是沒的說，只是，咱家先時是藉著李家才能在閣老跟前露個臉，這事方閣老能願意？」秦老爺遲疑。

秦鳳儀笑，「爹，我試試吧。」

秦老爺想到兒子在交際上確實有一手，便叮囑一句：「倘人家不願意，你莫要強求，千萬不要得罪人。」

秦鳳儀拍胸脯打包票，「爹就放心吧。這是我跟阿鏡的終身大事，我豈會辦砸？」

秦鳳儀哪裡在家站得住腳，待事商量得差不離，他便道：「爹、娘，你們要是沒事，我去看看阿鏡。有幾句話，先時忘了與她說。」

秦太太好笑，「這剛回家，就這樣站不住腳？」

秦老爺笑，「去就，只是晚上得回家吃飯，咱們一家子多少天沒在一處吃飯了？」

「嗯，我曉得。」把這喜事跟爹娘一說，秦鳳儀就又往李家去了。

殊不知，此時因著他與李鏡之事，李釗正在氣頭上。

李釗認為妹妹瘋了，魔怔了，被秦鳳儀下蠱了。

這秦鳳儀也忒有手段，往廟裡住幾天，他妹妹就傻了，竟然要嫁給這個短命鬼。

是的，李釗在氣頭上，也顧不得什麼身分，直接就把秦鳳儀叫短命鬼了。

李鏡早有心理準備，她哥氣得要瘋，她依舊心平氣和，「哥，你別說這樣的話。阿鳳那不過就是個夢，準與不準還得兩說，許多事與他夢裡是不一樣的。」

「世上又不只他一個男人，何必要冒這樣的風險？」

「世上是不只他一個男人，可我就相中了他。」

「妳是瞎啊，還是傻啊？」

「我不瞎也不傻，我別的都不圖，我就圖阿鳳的人品。還有，我喜歡他。」

這要不是自己的妹妹，李釗難聽的話就要說出口了。李鏡將手一擺，氣勢萬千，「我從小到大，沒求過你什麼事，就求你這一件，你便應了吧。」

「不成！」李釗道：「這是妳一輩子的大事，豈能如此草率？妳焉知這自始至終不是秦家人設的套？」

「阿鳳那性子，他能設出這麼個套？他要能叫平家與咱家都入他的套，這樣厲害的人，那我更得嫁他了！」

李釗倒也不認為秦鳳儀能有這種智商，他徑直擺手，「不成，這事不成！這樣的人，如何配得上妳？」

「平嵐配得上我，京城多少侯門顯貴的公子也配得上我，但是我一個都看不上，我就是只看中他了。」

李釗真是不解死了，怒道：「妳到底圖他什麼？」

「圖他能叫讓我高興。」李鏡道：「哥，雖則咱們家不算大富大貴，你我少時失母，總歸憾事，但總地說來，我們侯門嫡出也算顯赫，我現在到了成親的年紀，什麼是配得上我的人？門第、才學，這些我都有，我不必再找這樣的人，我想找的就是能夠叫我開心，也讓我快活的人。」

「妳以後就要與這些成天說金道銀的商賈打交道，妳會快活？」

「我敢嫁，自然都想好了。」

「他真有不測，妳以後如何過日子？」

「我敢嫁，就不會讓他有不測之事。」

「真是藝高人膽大啊！」李釗氣得頭暈，李鏡忙扶他坐下，李釗甩開她，「不用妳假好心，都是妳氣的，妳乾脆氣死我算了！」

兄妹倆正吵架，聽到下人回稟，秦公子來了。

李釗現在最聽不得一個「秦」字，聽得秦鳳儀竟然來了，火冒三丈，當下怒道：「給我把人打出去！」

李鏡攔住他哥，與侍女道：「先請秦公子到花廳裡用茶，一會兒我就過去。」

李釗虛指李鏡，「不許妳出去，我去見見那個混帳！」

李釗大步出去，他沒在花廳見秦鳳儀，他在園中荷花湖畔見得秦鳳儀。此時湖內花葉亭亭，園內幽香浮動。秦鳳儀一臉喜色，比那湖中白荷更勝三分美意。結果，竟遭遇到大舅兄一臉霜寒，秦鳳儀識時務地把喜色略收了收，仍是翹著唇角，過去打招呼：「大哥。」

李釗臉拉得老長，問：「你來做什麼？」

「我來見見阿鏡。」

「你見她做什麼？」

秦鳳儀聽大舅兄這腔調不對，偏他那夢不全，夢裡也沒夢到自己怎麼與媳婦成親的。不過，要娶媳婦，自然得先過大舅兄這一關，秦鳳儀十分好性子，笑吟吟地道：「大哥，我就是與阿鏡說說話。」

「我妹妹是侯府千金，才貌雙全，你拿什麼來與她說話？」

秦鳳儀眨眨那雙明媚的桃花眼，滿眼無辜，「大哥，你可不是這樣的人啊！」

他竟不知大舅兄是個勢利眼！

李釗到底人品端重，太難聽的話也說不出，可他素來多智，心下一動，便嘆道：「還說什麼見，已是見不到了。」

秦鳳儀不解，「為啥？我剛送阿鏡回來的。」

李釗不愧是李鏡的親哥，他雙唇一抖，那眼淚就滾滾而下，哽咽得說不出話。

秦鳳儀坐不住了，到李釗跟前問：「大哥，阿鏡怎麼了？」

李釗搖搖頭，哽咽著說不出話。

秦鳳儀更急了，再三追問：「大哥，阿鏡到底怎麼了？你是要急死我啊！」

李釗淚若雨下，急得秦鳳儀跳腳，眼瞅秦鳳儀要急眼，李釗方道：「她一回來就說要與你成親，我不過說她幾句，哪曉得她就想不通，跳了這荷花湖。」李釗一指旁邊小湖，一面不著痕跡地觀察秦鳳儀。

秦鳳儀面色瞬間慘白，幾乎支撐不住，李釗生怕這傻子嚇壞，喚他一聲：「阿鳳？」

這一聲算是把秦鳳儀喚得回了魂，秦鳳儀一回魂，大吼一聲，對著李釗就撲了過去。秦鳳儀根本不會武功，李釗卻是文武雙修，結果秦鳳儀暴怒之下，李釗竟有些招架不住，臉上狠狠挨了幾拳，這才踹開秦鳳儀。

秦鳳儀至情至性之人，想著媳婦都是因為要與自己成親才被李釗那王八蛋逼得跳了湖，秦鳳儀傷心至極，想著，他再不能辜負他媳婦的，然後再未多想，嚎啕一聲，縱身一躍，撲通就跳荷花湖去了。

李釗從地上爬起來，一看秦妹夫跳了湖，連忙喚人來撈。

李鏡原就不放心她哥，擔心她哥正在氣頭上給秦鳳儀難堪，他哥前腳走，她後腳就追出來，卻正見秦鳳儀跳湖。

李鏡跑過去，將剛從地上爬起的李釗推個趔趄，「阿鳳哥有個好歹，我跟你沒完！」

真是非常人行非常事。

便是李釗，也只是心下一動，想試一試秦鳳儀。倘真是個精明人，定也能察覺出李釗話中不實之處。若真死了親妹妹，李釗如何還能坐著與他說話？偏生秦鳳儀一向實在，他正在與李鏡即將成親的興頭上，驟聞此噩耗，當下沒多想便信了。

這一信，可不就嚇出個好歹。

好在李家這荷花湖並不深，秦鳳儀一腦袋扎進去，撞翻荷花荷葉數枝，接著臉就撞湖底的泥裡去了。待李家下人將秦鳳儀自湖底拔上來，秦鳳儀睜眼見著李鏡，便拉著李鏡的手就不放了，還道：「阿鏡，果然妳未走遠。」黃泉路上，終於趕上他媳婦了。

李鏡哭笑不得，李釗把秦鳳儀那握著他妹手的手扳開，與他道：「少裝瘋賣傻！」

咦？

乍見了大舅兄，秦鳳儀眨巴眨巴眼，四下一瞅，也便明白自己想左了，見媳婦好端端，也明白大舅兄是糊弄了他。要往時，秦鳳儀定不能這樣算了，可眼下他不是想娶媳婦嗎？

秦鳳儀哼一聲，「大哥，你可真是的，竟然拿阿鏡來糊弄我，把我嚇一跳。」

「先去洗洗吧，出來咱們再說話。」一股湖底臭泥味兒！

李釗都覺得，他妹的出身，縱使在京城也是一等一的閨秀，憑什麼就要遠嫁揚州，嫁給這麼個鹽商子弟？從此以後，父親兄弟遠隔千里，憑什麼呀？在京城隨便尋一門親事，都比秦家強。如今看來，不止他妹妹一頭熱，秦鳳儀雖然才幹平平，好在心還是誠的。

李釗一嘆，心下已是應了。

秦鳳儀在李家洗了個澡，收拾乾淨出來，李家兄妹顯然都談好了，李釗還說秦鳳儀：「我不過是隨口一說，你就當真了。」

雖然不敢得罪大舅兄，秦鳳儀也是氣哼哼地表示不滿，「你做親哥哥的，哪裡能這麼說我家阿鏡？要別人說，我一準兒不信，你說的，我能不信？」

李釗到底心虛，輕咳一聲，「此事便罷了。你也想一想，我就這麼一個妹妹，倘不是看你真心，我憑什麼把妹妹許配與你？」

秦鳳儀頗有些順竿爬的機伶，他連忙起身，對著李釗三鞠躬，「大哥，謝謝你。從今以後，你就是我親大哥。」

李釗顏色和緩，笑道：「行了，坐吧。」

秦鳳儀對李鏡眨眨眼，忍不住笑起來。他本就生得好，這真心一笑，更是喜動顏色，色若春花。李釗越發覺得，我妹妹就是個好色的啊！

李鏡看他臉上有些小傷，又讓丫鬟娶藥來，幫秦鳳儀上藥。

秦鳳儀道：「沒事，這是不小心撞荷葉杆上了，過兩天就好了。」

「還是小心著些。」李鏡如何捨得秦鳳儀這張臉有半點瑕疵，親自給他塗了藥膏，大家方一併商量親事。

李釗道：「我得先寫信回去與家裡商量，待商量妥當了，你再遣媒人去提親。」

秦鳳儀點頭，「大哥，我爹說明天要過來商議這事。」

李釗剛要說不必你爹來了，只是既要做親家，便不好這樣說話了。李釗道：「你家老爺子過來也好，你是個丟三落四的，我與你家老爺子倒能說得明白。」

秦鳳儀撇撇嘴，李釗道：「怎麼，你還不服？」

「給我八個膽子，我敢不服大舅兄說的話？服！我服得要命！」秦鳳儀道。

李鏡笑，「好生與大哥說話。」

「大哥，我知道你捨不得阿鏡，可她早晚也得嫁人。」秦鳳儀嘆道：「我原不懂大哥的心，可一想到以後我有了閨女，怕是比大哥還要捨不得。」

「你媳婦都沒有呢，還閨女？還嫌我說你，聽聽，你說的這叫什麼話？」

「我就是大概比較一下的意思。」秦鳳儀認真道：「我知道大哥和阿鏡的出身好，岳父是侯爵，我家再比不上的。要說與京城那些顯赫人家的公子比，我可能才幹不如人家，可有一點我肯定比他們強。我必然一心一意待阿鏡，此生除她，再無他人。以後我也會上進，不能叫人瞧不起阿鏡，說阿鏡嫁得不好，嫁錯了人。大哥，你放心吧，我現在怎麼待阿鏡，以後這輩子都這樣待她。我要有半點不好，管叫天打雷劈。」

秦鳳儀這人吧，有時你覺得天真淺白，有時你又覺得頗懂些道理，頗會說話。李釗面色轉溫和，語氣還是嚴厲的，「反正你要是對我妹妹不好，那你就等著吧。」

「大哥放心，你的話我都記下了。我的話，大哥也只管記下。待百八十年後，一準兒叫大哥欣慰今天的好眼光，把阿鏡許給了我。」

「倒是挺會說大話。」

「這都是實話。」

其實李釗能看得上秦鳳儀，還有一個原因就是，秦鳳儀為人坦誠不怯，並不因彼此門第差距就自慚自卑。倘是那樣的人，妹妹再如何心儀，李釗也是不能同意的。像秦鳳儀，便是心眼兒少些，才學差些，但為人處事坦蕩直率。李釗出身侯府，見的人不少，起碼秦鳳儀這性子，便是李釗相處起來都覺得舒服。

李釗留秦鳳儀在家吃了晚飯，秦鳳儀沒忘打發小廝回家知會一聲，讓爹娘不要等他。

秦太太和秦老爺沒等回兒子，等回了傳話的小廝。

秦太太笑得無奈，「這還沒娶媳婦呢，就忘了爹娘。」

秦老爺笑道：「爹娘又不能陪兒女一輩子，他們和睦便好。有我陪妳，還不夠？」

秦太太笑嗔，「真個老不正經！」

夫妻二人言語打趣，知道兒子是在為娶媳婦的事努力奮鬥，而且人家肯留他吃飯，說明對兒子滿意。夫妻倆歡歡喜喜地用過晚飯，就商量起兒子娶親的事來。

能娶到景川侯府的大小姐，便叫秦家傾了家也願意的。

秦鳳儀在李家吃過晚飯，繼續與李釗商量娶親之事。不同於李鏡那種什麼都不必秦鳳儀操心自己來的性子，李釗讓李鏡歇著去，他與秦鳳儀說一說妹妹想嫁給他的難度。

李釗道：「京城想嫁給平嵐的貴女，沒有一千也有八百。如果不是他中意阿鏡，這親事我家也搆不到的。我爹盼這親事盼好幾年了，就盼著阿鏡結這門好親，為家族做助力。」

秦鳳儀道：「總得以阿鏡的喜好為先吧？要是嫁個不好的，阿鏡不喜的，再有權勢，阿鏡這一輩子也不快活。」

李釗心說，你倆真不愧能看對眼，都是「快活論」的主張。李釗道：「我要不是看阿鏡的心思，哪裡會在這裡與你們籌畫？你說說，光我爹這關，就難過得很。」

秦鳳儀想了想，異想天開道：「大哥，要不，我親自去京城跟岳父提親，就憑著我這相貌，岳父難道會不同意？」

「還憑你這相貌，你不就有張臉嗎？我爹一怒，不打你個爛羊頭。」

原來岳父大人這樣凶啊！

秦鳳儀縮縮脖子，眼珠一轉，又有個主意，「大哥，你家現下不是後娘當家嗎？後娘能有幾個好的？要是親娘，知道阿鏡心儀我，肯定能替咱們說話。這既是後娘，我倒是有一個主意。」秦鳳儀壞笑幾聲，拉了椅子到大舅兄跟前，低聲道：「時人皆眼皮子淺，譬如我這樣的好人，就因門第低，除了阿鏡眼光獨到，誰能看到我的好處？這在京城也一樣，雖則平嵐不過如此，可他出身好啊，你都說中意他的女人多的很。你們後娘壞心眼兒不？要是壞心眼兒，一準不樂意看到阿鏡嫁到郡王府去，畢竟這在時人眼裡是再好不過的姻緣。要是叫她知道阿鏡對我這個鹽商子弟動心，她還不恨不得藉此機會壞了你家與平家的事？再說，你家與平家先前也沒訂親，根本沒有婚約。你瞧著，能不能在你們後娘那裡使使勁？」

李釗當真沒料到這秦鳳儀還有幾分腦子，李釗糾正，「別成天後娘後娘的，你以後見了也得叫岳母。」

「我曉得，她還是姓平的呢！姓平的，心眼兒都不好！」害他傷心一場。

「莫要一概論人。」李釗教導道。

秦鳳儀急著親事，顧不得爭辯姓平的是好是壞，問李釗：「大哥，這法子成是不成？」

「我家的事你並不清楚，我來安排吧，你找個好媒人才是。」

「我都想好了，就請方閣老做媒人。大哥，你看成不？」

李釗一樂，真正讚了秦鳳儀一句：「你倒有幾分靈光。」

「那是。近朱者赤，我總跟大哥在一處，能學到大哥百中有一的機靈就顯得靈光了。」秦鳳儀非但有幾分靈光，還很會拍馬屁。

李釗笑，「我家人多，情況也比較複雜，並非你想的那樣。我家的事還是我來辦，你把媒人請好，其他的都預備好就成了。」又問秦鳳儀：「能不能請得動方閣老？」

秦鳳儀一向自信爆棚，「大哥你只管放心，包我身上！」簡直不要太有把握。

李釗與秦鳳儀商量了不少事，待天色將晚，方讓秦鳳儀走了。李鏡出來相送，悄悄與秦鳳儀道：「你來的時候，我正跟我哥拌嘴，他氣頭上沒多想，就是隨口試一試你，沒想到卻是過了頭，你別放心上。」這是替哥哥說好話。

提到李釗騙他跳湖之事，秦鳳儀非但不惱，還眉飛色舞道：「放心吧，大哥這主意多好啊，我都想好了，待以後咱們閨女尋女婿，我也這樣幹！」秦鳳儀嘿嘿怪笑幾聲，摸摸下巴，「以前我都沒覺得大哥這樣聰明來著。」

實在太聰明了！

這主意委實不錯！

秦鳳儀自覺學了一招，拍拍李鏡的手，讓李鏡放心，自己樂顛樂顛地回家去了。

秦鳳儀雖然投了一回湖，但是他認為很值得。

為了媳婦，這都是應當的！

他為人很有幾分小聰明，待回家，他爹娘見他臉上有些小傷，自然要問的，秦鳳儀還不肯說是被大舅兄騙然後為著媳婦投湖時摔的，他道：「大舅兄一向為人嚴肅，他又很寶貝阿鏡，我還擔心大舅兄不願意。沒想到，我一去，大舅兄與我說了幾句話就同意了。我們那時在湖邊說話，我一高興，蹦了兩蹦，沒站穩，就跌下去了。」

這事兒還真像兒子會做出來的，秦太太直絮叨，「這眼瞅要成親的人了，怎地還這般不穩重？還是在你大舅兄面前，萬一人家挑眼怎麼辦？」

「我也是一時高興，哪裡就為這麼點小事挑眼呢？」秦鳳儀想到親事定了，心下美滋滋的，「爹，明天咱們過去的事，我也與大舅兄說了。」

秦老爺一看兒子這模樣，也知道事情順利得很，「成，我知道了。」

秦鳳儀心情大好，雖然沒能陪爹娘吃晚飯，卻是很體貼地陪爹娘吃了夜宵。回房後高興得半宿沒睡著覺，第二天起床，兩大個黑眼圈。

秦太太很心疼，「我的兒，這是怎麼了，昨晚是不是沒睡好？」

秦鳳儀打個哈欠，閉著眼睛樂，「高興的，後半夜才睡著。」

秦太太與丈夫商量，「看阿鳳這睏的，要不，一會兒你自己過去成不？原本這事就是雙方長輩商量的。」

不待秦老爺說話，秦鳳儀睜開一雙掛著黑眼圈的桃花眼，道：「這怎麼行？我有好些話要與阿鏡說，洗把臉就精神了。」讓丫鬟打盆冷水來，好在如今正是夏天，用冷水洗臉也無礙。秦鳳儀洗過臉，秦太太還命丫鬟去廚下拿煮熟的熱雞蛋來，給兒子在眼圈下滾了滾，滾得黑眼圈不是太明顯。待父子二人用過飯，方讓父子倆拎著禮物往李家去了。

秦太太一直送到門口，望著父子二人遠去，方折身回房，連丫鬟桃花都說：「太太只管放心吧，咱們大爺這樣的人品，也就李大姑娘那樣的氣派才配得上。」

梨花捧上香茶，笑道：「是啊，說來，咱們大爺的眼光也不是一般的。」

二人是秦太太身邊的大丫鬟，秦家待下人一向和氣，二人亦不知當初小秀兒的事出來，秦太太有將她們給兒子做通房的打算，故而，這時都為主家高興。尤其秦鳳儀近些時候知上進，對家裡丫鬟侍女不過偶爾說笑，並不似前番調笑樣，且他又生得得人意，他自尊重了，侍女們反而更高看他，言語間既添了關心也添了敬重。

秦太太笑，「這孩子一生下來，我就請城南的李瞎子幫著算的。李瞎子的卦，那在咱們揚州城是一等一的準。一聽這孩子下生的時辰，再一摸他的手，立刻說這是一等一的貴命，眼下可不是應了李瞎子那話？」

兩個侍女更是奉承不停，秦太太喜得見牙不見眼。

秦家父子這裡也十分順利，李釗並不是矯情反覆之人，昨日秦鳳儀情急之下都跳了湖，且今日秦老爺正式到訪，李釗更不會為難秦家。

不過，自家這裡的難處，李釗也與秦老爺說了。

秦老爺並非秦鳳儀這種只要我們相愛便能在一起的天真人。秦老爺精通於世故，便是李釗不說，秦老爺心下料想這親事怕也不是那樣容易。李姑娘願意，主要是兒子生得好，性子也討人喜歡。不是秦老爺自誇，就他這兒子，自小到大，不要說適齡女孩子，便是些中老年婦女見著他兒子，也鮮有不喜歡的。只是，能真正生出情意，決定下嫁的，李鏡是第一個。

秦老爺見過李鏡一次，就李鏡的面相、舉止、談吐，就不像沒主意的人。即使是與李家的親事，當初也是妻子十分熱心，秦老爺自也盼著兒子能娶個好媳婦，所以就任由兒子發展了。不想，這親事李家姑娘竟然真的樂意。

如今李家公子也點頭了。

秦老爺更是決定，不論有多大的難處，定要為兒子爭取這樁親事。不提李家的出身、李家的門第，就是兒子先時聽得人家姑娘有親事的假消息，就能傷心得去廟裡出家，秦老爺就是為了兒子，也得把這親事辦成啊！

然而，李大公子，你這臉是怎麼回事啊？怎麼傷了？儘管紅腫是消褪了，但也瞧出唇角上還有些青紫來。這事，秦鳳儀就很機靈了，他知道大舅兄最愛面子，便道：「唉，這事我都忘了，爹，昨天我不是掉湖裡了嗎？大哥下去撈我，我那會兒嚇壞了，不小心撞到大哥，當時也沒看出大哥傷得這麼厲害啊！」

李釗給了秦妹夫一個滿意的眼神，心安理得接受了自己愛護妹婿的大舅兄設定。

秦老爺一聽這話，立刻表示了對李釗的感謝。李釗很是謙遜了一番，而後兩人說起兩家的親事，秦鳳儀就開始心猿意馬來。親事上的事，讓他爹跟大舅兄商量去好了，他有好些話沒跟阿鏡說呢，他想跟阿鏡妹妹說話。

秦鳳儀一會兒就四下掃一圈，一會兒就四下掃一圈，倘有不曉得這是李家的姑爺，還以為家裡來了個賊。李釗見不得秦鳳儀這坐不住的樣，說：「你這賊頭賊腦的看什麼呢？」

「賊頭賊腦」這話一出，秦老爺先羞愧了，說來，他兒子也只比李公子小三歲，人家李公子已有舉人功名，進士在望，自家兒子還是個跳脫的孩子，坐都坐不住。

秦鳳儀就沒啥羞愧的，他老老實實地說：「我有事想跟阿鏡說，大哥，你跟我爹商量這些事吧，我瞧瞧阿鏡去。」說著他便起身要自己去找媳婦商量事。

李釗臉一板，「便是現下民風開放，咱們於禮法上也不能不講究。既是在議親，你們便不好成天在一處。說來，先時結拜為兄妹，以後人家問起如何又要做親，可如何說呢？」

「這有什麼不好說的，情之所至罷了。」

秦老爺也說兒子：「阿鳳，你坐下，好生聽著我與你李大哥說話。這成親就是大人了，得擔起一家子的責任來，人也得穩重才是。」

好吧，大舅兄和老爹都這樣說，秦鳳儀只好憋著不去見媳婦了。他認真聽他爹與大舅兄說話，倒也有個乖乖樣。

中午，李釗設宴招待秦氏父子。秦鳳儀見席間有一道焦炸丸子，夾了一個給他爹，「爹您嘗嘗，這焦炸的小丸子可好吃了。有一回我餓壞了，一口氣吃了半盤。」又給大舅兄布了菜，笑道：「說來，有許多南方人乍吃京城菜就吃不慣，我就吃得很慣。大哥，可見這是老天預示著，我能做京城女婿。」

李釗笑道：「還有這個預示？」

「有有有。」秦鳳儀為大舅兄執壺斟酒，「我小時候就盼著有個哥哥，這不，現在就有了。大哥，我敬你一杯。」

秦老爺回家都與妻子誇兒子：「別說，咱們阿鳳當真伶俐。」

秦太太令廚下端來酸梅湯，又讓丫鬟往兒子院裡送一碗，這才笑道：「看來，今兒個順順利利的。」

「還算順利。」秦老爺道：「那李大公子可不是個尋常人物，說起事情來頭頭是道。李大公子也委婉地把他的難處與我說了。人家別的都不圖，就圖咱們阿鳳真心。只是，他兄妹二人遠來揚州，家裡還不曉得這事，李大公子得先打發人送回書信，才好說訂親的事。」

「這是正理。」秦太太道：「禮出大家，李家畢竟是侯府，這上頭定是極講究的。」

「是啊。」秦老爺道：「難得他不過比阿鳳大個兩三歲，為人穩重，遠勝阿鳳。」

「阿鳳不是還小嗎？」

「咱們阿鳳也有咱們阿鳳的好處。」秦老爺笑，「這孩子有時候吧，覺得他莽撞，可要緊的時候，他又特別有眼力。今天中午，李公子設宴，咱們阿鳳在家都是嬌慣的，不想這在外頭特別殷勤。我看，李公子也挺喜歡他。」

秦太太臉上的笑就沒斷過，「這到岳家，當著大舅兄的面，可不就得這樣殷勤？有眼力才招人喜歡。」

秦老爺喝了半盞酸酸甜甜的酸梅湯，笑道：「咱們家就他一個，打小這麼寶貝過來，先時我還擔心給寵壞了。不想，這孩子當真機靈，在外頭又另是一個模樣。這在外擺譜誰不會啊，難得的就是能放低身段。妳想，他這樣年輕氣盛的年紀，先時還與人在古玩鋪子打架。這樣的道理，我以為過幾年他才能明白，不想他如今就這樣懂事會交際了。」

秦太太聽著丈夫這話，唇角翹啊翹的沒個停，「要是咱們兒子在外頭不好，能結交這許多朋友來？再者，咱們私下說話，李姑娘可是侯府出身，那姑娘，一看就很穩重，也不是沒見過世面的人。結果，一眼就相中了咱們阿鳳。不是我自誇，咱們阿鳳的好處，斷不是尋常人能夠比的。」

說到兒子，秦太太又道：「我想著，趁著天暖，得尋思著先收拾屋子了。」

秦老爺道：「這事叫阿鳳問一問李姑娘，以後是他們倆住，必要合他們的心意方好。」

「很是。」秦太太想著，兒子回來時瞧著酒也吃的不少，就說去瞧瞧兒子。

秦老爺道：「他吃了酒就愛睡覺，今天早上也起得早了，說不得已是睡下了。」

「我曉得，我過去瞧瞧，別讓阿鳳睡太久，睡多了晚上會失睏的。」秦太太這寵愛兒子的老娘，必要親眼瞧一瞧這出息得不得了的寶貝兒子才能放心。

結果，秦太太過去撲了個空，一打聽，兒子回來吃了碗酸梅湯，又往李家去了。

秦太太好氣又好笑，心下想著，這虧得李家不在揚州，不然就兒子這上門頻率，不曉得的，還得以為她家兒子入贅了。

其實秦太太不曉得，人家李家也很苦惱。雖然這親事，李釗算是點頭了，但秦鳳儀你這一天三趟往我家跑是做什麼呀？

秦鳳儀不覺得自己一天三趟往李家去有啥不妥，親事都定了，媳婦就是他的人了。以往礙著結拜兄妹的名義，關心媳婦總不能盡興，如今這都是準未婚夫妻了，他當然要盡情地關心媳婦。就是李鏡也沒覺得如何不妥，秦鳳儀這張容顏，她就是整天看都不會厭，何況秦鳳儀又這樣的會討人歡心。李鏡遇到秦鳳儀時的笑，比她先前活了十五年的笑容都多。

李釗見妹妹如此，心下徹底認了這樁親事。只是，你倆在光棍面前，別總這樣甜膩膩的膩人好不好？

李鏡與秦鳳儀這事算是口頭上定下來了，秦鳳儀這回家才沒個三五日，他正琢磨著，什麼時候再去古玩店尋個茶壺送給方閣老，好請方閣老為他與李鏡的親事做個媒人。

結果茶壺未買，就接到了平御史的帖子。

秦鳳儀真不樂意去，但巡鹽御史的帖子，他家幹鹽商一日，他就不能不去。秦鳳儀便去了，李鏡還叮囑他，「莫要露出不喜來。」

秦鳳儀道：「我曉得，妳放心吧。」

秦鳳儀哪裡會露出不喜來，他剛與李鏡定情，正逢人生大喜，臉上那喜色是掩都掩不住的。因為喜事加身，秦鳳儀越發注意穿衣打扮，成天捯飭得閃閃發亮，出門那叫一個引人注目。就因他這張臉，連著李家兄妹也在揚州城有了些名聲。無他，秦鳳儀總往李家跑，現在大半個揚州城的人都曉得鳳凰公子與李家兄妹交好。不過，李釗李鏡一向低調，大多數人只知他們姓李，不若對鳳凰公子了解之深。

秦鳳儀到了平御史府，平珍見秦鳳儀神采飛揚更勝以往，笑道：「我總算放心了，先時有人說你往廟裡出家去了，我便說是胡言亂語，你這樣的人物，如何會出家。不過，聽你們府上說，你前些天身子不大舒服，現在可好些了？」

說來，前些天平珍尋秦鳳儀，秦鳳儀正在傷心，哪裡有心思過來給平珍畫，秦家就託辭秦鳳儀身子不適而婉拒了，倒是平珍知曉秦鳳儀身子不好，還打發人送了一回藥材。

想到此處，秦鳳儀想著，阿鏡都說平御史厚道，果然不錯。秦鳳儀笑道：「勞大人記掛了，前幾天因著一樁事，我萬念俱灰，險真的出了家。如今一切圓滿，我就又回來了。」

平珍甭看官職上的事都有幕僚處理，但他身為當世丹青大家，對於人的觀察，卻是有常人不能有的細緻。平珍便瞧出來，秦鳳儀今日喜色不同以往，那眼眸、肌膚、唇齒，彷彿就連頭髮絲都在透出歡喜的光澤，這種喜悅令秦鳳儀有一種驚世之美。平珍當下技癢，請秦鳳儀到了園子裡，他著人上了香茶鮮果，讓秦鳳儀只管享用，平珍自作起畫來。

這一畫，就是一整天，直待天色將晚，平珍欲命人掌燈，他要繼續畫。秦鳳儀可是吃不消了，他早嚷嚷著要回家，只是平珍一再挽留，方留到這會兒。平珍素來不是個會強迫人的，況且畫了一天，秦鳳儀神色黯淡，美貌都減了三分，平珍便道：「好吧，阿鳳，你先回去，待明日早些來。」

秦鳳儀應了，揉揉肩，連忙告辭。

平珍又想著，人家秦鳳儀也是累了這一日，遂道：「阿鳳留下來吃飯吧。」

秦鳳儀道：「不用了，我回家吃是一樣的。這出來一日，我也記掛阿鏡和我爹娘。」

平珍畫了一整日，其實也累了，「好，那你就回吧，路上小心些。」

天色已晚，秦鳳儀出了平御史府，就打發小廝辰星回家裡送信。他先去李家看媳婦，李鏡搖頭嘆道：「你這些天沒往御史府去，珍舅舅這畫癮是憋久了，累了吧？」又問秦鳳儀可有用過晚飯。

秦鳳儀道：「平御史倒是留我吃飯，我心裡想著妳，就沒吃。」

李鏡一笑，命丫鬟把廚下留的飯菜端上來。秦鳳儀一瞧，都是他喜歡的，心裡高興，知道媳婦也記掛著他。秦鳳儀道：「阿鏡，妳晚上都吃的少，餓不餓，再吃點吧？」

「我不餓。」

秦鳳儀道：「我曉得妳是怕長胖，妳又不胖。再說，胖點我也不嫌。我是喜歡妳這個人，妳的心。」

李鏡的性子，在女孩中已是罕見的大方，但仍是架不住秦鳳儀這等不分場合直抒胸臆的類型。是的，秦鳳儀不是那等油嘴滑舌的，他是個實誠人，但凡說話，一般都不經大腦，如何想就是如何說的。

正是由此，李鏡方忍不住羞窘，與他道：「趕緊吃飯，怎地那許多不正經的話？」

秦鳳儀咧嘴一笑，拉著李鏡一道吃。

李鏡多是在一旁給他布菜，問他些在御史府的事，秦鳳儀都如實說了。其實也沒他事，就是讓平珍畫，也沒見著小郡主。李鏡與秦鳳儀道：「珍舅舅是個厚道人，你與珍舅舅說說話還罷了，平寶兒那裡，莫要理她。」

「嗯。」秦鳳儀道：「我以前都沒瞧出她這樣壞心眼兒來。」

「你才知道？」李鏡見秦鳳儀很肯聽她勸，心下高興，連連給秦鳳儀布菜，尤其秦鳳儀人生得好，吃相更是一等一，把李鏡都看得餓了，也跟著吃了不少。

秦鳳儀在李家用過晚飯，雖則想留下來再跟媳婦說話，可天色已晚，李鏡還是催他回家去了，以免秦家父母記掛。

秦鳳儀回家無非就是把跟李鏡說的話，除了拋去與李鏡說的「情話」，與父母大致說一遍，之後便歡歡喜喜地休息去了。秦鳳儀頭一天去沒遇著小郡主，結果第二天去就見到了。秦鳳儀現下正不心喜她，他又是個沒什麼心機的人，面色便淡淡的。好在經過「夢境」之後，縱秦鳳儀性子沒什麼改變，為人倒是沉穩不少，他起身行個禮，小郡主笑道：「咱們又不是外人，秦公子何必見外？」

秦鳳儀假笑，「郡主千金貴人，如何敢不敬？」

平珍只管在一旁作畫，小郡主與秦鳳儀在一處說話。自那日秦鳳儀自御史府失魂落魄地離開後，自家小叔再著人去請，就聽說了秦鳳儀身子不好的原因，彼時小郡主便確定，非但李鏡對這姓秦的有好感，便是這姓秦的怕也不清白。不過，此事也很好理解。秦家不過是鹽商門第，但凡知道李鏡出身的，哪有不順竿爬的？

後來聽說秦鳳儀往廟裡出家去了，小郡主倒覺得這秦鳳儀待李鏡很有幾分真心。不想，未過幾日，秦鳳儀便從廟裡回來了。如今看到，氣色神韻之美更勝以往。

小郡主心知這裡面必有緣故，便又不著痕跡地說起她哥與李鏡的親事來。秦鳳儀便是沉穩了些，到底性子難改，當下便道：「聽說平公子與阿鏡並無親事，更無婚約。」

小郡主輕搖團扇，帶起一陣香風，「阿鏡姊姊及笄禮後，回京城便要訂親的。」

秦鳳儀按捺不住，「據我所知可不是這麼一回事，小郡主，妳家自然顯貴，可這親事也得講究個兩廂情願，是不是？」

小郡主一笑，「有誰不情願嗎？」

先時說了，秦鳳儀身上有一些李釗挺喜歡的東西，譬如面對權貴半點不怯。這種特質，民間還有個解釋，叫做二愣子。如今秦鳳儀身上的二愣子勁便發作了，秦鳳儀道：「阿鏡，她便不情願，她並不願意嫁給令兄。」

不要說小郡主，便是小郡主身邊的侍女都嚇得掉了茶盤，咚一聲，平珍看過來。

秦鳳儀道：「平大人是長輩，您是阿鏡的舅舅，這事我昨天就想說，卻又不曉得如何開口。舅舅，我就一併跟您說了吧。」秦鳳儀過去，請平珍坐了。

小郡主心下極是不悅，舅舅二字，這姓秦的是叫誰呢？可真會攀高枝。

平珍命小廝把畫具收了，坐在石桌畔問：「什麼事。」

秦鳳儀便說了與李鏡之事，秦鳳儀道：「這事說來，怕你們不信，卻是千真萬確。」他從自己夢到李鏡開始，說到與李鏡相遇，兩人互生情愫。

秦鳳儀道：「不瞞舅舅，那日就是聽你和小郡主說阿鏡與令府公子有婚約之事，我陡然聞此事，痛徹心腸，後來去了廟裡，也是真想出家的。之後，我方曉得阿鏡與平公子並無親事，我們互相中意久矣。」

平珍都聽愣了，「可是，我家阿嵐與阿鏡的事，兩家都是默許的啊！」

秦鳳儀道：「這親事以後是兩個人過日子的事，必得二人皆有情意方好。倘是一人不情願，縱是做了夫妻，又有何意趣？何況，若你們兩家果真有意，你們又是親戚，當早些定下親事來才是。倘我與阿鏡無緣，如何又能在揚州相見？」

「你放肆！」小郡主一拍桌子，「你竟敢在我和舅舅面前敗壞阿鏡姊的名聲！」

當下便要喚侍衛來把秦鳳儀打出去。

秦鳳儀道：「阿鏡是妳表姊，我以後就是妳表姊夫，平大人更是妳親叔叔，我們雖沒有郡主銜，現下大家是商量事，妳也不必耍郡主的威風。」

先時他見小郡主，很有些夢中柔情，但經小郡主說起平嵐與李鏡親事，害秦鳳儀大為傷心，秦鳳儀早不喜她了，故而也不客氣了。

小郡主氣得臉色都變了，平珍倒沒啥，他一向癡於丹青，便道：「昨日見你喜色大盛，不同以往，想來便是因與阿鏡定情之事吧？」

秦鳳儀點點頭。

平珍道：「你這事頗難辦，我家阿嵐也很中意阿鏡，你也中意她，這就得看阿鏡中意誰了。要是阿鏡中意我家阿嵐，你這事不可再提。倘是阿鏡中意你，也是阿嵐與她無緣。」

秦鳳儀大喜，起身向平珍連作三個揖。

平珍擺擺手，又是感慨又是好笑，問秦鳳儀：「你當真夢到過阿鏡？」

「是，還沒見時就夢到過。我初時與她在瓊宇樓相見，把我嚇得險跌到樓底下去。」

平珍大笑，「你們這也有趣。」

秦鳳儀眉開眼笑，「全賴舅舅成全。」

「不是我成全你，要阿鏡中意你，我也沒法子。」平珍道：「你可真有福氣，阿鏡那孩子，我看著她長大，她性情端凝，是個好孩子。」

秦鳳儀由衷道：「我定一輩子對她好，今生今世永不負她。」

平珍一笑，「這便好。」

秦鳳儀初與李鏡定情，正是熱情澎湃之時，當下便按捺不住滿心歡喜，與平珍說起與李鏡的情意來。平珍看他說到興起處，那種由心而發的歡喜，再說到當初驟聞李鏡有婚約時的打擊與傷感，眼圈兒都紅了幾回。

平珍初時覺得這事有些詫異，但聽秦鳳儀娓娓道來，便知人家兩人情根深種。平珍身為丹青大家，較尋常禮教之人更多出一份豁達，聽秦鳳儀細細說來，亦多了些感動。秦鳳儀很會順竿爬，說到盡興時還道：「舅舅，我與阿鏡的事還少一位媒人。我想著，請外人不如請舅舅。舅舅，你給我和阿鏡做媒人，如何？」

平珍一向少理俗事，行事更是隨心，一笑便應了，「行啊。」

答應的速度之快，小郡主都沒來得及攔上一攔。

眼見小叔被這姓秦的糊弄了，小郡主越發氣惱了。

平珍與秦鳳儀可以說得上盡興而散，尤其平珍答應給秦鳳儀和李鏡做媒人後，秦鳳儀特別熱情地要求繼續讓平珍畫。平珍癡於丹青，因著秦鳳儀一向不大配合，都沒盡興畫過。如今二人交心，秦鳳儀簡直要多配合有多配合，而且對著平珍直呼舅舅，把小郡主氣得七竅生煙，憤憤離去。秦鳳儀心下暗爽，一直讓平珍畫到傍晚光線昏暗時方告辭而去。

秦鳳儀急著把平珍做媒人的喜訊告訴他媳婦，直奔李家而去，待到了李家，簡直都來不及說別的，當頭一句就是：「阿鏡，我請平舅舅給咱們做媒人啦！」

那眉眼間的歡喜，完全忘了先時說人家平珍是李釗和李鏡「後舅舅」之事。

之後，不待李鏡問，秦鳳儀就把今天的事巴啦巴啦的都說給了李鏡知道。

李鏡哭笑不得，「你就這麼說了？」

秦鳳儀點點頭，接過李鏡遞過的茶水，道：「我昨天就想說來著，今天妳沒瞧見，小郡主又拐彎抹角地說妳和平嵐的親事，我哪裡聽得這個，當下就說了。舅舅真是個好人，我請他做媒人的事，他一口就應了，還特別通情達理，說咱倆更有緣分。」
李鏡道：「你這可真是歪打正著，要是萬一珍舅舅惱了，可如何是好？」
「這不是沒惱嗎？」秦鳳儀笑咪咪的，「有飯沒，我餓了。」
李鏡晚飯都沒吃，就等著秦鳳儀呢。李鏡與秦鳳儀這裡吃著晚飯，平珍卻是在受著侄女埋怨，小郡主道：「小叔好生實誠，就被這姓秦的騙了。」
「騙什麼？」平珍有些不明白。
小郡主急道：「小叔，阿鏡姊明明是大哥的。」
「妳這叫什麼話，親事總得講究個你情我願，人家既不願意，何必強求？」平珍又是道：「再者，大嫂不是不喜歡阿鏡嗎？如今阿鏡心儀阿鳳，妳娘定是高興的。」
小郡主微訝，「小叔怎麼知道我娘……」後半截話沒說出來。
平珍道：「我雖見大嫂的次數不多，可有時但有人提及阿鏡，大嫂沒有一次不皺眉的。喜歡一個人什麼樣，妳看阿鳳就曉得了。阿鳳說起阿鏡，整個人都在發光。大嫂明明不滿意阿鏡，阿鏡也不願意咱家的親事，何不成全他們？」
小郡主擰著帕子道：「自來只有咱家拒別人的，何時有別人家拒咱家的？」
平珍好笑，「真個荒唐。咱家怎麼了，就因咱家是王府，別人就不能拒咱家了？妳醒醒吧，天下人多矣。如阿鏡，她是個聰明孩子，她既中意阿鳳，也知秦家門第，可知她是真心中意阿鳳。寶兒，妳聰明不下阿鏡，妳們並稱京城雙姝，可別人說起來，妳郡主之尊，生得更是比她好，可有一樣妳不如她。她是個至情之人，妳卻過多權衡利弊。阿鳳一向直率，他這樣的人至情至性，不足為奇，反是妳與阿鏡這樣絕頂聰明之人，因太過聰明，則於得失多有計算。得失利益皆能動人，卻不是最動人的。」

平珍反是說了小郡主幾句，便不再理會此事，尋了本畫卷觀摹起來。

秦鳳儀回家也自與父親說了這喜訊，秦鳳儀道：「這成親做媒，要有兩個媒人，方閣老是一位，今兒湊了個巧，我就請平家舅舅也做了媒人，爹、娘，你們說可好？」

豈止是好，秦家夫妻都認為，兒子這莫不是吃了「開竅丹」，咋突然這麼會辦事啦？

秦家夫妻很是細問了兒子一回，秦鳳儀大致說了說，尤其突出了平御史如何明理如何通達。秦鳳儀最後道：「以往舅舅叫我過去作畫，我總不樂意，以後我再不這樣了，只要是舅舅叫我，我必是去的，還要好生給他畫。」

秦太太笑道：「這就好，這就好。」

秦鳳儀道：「明兒再給舅舅畫一日，我再去古玩鋪子尋個好壺，先討了方閣老開心，再說作媒的事。」

夫妻二人見兒子已有主意，心下極是欣慰，秦太太又說了要糊裱屋子之事，秦鳳儀便道：「是啊，我怎麼忘了此事？明兒我問一問阿鏡，她素有主意，而且她眼光比我好，她想的一準兒比我好。」

秦太太滿眼是笑，「很是這個理。」

秦鳳儀每天忙得跟個小陀螺似的，第二日一大早起床，顧不得在家吃早飯就到李家去。連帶吃早飯，還有與李鏡商量糊裱新房這事，秦鳳儀道：「趕明兒妳再到我家去一回，除了我現在住的院子，我還有幾個其他院子。妳要相中別個院子，用來做咱們的新房也行。」
李鏡微微羞道：「你那院子就很好。」
秦鳳儀笑，「我就知道妳喜歡那瓊花樹，以前咱們常在樹下喝茶。」
這說的，自然是夢中之事。
秦鳳儀道：「要如何收拾屋子，妳畫個樣式出來，我叫了工匠過來收拾。」
李鏡道：「就照夢中那般便可。」
秦鳳儀道：「我那夢做得不大全乎，咱們屋子的樣子，只記得一點點。」
李鏡笑，「那我就想想。」
「好生想，這是以後咱們的新房，可得認真想。」秦鳳儀強調。
李鏡唇角一翹，「成。」
秦鳳儀又與她說了明日去古玩鋪子買壺的事，「珍舅舅那裡，我也想買個東西來當謝媒禮。方閣老，記得他是喜歡茶具，咱們也挑一套。還有，阿悅哥喜歡什麼，妳曉得不？」
李鏡道：「方悅偏愛硯臺。」
「那咱們一併尋一尋。」秦鳳儀笑，「先把阿悅哥拉攏過來，屆時再請他幫著說句話，我想著，咱們這是大喜事，閣老大人一定應的。」
李鏡抿嘴笑道：「看不出來，你還挺會辦事的。」
秦鳳儀得意，「妳看不出來的還多著。」
兩人說一回話，到了用早飯的時辰，就去廳裡用早飯了。李釗如今見著秦鳳儀都沒了脾氣，這麼厚臉皮的姑爺，怕也是揚州城獨一份了。

當天讓平珍畫完，秦鳳儀就說了明天「請假」之事，他還把自己如何請方閣老作媒的計畫與平珍講了，問平珍：「珍舅舅，你覺得如何？」

平珍最喜人赤誠，見秦鳳儀如此心腸，笑道：「還成，投其所好。方閣老偏愛紫砂，你乾脆也別去買了，我這裡有套不錯的紫砂壺。我於這上頭平平，也是別人送我的，你拿去給方閣老吧，也能討他喜歡。」

秦鳳儀連連擺手，「這可不成，我得親自去挑，才顯得誠心。」再說，平珍肯幫著做媒人，他就十分感激了，如何能再要平珍的東西，占平珍的便宜。

平珍笑道：「你既喊我一聲舅舅，便不是外人，只管拿去。我這些東西多的很，我用不到，白放著生灰塵。這些東西啊，都是有靈性的，能遇到所好之人的手裡，也不辜負了。」命人取了壺來，讓秦鳳儀拿走，自然也准了假期。

秦鳳儀先把壺拿給李鏡看了，這是一把小圓壺，造型輕巧精妙，可握於掌中適於自斟自飲，望之有樸雅之光，便是秦鳳儀這不大懂壺的也說：「瞧著就覺得好。」

李鏡特意請了她哥過來，一道品鑒，李釗都有些愛不釋手，道：「這壺好，先生尤愛小壺，小壺沏茶，香久不散。」

秦鳳儀建議，「要不，咱們泡壺茶嘗嘗？」

李氏兄妹頗為意動，不過，李鏡道：「這不大好吧？」

秦鳳儀笑得賊兮兮的，「沒事，不說出去，誰知道咱們用過呢？再說，這也是先試試這壺好是不好。」

如此，三人用此壺沏了回茶，秦鳳儀道：「沒嘗出什麼，感覺還是平常的茶味。」

李鏡則道：「果然好壺，這茶香又香了一分。」

李釗微微頷首，連聲道：「不錯不錯。」

秦鳳儀讓丫鬟給他換大盞的，他受不了用這等核桃大小的小盞吃茶，一點都不解渴。

李釗看他一副牛嚼牡丹的模樣，大為皺眉。

結果，秦鳳儀第二天去置辦給方悅和平珍的禮物，還特意為大舅兄買了個小紫砂壺，器型與平珍給他的這把有些像，也是上等的壺了，只是論起來，卻是較平珍給他的那把稍遜一些。這也很好理解，平珍是平郡王愛子，別人送他的東西，什麼不是上上等的。那樣的好壺縱秦鳳儀不惜銀錢，一時也不是容易得的。只得退而求其次，選了把稍遜些的給大舅兄。

秦鳳儀還道：「沒尋到比這個更好的，待什麼時候瞧見了，我一準兒給大哥弄來。」

便是李釗也不能不感動了，想著，秦鳳儀雖糙了些，這心委實難得。

李釗道：「起居用度，何須奢侈，適可最佳。」

李釗正感慨秦妹夫心實，他的家書也很快到了景川侯府，卻是引得一陣軒然大波。

此時此刻，秦鳳儀正一面與方悅套交情，想著請方閣老給自己和阿鏡妹妹做個媒人，另一面還在悄悄準備阿鏡妹妹的生辰。殊不知，景川侯派的人馬已整裝南下。

秦鳳儀不曉得景川侯都派人來棒打他跟他媳婦這對小鴛鴦了，他把給方家的禮置辦好，特意先給方悅下了帖子，過去說話。

要擱往時，秦鳳儀這樣的出身，便是想見方悅一面都不容易。不過，因著李家兄妹的關係，秦鳳儀與方悅好幾回都一道出遊，而且這畢竟是李家兄妹的結拜兄弟，人家這樣正式下帖子拜訪，方悅不好不見，便令人回了秦家下人，讓秦鳳儀明日有空只管過來。

秦鳳儀第二天上午就過去了，還帶著給方悅的一方硯臺。這送禮自來講究投其所好，方悅見著硯臺，是一方上好端硯，就知秦鳳儀想是有事。

方悅客氣道：「咱們不是外人，你過來便是，如何還這般客套？」

秦鳳儀笑，「有事相求。」

方悅一樂，想著秦鳳儀倒是個直人，便道：「有事相求，只管說事，東西拿回去。」

「阿悅哥這就是客套了，這硯臺是我特意打聽了鏡妹妹，我倆一道為你選的。我又不愛讀書寫字，你叫我帶回去，也是白瞎了這硯。」秦鳳儀笑咪咪的，「真的是求阿悅哥。」

方悅瞧著秦鳳儀還沒說事兒，便喜得見牙不見眼的模樣，不由也笑了，「什麼事只管說來聽聽。」下人上得茶來，方悅又請秦鳳儀先吃茶。

秦鳳儀顧不得吃茶，他讓方悅把下人打發走。

秦鳳儀道：「我和阿鏡的親事，想找閣老大人幫著做媒，阿悅哥你看這事成不？」

阿悅哥險些因這話叫茶水給嗆死，驚訝得調子都變了，「你說啥？你跟阿鏡的親事？」

天啊！他聽到了什麼？秦鳳儀與李鏡的親事？

秦鳳儀笑吟吟地點頭，「旁人都還沒說，除了我們兩家，也就珍舅舅知道，我特意先過來告訴阿悅哥。」

聽秦鳳儀這話，倒不像私定終身。方悅顧不得別個，先問：「已經跟平大人說了？」

「嗯，珍舅舅還答應給我們做媒人。這媒人不是得兩個嗎？我想著珍舅舅與阿鏡近些，珍舅舅自然是女方媒人，我這裡還得請個大媒。」說著，秦鳳儀有些不好意思，「我這人雖好，奈何眼下我家門第有些低，我不願委屈阿鏡。咱們揚州城最有名望的就是閣老大人了，阿悅哥，這可是弟弟我一輩子的大事，我怕直接求閣老大人，萬一老大人不願，我這事可就沒迴旋餘地了，故而，想先來問問阿悅哥的意思。」

方悅真被這事驚著了，瞧著笑嘻嘻的秦鳳儀，心說，當初真是小看了這小子，看著笨笨的，竟然能叫李鏡傾心。當然，憑秦鳳儀的相貌，叫個把女孩子傾心再正常不過。只是，李鏡何許人，傾心跟下嫁可是兩碼事。

李鏡竟然當真願意！

方悅這正想事兒呢，秦鳳儀等不到方悅的回音，不禁有些焦急，喚了聲：「阿悅哥，你倒是說話啊，到底如何？」

方悅一笑道：「先時竟未聞半點風聲，你們瞞得可真緊，我得先恭喜你跟阿鏡了。」自己祖父是李釗的先生，自家與李家兄妹也相交莫逆，這事問題不大。

秦鳳儀見方悅應了，喜上眉梢，「同喜同喜。阿悅哥，請閣老大人做媒人一事，我可全要靠你了。」甭看秦鳳儀念書不成，平日間說事也常說些不著邊際的話，他認真做起事來，頗知循序漸進的道理。

方悅笑，「你都給祖父尋來這麼心儀的東西，想是問題不大，我幫你問問。」說的是秦鳳儀帶來的紫砂茶。方閣老偏愛紫砂，方悅雖對紫砂不似祖父般喜愛，卻也頗具眼力，一眼便看出秦鳳儀帶來的這壺不凡。

秦鳳儀笑，「待我們辦喜事時，我多敬阿悅哥幾杯。」

「這是一定的。」方悅乾脆道：「也不必等以後了，祖父現下就在家，我帶你過去見見他，咱們提一提這事。」

秦鳳儀大喜。

方閣老自從告老還鄉後，一下子就清閒起來。說真的，自內閣相輔到回鄉養老，兩樣生活，初時方閣老挺享受回鄉的悠閒，可時間長了，他又不愛跟揚州城的官場打交道，又覺得實在有些過於清閒。好在他還兼顧孫子方悅與愛徒李釗的科舉課業，總算有點事情做。

正閒得無聊，方閣老見子孫方悅帶著秦鳳儀過來了，秦鳳儀恭恭敬敬地先送禮物。方閣老一見這壺果然歡喜，當然，他上了年紀，便是沒有這紫砂壺，端看秦鳳儀這麼個漂亮後生，也挺喜歡。指了指下首的椅子，讓兩個孩子坐了。

方閣老說：「阿鳳過來，總是攜重禮啊！」

秦鳳儀笑，「上回來是過來願老大人身體安康，這次來，是有件喜事想求老大人。」

方閣老見是孫子帶著秦鳳儀過來的，孫子一向細緻，心知此事孫子定是認為尚可，方會帶秦鳳儀過來。不待方閣老問，方悅就與祖父說了，「可不是大喜事嗎？我也是才聽阿鳳說的。祖父，是阿鳳與阿鏡的親事，想請祖父做個媒人。」

方閣老雖有些吃驚，到底人生歷練較方悅強了百倍，面色如常，微微頷首，「是椿才貌雙全的好親事。」

秦鳳儀立刻起身作揖，「多謝老大人成全。」

「你少跟我抖這機靈，我可還沒應呢！」方閣老笑呵呵地，問秦鳳儀：「你敢過來說此事，想來你家與阿釗都樂意了。只是，這親事不只是你們兩人的事，還是你們兩家人的事。我問你，景川侯可點頭了？」

秦鳳儀道：「大舅兄已寫信給岳父，算著時日，想來岳父眼下也曉得了，屆時我自然是要親自上門提親。」

方閣老點頭，「這自是應當的。」又好奇，「你倆先時不是結拜的兄妹嗎？」

秦鳳儀先把自己那夢挑揀了美好的內容與方閣老說了，後道：「先時我覺得，縱是有夢中之事，我也配不上阿鏡。想著，倘有了兄妹名義，我也就能斷了想與阿鏡親近的心。後來我才曉得，情之一事，並非什麼結拜兄妹的名義就能阻止的。我心裡如此，阿鏡的心，與我是一樣的。興許真是天上的緣法，不然怎麼叫我先時做了那樣的夢？只是可惜我這夢夢得太晚，要是早幾年，我一準兒上進，考個功名，不叫人小瞧。我雖會一輩子待她好，可眼下倘勢利人看，我們這親事到底委屈了阿鏡，所以我想請老大人做媒人。您既是大舅兄的恩師，又是德高望眾的長輩，您……您不會拒絕我吧？」說著，他就露出一臉可憐兮兮的模樣，兩隻大桃花眼露出萬般祈求，巴巴地望著方閣老。

秦鳳儀這小眼神，再加上他這相貌，當真是鐵人都能給看化了。方閣老還不是鐵人，何況，聽秦鳳儀說他與李鏡的戀愛故事，方閣老聽得津津有味。

方閣老笑道：「你們這親事倘能成，我做個媒人又如何？」

秦鳳儀大喜之下，跳起來向方閣老磕了一個頭。

方閣老這回是真驚了著，忙道：「快起來，這是做什麼？」

方悅已眼疾手快地扶起秦鳳儀，秦鳳儀笑道：「有您老和珍舅舅做媒，我們這親事已有七成把握。」

方閣老笑，「那我們就等著吃喜酒了。」

「一準兒的！」秦鳳儀現在就拍胸脯打包票了。

方閣老現下比較閒，何況秦鳳儀直頭直腦的，說話還有意思。主要是，方閣老對於此樁親事頗有幾分好奇，留秦鳳儀說起話來，沒幾句就都打聽出來了。秦鳳儀說「情之所至」，並非妄言，只看秦鳳儀說起兩人感情的動情處或是歡喜或是哽咽，就曉得他用情極深。也就現下民風開放，尋常間亦不禁男女往來，當然，私下單獨往來仍是少數，多是一群朋友同行的這種，但小兒女互生情愫，這亦不罕見。

方閣老聽得胃口大開，中午足吃了一碗飯。

秦鳳儀一向胃口很好，他吃兩碗。方閣老這把年歲，最喜年輕的孩子，還說方悅：「你看阿鳳，小你兩歲，吃飯比你都香。」

方悅打趣：「他是人逢喜事精神爽。」

秦鳳儀道：「那阿悅哥也不要總打光棍，你比我還大，也沒聽說你有媳婦。」

方悅斯文人，聽得這話，不由笑道：「滿嘴胡言，我自然要先舉業後成家。」

秦鳳儀擠下眼，「說不得是等著榜下捉婿被人捉呢！」

這也是現下流行的一樁雅事。榜下捉婿，就是說新科進士，尤其未婚的新科進士，一旦榜上有名，立刻成為京城女婿的熱門人選。那些缺女婿的人家，都不是遣媒人提親，直接瞅著誰好，立刻著家丁將捉回家去，給閨女做女婿。這也是時下文人春闈後的一大樂事，雖然被抓女婿難免欲拒還迎，但個頂個的心下爽得要命。

在方家吃過午飯，秦鳳儀方辭了去。

方悅送他出門，秦鳳儀想到一事，「阿悅哥，到時我成親，可得請你做個迎親使。」

方悅笑，「成。」

今日非但請了方閣老做大媒，還順便請阿悅哥做了迎親使，走一趟，辦成兩件事，秦鳳儀越發歡喜，恨不得立刻就把這好消息告訴李鏡去。

李鏡得知後自然也只有喜的，兩人又把新房如何收拾商量好。秦鳳儀搬到了另一處院子住，將眼下的院子空出來，秦家就請工匠來收拾新房了。

而後，剛過端午，吃過粽子，景川侯府的人就來了。

初時，秦鳳儀當真不曉得是岳家人過來了，他是一場誤會後才曉得的。雖然景川侯府的人堅持那不是誤會，就是故意傷害，但秦鳳儀堅持說是誤會。本來就是嘛，秦鳳儀一大早騎馬去李家，街上忽地竄出十幾條大漢，個個持槍帶棒，衝著秦鳳儀就過去了。

他們若是打別人，那一準兒能得手，可衝著秦鳳儀來，這就有些不清楚形勢了。小廝攬月多麼機靈，不待大漢們上前，朝街上大吼一聲：「有人打鳳凰公子啦！」

然後，那些大漢們都沒能近前，就被揚州城街上路見不平的大小娘們兒們給幹翻了。當然，也有商家出來助拳，因為秦鳳儀可是城中名人，不要說他往哪家鋪子多走幾趟，他就是在哪條街上多走幾遭，整條街的生意都能因那些愛慕追逐鳳凰公子的狂花浪蝶受益。眼下竟然有人敢打鳳凰公子，這不是要砸咱們的飯碗嗎？以後鳳凰公子繞路可怎麼辦？

瘋子啊！

都是瘋子！

被揍成豬頭的景川侯府的管事哭暈在了揚州街頭。

雖則現下聖君在世，民間也時有路見不平，揮拳相助的，但揚州百姓的正義感還是出乎景川侯府下人意料之外。他們不過是按侯爺的吩咐，給這鹽商小子好看，沒想到還沒挨到鹽商小子的衣角，就被揚州的大小婆娘揍了個不輕，更有幾個帶頭的，臉被撓破了相毀了容。這有媳婦的還好說，倘是沒媳婦的，以後終身大事怕也要受影響的。

而且，挨了打還不算，早有正義爆棚的姑娘們打發小廝去揚州衙門報了案。揚州大富之地，官員雖然也有，但與京城是沒法子比的。故而，如秦家這等鹽商之家，也是揚州城有名的人家。揚州衙門聽說有人敢打鳳凰公子，當下便派了人來。要知道，秦家人手面大方，不會讓他們白跑腿的。

見衙門趙捕頭來了，秦鳳儀指著被打趴下的十幾個人道：「一群瘋子，我好端端地騎馬經過此處，他們突然衝出來，拿著棍子就要打我。我連他們是誰都不認得，不曉得是不是哪裡的匪徒來綁票我的。」

秦鳳儀挺有想像力，主要是鹽商豪富，鹽商子弟被綁票的事也不是沒有。

趙捕頭一聽這話，便吩咐手下將人捆起來，押回衙門細審。

那被揍的管事倒也不是沒腦子，大叫：「誤會誤會，我們是景川侯府的人！」

趙捕頭當下猶豫了，秦鳳儀道：「這怎麼可能？你們莫要充我岳家名號！」又與趙捕頭道：「景川侯府乃我岳家，我岳家如何會著人來打我？」

「咦，秦公子，你的親事定了？」還是什麼侯府？

說到自己的親事，秦鳳儀滿面喜色，「是啊，正是景川侯府大姑娘。我與她緣定三生，親事已是定下了。」

趙捕頭連忙恭喜了一回，秦鳳儀笑道：「趙大哥，屆時還得請你到我家吃杯喜酒。那什麼，前幾天剛請了方閣老家的公子給我做迎親使，趙大哥，你這一表人才的，我正想要去請你，不想湊巧咱們兄弟就在街上遇著了，屆時我迎親使可得算你一個。」

趙捕頭覺得那什麼侯府就極威風的樣子，何況秦家是城中大富，趙捕頭笑道：「兄弟看得起我，我如何能不應？」

秦鳳儀又託了趙捕頭一回，「我的親事因還未過訂親禮，尚未聲張，這些匪徒竟打聽得一清二楚，可見是有備而來。趙大哥，你可得替我好生審一審。」

「你只管放心。」

秦鳳儀自袖子裡取了個荷包，不著痕跡地塞到趙捕頭手裡。趙捕頭初聽得秦鳳儀竟得了侯府的親事，他亦是個機靈人，雖不知侯府底細，可聽來就覺得極是威風的模樣，便不欲再收秦鳳儀的好處。

秦鳳儀硬塞給趙捕頭，道：「要是咱們兄弟，怎麼都好說。這麼些人隨著趙大哥出來一趟，這是給這些兄弟們吃酒的，趙大哥可莫要與我客套。」

秦鳳儀如此說，趙捕頭自然收下，再三保證必要嚴審，方帶這些「匪類」回了衙門。

秦鳳儀抱拳對著街兩旁的「正義之士」們行禮，笑道：「凡今天出拳助我的，這條街上的館子只管吃喝記我帳上，秦鳳儀在此謝過諸位大叔大伯哥哥姊姊弟弟妹妹們了！」

秦鳳儀如此爽快，大家更覺他風儀不同凡俗，齊聲叫好，都說路見不平，自當相助。

還有些傾心秦鳳儀的女娘，聽聞他剛說定了親事，捧著一顆破碎的真心來問道：「秦公子，你當真定了親事？」

秦鳳儀哄女孩子向有一手，柔聲道：「不論何時，我仍是姊姊的兄弟。」之後，燦然一笑。那女娘頓覺鼻頭一酸，險噴出二斤鼻血，心下卻是幸福得想落淚，想著鳳凰公子這般美貌，這般人品，便是有了親事，亦值得我輩繼續傾心啊！

安撫過傾心自己的女子，秦鳳儀繼續騎上那匹威風漂亮的照夜玉獅子，往李家去了。

秦鳳儀到李家時，時候就有些晚了，李家兄妹已經在用早飯，李鏡見了秦鳳儀問：「你用過早飯沒？」

「沒呢！」秦鳳儀大咧咧的就往李鏡身邊坐下，侍女知機地添上碗筷，秦鳳儀向來存不住事，何況今晨這般刺激之事，他當下就與李鏡和大舅兄說了，「原本我早就出來了，結果街上遇著綁匪，你們說多玄啊！」

是的，秦鳳儀不是謊稱那起來是來綁票他的綁匪的，他是真心這樣認為的。

李鏡嚇一跳，「揚州城還有綁匪？傷著沒？」又擔心秦鳳儀為匪類所傷。

「沒事，有許多好心人出手助我，把那些綁匪都打趴下了。」李鏡夾了個翡翠燒麥放李鏡盤裡，道：「還有好笑的呢，那些綁匪竟然冒充岳父的名義，說他們是景川侯府的人。這騙誰啊，這一準兒是來綁票我好來我家訛銀子的！虧得有人報了官，我讓趙捕頭把他們都給捉走了，要嚴刑審問，看他們是哪個山頭的！」

秦鳳儀正說得高興，就見李釗和李鏡兄妹都瞪著眼睛看著他，那神色有說不出的不可置信。秦鳳儀摸摸臉，頗是自我感覺良好地表示：「你們不用擔心，我真的沒事，反是那些綁匪，可是叫那些好心人們一通好揍！」說著，自己哈哈笑了起來。

李釗將筷子一放，急道：「傻子，你就別笑了，那可能真是我父親派來的人！」

「啊？」秦鳳儀張大嘴巴，露出個漂亮的蠢相，眨巴眨巴眼看看大舅兄，再瞧瞧媳婦，迷惑道：「可是，那些個人拿著大棍子，對我喊打喊殺的？」

李釗顧不得與他多說，飯也不叫秦鳳儀吃了，拉著他去衙門要人。

李鏡攔了他們道：「大哥急糊塗了，要人何須你們親去，只管坐下吃飯。」吩咐丫鬟，取了家裡的帖子，打發管事往揚州衙門走一趟，瞧清楚了，要是自家的人，就帶回來。要不是，就打點一下官衙，令官府好生審問，看誰敢對阿鳳哥下黑手。

管事拿著帖子去了，李釗與秦鳳儀是完全沒了吃早飯的心，唯李鏡還慢調斯理用飯，說他二人：「這點事兒還值得吃不下飯了？要是遇著大事，你們還不得上了吊？只管吃飯，不過幾個下人，又不是阿鳳哥先動手的，打也就打了。」

秦鳳儀有些擔心，「是不是岳父不大喜歡我啊？」

李鏡道：「我爹又沒見過你，如何會喜歡你？」

李釗道：「就是見著你，估計也不會喜歡你。」

李鏡橫大哥一眼，安慰秦鳳儀，「先時我家的事與你說過，別擔心，我有法子應對。」

秦鳳儀頗有男子氣概，「阿鏡，妳也不要擔心，這是爺們兒該擔的事，一切有我。」然後，夾了個三丁包子，咬下半個，巴唧巴唧吃了。

往時秦鳳儀喝兩碗粥的飯量，今早不同，大概是為了應對難對付的老丈人，秦鳳儀多吃了一碗粥，結果吃撐了。

秦鳳儀正順肚子，李家管事就把人都帶回來了。

李釗瞧著這些人都是一副豬頭相，仔細瞅了半日，方認出帶頭的是一位叫陳忠的管事，陳忠當年是他父親的小廝，後來他父親襲爵當家，陳忠便做了府裡的小管事。

李釗道：「哎喲，這不是陳管事嗎？險沒認出來。你們這是做什麼呀？當街打人，還鬧到了衙門去。」這是先發制人。

陳忠剛要告狀，一看，往自家大公子身邊安坐的可不就是那鳳凰嗎？

陳忠當下一肚子苦水，硬是沒往悉數往外倒。只是有些話他也不能不說，畢竟這虧吃得忒大了些。陳忠苦笑，「侯爺接了大公子的信，氣得不得了，當天著屬下帶人來揚州，一則請大公子大姑娘即刻回京城，二則便是要教訓一下那不知天高地厚的鹽商子弟。」

秦鳳儀張嘴便道：「我是不知天有多高地有多厚，說得好像你知道似的？你知道的話，趕緊告訴我，也叫我長長見識！」

說著，秦鳳儀也生起氣來，說這管事：「就沒見過你們這號人！便是綁匪，也知道要通報姓名，你們倒好，持槍帶棒，二話不說就要打人！你以為揚州城是京城啊？就是在京城，我聽說那裡大官有的是，你們也敢這麼打人的？你是不是傻啊？我就是鹽商出身，也是在揚州城土生土長的，你們一外地來的幾個狗腿子，就想來揚州城撒野，你出門沒帶腦子，還是你那腦袋就是個擺設啊？」

陳管事氣得，想著當真是南蠻子的地界，竟是半點禮數都不懂。倘在京城，就秦家這等商賈人家，便是想巴結，也得看他陳爺心情好不好。陳管事這回了李家地盤，氣焰也略恢復了一些，氣道：「我早就說了我是侯爺派來的，你硬誣我是綁匪！」

「這可真是屁話！你們侯爺是誰，那是我岳父！我岳父叫你教訓我，你就真敢拿大棍子來打我？我說你是不是真傻呀？怎麼連遠近親疏都分不清了？岳父跟我近，還是跟你近？自來疏不間親，他老人家隨口一句話，你把我打壞了，你可就美了？你出大名啦！下人打死姑爺，你也算京城裡獨一份兒！我跟你說吧，你今天沒打著我，算你上輩子燒了高香，這輩子才有這運道，不然你碰我一下試試？幹嘛，你還歪脖子？你歪什麼脖子，你是不是不服？」

陳管事硬生生地被這無賴氣哭，怒道：「我的脖子不知叫哪個婆娘撓的，花了半邊，我不歪怎麼著？」

秦鳳儀偷笑，「歪吧歪吧，隨便歪。」

更讓陳管事火冒三丈的是，自此之後，這姓秦的無賴竟給他取了個外號，還是四個字，就叫他陳歪脖子。

秦鳳儀是不懂什麼叫先發制人的，他就知道一個道理，不能弱了聲勢。要是在景川侯府下人面前都被壓下一頭去，不要說屆時見了岳父如何，便是秦鳳儀自己都瞧不起自己。

有理沒理的，反正他先聲奪人，把陳管事給嗆得沒了話說。

李釗見陳管事被秦鳳儀噎得只恨不得厥過去，倘是個道學，得說秦鳳儀無禮了，畢竟陳管事是奉景川侯命而來的，他代表的就是景川侯。可李釗是何等出身，他出身侯府嫡長，自幼見多了這些狐假虎威、拿腔作勢的管事下人，沒一個好纏。今見秦鳳儀竟能把他爹派人給壓服下去，李釗心下微微頷首，順勢打發陳管事下去養傷了。

是的，陳管事不只是臉上脖子上的傷，趙捕頭是秦鳳儀的熟人，又收了秦鳳儀的銀子，把人帶回去將事一稟，這些「意圖綁架城中富戶」的綁匪，先挨了頓殺威棒。李家人過去撈人的時候，這殺威棒已是打完了，陳管事現在自己都走不得路，全靠人攙扶著。

陳管事下去養傷，秦鳳儀有些傻眼，愣愣地問：「大哥，你和阿鏡真要回京城啊？」

李釗倒是鎮定，早料到此節，「早晚要回，何況，阿鏡發嫁也不能在揚州發嫁。」

秦鳳儀撓撓頭，起身道：「那我這就回去收拾一下東西，我便隨你們一道去京城，好與岳父提親。」

李釗看他熱炭團一樣的心，又想著秦鳳儀是個實心的莽撞人，遂與他道：「我與阿鏡先回去，待得事情妥了，再給你來信，你再去。」

秦鳳儀如何放心，「這怎麼成？要是我不去，萬一岳父挑理，說我不親自上門提親，說我心不誠，可如何是好？再者說了，還沒經岳父相看，想來岳父也難許親。」說著，秦鳳儀復打起精神來，自信滿滿地道：「何況，憑我的相貌，哪裡會有人不願意啊？岳父是沒見過我，才鬧個彆扭，待見著我，一準兒就願意啦！」

李釗心說，我爹見著你，沒準兒先把你揍成大豬頭！

秦鳳儀進去與李鏡說了一回，讓李鏡不要擔心，就先回家收拾行李，準備去京城事宜。

秦鳳儀回家，正趕上揚州城的父母官章知府來自家，這可是貴客。

秦鳳儀連忙與章知府見了禮，笑道：「知府大人親臨，小侄向您請安了。」

章知府道：「我正有事尋你。」

秦老爺代問：「阿鳳，到底怎麼回事，怎麼將景川侯府的下人當綁匪給送衙門去了？」

秦鳳儀沒想到章知府是為這事來，章知府官聲很不錯，人品相貌也很出眾，為人亦佳，起碼只拿分內的，並不是那等貪鄙無度之人。

秦鳳儀笑道：「這事啊，說來都是誤會。大人知道我與李姑娘親事的事嗎？」

章知府點頭，「剛聽你爹說了。」說來，章知府真是人自府衙坐，禍從天上來。也不一定是禍，就是有人到衙門報案，說街上一群人毆打鳳凰公子，章知府便著趙捕頭帶人過去，也把人捉了回來。秦鳳儀口口聲聲說是綁匪，後來又有李家人拿著景川侯府的帖子來提人，說是景川侯府的下人。

章知府年不過三十出頭，便能坐了揚州知府，可見其為人才幹。他雖現下在揚州為官，並不願意就得罪了京城侯府，何況景川侯府權勢頗盛。這事，打發幕僚來只怕問不明白，章知府便親自微服過來秦家一趟。

只是不想，這秦家當真是偌大本領，竟攀上了景川侯府的親事。

可既是姻親，景川侯如何又會著人來打自家姑爺？

章知府先恭喜了秦鳳儀一回，秦鳳儀笑道：「屆時還要請大人過來家中吃喜酒才好。」然後他就說了這事，秦鳳儀道：「都是一場誤會，那起糊塗東西沒把事情鬧清楚。是這樣，我與李姑娘緣定三生，咱們揚州不是離著京城遠嗎？李姑娘是與我大舅兄過來揚州的。這親事已徵得我大舅兄的同意，我也請了方閣老和珍舅舅，就是平御史做媒人。畢竟是李姑娘的終身大事，大舅兄給我岳家去了信。我岳父接著信一看，想著這誰家無名小子，竟敢求娶我掌上明珠？因未見我上門提親，想是有些氣惱，便打發管事來揚州。那管事沒個眼力，大人您想想，岳父未見我的人品相貌，眼下自然有些著惱，可這說來不過是我們自家人的事。這管事倒好，拿著雞毛當令箭，竟真豬油蒙了心的當街要打我，我如何認得他呢？他這來了揚州，連我大舅兄也沒見著。我早上騎馬去我大舅兄那裡商量事，好端端走在路上，一群人夾槍帶棒的要對我不利，可不就把他們誤認為綁匪了，以為他們要綁票我。」

「就是這麼樁事。我正說回家收拾東西，過幾天隨我大舅兄一同北上，親自去京城與岳父提親。」秦鳳儀笑吟吟的就把這事按自己的理解說了一遍。

章知府何等心思玲瓏之人，縱秦鳳儀粉飾太平，章知府也聽出來了，這親事怕是李家姑娘願意，李侯爺不願。不過，章知府對秦鳳儀亦是刮目相看，這小子雖生得是好，不想竟能入侯府千金的眼。

章知府笑道：「既是你們自家事，我就不管了。你以後別總把人往衙門送，傷和氣。就譬如這事，倘叫你岳家知道，豈不惱？」

秦鳳儀笑道：「我岳父也是，便是打發人過來，也打發個明白的，打發這麼一個二五眼來。我是沒見著他，我見著他，還得埋怨他一二呢！」

秦老爺輕斥：「這叫什麼話，知府大人還不是好意提點你？」

「我曉得大人好意。」秦鳳儀感慨道：「就是這娶媳婦，要是遇到個刁岳父，可真夠叫人頭疼的。」說著，他還眉眼活絡地露出個苦惱樣來。

章知府年紀尚輕，被秦鳳儀逗笑，反正是在揚州城，他說話也隨性了些。

章知府笑，「你這還沒見著李侯爺，你要是見著他，斷不敢再說這等放肆之話。」

秦鳳儀連忙打聽，「怎麼說，我岳父不好說話？」

章知府笑了，「要是好說話，還能著人過來教訓你？」說著，他大笑起身，道：「鳳儀，我就等著吃你的喜酒啦！」

「一準兒一準兒。」秦家父子起身相送，章知府道：「鳳儀送送我罷了。」

秦鳳儀送章知府出門，一路打聽他岳父的名聲，章知府偏生不說，把秦鳳儀急個夠嗆，章知府笑著上轎，「你去了京城，自然知曉。」一落轎簾，大笑離去。

秦鳳儀心說，這知府大人可真是促狹，就愛看人笑話。

待得他回家，他爹他娘都問起他早上打人之事，秦鳳儀如實與父母說了。

秦鳳儀想到陳管事的歪脖兒樣猶是好笑，「爹、娘，你們是沒瞧見，那狗腿子叫人打成個歪脖子，可是笑死我了。」

也就秦鳳儀還有心情笑，他爹他娘皆愁得不行，心下都想，看來，李家不是一般的不樂意親事，而是極不樂意的。

秦鳳儀笑了一回，又說了收拾行李與大舅兄、媳婦一道去京城提親之事。秦家是做夢都想不到的好親事落兒子頭上，這親事再如何艱難，秦家也要抓住的。秦太太道：「讓你爹與你一道去。」一人計長，兩人計短，父子二人，總能多個拿主意的。

秦鳳儀卻是道：「不必，這一去，必得岳父為難。娘，您看我岳父這刁樣，還要打發人來揍我，定不是個好纏的！爹跟我去，家裡就剩我娘一人不說，有您在身邊，我也放不開手腳。您放心吧，我自有法子叫岳父點頭。待我這裡差不多了，爹您再去，這樣，親家間好說話，不然倘先時撕破臉，縱使咱家願意低頭，岳家那裡怕也覺得面子上過不去。」

秦老爺那叫一千一萬個不放心，道：「你一人去，成嗎？」

「如何不成？帶上咱家的大管事，再配幾個忠心的侍衛。就我這相貌，誰會不願意將女兒嫁我？除非我岳父是個瞎子！」秦鳳儀這自信心爆棚的程度，秦老爺都沒法兒說，還是提醒兒子，「那京城地界兒，許多人家不講究人品相貌，只看門第。」

「咱家也是官宦門第啊，爹您身上不是還有五品同知銜？」看他家，要官就官，啥都有了。秦鳳儀不覺得自己是純粹的商賈子弟，他爹明明也是官身！

反正，秦鳳儀是自信得不得了，認為只要自己親身北上，不是瞎子的岳父定能將他阿鏡妹妹許給他。縱然岳父是個瞎子，他也有法子叫岳父重見光明。

秦鳳儀在家又一向是個說了算的，總之，這事他便這樣定下來了：他一個人隨著舅兄、媳婦北上，親自向半瞎的岳父提親去！

秦鳳儀這裡自信滿滿地收拾行李，揚州城向來沒什麼祕密，不過半晌功夫，景川侯府親著下人棒打毛腳女婿鳳凰公子的事就在城裡傳開了。

不明就裡的吃瓜群眾，反應是這樣的：啊啊啊，鳳凰公子的親事定啦，還是景川侯府！這啥侯府啊？

如與秦鳳儀有些小嫌隙的方灝，反應是這樣的：該打，打得好！

與方灝心有靈犀的小郡主多問了句：打死沒？打死了活該！

像方悅等人，則是哭笑不得，同方閣老說到此事，方閣老笑，「這景川侯看起來果真是氣火了。」又問：「有沒有打壞阿鳳？」

方悅想到此事就覺好笑，「哪裡打著他了？鳳凰公子在城中何等名聲，阿鳳一出門，滿街都是瞧他的女娘，這夥人尚未近身，就被這些女娘們撓了個滿臉花。」

方閣老哈哈大笑。

秦鳳儀險些挨揍的事，連一向除了丹青，他事漠不關心的平珍都聽說了。待得秦鳳儀過去讓他畫時，平珍還關心地問了秦鳳儀有沒有被打傷。

秦鳳儀頗會充面子，道：「岳父不過是做個樣子，哪真捨得打我這做女婿的？如今我與阿鏡的事定了，我也該去京城同岳父提親。舅舅，畫過這一回，怕有些日子不能來了。」

平珍很是通情達理，笑道：「自是你與阿鏡的終身大事要緊。」

秦鳳儀笑，「我就盼著岳父像舅舅這樣好說話才好。」

平珍搖頭，「我是個閒人，二姊夫是朝中大員，這如何一樣？」不過，平珍亦是安慰了秦鳳儀幾句：「二姊夫雖然嚴厲了些，也不是不講道理的。你與阿鏡都是真心，知你心誠，定會許婚的。」

得平珍鼓勵，秦鳳儀更添信心，「我也這樣想。」

因為秦鳳儀要去京城，這一日就晝得略晚了些。秦鳳儀第二日還去方家辭了方閣老，主要是他有事相求。

秦鳳儀說了要去京城提親的事，方閣老道：「你要娶人家的愛女，自當親去求娶。」

秦鳳儀笑嘻嘻的，「我也這樣想，就是我這新女婿頭一遭去向岳父請安，岳父又是個嚴厲的人，我這心裡也怪擔心的。這不，就過來想著請閣老大人您給我點信心。」

「你去求親，如何要我給你信心？」

丫鬟捧來茶水，秦鳳儀先一步殷勤地給老爺子遞上茶去，道：「您老眼光非比尋常，依您看，我這女婿還成不？」

方閣老笑，「我看你成。」

「我也這樣覺得。」秦鳳儀就自懷裡掏出婚書來，「方爺爺，您要是覺得我還成，這婚書能幫我寫上媒證不？」

婚書上是有媒證的，方閣老一愣，繼而笑了起來，「你這小子，倒弄個巧話來套我。」

「我哪裡敢套您？我就是不說，您老瞅我一眼也就全明白啦！」秦鳳儀認真道：「我是真心跟您請教，當然，也想請您幫幫忙。岳父還沒見過我，且他知道我與阿鏡妹妹的事，似是不大喜悅。他還沒見過我本人，要是僅以門第而論，難免有失偏頗。這媒證上，珍舅舅替我簽了名字，方爺爺您要覺得我還成，也替我簽上名字。岳父縱信不過我，總信得過您與珍舅舅的眼光吧？只要他信了萬分之一，我就能叫他看到我的誠心。」

方閣老自京城而來，相對於癡迷丹青的平珍，於俗事更加通達，方閣老道：「景川侯位高權重，阿鏡是他的嫡長女，一向為他所鍾愛，說為掌珠，亦不為過。京城之內，多少名門之家想求娶阿鏡，不想，她一朝南下，竟與你結了緣。你這事我亦不好說，不過，你這一片誠心去了，俗話說的好，精誠所至，金石為開。這媒證，我替你簽了。你要無功而返，以後莫要到我跟前說話。」

「曉得曉得。」秦鳳儀喜上眉梢，連忙著人取筆墨來，他親自醮墨，鋪開婚書，眼瞧著方閣老落下自己的名字，又蓋上私印，秦鳳儀喜之不盡，再三謝過。還叫方閣老放心，他一準能把親事定下來。

方閣老笑，「想來你也忙，就不留你了。」

秦鳳儀道：「待我自京城回來，少不得請您老吃謝媒酒的。」

方閣老一笑，要說秦鳳儀，除了相貌過人，就是這份出生之犢不畏虎的性子叫人喜歡。

秦鳳儀把婚書都簽好，就剩下岳家那一欄還空著，再將婚書瞧了一回，珍而重之地揣懷裡放好。待得回家，他爹已置辦好了幾樣重禮，讓兒子一併帶去帝都給景川侯府做見面禮。

一家子又商量著派哪些人隨兒子去京城，秦太太道：「瓊花你帶著，我再把桃花給你，她們都是細緻人，正好照顧你起居。廚房那裡，你最愛吃李廚娘的菜，也帶上她。大管事跟你一道，再有二十名護衛，你爹已把船租好了，兩艘大船，一艘你們住，另一艘安置下人。」

秦老爺補充道：「你的小廝都帶上，尤其攬月，這是個機靈孩子。」兒子沒給景川侯府的人揍，多虧攬月機警，秦老爺很是賞了攬月二十兩銀子。

其實出門也就是如此了。

反正秦家有錢，秦鳳儀銀票也要帶不少，倘有差了什麼，到京城現置辦也來得及。

秦老爺又私下與秦鳳儀交代了回秦家在京城的大靠山，戶部尚書程白程尚書。秦家能在揚州做了鹽商商會的會長，揚州城第一大鹽商，自然是有靠山的。

秦鳳儀也知道自家有靠山，只是沒料到竟是戶部尚書這樣的高官，秦鳳儀還有著三分詫異跟他爹打聽：「爹，咱們家怎麼巴結到程尚書的？」

「也說不上巴結。」秦老爺道：「說來也是一段巧之又巧的事。那會兒你剛出生，我帶著你和你娘往揚州城來，路上遇著個書生得了病，偏又沒了住店的房錢，被店家趕了出來。我想著不就幾兩銀子，誰也有走短的時候，就帶人把那書生送藥堂去，留些銀子給藥堂。後來，咱們在揚州城安了家，我也沒想到能再見到程大人。他做了揚州城的巡鹽御史，偶然見著，方曉得原來是他。我本不欲相認，畢竟當初不過隨手小事，上趕著去認倒像挾恩求報一般。倒是程大人，當真是磊落君子，從此咱們兩家就有了來往。只是這是私交，不好叫人曉得。我悄說與你知道，你心下有數就是，不要與人說去。就是李姑娘，暫且也不要說，免得給程大人惹麻煩。你在京城，要是遇到實在難解的事，去尋他無妨。程大人並非拘泥之人，也不因咱家是商賈便看不起咱家。不過，他如今位在中樞，你便是去也要低調些。」

秦鳳儀點頭，「爹，您放心吧，我知道怎麼做。」

秦老爺眼中透出無比欣慰，摸摸兒子的頭，「一轉眼，我兒就長大了。」

「我早長大成人了，您才知道！」秦鳳儀露出得意樣。

自家有這麼個大靠山，於親事上，秦鳳儀更多了幾分把握。

只是，他爹交代他的事，他沒記太牢，這不，轉頭就把程尚書的事與媳婦說了，說過之後，秦鳳儀方捂緊嘴巴，「哎喲，我爹不叫我往外說呢！」

李鏡笑，「我是外人？」

秦鳳儀笑嘻嘻的，「自然不算。要不，妳以為我真大嘴巴，跟誰都說？」秦鳳儀道：「阿鏡，我只告訴妳，妳可別同別人說，大哥那裡也先不要講。」

「我心中有數。」也就李鏡人品端正，也是真心相中秦鳳儀，要與秦鳳儀過日子，知此事之利害，自然不會再與人說去，反是叮囑秦鳳儀：「你這嘴也把嚴了，再不許與人說。」

「嗯！」秦鳳儀連忙應下。

眼瞅歸期將近，李鏡問秦鳳儀行李收拾得如何了，秦鳳儀道：「都收拾好了，放心吧，妳這裡也收拾得差不離了吧？」

李鏡點頭。

秦鳳儀想想京城，雖則有難纏的岳父，但京城是天子腳下，自有一番令人嚮往之處，秦鳳儀笑，「我還沒去過京城呢，這回可得開開眼。我聽說京城繁華極了，是不是比咱們揚州城還要熱鬧？」

李鏡好笑，「你就知道揚州？」

「我還知道蘇州、杭州都是好地方，可惜沒能帶妳往太湖去，這時候的白魚正是肥美。這也不急，以後去的時候多著，就是妳的生辰得在船上過了。」秦鳳儀原想著為李鏡大辦及笄禮的，李鏡笑道：「這有何妨，有你有大哥，在哪裡過都一樣。」

秦鳳儀悄與李鏡道：「我早就為妳備好了及笄禮。」

李鏡眉眼彎彎地瞅他，秦鳳儀不知為何，媳婦那眼神輕輕眨過，他那心怦怦跳得厲害，不由自主就握住了人家姑娘的手，然後湊近再湊近，秦鳳儀那張放大的美顏直逼李鏡面龐，李鏡唇上一熱，忙將秦鳳儀推開了去。她慌亂之下，力道頗大，秦鳳儀險被她推到地上去。

秦鳳儀臉也紅了，小聲道：「我也不曉得為何，妳那樣瞧我，我就不受控制了。」

李鏡啐他一口，「你自己唐突於我，還敢把事往我身上推？」

「沒有，我說的都是實話。」秦鳳儀小聲辯解。他到底不會與女孩子爭長短，重又坐回榻上，道：「我可想妳了，一天不見妳，我就想妳。」

「那你今兒個在我家吃飯吧。」李鏡這樣大方的人都羞得不得了，真的是，阿鳳哥就會用臉勾引她，勾引後還不承認！

秦鳳儀問：「有獅子頭不？」

李鏡沒好氣，「有你這豬頭。」

秦鳳儀笑，「我這起碼是鳳凰頭。」

李鏡也是一樂，兩人都不是什麼小氣的，一時又說笑到了一處。

李家是五月中啟程回京，自有許多親友相送，因秦鳳儀也一併走，如此相送的人裡更多了秦家人以及諸多傾心秦鳳儀，知道秦鳳儀要往京城去的女娘們。原本傷感的情緒，被秦鳳儀一嗓子：「爹、娘、阿悅哥、珍舅舅，你們放心，我定把阿鏡妹妹娶回家來！」

大家看他活蹦亂跳的活潑樣，離愁都減了幾分。倒是江岸碼頭大批來相送的少青中的女娘，聽得秦鳳儀此話，有些大膽的女娘喊道：「鳳凰公子，便是娶不到李家姑娘，也只管回來，咱們揚州城有的是好姑娘嫁你！」

秦鳳儀喊話回道：「不成，我就中意李家妹妹！」

女娘們一顆芳心頓時碎成千萬片。

李鏡都不曉得去白眼慣會招蜂引蝶的秦鳳儀，還是去白眼這些過來送阿鳳哥的揚州女子們。阿鳳哥是妳們的嗎？就叫他回來！回來幹嘛？知道阿鳳哥做什麼去？跟我家提親去！

李釗看他妹臉都黑了，感慨：原來好色的不只他妹一個啊！

看到浩浩蕩蕩自發過來送別秦鳳儀的女娘們，李管事若有所思地瞅一眼依舊有些歪脖的陳管事，心說：瞧瞧鳳凰公子這人氣，怪道陳管事被撓成歪脖子！

陸之章 ● 翁婿過招走偏門

眾人一路坐船，沿江北上。

路上，李鏡著重跟秦鳳儀講了講齊家的好處，以及為人當一心一意的道理。秦鳳儀頗得教導，與大舅兄道：「大哥，聽到沒，以後你可不能三心二意啊！」

李釗氣笑，「那是說給我聽的？」

「自然是。」秦鳳儀道：「我可是再忠貞不過的人了，我眼裡心裡只有阿鏡一個。」

凡是女孩子，沒有不喜甜言蜜語的，李鏡亦不能免俗，卻又忍不住害羞，嗔道：「莫要胡言亂語。」

「哪裡有胡言亂語，我說的都是真心話。」秦鳳儀強調，轉頭又去與廚下商量著李鏡及笄禮的菜色。李鏡生辰宴那日，船正好是停在了彭城碼頭，秦鳳儀特意令人請了當地名廚，燒了一道羊方藏魚。秦鳳儀笑道：「這菜你們在京城定也見過，這本是淮揚名菜，咱們正好在船上，魚是最鮮不過的江魚，羊也是當地的小羊，正鮮嫩，在江淮嘗此菜更有風味。」

便是李釗也得承認，秦鳳儀在安排宴席啊遊玩啊這上頭頗有一套，甭看他學問不精，但這江南一帶有什麼美食美景，問他一準沒錯。縱你不問，他也會悄然幫你安排了。不過，在李鏡的生辰時，郎舅二人還互相別了一回苗頭。

這事要從李鏡的生辰說起，今年是李鏡的及笄之年，秦鳳儀早憋著心氣為李鏡準備了及笄禮，李釗自然也不會忘了妹妹的生辰禮。要知道，及笄之年，最重要的一樣禮物就是簪子，女子簪笄以示成年。於是，郎舅二人的及笄禮，雖略有不同，但在種類上卻是一樣的，都是長簪。

秦鳳儀一向闊氣，準備的便是赤金鳳鳥嵌寶長簪，華麗非常。李釗準備的是沉香木雕琢而成的長簪，而且為了妹妹十五歲的生辰禮，這簪子是李釗自己雕的，可見其用心所在。

秦鳳儀想著，自己是不會打金首飾，要是自己會打，肯定親自為阿鏡妹妹打一支長簪。不過他的簪，阿鏡妹妹一定要戴的。

懷有同樣想法的，就是李鏡一母同胞的兄長李釗了。

李釗自然是想妹妹生辰的正日子簪自己送的簪子。

就為這事，侍女都替李鏡發愁。李鏡道：「愁什麼，都戴。」然後，李鏡把兩支簪子都插頭上了。沉香簪為上，赤金簪為下。好在，簪子這類飾物小巧，並不占地方，李鏡又會收拾打扮，瞧著也挺不錯。

只是，秦鳳儀這小心眼的，他見李鏡出來，便湊過去笑道：「妹妹這簪子有些偏了。」打著過去幫人家正簪的名號，硬把兩簪子的高下換了個個兒。你說把李釗氣得，瞧著秦鳳儀強忍得瑟的嘴臉，恨不得給他兩腳。

秦鳳儀可不管這個，他擦前蹭後地在李鏡身邊獻殷勤，完全無視大舅兄。

李釗則是個顧全大局的性子，自我安慰，妹妹的大好日子，跟這麼個二百五較什麼勁？

待過了李鏡的生辰禮，大船繼續北上，不過半月便到了京郊碼頭。此時，看著碼頭上一眼望不到頭的船隻，秦鳳儀當真開了眼界，讚道：「果然比我們揚州城的碼頭大的多。」

他這話當真叫人好笑。

當下便有聽到的人要說土包子了，結果轉頭看到了秦鳳儀一身藕荷紗袍，頭戴金冠，腳踩皂靴，剛得上岸，河風拂過一角紗袍，秦鳳儀微微側首與李鏡說著話，俊美出塵的小半張臉帶著特有的細緻與耐心。莫要說旁的人，便是景川侯府來接大公子大姑娘的管事婆子們，一向自詡京城侯府家僕，眼界開闊非常人能比，更與那些沒見過世面的土老冒不同。但此刻見到秦鳳儀之風姿相貌，亦皆是清一色地看呆了去。

這一眾沒出息的！

陳忠暗啐同事們沒見識，竟看一鹽商子弟看傻了。他此時特想揭露秦鳳儀的身分，這就是那膽大妄為，意圖以癩蛤蟆之身來吃咱家大姑娘這塊天鵝肉的膽大包天的小子啊！但因脖子尚歪，不敢輕動，而且只要脖子一疼，陳管事便記起當初在揚州街頭被群毆之事來。教訓太過慘烈，此時記性尚在，只得憋悶閉嘴。

秦鳳儀初一亮相，便是有幾個存心想給「某不知天高地厚的猖獗鹽商子弟」一個下馬威的下人，此刻也都沒了那等淺陋心思。一則是，秦鳳儀這相貌，哪似人間所有，誰又敢輕去唐突了如此仙人？二則是，秦鳳儀除了侍女小廝婆子外，還帶了二十個身強體壯的大漢做侍衛。三則是，陳管事除了臉上的傷，現下走路一瘸一拐的不俐落，縱不知陳管事這一臉一身的傷自哪裡來，這些下人個個眼明心靈，只看秦鳳儀的相貌排場，就知這不是個好惹的。當下禮數周全地請了大姑娘上車，大公子上馬，至於秦公子，好吧，他們沒準備接秦公子的車馬，但秦公子是自己帶了馬來的，他家裡租的是大船，照夜玉獅子跟著一道上了船。至於女眷，碼頭多的是車馬，租用幾輛上好的給丫鬟婆子坐，餘者小廝侍衛步行便是。

秦鳳儀路上早就想好了，他準備先安頓在淮商會館，再尋個妥當地界住下，接著再過去拜會老丈人。

秦鳳儀命女眷們由一半侍衛護送，先去會館安置，自己則帶著小廝和另一半的侍衛一路送了李家兄妹回家。與李家同行還有個好處，進城不必排隊，李家自有腰牌，因是侯府，走的是貴胄官員專用的永寧門。

一路進了永寧門，便是京城的正街平安大街，秦鳳儀都看直了眼。揚州城最寬的路不過六車並行，可在京城這平安大街上，寬至八車並行，更不必提這街上車馬擁簇，行人不絕，街兩旁更有店鋪無數，較揚州之繁華更勝三分不說，難得的是這一份高樓寬街的天子氣派，別處再沒有的。

秦鳳儀一路走一路看，頗覺京城風情不俗，殊不知看景致的他，亦成了路上眼中驚豔的一道風景。秦鳳儀一路行來，看呆了多少路人，看失了多少神魂，他自己不曉得，但神仙公子的名氣卻是不脛而走。

秦鳳儀一直送了李家兄妹到侯府，面對著侯府面闊三間的軒昂大門，秦鳳儀心道：「乖乖，岳家竟顯赫至此！也不怪老岳父勢利眼，更可知他媳婦對他是何等深情！」

李鏡揭開半幅車窗簾看向秦鳳儀，秦鳳儀的眼睛一直沒離開李鏡的車轎，此時對李鏡一笑，朝她擺擺手，讓她只管放心。然後，秦鳳儀與李釗大大方方道：「大哥，今日天晚，不好輕擾岳父大人。待得明日，我過來向岳父大人請安。」

這話，秦鳳儀說得大大方方、清清楚楚，卻是聽得李家下人倒吸涼氣。縱秦鳳儀神仙玉貌，此時李家下人心下的想法皆是：這狂妄小子，鹽商出身，竟妄想求娶咱家大姑娘，這可真是吃了狼心虎膽不成！

好吧，因著秦鳳儀生得太好，大家都不忍用更恰當的癩蛤蟆來形容於他。

秦鳳儀才不會理這些下人怎麼想，他娶李鏡，又不用徵得下人們的同意。望著李家兄妹進了侯府，秦鳳儀調撥馬頭，往淮商會館而去。

侯府占地頗廣，直占了半條街去。秦鳳儀騎馬慢行，待得出了這街，接著便是另一條寬敞道路，迎面正一對人馬，亦是馭馬而來。只觀那人簇擁著數十的小廝侍衛，便知道此人身分不凡。秦鳳儀雖則紈絝，但初到帝都，頗知進退。這街面就不是尋常街面，他自然驅馬避讓。那一隊人顯然也見到了秦鳳儀一行，秦鳳儀這一身貴公子打扮先不提，只那張美至顛峰的俊臉，也引得那隊人一觀。

擦身而過時，秦鳳儀看到了侍衛簇擁著的那人的模樣，他不由咦的一聲，倒不是這人生得奇怪，而是太像了，與他大舅兄竟有九成相像。不過，相較於大舅兄斯文俊雅的相貌，這人更多出三分雍貴、三分威儀，便是坐在馬上，也瞧出得蜂腰猿臂的好身段，相貌極年輕，望之不過三十許人。秦鳳儀不必想也猜到這定是大舅兄家的親戚，他素無心機，當下頗感驚詫，咦了一聲。

那與李釗酷似之人，自然也見到秦鳳儀的好模好樣。

秦鳳儀的相貌，凡頭一遭相見之人，沒有不驚嘆的。便是此人，亦不例外。尤其秦鳳儀那一聲「咦」，倘「咦」的是個路人甲，估計此人理都不會理，但「咦」出聲來的是這樣一位相貌極其出眾的少年公子，此人勒住馬，看向秦鳳儀，面色溫和，「剛聽得公子發驚嘆之語，不知是何緣故？」

秦鳳儀原就是個直心腸，且是個極熱心的性子，見此人與李釗酷似，想著多半是李家親戚，不禁心生好感。

秦鳳儀笑道：「沒有，我就是看閣下長得跟我李大哥好像。哦，李釗李大哥。」

那人見秦鳳儀衣飾整齊，相貌更不必提，更兼他面上帶了些少年的天真氣，便有幾分喜歡，朗聲一笑，「原來是阿釗的朋友，如何不多坐會兒？」

秦鳳儀笑，「李大哥剛回來，今天有些冒昧，明天才好正式拜訪。」對這位酷似李釗的青年人笑了笑，秦鳳儀一拱手，「大哥，我不打擾了，有緣再見。」

那人又是一陣大笑，馭馬先行一步。

秦鳳儀也騎馬回了會館。

秦鳳儀是高高興興地回了會館休息，至於安排房舍的事，自然已有管事來辦，他只管讓丫鬟把明天要穿的衣裳理出來，明天打扮得瑞氣千條去向老丈人請安就是。

淮揚會館裡有幾個淮揚商人在住，秦家是淮揚大鹽商，在商界亦不乏名氣，也有幾人聽說過秦家過來打招呼，問詢秦公子到京城來可是做生意的，可有需要相幫之處？

秦鳳儀過來，為的是親事，自是大喜之事，他並不瞞著，更不低調，有人問他便說了。幾個商人當下對秦公子另眼相待，連忙請他上坐，秦鳳儀擺擺手，「幾位叔伯只管坐，我明天去向岳父請安。說來，還沒見過岳父呢，聽說他頗是威嚴，小侄這心裡還怪緊張的。」

倘不是秦鳳儀這般相貌，穿戴亦是不俗，何況秦家大管事，有人是認得的，不然人家聽他這話，只得當他吹牛。不過，秦鳳儀玉貌仙容，有揚州城的商人亦知曉這位鳳凰公子的名氣，想著大約是千金小姐也過不了鳳凰公子這美人關，說不得便以身相許了。

秦鳳儀這樁親事，當真讓諸商賈羨慕。想一想，景川侯府的大小姐，哪怕是個庶女，哪怕是個無鹽，就憑這出身這門第也值啦！

秦鳳儀不曉得這些人竟然肚子裡這樣琢磨他家阿鏡妹妹，酒過三巡，便順勢打聽起這城內房舍來。在會館住的，一般不是什麼大商家，在帝都城，他們也沒有置產，不過，商賈消息靈通，當下便有人說了處官員的宅子，離侯府不遠，四進的園子，極好的地段，這家子是出租的，只是租金貴了些，對房客也挑剔。只是，秦公子人品不俗，倒是可去試試。

租宅子的銀錢，自然不在秦鳳儀眼裡，秦鳳儀只打聽地段，聽說與侯府離得不遠，秦鳳儀心下便有幾分滿意，想著讓二管事明天去瞧瞧，要是合適便租下來。他們搬過去了，也方便與岳家親近。

幾位商賈都給秦鳳儀留了自己的帖子，還有一位介紹宅子的說明天會帶著秦家二管事去看宅子，算是幫人幫到底了。

當夜，秦鳳儀吃好睡好，還做了場好夢，不曉得夢到什麼喜事，第二天瓊花還說：「大爺昨夜一會兒說，一會兒笑的，做什麼好夢了？」

秦鳳儀想想，笑道：「記不得了，不過，一定是個好夢，我早上醒來只覺心中歡喜。」

桃花捧來溫水，「人逢喜事，必有先兆，這就是好兆頭。」

兩個丫鬟服侍著秦鳳儀梳洗整齊，待用過早飯，秦鳳儀換上新衣，便拎著禮物，騎著駿馬往岳家去了。結果，人家門都沒叫他進，門房原本準備了一篇的狠話，但是對著秦鳳儀的臉，硬只憋出一句：「侯爺說了，不准姓秦的進門。公子，您還是回吧，小的也只是奉命行事，您別讓小的為難。」

秦鳳儀道：「我又不去找你們侯爺，我來尋你家公子。」

「那也不成。」

秦鳳儀想了想，丟給門房一塊銀錠，「我豈會讓你們為難。」這便轉身走了。

留下門房手裡撫摸著銀錠，心下倒覺得，這位秦公子雖則是鹽商出身，倒也與尋常商賈頗有不同之處。

大管事孫漁都有些替自家大爺擔憂，李家這樣是明擺著沒得談的。

秦鳳儀道：「無妨，咱們去兵部，岳父在兵部當差。」

孫漁連忙道：「大爺，兵部乃重地，怕咱們不好進。」

秦鳳儀道：「我自有法子。」

甭看秦鳳儀沒什麼學問，他法子有的是，而且，常人想不出來的法子，他能想出來，他非但能想出來，他還敢幹，半點也不覺丟人。

譬如，到了兵部門口，門口有兵丁守著，沒有腰牌或是公文函件，再進不去的。秦鳳儀就有法子，他讓孫漁管事帶著侍衛在遠處等他，他到兵部門口站著去，自身顏值高，在兵部門口站一時，不必他開口，就有人來問他：「小公子怎麼在此枯站，在等誰不是？」

秦鳳儀見此人年不過三十出頭，生得也眉目清秀，而且一身的官服，雖則他認不出是幾品，但這肯定是官服無疑。秦鳳儀便一副拿不定主意的模樣，「我來找我爹。」
「哎喲，令尊在兵部當差啊，不知是哪位？」
這小孩兒可俊，不知是誰家的孩子，倒是有些眼生。
秦鳳儀道：「他叫景川侯。」
這人嚇一跳，眼珠子險沒瞪出來，盯著秦鳳儀片刻，見他一身衣裳皆是上等衣料，身上穿戴佩飾無不精緻，委實不像個騙子，此人思量片刻，「景川侯家沒你這一號啊？」
秦鳳儀一聽，便知這人對景川侯府頗是熟悉，定是景川侯的熟人，秦鳳儀道：「我自小沒在京城，我在南面長大的。」
這事也常見，什麼外室子啊，庶子啥的，養在外頭的，並不稀奇。稀奇的是，秦鳳儀這風姿相貌委實太過耀眼。這人對景川侯府熟到都熟知景川侯家的幾位公子，可見不是一般的相熟，起碼是常來往的那種。這人道：「行了，你也別在外頭站著了，你同我進去吧。」又嘆口氣，帶秦鳳儀進去了，只當自己日行一善。
這一系列的轉折，大管事孫漁都看傻了，沒見他家大爺怎麼著，結果就有人把他家大爺帶兵部衙門去了。
秦鳳儀一路還跟人打聽著，「大人，您如何稱呼？」
那人笑道：「我姓酈，與你爹算是老相識了。」
「酈叔叔，多謝你啊！」
「你也算我侄兒了，不必如此客套。」酈悠看他生得好，想起一事，問秦鳳儀：「你要找你爹，怎麼不去侯府啊？」

「我爹不叫我去。」

酈悠便知是人景川侯家內務，他不便多嘴，不過，看秦鳳儀的目光多了幾分憐惜。兩人說著話，酈悠就帶著秦鳳儀七拐八繞的，去了一間待客的空屋子，與秦鳳儀道：「你稍等，我去與你爹說一聲。」

秦鳳儀乖巧地應一聲，「有勞酈叔叔了。」

酈悠擺擺手，深覺自己日行一善，做了件大善事。

秦鳳儀剛坐下，就有侍衛端來茶水，秦鳳儀十分客氣地賞了角碎銀，那侍衛道謝去了，又給秦鳳儀端來幾樣乾果茶點。秦鳳儀心說，這兵部衙門瞧著氣派，裡頭的人倒也和氣。

秦鳳儀心裡記掛著刁岳父，也沒心思喝茶吃零嘴，坐下等了一炷香的時間，便見一人推門進來，定睛一瞧，秦鳳儀樂了，這不是昨天街上遇到的李家的那位大哥嗎？

秦鳳儀喜得起身，「大哥，你也在這裡當差？」這可真有緣啊！

那人其實面相有些肅穆，雖生得極好，奈何不是那種和氣長相。不過，他與秦鳳儀昨日有一面之緣，且秦鳳儀起身相迎，一副驚喜模樣，故而，此人見著秦鳳儀亦頗是溫和，「你怎麼在這兒？找人？」

「嗯，找景川侯。」

「哦，你找他做什麼？」

秦鳳儀笑嘻嘻的，「那是我爹！」

秦鳳儀一向熱情，他見這人愣在門口不動，連忙過去把人拉過來按到椅間坐下，還把自己的茶遞給他。這人吃了口茶，方慢調斯理地道：「我怎麼不知道他有你這麼個大兒子？」

秦鳳儀哈哈笑，「他也不曉得呢！」

那人沉默片刻，問秦鳳儀：「你是姓秦吧？」

「咦，大哥，你怎麼知道？」

「叫秦鳳儀。」

秦鳳儀眨巴眨巴眼，「大哥，你聽說過我？」

景川侯少時襲爵，到今日也頗經風雨，且此人一向心機深沉，等閒事難動他心的，結果今日硬是開了眼界，他閨女口口聲聲中意的這個，到底是個什麼東西啊？

景川侯將茶盞往几上一擱，起身便走了。秦鳳儀還沒回過神，忽然有一隊兵破門而入，衝了進來，綁了秦鳳儀就走。秦鳳儀哪裡經過如此陣仗，他嚇壞了，當下顧不得多想，大叫道：「爹，景川侯，你可不能不認我啊！爹，救命啊！」

秦鳳儀那嗓門天生遼闊，他一叫喚，簡直是把一衙門的人都喊出來了。他情急之下啥都顧不得了，景川侯乃京城名流，可丟不起這個臉。

酈悠先跑出來，見秦鳳儀被綁起來了，忙道：「這是怎麼了？」

秦鳳儀大叫：「酈叔叔，有人要害我！我爹呢，趕緊去找我爹，叫他救我！」

酈悠瞅了瞅旁邊一張鐵面的景川侯，聲音也弱了三分，「這不就是你爹嗎？」怎麼兒子不認識爹啊？這是怎麼回事啊？

「啊？」秦鳳儀驚住了，咦，景川侯不是個老頭兒嗎？他自知認錯了人，那收拾他，叫人抓他的不會是別個，定是景川侯無疑了。秦鳳儀立刻改口：「岳父，爹，您可不能這樣沒情義的啊！小婿好意來向您請安，您就是瞧不上小婿，也不能下此毒手啊！」

景川侯現在只恨沒提前吩咐堵上秦鳳儀那張臭嘴，一張臉幾乎是猙獰了，他的聲音彷彿自深淵地獄裡冒出來的，還帶著絲絲寒氣，「閉嘴！」

倘是熟悉景川侯的人，這會兒都能嚇個半死，秦鳳儀偏不是個會看人臉色的，他兩肩一抖，就抖開了侍衛，對著侍衛一努嘴，那侍衛連忙給他將繩子解開了。說秦鳳儀不要個臉面吧，他還挺有幾分小機靈，過去立刻給景川侯跪下，規規矩矩道：「小婿秦鳳儀給岳父請安了！小婿剛來京城，心裡牽掛岳父，冒昧過來，不想竟叫人誤會，給岳父惹了麻煩，小婿給岳父賠罪了！」說著向景川侯磕了三個頭。

景川侯咬牙，「起來吧。」

秦鳳儀乾脆俐落地起身，團團一拜，「擾了諸位大人清靜，鳳儀給諸位大人賠不是了。」

諸人瞧了場熱鬧，只是景川侯好像也沒否認這漂亮小子是他女婿，看景川侯那臉喲，黑得跟鍋底似的，大家忙道：「無妨無妨。」接著紛紛散了去。

秦鳳儀見大家都散了，他想著，今天總算見著景川侯的面，親事也不宜在這裡提，於是道：「岳父，小婿也先告退了，明日再去向岳父請安。」

景川侯冷笑，「擇日不如撞日，你乾脆把你明天的安也今天一併請了吧！」說完，他拎著秦鳳儀就出了兵部衙門。

秦鳳儀真的是被景川侯拎出兵部的，他今年不過十六，身量未成，景川侯則是不同，身高八尺，足高秦鳳儀一個頭，且又身在武行，拎著秦鳳儀是半點問題都沒有。秦鳳儀也是豁出去了，他生來受寵，又正是這樣不知天高地厚的年紀，膽子就大，只要景川侯故意整他，勒他脖子，他立刻千迴百轉地喊爹。

反正岳父也是父，父就是爹！

饒是景川侯一品侯爵，兵部大員，也很受不住秦鳳儀這般百轉千折地叫爹。

景川侯是有身分的人，他騎上馬，瞥秦鳳儀一眼，秦鳳儀立刻一聲呼哨，管事小廝侍衛一堆人顛顛跑了過來，還牽著秦鳳儀的照夜玉獅子。昨日景川侯見此良駒，還讚嘆此良駒便當是那美少年騎才不算辜負此等良駒，今日再看，只覺這無賴糟蹋了好馬，尤其秦鳳儀還跟自家管事下人介紹：「這就是岳父大人。」

一群管事小廝侍衛連忙向景川侯行禮，直呼親家老爺。

景川侯簡直牙疼，瞥都未瞥一眼，騎馬先行。秦鳳儀帶人跟在後頭，一直到景川侯府，這回門房沒有攔著。不過，見自家侯爺親自把人帶了回來，門房對這位出手大方的秦公子頗是另眼相待。

秦鳳儀的小廝管事侍衛自有人接待，秦鳳儀一路跟著景川侯就往不知道哪裡去了，實在是侯府太大，秦鳳儀有些眼花，他努力記著路，就同景川侯到了一處書齋的地方，四周書架滿滿的都是書，景川侯往書案後坐了。案角上擺著一盆開得正好的茉莉，花香襲人，配上這一屋子的書香，就有說不出的雅致。
小廝奉茶來，景川侯端了茶慢慢呷品著，也沒理秦鳳儀。
秦鳳儀沒有品茶的心，他記掛著自己與阿鏡妹妹的親事呢，見景川侯不理他，他小心地湊上前，殷勤百倍地喊了一聲：「岳父大人。」
景川侯簡直聽不得這話，喝道：「閉嘴！」
「您倒是同我說句話嘛！」秦鳳儀面露哀怨，「我曉得岳父大人不喜歡我，可我與阿鏡妹妹兩情相悅，緣定三生……」秦鳳儀這話還沒說完，景川侯手中茶盞啪一聲砸在秦鳳儀腳下。只聽砰一聲巨響，一盞上等官窯薄胎雪瓷已是碎成無數片，溫熱適宜的茶水濺濕了秦鳳儀身上的朱紅袍襬，將那朱紅衣角染成一抹暗紅。
秦鳳儀臉都嚇白了，愣愣地看著景川侯。
景川侯道：「秦公子還是回去照照鏡子，再過來與本侯說話！」
秦鳳儀吶吶，「我我我……我每天都照鏡子，今早剛照過了。」
景川侯：「……」
秦鳳儀膽子並不大，但他十分有個拗脾氣，他敢過來求娶，心裡也想過岳家不樂意。他那春天花朵一般的唇瓣抖了抖，心下自我安慰兩句，繼續大著膽子開口道：「岳父，您是嫌我家門第不好？」
景川侯覺得自己在與個白癡說話，見秦鳳儀一副要嚇死的模樣，景川侯更是看他不上，冷聲道：「你有什麼地方能匹配我的愛女的？」

秦鳳儀眨巴眨巴眼，他不怕景川侯說話，他就怕景川侯砸東西，太可怕了。想了想，秦鳳儀道：「要說門第、才學、出身，我樣樣不如阿鏡妹妹。」

景川侯一聽這話，心氣方順，「你既有自知知明，就當速速退去，再不要登我家門。」

不想，秦鳳儀繼續道：「這些我都沒有，我就是，長得比阿鏡妹妹好看。方閣老都說，我們這叫才貌雙全。」

景川侯氣得眼前一黑，狗屁的才貌雙全！

景川侯道：「你少拿方閣老壓我！」

「我幹嘛壓您？您是我的岳父，半個爹，我說的都是實話，方閣老是這樣說的，說我們是才貌雙全的好親事。」好吧，這話一出，景川侯又一茶盅砸了過來，他準頭頗是不錯，又砸在秦鳳儀腳畔。先時那一茶盅，秦鳳儀怕得要死，如今又一茶盅，秦鳳儀神奇志發現，自己不大怕了，竟適應了岳父的壞脾氣。

秦鳳儀還仗著膽子道：「真的，我要是敢有半個字騙您，天打雷劈。」

景川侯臉色黑沉，眼瞅便是風雨欲來，秦鳳儀卻叨叨開了，「我早打聽過，您家先時樂意的是平郡王府的平嵐公子，可那平嵐聽說很不正經，房裡七八個通房小妾，這樣的人如何能對阿鏡妹妹好？我雖出身有限，可我是個一心一意的人，必然一輩子都待阿鏡妹妹好。」

景川侯冷笑，「你就是用這種花言巧語哄騙我閨女的吧？」

如果秦鳳儀再多些歷練，此時此刻他就會明白，景川侯看他的眼神，完全就是親閨女被拐的親爹盯著拐子的眼神，那簡直是恨不得把秦鳳儀撕成千萬片。

秦鳳儀急道：「這都是我的實心話，我也沒有騙阿鏡妹妹。還是你覺得，我這腦子能騙了阿鏡妹妹？」

景川侯真被這傻瓜氣樂了，「你既知道你這種腦子，我難道叫閨女嫁個傻子？」

秦鳳儀氣著指了指自己的臉，道：「我是傻子？您瞅瞅京城內外，有比我生得更好的？恕我直言，岳父您老人家，威風是威風，可論相貌也是不及我的！」

景川侯冷冷一笑，「我是不及你這花裡胡哨的小子。」而後，他突然繞過書案，一步上前，秦鳳儀都沒鬧明白什麼事，就被景川侯按壓在書案上。案角上擺著的那盆茉莉被秦鳳儀掙扎間擠下花几，啪一聲，摔成幾瓣，泥土紛飛，花根委地，花瓣零落。

秦鳳儀大驚，因為一柄涼颼颼的匕首正壓在他那張世間有一無二的臉上。景川侯露出個魔鬼般的笑容，他的聲音彷彿九幽地獄的詛咒，「讓我瞧瞧你有多好看。」

秦鳳儀嚇得嘎巴嘎巴嘴，都沒說出一句求饒的話，倒不是他多硬氣，實在是嚇得狠了，兩眼一翻，厥了過去。

景川侯還以為把這小子嚇死了，結果一試，還有氣。

……

秦鳳儀醒來時，一時不知身在何處，頭頂是天藍色的帳子，瞧著有些眼生。愣怔了一會兒，這才想起先前的事，他頓時嚇得不輕，一摸臉，摸到厚厚的綁帶，然後聞到濃濃的藥膏藥，繼而臉上麻麻的疼。秦鳳儀摸出懷裡的小鏡子一照，就見鏡子裡一個把腦袋都包成紡錘的人，就露出一雙眼睛。

秦鳳儀眨眨眼，裡面的紡緾頭也眨眨眼。

秦鳳儀嚇得渾身哆嗦了一陣，陡然爆出一聲嚎啕，大哭起來。

完啦！

完啦！

這該死的心黑手狠的景川侯把他毀容啦！

完啦，他沒了美貌，阿鏡妹妹再不會嫁他的！

秦鳳儀哭聲震天，大半個侯府都聽到了。守在門外的景川侯府的小廝更是險些給震聾，那小廝進來說些什麼，秦鳳儀完全沒有聽到，他只顧自己傷心，在侯府嚎啕了大半個時辰，越想越覺傷心。一時，見著自家大管事進來，秦鳳儀更是悲從中來，抱著大管事的腰，繼續嚎了小半個時辰。

孫漁一見自家大爺的頭臉都被包裹成這樣子了，嚇得不輕，立刻明白大爺這是遭了侯府的黑手啊！孫漁的眼淚也心疼得掉了下來，待秦鳳儀哭得好些了，溫聲解勸秦鳳儀。

秦鳳儀哭得傷心欲絕，痛徹心扉，直至哭啞了嗓子，哭得什麼都哭不出來了，這才收拾起自己的小鏡子，揣在懷裡，挺著顆紡緾頭，了無生趣地與大管事走了。

秦鳳儀一路哭回了家，大管事要看他的傷，他還不讓。

大管事哄他道：「京城有神醫，倘醫治及時，並不會落下疤痕。」

秦鳳儀心性簡單，再者，也是急著恢復美貌，便信了大管事的話。把其他人攆了出去，大管事一層一層將紗布解開，直解了一盞茶的時候，才把秦鳳儀那一腦袋的紗布悉數解下。

然後大管事都愣了，秦鳳儀抽噎著，傷心地問：「是不是很難看？」

自小美到大的人，哪裡經得起毀容的慘痛？

秦鳳儀想想毀容之事，都不想活了。

大管事眼中卻爆出驚喜之光，大聲道：「大爺，您的臉沒事啊！」

秦鳳儀驚得大張著嘴，露出個漂亮的蠢樣，守在外頭的瓊花、桃花、攬月等人早便等不及了，聽到大管事的話，都推門進來，齊齊看向自家大爺的臉，果然沒事啊！

秦鳳儀連忙掏出小鏡子一照，咦？還是那張美絕人寰的臉啊！

秦鳳儀摸了摸，一點兒沒變。他又拿起從腦袋上解下的紗布聞了聞，一股藥味。秦鳳儀對著鏡子細瞧自己的臉，問他們：「我怎麼覺得我的臉有點腫啊？」

瓊花仔細觀察，指了指秦鳳儀一邊側臉，道：「這邊似有一點。」

桃花素來嘴快，問：「大爺是不是挨打了？」

秦鳳儀嘀咕：「興許是那黑心老頭趁我暈過去嫉妒我生得好，揍了我兩下。」

不過，美貌還在，就足夠秦鳳儀歡喜啦。只是，他哭得太狠，喉嚨哭傷了，孫大管事連忙打發小廝去請了京城名醫，過來給他家大爺看看，心下卻是想著，這景川侯府可真夠惡劣的，竟然想出這種法子來整人，可是把他家大爺嚇壞了。

至於景川侯，聽得陳忠陳管事的回稟：「都哭傻了，那秦家小子，一路哭回了住處。沒一會兒，他家裡又著人去了安和堂請郎中，聽說是哭得太狠，哭壞了嗓子。」

景川侯想到秦鳳儀那嚎啕大哭的慘樣，總算出了口惡氣。

秦鳳儀絕對是被景川侯嚇住了，他在家裡養眼睛養嗓子的養了三天才好。這養好了，也不敢再去景川侯府，但不去景川侯府就娶不到媳婦。

秦鳳儀思量半日，想出個主意來，悄悄吩咐管事去打聽酈家，尤其是那位酈悠酈大人，打聽清楚是什麼來歷，居何官職，住在哪裡。這些都是比較淺顯的內容，秦老爺既然命大管事隨兒子一道來京城，這位大管事自然是有些本領的，不過出去半日便回來了，同自家大爺道：「酈家也是京城名門，這位酈悠酈大人，出身酈國公府，是酈國公的小兒子，現下在禮部任郎中。」又把酈國公府的大致情形與自家大爺說了說。

秦鳳儀便帶著管事出去置辦了幾樣禮物，然後打發攬月去酈國公府遞帖子。

攬月是個機靈的，不過，他比較擔心這事能不能成。

「大爺，侯府都這麼難進，國公府能叫咱們進嗎？」

「笨，侯府難進是因為景川那老頭是個瞎子，你以為天下人都是瞎子啊？放心，我都在帖子上寫明白了，這事一準兒好辦，去吧。」秦鳳儀道：「多帶些銀子，宰相門房七品官，把門房打點到了，咱們這帖子就好進。」

攬月連忙應了，捧著拜匣就去了酈國公府。

孫漁不放心，道：「攬月也是頭一遭來京城，我陪他一道吧。」

攬月果然露出個放鬆的模樣，秦鳳儀想著攬月初來京城，怕是膽小，「一塊去吧。」

兩人出門，先偷著瞧了他家大爺這帖子上寫的啥。一張帖子，秦鳳儀能寫啥，無非就是寫著想拜會酈悠酈叔叔，只是落款比較獨特，落款寫的是：景川侯之婿揚州秦鳳儀。

大管事唇角直抽，攬月悄聲笑，「別說，咱們大爺還真靈光。」

「行了，這就去吧，你也跟著長長見識。下回再送東西，就你自己來了。」其實孫漁也沒跟公門侯府這等門第來往過，倘不是秦鳳儀有主意，而且一副極有把握的模樣，一行人在這京城就得六神無主了。

說到這個，大管事倒覺得，自家大爺不愧是自家大爺，很有做主子的主心骨。

兩人往酈國公府去，先被酈國公府比侯府更勝一籌的氣派震得不輕，而後，定定心神，方挺胸抬頭去門房送拜匣。由於秦家捨得拿銀子打點，門房倒也好說話，再一聽是景川侯家的女婿，揚州秦家送來的拜匣，更是不敢小瞧。

當然，門房不大曉得揚州秦家是哪家，但景川侯他們知道啊，這倒是沒聽說景川侯府上辦喜事。孫漁硬著頭皮道：「親事剛定，四天前，我家大爺剛到京城，頗得貴府的三老爺相助，故而想過來拜謝。」

門房主要是不敢怠慢景川侯三字，道：「您裡頭喝茶，我進去回一聲。」

孫漁與攬月便坐在門房裡等信，門房裡有人還給他倆端來熱茶。兩人心裡七上八下，只怕酈國公府說他們是騙子，哪裡有心情吃茶？坐等了一盞茶的時間，就有小廝跑出來回信，說這帖子府裡大少奶奶收下了，讓秦家公子明兒個只管過來就是。

兩人心下大定，起身謝過傳話的小廝，攬月又給了跑腿銀子，如此方告辭回府。

路上攬月就忍不住了，笑道：「別說，咱們大爺這法子還真成！」

孫漁不愧忠僕，藉機給大爺刷威望，「瞧見沒，咱們大爺不凡啊！別看他往日間不大管事，心裡卻是個有主意的。這樣的公府侯門，說一聲不讓進，怕是老爺都進不來，咱們大爺儘管受了些驚嚇，但想進哪家，就有法子進去。」

攬月點點頭，心下對自家大爺也是佩服的，「就是一樣，在侯府已是那般凶險了，我就擔心大爺到這公府來，是不是不大安全？」

「你傻啊，在侯府那是上門提親，他家現下還沒看到咱們大爺的好處，故而，有些不願意，嚇一嚇大爺。這公府，咱們是做客的，反是比侯府更安全。」

孫漁年紀與秦老爺相仿，人情世故上較攬月這樣的小廝自然強的多。

兩人一路說著話，高高興興地回了家。

秦鳳儀聽說這事成了，喜上眉梢，再讓瓊花包了份禮，打算明天一併帶去，又細問了大管事遞帖子時的情形，這帖子好不好遞，公府下人說話和不和氣。

孫漁道：「別說，景川侯府的名頭還真好用，門房裡那些人客客氣氣的，還端茶給咱們吃。我看，有許多別家送帖子的，無非就是收了帖子打發你回去。我與攬月是坐在門房裡現等了信兒，這才回來的。」

秦鳳儀點頭，「明天就去酈國公府。」

其實秦家人不曉得，人家酈家接了這帖子，上下都奇怪著。現下在府裡管事的酈大奶奶在酈老夫人那裡說話時還提了一嘴，「說是景川侯府的姑爺。沒聽說景川侯府的大姑娘訂親啊，先時不是說往揚州去了嗎？不過，這帖子上的秦公子，還真就是揚州人。既是景川侯府的姑爺，不好怠慢，我就讓他明天過來了。」

酈大奶奶的婆婆酈大太太道：「不曉得誰家的公子這樣有福氣，阿鏡可是個好姑娘。對了，先時不是說景川侯府與平郡王府有意嗎？」

「就是啊，媳婦就是想不通這個。」酈大奶奶笑與酈三太太道：「帖子上說，三叔先時幫助過他，他特意過來道謝的。」

酈三太太大致是知道一些的，因為丈夫回家與她說過這事，只是說得也不大明白。酈三太太道：「是有這麼件事，不過，聽得我們老爺說，這秦公子與景川侯還鬧出些個誤會來。具體如何，我就不大清楚了。」

酈老夫人道：「既是人家好意來道謝，那就見一見。」

酈大奶奶應了。

酈三太太晚上還與丈夫提了一嘴，酈悠「嘿」了一聲，「這小子鑽營到咱們家來了！」

「怎麼說？」

酈悠道：「別提了，我那天是看他在兵部門口站著怪可憐的，就多了句嘴，問他幾句，帶他進了兵部。景川侯不樂意這樁親事，這幾天我見一回挨一回景川的冷臉。」

「不樂意，如何就訂了親？」

「親事還沒定下。」酈悠悄聲道：「妳莫往外亂說，我看，約莫是阿鏡相中了這小子。妳想想，景川侯府的門第，景川侯的嫡長女，就這出身，世間哪個男人不願意？」

酈三太太道：「那阿鏡眼光向來不俗，再者，先時都聽說平世子家的平嵐相中了她。她要是連平家都擱腦後頭，這秦家公子難道比平嵐更好？」

酈悠一笑，「甭說，秦家小子什麼出身不曉得，但那相貌就甭提了。我與妳說，先時城裡人都說李釗與平嵐一文一武，皆帝都美玉。那是他們沒見著這秦家小子，哎喲，那個相貌啊，我包妳開眼界！」

「這麼俊？」酈三太太不信，「李釗與平嵐就是生得極出挑的了，難道比他們還俊？」

「俊！」酈悠斬釘截鐵的一個字，委實勾起酈三太太的好奇心，酈三太太笑，「那我明天可得開開眼。」

「先把咱們閨女藏起來。」酈悠道：「那小子長得太勾人。」

酈三太太笑斥：「別胡說，咱們閨女才幾歲？」

「不只咱們閨女，侄女們都別叫她們出來。」

酈三太太更是笑得不成。

酈三太太第二天在老夫人跟前一說，酈家女眷都好奇不成，別個不說，單論比李釗與平嵐更好相貌的小公子，她們就不能信。且酈老夫人這把年紀，都做太婆婆的人了，正是喜歡出挑孩子的時候，當下笑道：「既如此，咱們與景川侯府也不是外處，就請秦公子進來，咱們且都見一見。」

女人們都說好，酈大奶奶笑，「正好，咱們都開開眼。」這話其實帶了幾分打趣，但秦鳳儀進得酈府，直接從門房到引路的婆子，以及進府裡這一路見到的侍女小廝等，沒有不看呆了去的。那婆子更是左一眼右一眼總是偷瞄秦鳳儀，只覺不像凡人，還險些撞樹上。

秦鳳儀就這麼一路自帶光芒地進了酈家二門，到了酈老夫人的院裡。秦鳳儀自小到大，喜歡他的女人絕對比喜歡他的男人要多，故而他非常擅長與女人們打交道。

原本想著那日在侯府已是大開眼界，不料這公府規制比侯府更多了一重軒峻壯麗，這一重一重的院落，這飛角高簷，這富貴風流，更是揚州城再沒有的。

秦鳳儀大大方方地欣賞了一番，待得酈老夫人院內，便是一切的富貴榮華集大成者。好在，秦家是暴發戶，別個沒有，銀子是盡有的。秦鳳儀自小也見過幾樣好東西，何況他生來就膽大，並不怯弱。

待看呆了他的小丫鬟羞紅了臉跑進去通稟後，秦鳳儀隨丫鬟進去，就見到滿屋子珠玉生輝，大小美人或坐或立，已令人眼花繚亂。正中一方寶榻上坐了位頭髮花白的半老婦人，那半老婦人更有說不出的富貴雍容，眉眼含笑地看著秦鳳儀。

秦鳳儀就是去別家做客，也是先拜見長輩的，這公府自然也沒什麼不同。他稍理一理衣裳，上前磕了個頭，道：「晚輩秦鳳儀，給老壽星請安了。」

他這人要是胡言亂語起來，那簡直能把人氣暈，可要說裝個乖樣，那也是一把好手。

酈老夫人連忙道：「好孩子，快快起來。咱們不是外人，可不興這個。」

人家景川侯府在京城也是有名有姓的人家，景川侯的女婿，雖說是晚輩，但過來作個揖問個好，就不算失禮。人家直接磕頭，酈家也沒料著，不然就準備拜墊了。再者，李家的女婿，何必讓人家行此大禮？

不過，秦鳳儀如此客氣，酈家人個個臉上帶笑，想著這李家女婿秦公子，非但生了個神仙樣貌，為人也很懂禮。

先時，酈悠說秦鳳儀相貌如何不得了，較平嵐和李釗都在其上，起碼酈家的女人們是不相信的。李釗斯文俊雅，平嵐劍眉星目，已是京城難得的俊俏孩子，這世上居然還有比他二人更俊的？

是人都不能信！

結果，秦鳳儀進屋的那一刻，便是見多識廣的酈家女眷們都各自於心下讚嘆了一回：當真是個極俊俏的孩子啊！

及至秦鳳儀向酈老夫人磕了頭，景川侯的女婿行此大禮，酈老夫人一迭聲叫起，連忙有大丫鬟上前扶了秦鳳儀起身。酈老夫人忙拉他在自己榻上坐下給了表禮，秦鳳儀道謝接了。剛剛遠看秦鳳儀那相貌已是俊得耀眼，近看更是不了得，那一張臉，唇紅齒白自不消說，竟是尋不出半分瑕疵。

酈老太太握住秦鳳儀的手，笑讚：「可真是個俊俏孩子。」

酈大奶奶素愛說笑，笑道：「的確是，倘不是眼見，我都不能信。要不說南面水土養人呢，哎喲，秦公子這通身的氣派，可是不半點不比咱們京城的公子們遜色。」

秦鳳儀笑，「姊姊，您過獎了，我初來京城，什麼都不懂，可是開了眼界。」

酈大奶奶笑道：「叫什麼姊姊，你該叫我大嫂子。」她帶著秦鳳儀認了認屋裡的女眷，秦鳳儀一一見過禮，當然，這個就不磕頭了，一揖作可。老夫人都給了表禮，這裡人人自然少不得這一道的。然後，秦鳳儀說說起酈悠酈三叔相助之事。

秦鳳儀道：「我到兵部衙門尋岳父，因著初來帝都，也不大懂衙門的規矩，便被擋在門口進不去了。虧得遇到了酈叔叔，帶我進去見了岳父。我早想過來拜謝，只是前幾天初天京城，有些水土不服，在家歇了幾日，拖到這會兒方過來道謝，委實是失禮了。」

酈老夫人笑道：「一點兒小事罷了，況我家與你岳家幾輩子的交情，你又不是外人，不必如此客套。」

「由小及大，那日我在衙門外站了許久，也只有酈叔叔出言相詢，幫了我。雖是小事，卻見大節，可知府上真正寬厚仁善，乃大善之家。」秦鳳儀頗會說幾句好話，哄得酈老夫人樂呵樂呵的。老人家原就偏疼幼子，且是自家孩子做了善事，人家上門感謝，酈老夫人這做親娘的自然歡喜。

大家說了幾句客套話，酈大奶奶笑道：「要不是你遞帖子，我們也不曉得景川侯府大姑娘的親事將定，什麼時候辦喜事？日子定了沒？」

秦鳳儀道：「我這次來，就是為了向岳家提親，待好日子定了，一定過來跟老太太、太太和奶奶們報喜。」

酈大太太與酈老夫人笑，「老太太，咱們可得準備賀禮了。」

酈老夫人笑，「這樣的喜事，越多越好。」

大家笑一回，酈大奶奶與秦鳳儀半是打趣半是說笑，「先時李家大姑娘未至及笄，就半城的人家打聽她。後來聽說她與李公子去了揚州，真是千里姻緣一線牽。秦公子與大姑娘的親事不知是誰做的媒人？」

秦鳳儀笑，「是方閣老和平珍舅舅。」

這一說，鄺家女眷更是驚訝，連鄺老夫人都說：「果然好姻緣。」

這兩位媒人就不簡單。

鄺大太太道：「遠哥兒在家溫書，誒，那書也不急於一時，秦公子到了，讓遠哥兒過來見一見吧。」吩咐丫鬟去請人，又和顏悅色與秦鳳儀道：「我們遠哥兒大你幾歲，你們都是年輕公子，年歲相仿，以後在一起玩才好。」

秦鳳儀心機靈動，笑道：「阿遠哥在溫書，莫不是在準備明年的春闈？」

鄺大太太笑得那叫一個欣慰，「正是。」

一時間，鄺遠到了，秦鳳儀以為會是個斯文公子，不想卻是一身大花錦袍，從頭到腳寫著「我是貴公子」的囂張氣焰。說實在的，要是秦鳳儀與鄺遠站一處，叫人猜誰出身暴發戶，那一準兒是鄺遠勝出。

鄺大太太笑道：「快過來見過你秦兄弟。」

鄺遠一見秦鳳儀就樂了，大笑三聲，過去挨著秦鳳儀坐了，一把攬住秦鳳儀的肩膀，笑道：「可是樂死我了，我聽說家裡來了個比李釗俊八百倍的人，我連忙過來。果然不是丫頭說大話，好兄弟，你生得可真好，真真替哥哥出了一口氣！」

秦大太太嗔道：「你這孩子又說呆話。」與秦鳳儀道：「阿遠與你大舅兄自小一道長大，慣愛開玩笑的。」與兒子介紹秦鳳儀：「這是阿鏡的女婿，秦鳳儀秦公子。」

鄺遠再細看秦鳳儀一回，再三讚道：「果然是阿鏡妹妹的眼光，她眼光一向不俗的。兄弟定不是京城來的，你要是京城人，我一早就去結交你了。」

秦鳳儀也是個直性子，對酈遠很有好感，笑道：「阿鏡妹妹時常說起京城人物風流，更勝他處，我初到京城，先得酈叔叔相助，又認識了阿遠哥，真是緣分。」

「誰說不是？」酈遠一看就是個心直口快的，他道：「誒，先時不是說李家與平家有意聯姻嗎？你和阿鏡妹妹是怎麼走到一處的？」

與阿鏡妹妹定情之事，秦鳳儀得說八百回了，不過，八百回他都沒說厭啊！因說的次數多，他都說出感情與技巧來了，他道：「說來，怕阿遠哥和老太太、太太、奶奶們不信。」

酈大奶奶笑道：「方閣老和珍公子都為你們做媒，這有什麼不信的？你說我們就信。」

「倒不是怕你們疑我，只是此事頗多奇妙之處。」秦鳳儀說得繪聲繪色，「那還是二月間我生辰剛過，午間在房裡午歇，突然做了個夢。說來不怕你們笑我，我夢到娶媳婦了。」

果然，秦老夫人與諸女眷皆笑了起來，秦鳳儀也適時露出個羞樣，酈遠笑得最歡，他拍腿大笑，「兄弟，你可真實誠。這有什麼好羞的，這種夢誰沒做過啊？」

酈大奶奶打趣：「看來二弟也做過了。」

「做過，做過好幾個呢，回回娶的媳婦都不一樣。」酈遠哈哈直樂。

秦鳳儀正色道：「我當時也以為就是個夢，因為夢裡的媳婦並不認得，我還以為是自己想像出來的。誰曉得，三月中我去茶樓吃茶，就遇到了阿鏡。我一見她的樣貌，當時嚇得我險沒從茶樓上摔下去，因為阿鏡與我夢中娶的媳婦一模一樣。」

「竟然有這樣的事？」酈老夫人問。

「可不是嗎？我當時嚇得跑出茶樓，連馬都沒騎，一路跑回家，我都不敢跟我娘說，怕嚇著了她！」秦鳳儀道：「我回家左思右想，都想不通到底是什麼緣故。我還以為是我眼花了，看錯了，待後來方閣老致仕還鄉，我想著去古玩鋪子挑一樣給閣老大人的禮物，結果我一去古玩鋪子，又把我給嚇出來了，因為我又遇著阿鏡和我大舅兄了。我嚇得要命，可一回看錯，總不能第二回也看錯。」

酈遠急道：「你膽子可真小，這有什麼可怕的？遇到夢裡的媳婦，這說明你們有緣。」

「你要真遇著我這事，就不會這樣想了。我好些日子都分不清是在夢裡，還是現實。我還跟我娘去廟裡，拜了菩薩，問了問棲靈寺的高僧，高僧說這是我命中註定的一樁緣法。」秦鳳儀道：「可我兩次見他們，都是嚇得轉身就跑，也不認得他們。誰曉得沒過多久，就在方閣老府上，我們再次遇見。」

連酈大太太都說：「這可真是緣分。」

「是啊。」秦鳳儀道：「你們不曉得那感覺，我見阿鏡，如同認識她許久。只是，我是夢到了她，她未夢到過我。可我們在一處，舉凡說話做事，就有一種說不出的投緣默契。可說起來，她是侯府貴女，我不過是平民小子，如何配得上阿鏡妹妹？我雖心喜於她，卻也曉得配她不上，心裡又很想照顧她，我就與阿鏡妹妹結拜為兄妹。」

酈遠都聽傻了，問秦鳳儀：「那你怎麼又來提親啊？」

酈大奶奶正聽得入神，道：「二弟，你莫打岔，聽秦公子說。」

秦鳳儀道：「待我們結拜了兄妹，我覺得挺好的，一則，不會耽誤了阿鏡妹妹的將來，她這樣的人，理當嫁入豪門，才不算委屈了她。二則，她在揚州時，我也能照顧她，好盡一盡我的心。可有一天，去御史府的時候，珍舅舅現在在我們揚州做御史，我過去時，聽小郡主與珍舅舅說話，他們提到平家與李家的事，我不曉得為何，只覺得晴天霹靂一般，當時也不曉得如何回的家。在家住了幾日，我心裡既酸楚又難過，哭了幾日，只覺得心中一股傷心無可寄託，我在家，我爹我娘見我傷心，他們也跟著擔心，我不欲父母傷心，便去了廟裡，想著廟中清靜，若出了家，便也再無煩惱了。後來，阿鏡妹妹聽說我出家，去廟裡看我，我才曉得他們兩家根本沒有議過親。我當時沒聽明白小郡主和珍舅舅的話，一時誤會了。我只顧著傷心，也沒問清楚，險些出了家。」

秦鳳儀說到動情處，當真是眼圈泛紅，似是憶及當時傷心。話到最後，自己又笑了。

酈家這一干女眷，也跟著他一時傷感一時歡笑。不得不說，秦鳳儀可能自己也沒發現，他除了這張臉不錯外，也頗具說書才能。

酈大太太感慨，「天底下竟有這樣的稀奇事。」

酈遠摸摸下巴，盯著秦鳳儀的臉道：「我看兄弟你長得就不似凡人，你這相貌，天地造化方能有的，你有些奇遇，倒也不甚稀奇。」

這說話間，就到了晌午，酈家自然留飯。有酈遠陪著，這餐飯自然賓主盡歡。

就這麼著，秦鳳儀這麼個鹽商子弟，竟然就在酈國公府登堂入室了。

酈遠與秦鳳儀中午吃酒時，特意打聽了回秦鳳儀這奇異的夢。這是秦鳳儀親身經歷的，那些與李鏡過日子的話不好說，秦鳳儀揀著能說的說了。

酈遠再三道：「真乃奇事。」

驪遠又問：「你與阿鏡妹妹的親事也近了吧？」

秦鳳儀嘆道：「我恨不得立刻成親才好，只是阿鏡妹妹乃岳父掌珠，我一無出身，二無功名的，岳父不大喜歡我。」

驪遠道：「你長得比李釗還好呢！」

「這有什麼用？」秦鳳儀道：「我以前從未想過姻緣在京城，要是曉得，我一早就上進了，倘今能有個功名，岳父那裡總還好說一些。」

驪遠問：「你家不是做官的嗎？」

秦鳳儀道：「要是做官的就好了。我爹倒是捐了個官，只是哪裡能入岳父的眼？」他舉杯，「來，今能認識阿遠哥你也值了，咱們乾一杯。」

驪遠出身公府，自有其眼力見識，就秦鳳儀這一身穿戴，且舉止說話，並不似寒門。他一想便知，秦鳳儀這個，家裡不是士紳財主，就是商賈富戶。驪遠倒沒覺得什麼，主要是秦鳳儀生得好模樣，再者，秦鳳儀舉止大方，極易令人心生好感，他還挺願意同秦鳳儀說話。

驪遠怪八卦的，問他：「你有沒有去過景川侯府？」

「去了。」

「景川侯回絕你了？」

「倒也沒有。」

「那就說明這事有門。」驪遠鼓勵秦鳳儀一回，看他說到景川侯就悶悶的，給他倒滿了酒，舉起杯來，兩人又碰一杯。

看秦鳳儀長吁短嘆，驪遠打聽：「是不是景川侯為難你了？」

「不算為難吧。」秦鳳儀一臉坦白，「岳父就是讓我回家照照鏡子。」

驪遠一口酒噴出老遠。

秦鳳儀給驪遠遞了塊帕子，道：「這可怎麼了，想娶媳婦，哪裡有這麼容易的？岳父不過說幾句難聽話，我聽著就是。」

依驪遠所見，這秦鳳儀非但生得好，臉皮也十分不一般。驪遠擦擦唇邊酒漬，令侍女另換一席酒水來，這席被他噴完了。驪遠問秦鳳儀：「你家到底做什麼的？」

「我家是揚州鹽商。」秦鳳儀沒有半點隱瞞。

驪遠一聽便道：「那你這事難了。」與秦鳳儀細說景川侯府之事，「你不曉得，京城禮法還是比較講究的，阿鏡妹妹是景川侯元配夫人所出，景川侯府再加上李氏家族所有的女孩，屬她最為貴重。何況，她自小便十分聰明，景川侯很是寵愛她。她與平郡王府的小郡主，是京城有名的京城雙姝。你想想，阿鏡妹妹論出身，還是不及小郡主的。其實論相貌，她也略有不如，但她能與小郡主並立，可見她的才幹。先時她年歲小，景川侯很捨不得她，所以及笄前雖有人打聽，景川侯府都回絕了。當然，你與阿鏡妹妹也是夢裡的緣法，可景川侯不這樣想啊，人家親閨女寶貝這麼多年，你這親事，難啊！」

侍女重擺上酒菜，換了酒盞，秦鳳儀道：「來之前，我去請教方閣老，方閣老教我八個字，精誠所至，金石為開。」

驪遠好奇，「你怎麼請動方閣老和平小叔給你做媒的？」

「心誠感動了他們。」

驪遠琢磨片刻，道：「平小叔還好，他是個除了丹青，啥都不理的人。方閣老可是德高望眾的長輩，他既然都肯為你做媒，可見你這事倒也不是沒有轉圜之地。」

「是。我是下定了決心，不把阿鏡妹妹娶回家，我就不走了。」

「來，為你這誠心乾一杯！」

驪遠把秦鳳儀的底細都打聽出來了，酈家女人們知道後，酈大奶奶私下與丈夫道：「有緣是有緣，秦公子人物也是出挑，就是，這出身有些低了。」

酈家大爺道：「這又不干咱們家的事。想來，亦不是這麼秦公子一頭熱，難保不是李大姑娘動了凡心。」

「八九不離十是這麼回事，你今兒不在家，沒瞧見那位秦公子，生得真是神仙人物。」酈大奶奶服侍著丈夫去了官服，抱了家常衣裳，想到秦鳳儀那神仙一流的相貌，抿嘴一笑道：「說不得，這秦公子當真有這運道。」

就是酈大奶奶的話，說不得秦公子就有這運道呢？

故而，酈家雖處半觀望的態度，倒也並不小瞧秦鳳儀。

秦鳳儀自驪家告辭後，也是把自家管事小廝嚇了一跳。前幾天去了趟侯府，自家大爺是哭回家的。今天去公府，自家大爺出來時滿面帶笑不說，後面還有兩個驪公府的小廝，抱著一些尺頭之類的東西。孫管事一瞧，連忙令攬月辰星接了去，秦鳳儀笑，「有勞這兩位小哥兒送我出來。」孫管事一人一角銀子賞了去。

兩個小廝謝過賞，送秦家人出了府門，這才回了。

孫管事見秦鳳儀身上帶著酒氣，道：「大爺，我還是給大爺租個轎子吧。」

「不用，沒多吃。」秦鳳儀上了馬，攬月笑道：「大爺如何得了這許多東西？」

秦鳳儀頭一遭進得公府，還得人家宴席款待。秦鳳儀正是年少，難免帶出了三分意氣風發，笑道：「今兒個去得巧，見著酈家老太太、太太和奶奶們，這不是頭一回見嗎？她們便給我見面禮。」

攬月儘管抱得胳膊酸，一聽這話，抱得越發起勁了，讚道：「大爺，您可真有本事！」這頭一回往公府去，就能得人家的東西，這豈是容易的？像這些大戶人家，他們商賈過來走禮，往常都是只見送禮，不見回禮的。

其實秦鳳儀帶給酈家的禮物也不薄，既有揚州的一些茶葉絲綢，還有幾樣玩器，說來也值上百兩銀子了。

只是酈家國公府門第，就不能計較禮物輕重了。這樣的高門大戶，想送禮的人多了，如秦鳳儀這樣的鹽商子弟，非但把禮送進去，還留著吃了午飯，得了見面禮，皆是託了「景川侯」三個字的福啊！

當然，秦鳳儀自己有眼色，與女人打交道很有一手，這也是重要原因。

秦鳳儀去了一趟酈家，也算是明白「景川侯女婿」的名頭還挺好用，但這名頭卻是不好一用再用的。便是再用，也得選好地界，不然就景川侯那心黑手狠的老頭子，秦鳳儀還真有些怕他。秦鳳儀回家，喝了兩碗醒酒湯，繼續想主意，招了攬月到近前道：「咱們這只從周邊下功夫，見效就慢。況且，這都來京城好幾天了，侯府的門咱們縱是進去，岳父不叫我見阿鏡妹妹，也是枉然。」

攬月道：「大爺，李大姑娘是女眷，人家不讓見，咱們也沒法子。李家大公子好不好見得？要是能見著李大公子，先給李大姑娘送個信，大爺也能少些記掛。」

「要是好見，縱岳父不喜我，大哥對我是很好的。大哥這幾日也不見，可見是被岳父拘了起來。」秦鳳儀道：「這麼著，先前在揚州，我常過去大舅兄那裡。你與大舅兄的幾個小廝也是熟的，這自來大戶人家，便是下人住在府外，多是住在侯府附近的。你拿上銀子，置辦幾樣過得去的禮物，過去打聽，打聽出大哥小廝家住何處。打聽時不要明面提咱們家，就跟人說是朋友。打聽出他們誰家的住處，你帶著東西去，他們一見你自然就明白了，他們定能知曉大舅兄的境況，明白不？」

攬月笑，「小的明白。」

「去吧。」

攬月領命去了，到下人家去，倒不必大戶人家這些講究，什麼一定要上午拜訪什麼的。小戶人家，沒這許多事。

攬月一向能幹，當初秦鳳儀大紈綺時，他是合格的狗腿子，現下秦鳳儀要娶媳婦，他打聽起消息來也頗有一手。當天下晌就回來了，因著剛進六月，天氣正熱，攬月熱得一頭汗，秦鳳儀道：「瓊花趕緊給攬月打扇，桃花倒盞涼茶給他。」

攬月連吃三盞涼茶才消了些暑氣，他道：「大爺，李大公子的情況可是不大好。」

「怎麼說？」

「我的天啊，要不是李大公子的小廝親口說的，我都不能信。」攬月道：「說是剛回來的那天，團圓酒都沒吃成，李大公子就挨了打，連帶他們幾個跟著大公子出門的小子全都挨了板子。李大公子現下還起不得身，他們幾個小廝挨得比李大公子更重，眼下在家裡養傷。我們相識一場，我都去瞧了瞧，給他們每家留了十兩銀子，雖是不多，也是大爺的心意。」攬月說來頗是唏噓，「這侯府規矩可真大啊！」

像他家大爺，再怎麼折騰，老爺太太如何捨得動過大爺一根手根？如李大公子那樣的斯文人，一件事不合親爹心事，千里迢迢剛回家，水都沒喝一口，先挨上一頓。

攬月正感慨，就聽他家大爺急急追問：「那阿鏡呢？她沒挨打吧？」

「沒有，李大公子的小廝書香說，當時李大姑娘請了她家老太太過去，李大公子這才逃過了一條命。」

秦鳳儀此方放下心來，還說大舅子：「大舅兄就是太不伶俐了，景川侯要打，他還不快跑，難不成站著等挨捧？哎，太傻了。」

反正大舅兄是男人，給親爹打幾下又不會打壞，秦鳳儀如是想。

攬月道：「我還想著能不能去服侍李大姑娘的丫鬟家裡瞧瞧，結果，聽說丫鬟們都是住在府裡，一個月也可能不出來一趟。不過，服侍李大姑娘到揚州的幾個丫鬟都被罰了半年月錢。那些丫鬟，有幾個是他們府裡家生子的，我過去看了看，把月銀子給她們補上，只叫她們各家不要聲張。有的是買進去的，在外頭也沒個家，我就把銀子給李大公子身邊的書香，他在小廝裡是個頭，託他進府時把這銀子給人家。」

「這事辦得好。」秦鳳儀讚了攬月一句，只是，大哥的小廝都傷了，皆在府外養傷，一時半會兒進不得府，這要怎麼才能給大哥送信進去呢？不能給大哥送信，要如何給媳婦傳信啊？他這好幾日沒見媳婦，委實想得慌。

秦鳳儀千方百計想打聽出媳婦的信，殊不知，這時他媳婦也在打聽他。只是，李鏡聽到的不是好消息，而且是滯後的消息。侍女阿圓道：「聽說就前幾天咱們府上來了一位，就是揚州城的秦公子。只是，奴婢要說了，姑娘您可別急。」

李鏡倚著榻，合上手中書卷，看向侍女，「只管說就是。」

「奴婢聽說，秦公子走的時候包了一腦袋的紗布，說是傷了臉，容貌已是毀了的。」

李鏡一驚，自榻上站起來，連忙問：「誰敢壞阿鳳哥的容貌？」

阿圓小聲道：「這府裡，除非侯爺下令，誰敢啊？」

李鏡立刻放下心來，「那就不可能了，父親不喜阿鳳哥是一定的，哪裡會毀人容貌？父親斷不會做這樣的事。」

「可奴婢聽說，那位公子走時，裹得可嚴實了，整個腦袋就剩下兩隻眼睛一個鼻子一個嘴在外頭。這要不是傷了，如何會裹成這般？」

知父莫若女，李鏡忍不住唇角一翹，「說不得父親是嚇唬阿鳳哥。」

過來看閨女湊巧聽壁角的景川侯聽到這話，越發認為：那不學無術的混帳鹽商小子，憑哪兒配得上自家冰雪聰明的閨女啊！

此時景川侯卻是不曉得，不學無術的混帳鹽商小子秦鳳儀已經尋到了跟他閨女鴻雁傳書的法子。酈遠也委實沒想到，他就同秦鳳儀吃了一回酒，就被秦鳳儀打起過路媒人的主意。說來，秦鳳儀此人雖有些愣頭青，但他很肯用心，遇到難事也肯動腦子，關鍵是肯拉下臉來做。不論什麼事，成與不成，他都敢試。

既是起了讓酈遠幫著傳信的主意，他心裡就有個盤算。他與酈遠無甚交情，就吃過一席酒，這上門還不知人家應是不應。

不過，甭管酈遠應不應，秦鳳儀都得厚臉皮去試試，而且，禮下於人，必有所求。這不同於上次往酈家遞帖子撞大運，秦鳳儀親自他帶著小廝出門去置辦禮物。這一出門，還真見著不少好東西，秦鳳儀都說：「真不愧是天子之都，啥東西都多都好。」

趙東藝大師娟的破瓷又尋著一件，正好買給媳婦。

另則，秦鳳儀連跑了五家京城的大銀樓，方尋著一對極難得的羊脂玉頭上帶了絲黃頭的玉桂釵。然後，秦鳳儀方又往酈家去。是的，能不能請動酈遠，秦鳳儀都要順道再往酈家刷個好感。主要是，跟女人們打交道比同他那魔王岳父打交道舒服的多。

這自來了京城，魔王岳父這個堡壘久攻不下，對於秦鳳儀的自信是極大的打擊，他決定先從女眷這裡找回往昔的自信來。

秦鳳儀帶著禮物過去，他又是這樣的美少年，女人們見他，沒有不軟了心腸的。說來，這釵還當真合酈老夫人的心意。秦鳳儀道：「我頭一遭來帝都，可是開了大眼界，長了大見識。說來，這離家也有大半個月了。我長這麼大，頭一回離開爹娘，我心裡想我娘，就想著去銀樓給我娘買幾樣首飾，屆時帶回去，也是我做兒子的孝敬，這釵就是碰巧見著的。這釵真好看，可是我娘壓不住。桂者，貴也。我一眼見到這釵，就覺得這樣的好釵也就配老夫人您用了。」之後，說了不少趣話，把酈老夫人哄得笑個不停。

酈老夫人還以為他有什麼事求到自己跟前，秦鳳儀笑，「我想我娘，就想過來看您。再者，上回跟阿遠哥見著，覺得很好。我今天過來看看您老，也是來找阿遠哥的。不過，他在準備春闈，上午腦子念書最好，別叫人打擾他，不然我以後不敢再來了。我就陪老夫人說說話，一會兒待他念罷了書，我再尋他。」

便秦鳳儀是鹽商子弟，酈老夫人這把年紀，也著實喜他俊俏討喜。這回陪秦鳳儀吃飯就不是酈遠了，秦鳳儀把酈老夫人哄樂了，酈老夫人中午直接留了秦鳳儀在自己這裡吃飯。

酈老夫人還問：「阿鳳喜歡什麼，儘管說。」

秦鳳儀為人不是那種瞎客套那一類，他一派天真直率模樣，道：「老夫人，以前吃過大哥那裡的焦炸小丸子，特別好吃，我一人能吃半盤。」

酈老夫人直笑，「有有有。」吩咐下去，又問他：「還有沒有想吃的？」

秦鳳儀乾脆俐落，「有這個就成。」

酈老夫人又添了幾樣孫子酈遠愛吃的菜，中午叫了孫子一併過來用飯。待用過午飯，酈老夫人慣常要小睡一會兒，秦鳳儀此方去酈遠那裡吃茶說話。酈遠一聽，竟然是叫他幫著私相授受，酈遠不解，「你這都正式來提親的，何必來這種偷偷摸摸的事？」

秦鳳儀道：「要是能見著阿鏡妹妹，我用得著求阿遠哥你替我傳信嗎？」

酈遠此方真正清楚秦鳳儀的提親進度，道：「合著人家都不讓你見人啊？」

「唉，我與阿鏡妹妹，現在好比那天上的牛郎織女。」秦鳳儀一挑那雙波光瀲灩的大桃花眼，「我岳父就是那王母娘娘。」

酈遠哈哈大笑，秦鳳儀笑，「阿遠哥，你笑了，可就是應我了！」

想到秦鳳儀將一向肅穆的景川侯比作王母娘娘，酈遠又是一陣笑，「你這事真有準吧？我幫你倒沒啥，正好去瞧瞧李釗那可憐相，也去笑話他一回，出口惡氣。」

「誒，阿遠哥，你這樣心胸寬闊的人，如何與我大舅兄這樣不對盤？我大舅兄除了有些道學，除了有些愛教訓人，愛板著臉外，也沒什麼不好的啊！」

「就這三樣，還叫沒什麼不好啊？」酈遠道：「你不曉得，我倆一樣的年歲，他比我稍大那麼一兩個月。兩家幾輩子的交情，我們小時候也是在一處長大的。就你那大舅兄，仗著比別人聰明點，小時候成天說我笨。待這大了，我倆也不知哪輩子的冤家對頭，我考秀才，他也考秀才；我考舉人，他也考舉人，還處處比我考得好，硬是壓了我一頭。你說，有這樣討厭的不？」

「怎麼沒有？我大哥這算好的，我還遇到過更討人厭的，特討厭，就因著自己會念書，鼻孔朝天看。每次見我都拿下巴對著我，有一回，我們那裡選花魁，我也去了，結果聽女娘們彈琵琶給睡著了，那人就諷刺我對牛彈琴。」

秦鳳儀這一說，酈遠來了興致，與秦鳳儀打聽：「阿鳳，都說江南女子水秀，秦淮河又是有名的好去處，那裡的女子俊不？」

「我又沒去過秦淮河，秦淮河那裡是金陵，我就去過一次我們揚州瘦西湖的花魁大選，都挺一般的。阿鏡妹妹說，那種地方不正經，不叫我去了。」

「哎喲，這事阿鏡妹妹知道，都沒跟你翻臉？」李鏡可不是軟柿子啊！

「我那時還沒認得阿鏡妹妹呢！再說，我就是去看看。你去打聽，我豈是亂來的人？打我十四上，就有花樓給我遞帖子，我一回都沒去過。我也不稀罕去那種地方，多髒啊！」秦鳳儀強調，「就因我為人正派，阿鏡妹妹才相中我的。」

「屁！正派的人多了，你要不是生了個好模好樣，阿鏡妹妹能相中你？」

秦鳳儀眉眼彎彎，「說來還真是，我除了這顆真心，就靠臉了。」

酈遠又是笑，「你是真心、臉、運道，一樣不缺，這才同阿鏡妹妹成就了姻緣。」又正色與秦鳳儀道：「按理，這事我真不該替你辦。不為別個，不說我們兩家的交情，我也是與阿鏡妹妹一道長大的，你們要是名分定了，這沒得說，不算出格，可如今名分未定，替妹妹與情郎私相授受，這不是做哥哥應該幹的事。只是，你能跟李釗和阿鏡妹妹坐同一條船來京城，想來，阿鏡妹妹對你亦是有意。李釗為人雖討厭，他對你了解肯定比我深。既他兄妹二人都覺你還成，我就幫你這一回。」

「謝謝阿遠哥，謝謝阿遠哥。」秦鳳儀起身，連連作揖。

酈遠擺擺手，「免了，這事怎麼辦，你心裡有數吧？」

「有！」秦鳳儀斬釘截鐵，早想好了，「我大舅兄正養傷著，我置辦幾樣禮物，就把信放在這禮物裡。阿遠哥你帶去，大舅兄一見，自然明白。」

「成！」酈遠十分乾脆。

秦鳳儀滿臉喜色，搓搓手，又握住酈遠的手，既親熱又感激，「阿遠哥，你簡直就是我的親哥！屆時我成親，請你做迎親使啊！」

酈遠打趣，「你先把景川侯這關過了再說吧！看你這事辦得，人家閨女都不叫你見，你這事能成嗎？」

「娶媳婦哪裡有容易的，阿遠哥只管放心，我心下有數。」兩人又細商量了一回，秦鳳儀比較著急，酈遠就說明日過去，秦鳳儀便辭了酈遠回去給他媳婦寫信去了。

光這信就寫半宿，硬生生累出兩個大大的黑眼圈來，損了二分美貌。第二日又早早去了酈家，秦鳳儀一見酈遠先作揖，酈遠笑，「行啦，這也不是什麼大事。」

「於我，便是終身大事。」秦鳳儀把一套四書註釋與補身子的藥材給酈遠，「有勞阿遠哥了，我家裡預備了席面，咱們一併過去，我就在外頭南北街的思源茶樓等阿遠哥。」

酈遠一瞧這些東西，笑問：「信放書裡了？」

秦鳳儀笑，「瞞不過阿遠哥。」心道，就憑阿遠哥這眼力，這一看也是個老手啊！他親自給酈遠牽馬，種種殷勤就甭提了。

酈遠想著這小子如此厚臉皮，等閒人都吃不消，說不得這事就得給他辦成了。

酈遠這就去了景川侯府，見也見到了李釗，只是，酈遠那禮物剛遞過去，就被李釗身邊的一個黑臉侍衛接了去。酈遠沒見著李釗身邊慣用的小廝，倒也未有驚訝，這自家主子都已受罰了，下人更是不能善了。不過，這他給李釗的東西，你這侍衛接過去，合適嗎？

酈遠看向李釗，李釗苦笑，「家父派來服侍我的。」

酈遠冷汗都下來了。

完蛋了！

秦鳳儀的信被景川侯給截了！

東西被截了已讓酈遠心裡發虛，整個與李釗說話的過程，那黑臉侍衛就沒離李釗左右，以致於酈遠是半個關於秦鳳儀的內容都沒敢說。因東西被景川侯的人收繳了去，酈遠辭別了李釗時，心裡都是七上八下的。

酈遠到茶樓時，秦鳳儀滿面喜色相迎，見酈遠兩手空空，歡喜更甚，「送去了？」

「別提了。」酈遠一屁股坐下，端起盞涼茶一氣灌下大半盞，「完蛋了！我東西倒是帶進去了，唉，這也怨我，沒把事想周全。你不曉得，阿釗身邊就有景川侯派去的心腹侍衛，你備的那些個東西，都沒能到阿釗的手，就被侍衛收了去。完蛋了！你說，咱們事先怎麼沒想到先過去一趟，看看阿釗身邊的情形？」酈遠並沒有埋怨秦鳳儀，可見其為人磊落。

秦鳳儀一聽東西被截，也有些擔憂，不過，他素來心寬，頗有自信地同酈遠道：「阿遠哥，你放心吧，我早料著呢。我藏的信，包管就是岳父也找不出來。」

「你不就放書裡了嗎？」

「書裡是書裡。」秦鳳儀給酈遠續茶，自信滿滿，「但我藏得隱祕，神人都尋不到。」

「到底怎麼藏的，與我說說，叫我有個底。」

秦鳳儀道：「我想半宿想出的主意，我把書拆了，將我的信放進去，再把書縫上，除非是挨頁翻書，不然哪裡找得到。那些聖賢書，誰愛看啊，我看一眼就想睡覺。我不信我都藏得這般機密，還能叫人翻出來。」

鄺遠呵呵笑三聲，與秦鳳儀道：「你肯定不曉得，當年今上收復北面五個州時，景川侯專司掌前線軍報，不要說你這種把信當書頁縫起來的，那北面叛軍帶著密字的信報，都是景川侯破解的。便因此軍功，景川侯一爵由尋常民爵，轉賜為世襲爵位。」

秦鳳儀倒不知魔王岳父這樣厲害，想了想，那他也沒法子了，「那也沒事，阿遠哥你只管把事往我身上說，我給自己媳婦寫封信怎麼了？要不是岳父棒打鴛鴦，我能想這法子嗎？說來都是他的錯！他要是敢為難你，我必叫他好看！」

「你就別吹牛了，你還叫他好看？他不叫你好看，你就念佛吧！」鄺遠道：「反正幹都已經幹了，他又不能把我宰了！」

「就是啊，放心，阿遠哥，你家是公，他家是侯，比你家低一級，他不敢惹你家的。」

「行了，這事原是咱們沒理。我反正都在家念書，就是我爹知道，無非罵我幾句。你怎麼著，要不，你住我家去吧？」

「無妨，我才不怕他呢！」

秦鳳儀不愧是出身鹽商還敢來侯府求親之人，起碼膽量很夠看。鄺遠問他：「接下來你可怎麼著呢？」私下遞信的事免了，景川侯真想防範私下，秦鳳儀就不要想了。就秦鳳儀這些私相授受的低階手段，都不夠景川侯看的。

「不能來暗的，就來明的。」秦鳳儀道。

秦鳳儀寫的情書，酈遠做的信使，結果遭殃的卻是李釗。

李釗被他爹軟禁兼養傷，他正斜靠著榻翻看往年春闈試卷，就被他爹過來罵了一頓。自從回了家，因著他妹的事，李釗簡直是代妹受過。他爹別看手黑，事也是李鏡辦的，奈何他爹捨不得對閨女動手，而且李釗是長兄，出了事，自然是他的責任。挨頓家法不說，只要景川侯想到秦鳳儀，心下氣惱，必然過來把長子罵一頓。

也虧得李釗心理素質強悍，隨他爹罵，他就一句話：「爹，您有本事把阿鏡勸得回頭，罵我有什麼用？我也不想她嫁給阿鳳，可她鐵了心，您以前不都誇她肖父嗎？」

當初李釗挨家法，就因最後這一句有諷刺父親大人之嫌。

今天他又這樣說，景川侯十分手癢，左右尋摸趁手的東西。

李釗腿上一抽，覺得隱隱作痛，忙道：「我的傷還沒好呢，爹您再動手，就是要我命。明年春闈，我不考了！」

景川侯冷哼，「你看看，這是個什麼東西？他是有才學，還是有本事？這些暫且不論，平生所擅，皆是蠅營狗苟之道，不是收買小廝丫鬟，就是求人私下授受，壞你妹妹的名聲，你就給你妹妹相中了這麼個貨色？」

李釗嘆道：「您不許他進門，他還不得想法子？要我說，堵不如疏，興許阿鏡是先時才子見多了，頭一回見阿鳳這樣不拘一格的人，覺得新奇。過了這個勁兒，估計就好了。」

「放屁！你有這法子，在揚州城沒用過？」

李釗是知道秦鳳儀真心的，李釗道：「爹，我能不為阿鏡終身考慮嗎？阿鳳這個人，舉止行事不同於常人。你要以看常人的眼光去看他，可能覺得他有些奇怪，但他有他的好處，他待阿鏡，十分真心。」

「什麼真心？誰娶了咱們阿鏡還是假意不成？還有，什麼叫不同常人，他簡直就不是一個正常人！」

李釗忍笑，「爹，阿鳳信裡寫了什麼，叫你這樣大動肝火？」

當時酈遠送東西被侍衛收走時，酈遠那欲言又止的神色，李釗就猜出那裡頭八成有什麼夾帶。今見他爹特意過來罵他，李釗就更加確認了。

李釗一問，景川侯立刻露出一副噁心得不得了的神色。

景川侯自認為見多識廣，但自從秦鳳儀來了京城，簡直是不斷刷新景川侯的下限。就譬如景川侯為什麼又過去罵了李釗一回，實在是秦鳳儀這信寫得太噁心了。

至於信的內容，景川侯都不想再提。不要說再提，只要想一想，明早的飯都能省了。

其實也就是景川侯覺得噁心，像人家秦鳳儀，就很遺憾自己的真心話被魔王岳父給沒收了。唉，他一腔真情，竟不知何時才能跟媳婦傾訴。每念及此，秦鳳儀就有說不出的，想把岳父掐死的衝動。

他不知道的是，他岳父每想到他這封噁心巴啦的信，也想乾脆把他掐死算了。

不得不說，這是一對相厭相殺的翁婿關係啊！

信的內容如下。

開篇便是阿鏡妹妹四個字。要只這四個字，景川侯也不會火冒三丈，實在是這四個字之後，還用小字註了一行，其實我心裡很想叫妳媳婦。

瞧瞧，這是正經人會說的話嗎？

之後就是正文了。

阿鏡妹妹，我好想妳。自從來了京城，沒有一日不想妳，吃飯時想，睡覺時想，走路時想，一個人時會更想。阿鏡妹妹，妳還好嗎？聽說大舅兄被魔王岳父給揍了一頓，雖然打聽著妳沒事，還是很擔心妳。這有了後娘就有後爹啊，老話一點兒不假。岳父大人就像魔王一樣，好可怕，虧我頭一回見他還當他是個好人來著。我不過來京城五六天，受他兩次恐嚇。頭一回險叫侍衛抓我下大獄，要不是我機靈，妳以後怕都見不著我了。第二回偷偷打腫我的臉，他以為我昏過去不曉得，其實我早猜出來啦！唉，魔王就是嫉妒我長得比他好啊！我猜著，他一直不允咱們的親事，大概這也是原因之一，怕被我比下去。

阿鏡妹妹，昨天我在酈老夫人那裡吃焦炸小丸子，吃小丸子的時候，我又想起了妳，想起以前咱們每天在一起吃飯的日子。妳愛吃獅子頭，又怕發胖，每次總是吃半個，剩下的半個，我便吃了。與妳同分獅子頭的日子，什麼時候能再有呢？

之後就是懷念與阿鏡妹妹在揚州城的日子，什麼一起出去遊瘦西湖，一起出門吃茶，一起出去逛街，一起在家裡讀書，一起說話，一起……反正吧，拜秦鳳儀這信所賜，先時景川侯還不曉得秦鳳儀如何勾搭上了自家閨女的，這回可算是全明白了。

看過這信，景川侯殺人的心都有了。

更可恨的是長子，在揚州坐視妹妹與這等鹽商小子出遊來往，他這大哥是怎麼當的？要說閨女，小小女子養在閨中，沒見過賊，一時叫這小子勾引了，也是情有可原，可長子是做什麼吃的，簡直可惡！

要不是李釗傷還沒好，景川侯真能再打他一頓。

最讓景川侯噁心的還不是秦鳳儀這又臭又長噁心巴啦的長信，最讓景川侯受不了的是，秦鳳儀還在書頁裡夾了幅自畫像。那畫的水準就不提了，噁心的是畫旁邊註了行小字，上面寫的是：阿鏡妹妹，京城水土養人，我近來攬鏡自憐，覺得好像又變俊了。今一幅自畫小像送予妹妹，以慰相思。

看過秦鳳儀的畫像，再想到秦鳳儀那張涎賴的美人臉，景川侯整個人都不好了。

結果，第二天早朝結束，景川侯去衙門當差，剛到兵部門口，當頭就遇著秦鳳儀一張美人臉，正嘻嘻地朝他笑。

秦鳳儀一見著景川侯，立刻笑嘻嘻地上前作揖行禮，「岳父大人，小婿給您請安啦！」

景川侯倘不是鎮定自持，險從馬上摔下來。

柒之章 ● 精誠所至金石開

像秦鳳儀與酈遠所說的，暗的不成，他就來明的。

像方閣老教他的：精誠所至，金石為開。

因他岳父曾做過情報頭子，秦鳳儀也不想著私相授受那一套了，關鍵是他想授也授不進去。秦鳳儀見不著媳婦，就成天過來見岳父。他是一早一晚過去請安，非但請安，每天找京城幾個最有名的館子，輪番給岳父送午飯。

秦鳳儀臉皮厚，哪怕他笑咪咪地過來，也不過得景川侯冷臉一聲「滾」。景川侯讓他滾，他立刻就滾，但他今日滾了，明日還來。

倒是許多人，雖知道秦鳳儀出身是差了些，但也得說句公道話，如秦鳳儀這樣殷勤的女婿，京城也不多見。

這些還只是旁人的閒言碎語，無關緊要，但秦鳳儀這每天一早一晚的過來，卻是給兵部帶來了不小的麻煩。

事情是這樣的，隨著秦鳳儀多次京城出現，他這張臉，能在以美人聞名的揚州城出名，能叫見多識廣的李鏡心折。如今到了京城，心折的更不只是李鏡一人。秦鳳儀如今的名號不是鳳凰公子，現下京城一些女娘們都喊她神仙公子。

而且，隨著神仙公子崛起京城，那什麼，京城雙玉的年代已經過去，現在是獨屬於神仙公子的風采。

因著秦鳳儀一早一晚必來兵部衙門口，搞得許多愛慕他美貌的女娘們也跟著一早一晚過來等候。初時只是幾輛油壁車，可隨著神仙公子名聲越發響亮，這些追過來的女娘們越來越多，把兵部大人們給煩惱得，尚書大人都與景川侯道：「趕緊把你家女婿領回去吧，這些女娘們一早一晚地來，昨兒禮部尚書還跟我抱怨來著，說禮崩樂壞，女娘們越發不矜持了。」

景川侯想到秦鳳儀就堵心，「大人誤會了，我與秦公子也並不相熟。」

兵部尚書有些奇怪，「不會吧，秦公子說的夢裡姻緣的事，連我家婆娘都曉得了，還說秦公子來京城，就是為了跟你提親。」

說到此事，景川侯更是火冒三丈。是的，秦鳳儀這臭不要臉的，非但每天過來兵部門口招蜂引蝶，還把那發白日夢的事給說了出去。唐時太宗皇帝都說，防民之口，甚於防川。曾經搞過情報工作的景川侯更是深知此理，景川侯發覺此事的時候，這事已在京城傳開，饒是以景川侯的權勢，也沒法叫流言消失的。

更因此流言關係侯府貴女，還流傳頗廣。

景川侯每每想到，就恨不得割了秦鳳儀的舌頭。

不過，他到底是侯爵，不是黑社會，所以，秦鳳儀還好好活著呢，但此事，景川侯也明白，實不宜再拖，並不是秦鳳儀有多難對付，這不過是個二愣子，難對付的是秦鳳儀這張自稱到了京城，被京城水土滋養得越發美貌的臉。也不知這些女娘們目光為何如此短淺，看人只看臉，以致於這秦小子竟成了京城的熱門人物。

還有什麼「天下第一癡情之人」的名聲，簡直叫景川侯想吐。

景川侯正想著怎麼解決秦鳳儀這樁大麻煩，結果，就見識了一回神仙公子的風采。

這說來，都是秦鳳儀惹出的亂子。

秦鳳儀這不是每天一早一晚過來兵部向岳父大人請安嗎？這一日，到了落衙的時間，秦鳳儀又風雨無阻地來了。難為他在哪裡做得這些新衫，今日秦鳳儀穿的是一襲白底織淺藍繡球花的錦袍，他一出現，整條街大擁堵，那些喜新厭舊的女娘們更是神仙公子長神仙公子短的喚他，乃至六部衙門下班回家吃晚飯的大人們出不去了。

景川侯的眼睛裡恨不得射不飛刀戳死秦鳳儀。

渾身桃花，一看就不是個老實的！

兵部尚書與景川侯道：「李大人，這事你可得管管，再這麼下去不得了，御史就得上書參咱們了。」要是男人們，早派兵攆走了。如今卻是些女娘，兵丁一動，那就更熱鬧了。

景川侯望著站在他身畔，一臉白癡相的秦鳳儀，陰惻惻道：「你快叫這些婆娘們讓出一條道路來！」

秦鳳儀也沒料到怎麼來了這許多人，秦鳳儀騎上自己的照夜玉獅子，對著兩邊的女娘雙手抱拳，「各位姊姊妹妹們，大家讓一讓，讓一讓啊！各位大人要回家了，咱們別堵了路，不然惹得我岳父不悅，我以後可就來不了了！」

有秦鳳儀指揮交通，女娘們的車馬總算讓出一條路來。因著秦鳳儀，這不，景川侯可是跟著出了大名，他現在也有一外號，叫做天下第一難纏老丈人。

更讓景川侯光火的事，什麼天下第一難纏老丈人還罷了，那什麼「王母娘娘」是怎麼回事？酈悠那小子，見一次笑一次，笑得景川侯大為冒火。這酈家也是奇怪，酈遠給秦鳳儀做信使倒罷了，這畢竟是晚輩，不懂事。酈悠也是三十的人了，與景川侯素有交情，景川侯直接問他：「什麼王母娘娘？」

酈悠大笑，「你還不曉得？」

景川侯沉了臉，酈悠擺擺手，「這話我不好說，你別問我。」又是一陣笑。

景川侯盯著酈悠不說話，酈悠被看得受不了，只好無奈地道：「好吧好吧，跟你說了，你可別生氣。」

「說！」

酈悠忍不住又笑了一回，方忍了笑道：「是你家女婿的話，說你是王母娘娘，活生生拆散人家牛郎織女。」

景川侯那臉就不只是沉下來這麼簡單了。

酈悠忙勸他：「看你，不過是阿鳳的孩子話，這也值當生氣？阿鳳那人，我縱是與他見的不多也看得出來，他是直腸子，說話不大思量，年紀又小，隨口一說罷了。」

秦鳳儀覺得自己也沒幹嘛，結果就被老丈人拎回家去了。

秦鳳儀心裡還怪怕的，生怕岳父大人又向他下黑手。

秦鳳儀一副乖乖樣，景川侯卻是看他就來火，卻還得壓著火氣，先與秦鳳儀道：「從今天開始，不許你再到衙門口去。」

秦鳳儀露出可憐兮兮的模樣，「那岳父讓我見一見阿鏡妹妹。」

「行了，你的誠心我看到了，也知道了。秦公子，你覺得自己與我閨女天造地設，可我是我閨女親爹，我得多考慮一二，是不是？」

秦鳳儀嘛下嘴，「您是真心要考慮，不是誆我的吧？」

「放肆！」他堂堂一品侯爵，竟被人懷疑信用。

秦鳳儀嚇得一哆嗦，仍是仗著膽子，「您別嫌我這樣想，您看，您對我多見外，叫什麼秦公子啊？岳父，叫我阿鳳就成。」說著，他又對景川侯露出個討好的笑來。

話說也怪，秦鳳儀這相貌，女人們是誰見誰愛，縱有諸多男子不喜他，但這些人也只是挑秦鳳儀沒學問，人品有問題，沒人會覺得秦鳳儀長得不好。偏生景川侯就看他這笑不對勁兒，怎麼瞧怎麼猥瑣。

又猥瑣又無賴，景川侯給秦鳳儀下個定論，打發他道：「你這就回吧。」

「那岳父叫我一聲阿鳳。」這小子還得寸進尺了。

景川侯發現，這好聲好氣地說話，偏有人聽不懂，當下立刻喚道：「來人！」

兩鐵塔般的侍衛推門而入，景川侯一指秦鳳儀，「給我拖出去，打！什麼時候聽得懂人話，什麼時候停！」

兩鐵塔就要過來拖秦鳳儀，秦鳳儀可不是那種站著挨打的，他當下就要逃跑。結果，兩鐵塔正堵門前。秦鳳儀可是聽說過景川侯那黑手，連自己親兒子都能下死手，他又不是景川侯親兒子，這打起來更不心疼了。

秦鳳儀要跑，前面被攔，後面的是魔王岳父。秦鳳儀不能白白挨一頓啊，不然老丈人打了女婿，告官府人家都不受理，這真是打個半死也沒處說理去。

秦鳳儀是啥都幹得出來，他嚎啕一聲就跳起來朝景川侯撲了過去，速度之快，景川侯都沒來得及躲閃，就被秦鳳儀整個人撲到椅子裡。秦鳳儀一把撲景川侯身上，抱著景川侯的腰求饒道歉：「岳父，我錯了！我現在就能聽懂岳父的話啦，我再不敢了！」

他這麼貼餅一樣貼景川侯身上，鐵塔也不能去揭他下來，只得站在一旁等主子吩咐。

景川侯氣極，「你給我下來！」

「我不！岳父不打我，我就下來！」

景川侯伸手揭這貼餅，秦鳳儀硬是把吃奶的勁兒都使出來了，雙臂死死地勒著景川侯勁瘦的腰。翁婿二人正較勁，就聽小廝在外回稟：「侯爺，驪三爺和平嵐平公子過來了。」

景川侯還沒說話，秦鳳儀聽得「平嵐」二字，當下炸了。

他來京城一個多月，有岳父防賊一樣的防他，他是再未見著媳婦一面。不想，他這個瞎眼岳父，竟然在家招待姓平的小子。秦鳳儀氣得眼圈都紅了，也不怕景川侯揍他了，跳將起來，衝著景川侯就是一通怒吼：「你竟這樣對我？你對得起我嗎？你這個無情無義的傢伙！我的真心擺在你面前，你是個瞎子嗎？就是瞎子，知道我的真心，也不能無動於衷，你是鐵石心腸嗎？」

驪悠與平嵐已是到了門外，聽到這話硬是沒好進去，覺得自己來得好像有些不是時候。

驪悠給平嵐使個眼色，要不，咱們先回吧？

平嵐點頭，想著二姑丈平日多麼肅穆規矩的人，不想私下竟然……

兩人正要走，就聽得景川侯一聲低喝：「你給我閉嘴！」

「我幹嘛要閉嘴，我就是不閉！我還得看看姓平的長什麼樣，叫你這樣念念不忘！」

驪悠立刻看向平嵐，怎的？這是怎麼說的？我聽到什麼不得了的事啦？你們姑侄難道是這種關係嗎？哎喲，誤聽這等機密，不會被滅口吧？

平嵐實在受不了驪悠的眼神，上前推開門道：「姑丈，我們進來了。」

秦鳳儀一雙含著大淚珠的眼睛抬起時，就見到一個劍眉星目、身長玉立、風姿特秀的錦袍青年站於門口，幾乎不必想，秦鳳儀腦子裡就印出兩個大字：平嵐！

原本在揚州時，聽說平嵐貪歡好色，秦鳳儀還以為此人是個一臉縱慾的醜模樣，但是到了京城，他聽說了不少事，平嵐在京城竟然名聲頗佳，縱有些風流傳聞，但此人能與大舅兄李釗並列，想來相貌並不差。

只是，秦鳳儀卻是未料到，平嵐相貌如此不凡。再想到平嵐出身郡王府，強他百倍。未見平嵐時，未當此人是勁敵，但是一見平嵐，連秦鳳儀都覺得，倘平嵐是如此風采，倒也不怪他岳父勢利了。

不過，憑這姓平的如何出身好相貌好，也得先為阿鏡妹妹的終身考慮好不好？

再者，便是平嵐生得好，較之自己，還是要差上一二分的。

秦鳳儀就是有這樣的自信。

秦鳳儀素來輸人不輸陣，今日情敵見面，更是不能示弱。於是，給這勢利岳父氣出的兩顆大淚珠，秦鳳儀眨巴眨巴眼，硬生生給眨回去了。他那一雙眼睛，原就生得神光瀲灩，此時含了淚，更是有一種驚心動魄之美。

秦鳳儀不曉得自己這種美，他硬是冷哼一聲，拗了個強羊頭的模樣，氣呼呼地站景川侯身邊不說話。

他簡直要氣死了！

景川侯卻是理都不理他，整理一下衣衫，平靜如常地與酈悠、平嵐打過招呼。

酈悠是個活絡人，打個圓場，「阿鳳也在啊！」

「嗯，過來向我岳父請安。」這麼說著，秦鳳儀一雙眼睛卻是沒有片刻離了平嵐，醋火騰騰燒，恨不得立刻就把平嵐火化成灰。不過，秦鳳儀性情獨特，完全不能以常理推斷。他盯著平嵐片刻，忽地笑了，而且不是假笑，還是那種極歡喜的笑。

酈悠以為他是醋傻了，秦鳳儀卻是眉眼含笑，也不擺那強羊頭的造型了，他大大方方地信步過去，先是與平嵐見了一禮，笑道：「先時在揚州聽小郡主和珍舅舅說起過平公子，鳳儀仰慕已久。」

秦鳳儀突然大變臉，饒是景川侯也多看了他一眼。先時見了客人那副無禮德行，景川侯都不會多看一眼，如今倒有些樣子了。

平嵐亦有些詫異，不過，他風度極佳，笑道：「我對秦公子也是久聞大名。」

秦鳳儀笑，「什麼大名，無非是我過來提親，岳父一直不許，鬧了不少笑話。不怕平公子著惱，先時乍聽平公子過來，我嫉妒得兩眼冒火，只怕岳父見了你更不喜我。你這樣的出眾，我與你相比，無甚可取之處。」

平嵐看向秦鳳儀，「秦公子這般美貌，可不是沒自信的人呢！」

「先時有自信，見你就沒了。不過，沒見你時，我心裡著實擔心。此一朝見你，我反是放心了。」秦鳳儀聲色平和，下人端來茶水，秦鳳儀起身取一盞，先奉給景川侯，繼而又道：「也唯有平公子這樣的人物，與阿鏡妹妹傳過親事，我方覺得，不算辱沒了阿鏡妹妹。見了平公子，我也就明白，岳父心中屬意的女婿人選是什麼樣的了。未見你時，我十分有自信，可見了你，嫉妒你，羨慕你，眼下卻也趕不上你。」

「今天當著你們出了不少醜。」秦鳳儀道：「岳父也因我頗是煩惱，如今我就只問平公子一句，你有意阿鏡妹妹嗎？」

平嵐一時沒說話，反問秦鳳儀：「秦公子呢？」

秦鳳儀斬釘截鐵，沒有半點猶豫，「我心儀她！我夢裡夢外，心儀的就只有她一個！我出身才幹皆不如你，要說哪裡比你強，在別人看來，怕無一處比你好，但我這輩子就只阿鏡妹妹一人，除她之外，不染二色！」

平嵐道：「秦公子癡心一片。不過，男子漢大丈夫，三妻四妾是常事。秦公子大概不曉得，我父親是郡王世子，我是我父親的嫡長子，我們家是世襲的王爵。」

秦鳳儀臉色不變，問道：「不曉得令曾祖父曾官居何職？」

平嵐道：「官至一品大將軍，爵至公爵。」

秦鳳儀道：「那您高祖父呢？」

平嵐道：「官至五品。」

「那您高曾祖父、太祖父，太玄祖父呢？」秦鳳儀見平嵐不言，繼續道：「我讀書不太多，不過，聽說過一句話，將相本無種，男兒當自強。我家祖上不是什麼顯赫人家，就是現在，也不過是鹽商之家。可是我想，便是如今的世族豪門，往上數三代、五代、十代至二十代，他們的祖上，誰又是天生的富貴種？我家沒有爵位，也無官職，但我對阿鏡妹妹的心，勝過於你。」

便是酈悠都覺得，眼前的秦鳳儀跟先時那個瘋狗一樣跟景川侯在屋裡叫喚的不是一個人吧？這話說得太漂亮了。

平嵐卻是面不改色，「若我散盡姬妾呢？」

秦鳳儀自豪道：「那也晚啦，我還是童男子！」

你一殘花敗柳，還敢跟爺爭？

饒是景川侯也被秦鳳儀的話嗆得險噴了茶，平嵐忍笑沒忍住，露出一絲笑意，自懷中取出一張大紅的燙金帖子，上前雙手奉予景川侯，道：「姑丈，我親事定下來了，訂親禮在八月，屆時還請家裡老太太、姑媽、姑丈和表弟表妹們都去熱鬧一二。」

景川侯接了帖子，和顏悅色，「一定去，你姑媽早就把賀禮備好了。」

平嵐起身告辭。

秦鳳儀都傻了，他呆呆地看平嵐要走，不由出聲將人喚住：「誒……」

景川侯一皺眉，剛覺得有些個樣子，又不成了，什麼叫「誒」啊？

平嵐回頭，一副準備要側耳傾聽秦鳳儀高論的模樣，秦鳳儀有些不好意思，撓了一下頭，「那啥，你訂親了啊？」

平嵐道：「是，阿鏡在揚州時託人給我捎過一封信，信上說她遇到心儀之人，我家裡就另議親事了。」

秦鳳儀更不好意思了，原來媳婦早與平嵐說明白了。

秦鳳儀道：「那啥，祝你們百頭偕老，百年好合啊！」

平嵐唇角一翹，「也祝福你，童男子。」說完笑著走了。

酈悠忍不住了，哈哈大笑，一面笑，一面打趣秦鳳儀：「阿鳳，你還是童男子啊？」

秦鳳儀被酈悠笑得火大，鬱悶道：「童男子怎麼了？阿鏡妹妹不叫我亂來，我當然不會亂來了。再說，我本來就是個老實人，你少笑我。我為阿鏡妹妹守身如玉，怎麼了？」

「沒事沒事，好女婿，真是好女婿！」酈悠笑個不停。

秦鳳儀看向景川侯，有些不好意思，道：「我不小心搞錯了。」

景川侯諷刺，「難得你還知道自己有錯。」

豈止有錯，秦鳳儀想想，今天真是錯大發了，想來岳父更討厭他了。

秦鳳儀正自怨自艾，就聽景川侯道：「今日你先回去，明天過來吧。」

秦鳳儀猛地抬頭，眨巴眨巴眼，露出個蠢蠢的美貌樣，「啊？」

「明天過來。」

「是，是過來提親嗎？」秦鳳儀激動之下，都結巴了。

「不是提親，你來京城這些天，說來還未正式拜見，先見一見老太太，但是你也不要誤會，我並沒有同意什麼。」岳父還是那個不苟言笑的岳父。

秦鳳儀歡喜得想大笑，可是卻忽然眼中發燙，心底無限酸楚湧起，他微微側過臉去，悄悄眨去眼中淚意，大聲道：「岳父，我記得了，明兒一早就過來！」

景川侯頷首，「去吧。」

秦鳳儀告辭走了，酈悠望著秦鳳儀遠去的背影，輕聲道：「阿鳳哭了。」

後來，酈悠曾問秦鳳儀：「那天你先時跟瘋狗似的，恨不得活吃了阿嵐，怎地突然又轉怒為喜了？」

秦鳳儀道：「這還不簡單。平嵐不論出身、才幹樣樣比我強，就是相貌，也不比我醜多少。他這樣出眾，阿鏡妹妹都沒看上他。連這樣的男人，阿鏡妹妹都可以為我放棄，我還有什麼可擔心的呢？除了相貌，我無一樣能勝平嵐，但在阿鏡妹妹的情意上，我是贏定的。」

所以，其後很多人認為秦鳳儀能得到景川侯府這樁親事，完全是走了狗屎運，當然，秦鳳儀的美貌也是不得了的利器。每當聽人或是打趣或是酸溜溜地談及此事時，也只有當時在現場的酈悠會在心裡回一句：不，秦鳳儀能爭取到景川侯府的親事，是因為他自有其聰明。

知道什麼是正式拜訪嗎？

秦鳳儀回家後，立刻與大管事道：「孫叔，你帶著咱家的帖子去景川侯府，與他家說明日我想過去向長輩請安，你在他家等了回信再回來。」

孫管事本就是隨秦鳳儀出門的，這剛隨著秦鳳儀自景川侯府回來，而且，自家大爺的眼睛還微有些紅腫。孫管事還以為自家大爺又在侯府受了什麼委屈，但自家大爺卻一臉喜色，而且一路傻笑回來。

孫管事忍不住問：「大爺，可是有什麼事？」

秦鳳儀笑，「剛剛在路上沒好與你們說，今日岳父總算是開了金口，讓我明天過去，向他家老太太請安。孫叔，你說是不是好事？」

孫管事也是驚喜至極，一拍大腿，「豈止是好事？這是大好事啊！」正式過去向長輩請安，這可不是先時不請自去吃閉門羹的那種。

孫管事立刻道：「我這就去！」沒帶半點耽擱揣著自家拜匣就又跑了趟景川侯府。

顯然，景川侯已是吩咐下去了，孫管事帖子遞上去，很快裡頭就回了信，說是讓秦公子明天只管過來說話云云。

孫管事得了景川侯府的回話，才確定這事是真的。

這可真是……

孫管事都想替他家大爺哭一場了，他家大爺多不容易啊！為了娶侯府千金，獻了多少殷勤，挨了多少冷眼，受了多少嘲笑，終於，終於，皇天不負苦心人。

這景川侯府的鐵石心腸，終於被他家大爺的誠心打動了。

真不枉他家大爺挨這許多辛苦！

他家大爺果然是個有時運的！

孫管事既欣慰又歡喜又恍惚地帶著拜匣回去，先去回自家大爺，秦鳳儀看孫管事的臉色也知一切順利，不過，還是問了一句：「如何？」

孫管事此方神魂歸位，笑道：「侯府說了，讓大爺明天閒了只管過去。」

孫管事看向自家小主子的眼神中透出多少欣慰來，「大爺這些天的辛苦沒白挨。」

想到今日之事，秦鳳儀與孫管事道：「孫叔，你不知道，先時我跟岳父說了多少好話，岳父都睬我不睬。今日突然鬆了口，你說把我驚得，我都不敢相信這是真的。」

孫管事笑，「精誠所至，金石為開。是大爺的誠心，感動了景川侯府。」

「可不是嗎？」秦鳳儀也認為是這樣。

孫管事給秦鳳儀提個醒，「大爺，咱家給侯府的禮物，可得提前收拾出來。再讓瓊花姑娘檢查一下可有錯漏，明天咱們要帶去，萬不能出岔子的。」

「是啊，你不說我都歡喜得忘了。」聽了孫管事的話，秦鳳儀連忙讓瓊花去檢查了。孫管事讓攬月和辰星明日必要換乾淨的衣裳，連帶明天跟著出門的侍衛都要換上新衫，如此方不墮他家大爺的威風。

至於他家大爺，其他事可能要孫管事提醒，唯有一事是不必的。因為不必丫鬟幫忙，他家大爺就開始挑選明天要穿的衣袍、冠子、靴子和佩飾的。

及至這些都預備出來，也到了吃晚飯的時辰，秦鳳儀用過晚飯，再泡個香湯，直泡得香噴噴的，便早早上床睡覺。早些歇了，養足精神，明天過去，除了看阿鏡妹妹外，一定要給景川侯府的老太太留個好印象才成。

這麼想著，秦鳳儀忽想到一事，支起身子道：「瓊花姊姊，先時我買的那個趙東藝焗過的玉色方口瓶，妳把它包好，明兒我過去時一併帶上，阿鏡妹妹喜歡這個。」

瓊花道：「是，奴婢這就去準備。」

秦鳳儀想想，再無他事可牽掛，便放下心來，懷裡抱著小鏡子，開開心心地睡了。

秦鳳儀睡得很早，也睡得很熟，這些天所有的勞累、疲倦、打擊和拒絕，似乎都隨著景川侯府的點頭而得到最大的報償，以至於秦鳳儀睡熟得唇角露出一抹笑意，想來夢境正好。

秦家是闔府歡喜，相對的，景川侯府諸位主子則是滋味不同。

景川侯是侯府的大家長，大事自有他做主，景川侯先與自己母親說了讓秦鳳儀第二日來家拜訪之事。李老夫人年不過五旬，從老夫人的相貌便可得知，景川侯的眉眼多承自於這位老夫人。李老夫人笑道：「可見這位秦公子有些過人之處。」

景川侯道：「差得遠呢！」

儘管母子二人相貌酷似，但景川侯一向肅穆，李老夫人則是性子柔和，她笑道：「你自小很知上進，不必我如何管束，便能做得很好。你對自己嚴格，故而看人也偏於嚴肅。這位秦公子，我雖沒見過，也聽過他的一些事。不說別的，咱們家這樣的身分，你又是個威嚴的，就你這性子，想來沒給過秦公子什麼好臉色。一個鹽商家的公子，小門小戶的沒見過世面不說，我聽說人家不過十六歲，頭一遭來京城，如今非但有了些名聲，咱們家還真得考慮一下他這事，這難道不是本事？」

「死纏爛打，沒皮沒臉，一無學識，二無才幹，招蜂引蝶，跳脫猥瑣。」景川侯直言道：「如果這些是本事的話，挺有本事的。」

李老夫人一樂，「我不信，咱們阿鏡的眼光，必有獨到之處。」與兒子道：「兒女之事，不同別的事。想來你心裡也明白，不然他死纏爛打，你一張帖子遞到京兆尹，立刻就能把他下了大獄，可咱們不能這麼做，為什麼？這不是一個人的事。倘阿鏡要高門大戶的親事，咱們與平家早訂親了，那孩子，她是真的不願意平嵐。話說回來，再高貴的門第，阿鏡過去倘過不好日子，聯姻也沒用處。這個秦公子，聽阿釗說十分真心。讓他來吧，我早想見見。」

因是母子二人的私房話，又關係愛女的終身大事，景川侯也沒什麼不好說的，「原本我想多看看，可這小子把這事鬧得滿城皆知，再叫他折騰下去，就越發沒個體統了，這個秦鳳儀十分奇怪。」

「怪在哪裡？」

「乍一見，總覺得跟個二百五似的。」

李老夫人笑道：「你也是做長輩的，如何這般促狹晚輩？」

「娘，待您見過就知道了。初見感覺天真直率，毫無心機，驕縱任性，不慮後果，可今天他見了平嵐，所言所行，倒是出乎我的意料之外，說話應對，竟不落下風。」

「那這是個出眾的少年啊！」李老夫人這樣一說，景川侯露出個慘不忍睹的樣來，「您明天見過他再說吧，我真是不曉得，阿鏡的眼睛是怎麼生的，怎會相中這樣的人？」

李老夫人越發好奇，笑道：「那我更得見一見了。」

景川侯的感覺很矛盾，秦鳳儀折騰一個多月了，這答應了秦鳳儀來家裡，景川侯又有些猶豫了，是不是該再多看一看？今日說不得是這秦家小子突然吃了什麼開竅丸，不然怎麼突然這麼會說話應對了？

算了，反正也只是答應讓秦鳳儀過來請個安，又沒答應他別個。

對於女兒的終身大世，景川侯是極其慎重的。

景川侯夫人自然也聽說了明日秦鳳儀要過府請安的事，還特意問了丈夫一回，景川侯道：「是啊，秦公子來京城也有些日子了，明兒妳陪老太太一同見見他。」

景川侯夫人關心的顯然另有他事，「侯爺，阿鏡的親事不會真定給這位秦公子吧？」

「只是讓他過來請安，哪裡就說到親事了？還遠著呢！」景川侯道。總不能秦鳳儀突然機靈上身，他就真許以愛女，他還是要多看一看。

景川侯夫人稍微放心，再三道：「老爺，這事萬萬不能應啊！我聽說那秦家小子不過是鹽商出身。咱們阿鏡，侯府嫡長女，若許給這樣的鹽商小子，也太委屈阿鏡了！」不同於秦鳳儀先時揣摩景川侯夫人是後娘，然後，後娘就盼著他家阿鏡妹妹嫁得越差越好啥的。

好吧，雖然景川侯夫人與李鏡也並不親近，但李鏡是侯府嫡長女，如果侯府嫡長女嫁個鹽商子弟，那麼，蒙羞的不只是李鏡，而是整個景川侯府。景川侯夫人可是有兩個親生女兒的，長姊嫁鹽商，要是講究的人家說起來，妹妹們的親事都會受到影響，故而，景川侯夫人十分反對這門親事。

哪怕她不大樂見李鏡嫁得多好，也並不能接受李鏡嫁到鹽商家去，這也太低了。京城隨便尋一門親事，也比鹽商好千萬倍啊！

景川侯聽妻子說了一通，淡淡地道：「阿鏡的親事且不急，她今年及笄，生辰在船上過的，及笄禮還未辦，也該準備起來了。」

「這個我早備著呢，原早想與侯爺說，可孩子們剛一回家，你就要打要殺的，哪裡有個過及笄禮的氣氛？如今阿釗的傷也好了，待我去廟裡算個吉日，把阿鏡的及笄禮辦了。」景川侯夫人道：「如今阿嵐的親事已是定了，倘再有好人家，侯爺還是要為阿鏡留意一二。」

「阿鏡的親事暫且不急。」

反正只要不是鹽商小子，那便好說。李鏡的後娘，景川侯夫人如是想。

秦鳳儀要來府請安的消息，是李釗親自過去告訴妹妹的。李鏡這樣鎮定自持的人，都是喜色難抑，放下手中書卷，李鏡問：「父親一直不許阿鳳哥進門，如何又讓他來了？」

侍女捧上茶來，李釗接過吃了半盞，笑道：「先時不敢與妳說，是怕妳著急生氣，再與父親爭執。」

李鏡白他一眼，「在揚州你挺支持我和阿鳳哥的，到了京城，就叛變到父親那裡去。」

「聽聽這沒良心的話。」李釗放下茶盞，「妳覺得他好，自然處處看他好，可妳也要為父親想一想。父親頭一回見他，別個不說，總要試試他是否誠心誠意，是不是？」

李鏡不欲多說這個，催促她哥：「快與我說一說阿鳳哥這些天的事。」

李釗忍笑，「妳不曉得，先時阿鳳是每天過來咱們家，父親嚇唬了他一回，他那人膽子又不大，就不敢來了。可他不能來，心下又惦記著妳，他倒是心活，竟託了阿遠送信。我那會兒正被父親關著，東西沒到我手，就被父親的人截了去。妳想想，父親不認真理會則罷，一旦認真理會，咱們府裡門禁這般森嚴，如何能自外送進書信來？這要是別人，估計就要沒法子了。阿鳳不一樣，他為妳，真是豁得出去，他見天去兵部衙門口守著，一早一晚地向父親請安，中午還命館子給父親送席面過去。原本我覺得，咱們京城的女娘們，起碼比揚州城的女娘們有見識。唉，結果也強不到哪兒去。他生得模樣好，京城的女娘們哪裡見過這樣美貌公子，非但給他取了個神仙公子的雅號，還有許多人去瞧他，就像揚州城一樣。有一回，人多得竟把六部衙門前頭那條街堵了。妳不知道，父親很是被禮部尚書念叨了一回。他還在外給父親取外號，叫做王母娘娘。」

李鏡對秦鳳儀最是了解，一聽「王母娘娘」四字，就曉得這外號是如何來的，忍俊不禁道：「阿鳳哥就是這張嘴，太隨興了。」

「他豈止隨興？父親容他這樣胡鬧，當真是看了妳的面子。要是換了不相干的人，早處置八百回了。如今總算守得雲開見月明，父親讓他過府請安總是好兆頭。」

李鏡仍是不解，「父親最不喜跳脫的人，阿鳳哥這可是得罪了父親，父親如何允他的？你還沒說呢！」

李釗道：「這事說來真有點玄，原本父親叫他到家裡來，我怕他再惹惱父親，本想過去瞧一瞧，結果我還沒進書齋，就聽得他那吼聲。妳不曉得，他那嗓門，吼得半府的人都聽到了。而且，說的都不是什麼好話。後來我打聽一下，原來是阿嵐那會兒去了，說不得是他誤會了。他又是個驕縱性子，我想著，定是與父親翻了臉。」

「這就更怪了，他一翻臉，父親便允了？」

「這裡頭的事我也猜不出來，父親身邊的人一向嘴嚴，明天他來了，妳問問他，再與我說一聲，好叫我解惑。」

「說了半天，哥哥也不曉得。」李鏡嗔一句。

李釗笑，「我過來與妳說一聲，今兒你別歡喜得睡不著才好。此事我瞧著，父親總算是吐了口，就是好事。」

李鏡笑，「我曉得了。」

因天色將晚，眼瞅要到關二門的時辰，李釗便辭了妹妹出了內宅。

侍女們也都為自家姑娘高興，阿圓笑道：「姑娘總算沒白擔這些日子的心。」

阿方是跟著李鏡去揚州的大丫鬟，阿方笑，「秦公子總算沒辜負姑娘的真心。」

李鏡道：「阿方，把我前幾天繡的荷包找出來。」

侍女捧來荷包，李鏡打發她們下去，望著荷包上的鳳凰花，一時愣愣地失了神。窗外明月高懸，灑下一地皓然清輝，為李鏡那似是歡喜又似是心疼的側臉鍍了一層淡淡銀邊。

……

這一夜，秦鳳儀睡得非常好，第二天起床更是元氣十足，唇紅齒白，整個人神采飛揚，更勝往昔。吃過早飯，對鏡梳妝，整理儀容，照了三遍鏡子，問倆丫鬟：「我這身還成不？」

倆丫鬟都道：「要是大爺這一身還不成，世上就沒有成的了。」

秦鳳儀依舊是騎著自己的照夜玉獅子，隨著秦鳳儀成名，他這馬也成了京城名馬，都說也只有這樣的駿驥才配得上神仙公子。秦鳳儀帶著管事小廝出了門，一路直奔景川侯府。

景川侯府也等著呢，李老夫人、景川侯夫人都在。

一些久聞神仙公子名聲的管事媳婦、丫鬟和婆子也都各自尋些由頭，或是在秦鳳儀的必經之路，或是悄悄去老夫人院裡瞧一眼神仙公子的風采。

秦鳳儀論相貌論舉止，絕對沒有景川侯說的什麼「無賴猥瑣」，要是個無賴猥瑣的能叫半城的女娘傾心嗎？秦鳳儀這一身大紅金繡牡丹袍，更襯得他唇紅齒白，眉目如畫，他更有一種常人沒有的神采，一雙大大的桃花眼，似是含情又似含笑，他縱是漫不經心地望去，便沒有女娘不心生好感的。

李老夫人是個極明理的老夫人，不過，長孫女這親事也著實低些，哪怕是個士紳之家，也比鹽商強。且，李老夫人聽李鏡提過秦鳳儀相貌不俗，也聽說過秦鳳儀在京城的名聲，她老人家這把年歲，該見過的大世面都見過了，今日見了秦鳳儀，卻是只覺室內一亮，彷彿整個房間的光線都膠著於這一人身上。不論主子丫頭，齊齊望向這剛進屋的俊美公子。饒是李老夫人，亦是心下先讚嘆了一回。

既是正式拜見，有丫鬟捧來拜墊，秦鳳儀上前向李老夫人磕了頭，李老夫人道：「好孩子，坐吧。」又指了景川侯夫人給秦鳳儀認識，「這是我們家大太太，阿鏡的母親。」

秦鳳儀對著景川侯夫人一揖，笑道：「岳母好。」

景川侯夫人臉一抽，「秦公子客氣了，可不敢這樣叫。」

「是，大太太。」秦鳳儀從善如流地改了稱呼，心說，妳一後娘，叫妳岳母還不樂意，以後都不叫了。秦鳳儀沒見著景川侯，還道：「祖母，我岳父不在家嗎？」

縱秦鳳儀生個好模好樣，景川侯夫人也不喜他，心說，怎麼聽不懂人話啊？景川侯夫人不厭其煩地提醒：「秦公子，你與我們家阿鏡親事未定，不好這樣叫的。」

秦鳳儀一臉無辜，「我在岳父面前都這樣叫，岳父也沒說不讓我叫啊！」

景川侯夫人一噎，李老夫人打個圓場，笑道：「今兒個阿釗他爹衙門有事，反正你們是常見的，今兒就陪我這老太婆說說話如何？」

秦鳳儀笑道：「我自是求之不得。只是，祖母可莫要自稱老太婆，這我是知道，倘是不知道的，哪裡就能瞧出您是大太太的婆婆來？不曉得的，都得說您是大太太的姊姊。」

李老夫人笑，這馬屁可真直接。

秦鳳儀不管直不下接，又道：「我早想來向祖母和大太太請安，來看阿鏡妹妹，奈何岳父愛女心切，不經岳父考驗，我想來也來不了。祖母，您看我還成嗎？」

李老夫人笑，「是個實誠孩子，長得也俊。」

「阿鏡妹妹也是看中我這兩樣。」秦鳳儀一笑，那等美貌，真若美玉生輝，饒是李老夫人也不由心下感慨，不怪孫女相中這秦少年的美貌。

李老夫人見了秦鳳儀這人，說話間也大致估摸出了秦鳳儀的性子，這不是個有心機的少年，挺直率，也挺心誠。當然，相貌更沒得說，比自家長孫都俊出一頭。不過，李老夫人更關心秦鳳儀的前程，道：「阿鳳，你年紀輕，江南文風頗重，不知可有進取功名？」

秦鳳儀道：「不瞞祖母，我家就我一個，我自幼父母太寵，書念得不怎麼成。以前我沒遇著阿鏡妹妹，也不知上進。今在京城，我長了見識，也知道阿鏡妹妹是您家寶珠。岳父一直不喜我，其實我很明白岳父的心，岳父是擔心阿鏡妹妹下嫁我，以後過日子委屈，這是岳父疼惜阿鏡妹妹的一片父愛慈心。我少時許多道理不明白，只知憨吃憨玩，如今遇著阿鏡妹妹，我方覺得男人得上進，不為別個，您和岳父這樣疼阿鏡妹妹的心，我疼她的心也是一樣的。你們不想讓她以後受委屈，我也是一樣的。以前的日子都過去了，再說什麼話也晚了，以後我一準兒上進。我們揚州的趙裕趙才子，他以前在京城翰林院做過翰林，他就時常勸我多念書。後來，我認識了阿釗哥和阿悅哥，見到了方閣老那樣博學的大儒，我此方明曉，男子漢大丈夫當有所作為。不然，不要說岳父瞧我不起，我自己也要瞧自己不起了。」

天啊，景川侯夫人算是開了眼界，這花言巧語的小子，怪道能哄騙了李鏡去！

李老夫人則是滿面含笑，「你如今尚且年少，便是現下開始上進也不晚。」

「我也這樣想。」秦鳳儀又有些擔心，「就不知我這一片心，岳父能不能允了？」

李老夫人笑，「我給你出個主意，他要不允，你下回不要去兵部衙門了，你在我家門口待上半個月，他一準兒就允了。」

秦鳳儀想到景川侯生氣的模樣，不由哈哈大笑，學著景川侯板著臉的模樣，「岳父見我都是這樣……」逗得李老夫人一樂，秦鳳儀也是眉眼歡脫，「有時我都奇怪，岳父明明是那樣年輕，又很俊，偏愛板著個臉。開始我還以為岳父只見我時那樣呢，後來我常見他，發現他對誰都這樣，我就不怕了。」

「你還怕他呀？」

「那可不，可凶了。」秦鳳儀這話其實大不合當下規矩，不過，他用那種天真直率的口氣說出來，人們只覺正常。秦鳳儀道：「其實我頭一次見岳父，他可好了。那會兒我不知道他是岳父大人，我看他生得與大舅兄像，還以為是大舅兄的堂兄弟什麼的。我們彼此都不認得，岳父以為我是阿釗哥的朋友，我也以為岳父是阿釗哥的族兄弟，他叫我小公子，我叫他李大哥。」逗得滿屋人都笑了，李老夫人也是笑得不得了，秦鳳儀笑，「現在想想，是很好笑，可又覺得我來京城頭一天就有緣與岳父相見，未嘗不是我們翁婿間的緣法。」

秦鳳儀道：「我其實打心裡喜歡岳父這樣的人，又威風又霸氣，就是不給我好臉色，我也喜歡。阿鏡妹妹板著臉的時候，就跟岳父有幾分像。」

李老夫人笑，「別說，還真是。他們兄弟姊妹六人，你岳父最疼的便是阿鏡。他呀，是捨不得閨女。」

「以往我不明白岳父的心，祖母您這一說，我就都明白了。」秦鳳儀認真道：「將心比心，誰有阿鏡妹妹這樣的女兒，誰能捨得呢？這也無妨，我可以在京城置辦房舍，京城有學問的先生多，我還能在京城拜名師求學。」

秦鳳儀這腦子，別的事情上不說，這娶媳婦一事上，那是靈光得不得了。

李老夫人微微頷首，「好啊！」

中午，李老夫人就留秦鳳儀在自己這裡用飯，秦鳳儀嘗到了久違的焦炸小丸子，他記得這小丸子的味道，這是媳婦身邊的丫鬟阿圓親手做的焦炸小丸子，由此可以推斷，這定是媳婦特意給他添的菜。於是，秦鳳儀一激動，把一盤焦炸小丸子都吃光了。

在一旁與李老夫人一併用飯的景川侯夫人目瞪口呆，驚得不得了，心說，這小子當真是鹽商子弟嗎？怎麼一副八百輩子沒吃過飽飯的模樣啊？不會是個騙子吧？

秦鳳儀把一盤焦炸小丸子吃光不說，還道：「祖母，能叫廚下再給我炸一碗不？我想一會兒帶回家當晚飯。」

李老夫人笑，「看來，這菜合阿鳳的胃口。」

秦鳳儀道：「這是阿圓的手藝，我在夢裡時常吃的。阿圓沒隨阿鏡妹妹去揚州，我想這道菜想好幾個月了。」

饒是李老夫人也面露驚容。原本秦鳳儀說的那夢不夢的事，倘是些無知的書生少女，或者會信，但如李老夫人這等年歲這般閱歷，其實是不大信的，可秦鳳儀脫口說出了這菜是阿圓做的。阿圓的確是沒與孫女去揚州的，他應當沒嘗過阿圓的手藝方是。

李老夫人驚容也只一瞬，轉眼間已是面色如常，含笑吩咐下去：「再叫阿圓炸一碗小丸子，一會兒給阿鳳帶走。」

侍女連忙應了，下去吩咐不提。

秦鳳儀在李老夫人這裡，吃也吃得高興，說也說得高興，覺得李老夫人比他家岳父好一千倍不止。只是，未能見到阿鏡妹妹，未免遺憾。秦鳳儀知此事不能強求，他與景川侯撒潑打滾得寸進尺，什麼不要臉的招術都使得出來，可對著女眷，秦鳳儀有那種天性中的憐香惜玉，他一般不會讓女人為難。故而，李老夫人不讓見，他也便不再強求。只是在告辭時，秦鳳儀說了句：「今兒雖未能見到阿鏡妹妹，但能得祖母指點，鳳儀萬千之幸。祖母，我帶來的禮物裡有一個瓶子是給阿鏡妹妹的，煩請祖母轉交給她吧。還有，先時我給阿鏡妹妹寫了一封信，結果被岳父截下了，祖母，您與岳父說說吧，寧拆十座廟，不破一樁婚啊，讓岳父把我的信還給阿鏡妹妹吧。」

李老夫人都沒忍住，笑道：「成，我都記下了。」

秦鳳儀眉開眼笑，「謝謝祖母。」他向來隨興慣了的人，本就離得李老夫人近，他抱了抱李老夫人，「真捨不得走，下次再來，不知何時？」

李家素來規矩嚴肅，況孫子孫女也大了，真沒誰這樣抱著李老夫人撒嬌了。今日給個美少年撒了回嬌，李老夫人竟是半點不討厭，笑咪咪道：「你何時想來，只管過來就是。」

秦鳳儀眼中迸出不可置信的驚喜，「那我明兒再來。」

李老夫人笑，「只管過來。」

秦鳳儀歡天喜地，恨不得一蹦三尺高，「那我明兒一早就過來陪祖母吃早飯！」

景川侯夫人是這樣與景川侯形容鹽商秦公子的，「跟八百年沒吃過飽飯似的，吃過還不算，更要點菜帶回去當晚飯。走時說了，明兒一早過來咱家吃早飯。」

景川侯夫人問：「秦公子真是鹽商出身？不說江南鹽商豪富嗎？是不是帶來的銀子不夠使？要是這樣，侯爺給他些花用也無妨的。」

「這叫什麼話？」景川侯道：「妳看他那些穿戴，像是沒錢使的？」

反正，景川侯夫人是看秦鳳儀一千一萬個不順眼。

景川侯去母親那裡，李老夫人很高興，笑道：「是個不錯的孩子，天然率性，如璞玉未經雕琢，難得見人不怯，並無小家子的拘謹之態。要不是知道阿鳳的出身，還得以為是哪家大戶人家的公子呢！」

「他在京城這些日子，想是學了些京城的規矩。」

「就是有一事。」李老夫人說了秦鳳儀那夢境之事，道：「原我也不信，但他一嘗就嘗出那道焦炸丸子是阿圓的手藝，難不成他那夢是真的？」

景川侯道：「要是真的，他如何來了京城似沒頭的蒼蠅一般？這定是阿鏡的主意，說不得是先時兩人商量好的暗號。」

景川侯由於負責過戰時情報工作，對於鑑別各種虛假騙局的經驗豐富。

李老夫人道：「可我看那孩子不似個會說謊的。」

「母親不必信這些無稽之談。」景川侯一口否認。

景川侯剛出了母親屋裡，就在外頭遇到自己閨女，李鏡道：「爹，阿鳳哥給我的信呢？請還給我吧。」

景川侯咬牙：就知道不該叫這死小子到家裡來！

秦鳳儀在家一面吃著重新熱過的焦炸小丸子，一面美滋滋地想，阿鏡妹妹現在應該看到我的信了吧？

……

秦鳳儀當真是個臉大的，起碼景川侯夫人就沒見過這樣人。昨兒那一句「明早過來陪祖母用飯」，倘是別人，不過一句客套，但秦鳳儀就說到做到，他一大早就來了。

最丟臉的是，還沒有趕上飯點。

因為景川侯是朝中重臣，每日五更就要去早朝，所以景川侯府的早飯，那真不是一般的早。那個時辰，秦鳳儀還在夢裡。他按的是在揚州城，李家兄妹用飯的鐘點過去的，結果人家早飯早吃過了。

好在秦鳳儀有個好處，他向來上門從不空手。因昨日攜了重禮，今日不好再送重禮，就在街上買了兩籃馥郁芬芳的玫瑰鮮花提了去。李老夫人這上了年紀，沒有不喜歡這般鮮亮花朵的，秦鳳儀笑道：「路上見著賣花的姑娘，這花當真新鮮，還帶著晨間的露珠。祖母，用來插瓶，或是就這樣在這籃中擺著都好看。」

李老夫人親自瞧了一回，命丫鬟擺上，又道：「昨兒不是說過來吃早飯，怎地沒來？」

秦鳳儀瞪大眼，「你們吃過了嗎？」

李老夫人笑，「阿鏡說你早飯的時辰比我家要晚些，廚下還給你留著呢，這就讓人給你端上來吧。」

秦鳳儀一向是個實在的，聽得給他留了飯，還是阿鏡妹妹特意命人留的，立刻笑得見牙不見眼，「好。」又打聽：「祖母，您都什麼時辰吃早飯？明兒我早些過來，也過來向岳父和祖母請安。」

李老夫人便說了時辰，秦鳳儀掐指算算，下定決心，「那我今晚早些睡。」

李老夫人笑，「晚上早些睡，早上早些起。早上腦子最清楚，念書記得住。」

秦鳳儀道：「是這樣。以前我念書時，先生留的課業我都是起大早寫，寫得快極了。」

侍丫鬟擺上飯菜，秦鳳儀見是炒鮮豌豆、青筍、醬肉和白切羊肉四樣小菜，及小花卷、羊眼包子、攤瓠榻、奶餑餑四樣麵食。粥則是一樣胭脂米粥，一樣八寶豆粥。大戶人家的飯食，多是少而精緻，但這許多樣，也擺了小小一方桌。秦鳳儀本就空著肚子來的，他又正是長身子的時候，格外有食慾。這一桌子早飯，竟叫他吃了個七七八八。

李老夫人看他吃相好，心裡很是高興，男孩子嘛，可不就要這樣吃飯才叫人喜歡。

李老夫人還問：「吃飽沒？」

秦鳳儀摸摸肚皮，「都吃鼓了。」

有侍女端來茶來，秦鳳儀先時常與李鏡一道吃飯，自是曉得李家的規矩，他漱了漱口，侍女撤下殘桌，秦鳳儀便與李老夫人說話去了。他天生是個愛叨叨的，一些他來京城見到的稀奇事、認識的朋友，還有在揚州時的事、江南的好風景什麼的，那是天南海北一通說。

有秦鳳儀在，李老夫人可是不寂寞了，秦鳳儀簡直是全天候陪著李老夫人解悶，中午吃過飯他也不走。午後李老夫人小睡，他也小睡。雖然李老夫人不讓他見阿鏡妹妹，但能與阿鏡妹妹身在同一座府邸，他也覺得高興。下午祖孫倆接著一起玩，不論什麼遊戲，秦鳳儀都是個中好手，尤其摸紙牌，他那手氣不是一般的好，但贏個三五回，必然要輸上一回，把個李老夫人都引得欲罷不能。

秦鳳儀一直待到傍晚景川侯落衙回家，在李家吃了晚飯才告辭。

不過，這也有一樣好處，昨日過來就只見了李老夫人和李大太太，沒能見著李家其他孩子，這一回，秦鳳儀死賴著不走，終於把李家三位公子都見全了。李釗自不必提，這是他大舅兄。景川侯膝下三子三女，三個兒子裡，李釗是元配生的嫡長子，老二李欽、老三李鋒都是繼室平氏夫人，就是現在的李大太太所出。

秦鳳儀顯然是早做了準備，李欽和李鋒年紀都比他小，他一口一個「二弟、三弟」，叫得甭提多親熱了，然後每人都給了見面禮，一套精緻的羊脂玉佩飾。

相較於李釗，老二李欽待秦鳳儀就不怎麼熱絡了，不過，這也很好理解，人家與秦鳳儀又不熟。倒是老三李鋒，性情溫和，與李釗有些相仿，瞧著是個好性子的。

不過，兄弟三人有一樣反應卻是相同的，他們聽到秦鳳儀一臉親熱地喊他們爹「岳父大人」的時候，眼神裡都是清一色的：無語！

李欽都看了大哥李釗一眼，心說，神仙公子這也忒上趕著了吧？好吧，一個鹽商家的公子，倘有機會攀到景川侯府的親事，這樣上趕著殷勤倒也不稀奇。只是，大姊姊還沒嫁給你吧？你這喊得也忒早了些！

秦鳳儀陪著李家人用晚飯，因他是客，李欽拉了秦鳳儀道：「秦公子坐父親這裡。」然後，他坐了秦鳳儀下首，李釗的位置在老夫人的左下首，李鋒則坐在大哥李釗之下。

秦鳳儀根本沒看出李欽的小心機來，李欽原是瞧出每每秦鳳儀喊他爹「岳父大人」時，他爹臉上便隱有不悅，故而把秦鳳儀擱他爹身畔，委實沒安什麼好心，或者就是想看秦鳳儀吃癟啥的。結果，秦鳳儀自己卻是很樂意坐岳父大人身邊。他這一個多月，就與景川侯死纏爛打了，要擱別人怕景川侯，其實秦鳳儀自己也有些怕這個黑臉岳父。只是秦鳳儀膽子大，再加上為人少根筋，而且，他與阿鏡妹妹的親事，終要岳父點頭才成，所以，秦鳳儀一有機會便要在岳父身邊刷好感的。李欽如此安排，可謂正中秦鳳儀的心思。

秦鳳儀舉止亦是很自然，他在揚州時見的世面有限，但到了京城委實是開了眼界。酈公府他都去過好幾次，景川侯府便是規矩嚴些，秦鳳儀也沒什麼拘謹或是不自在的地方。待李老夫人開箸，秦鳳儀先夾了個焦炸小丸子給岳父放到盤中，極有眼力的。秦鳳儀還道：「今天我是頭一回與岳父、大舅兄、二弟和三弟一併吃酒，我先敬大家一杯。」

李釗覺得，短短一個月未見，秦鳳儀場面上的事越發圓融了，當下笑道：「好，那我們都吃一杯。」

李欽和李鋒見大哥吃了酒，李鋒也跟著吃了，倒是李欽，眉眼活絡，見父親未動，他也就舉著酒沒吃。景川侯面色如常地用晚飯，李釗很肯給秦妹夫圓場，提點道：「阿鳳，父親晚上鮮有飲酒。」

「無妨無妨。」秦鳳儀端起岳父手邊的酒盞，一口飲盡，「我替岳父吃了。」接著，他看向李欽，笑道：「二弟也不喜飲酒？」

不喜飲酒，你舉著做什麼？小鼻子小眼的，跟你那娘長得真像！

李欽將酒遞給秦鳳儀，「是，秦公子也替我吃了吧？」

侯府公子就有這般傲氣，他就是不想吃怎麼著？

秦鳳儀還真不能怎麼著，當著人家親爹，秦鳳儀也不能胖揍李欽。他笑笑，便替李欽吃了，三杯酒下肚，饒是黃酒，秦鳳儀也是面上發燙，那細白的面頰上，便如白玉染了一層胭脂。李老夫人道：「趕緊吃些菜壓一壓。」

秦鳳儀夾了個焦炸小丸子，笑道：「這酒，一聞味就知是上好的紹興黃，我在家從未飲過這樣的好酒，今日真是便宜我了。」

李老夫人道：「這是你岳父珍藏的好酒，他酒吃的少，今兒你來了，我特意命人燙的。」

「好酒，真是好酒。我以前吃過最好的酒是二十年的紹興黃，我都覺得那酒難得的很。這酒的年頭，似更在當初我吃的那酒之上。」

然後，大家便說起酒水來。

秦鳳儀這種視難堪為無物的本領也沒誰了。

待用過晚飯，秦鳳儀起身告辭，他自懷裡摸出封厚信交給景川侯，道：「這是我昨晚寫給阿鏡妹妹的信，岳父大人代我轉交吧。」說著把信塞景川侯手裡了。

景川侯心說，你能不能別這麼大臉地總給我閨女寫信啊？我可還沒同意呢！

秦鳳儀做事自有一套，就譬如這信，李老夫人明顯更好說話，但他還是把信交到景川侯的手裡。無他，景川侯是李鏡的父親，由景川侯轉交，這信便是正大光明。

秦鳳儀辭了侯府諸人，李釗送他出去，悄悄塞給他一個荷包，低聲道：「這是阿鏡託我給你的。」又道：「明兒我去找你，咱們說說話。」

秦鳳儀心下一喜，忙將荷包不著痕跡地揣袖子裡，「大哥，明兒一早我就過來。」

待離了景川侯府這條街，秦鳳儀方自袖中取出荷包，見那荷包繡得，嗯，頗是不咋地，一看就是他媳婦的手筆。秦鳳儀傻笑一陣，這才晃晃悠悠，哼著小曲回家去了。

待回了家，秦鳳儀將荷包打開，裡面一張白絹上滿滿是極俊秀的蠅頭小楷，正是媳婦寫給他的信。秦鳳儀美得將那絹信蓋在臉上，狠狠笑了幾聲，媳婦果然也想他想得不得了啊！

●●●

秦鳳儀，奇人也。

如果有人要李鋒介紹他家未來大姊夫的話，李鋒開頭肯定是這麼一句話。

真的，李鋒認為，他家大姊夫當真是個奇人。

因為一大早，估計他家門房也是剛剛開門，還黑燈瞎火的，他家大姊夫就提著燈籠過來他家向祖母、父親請安，跟大小舅子們問好了。

如果世間有個「天下第一殷勤女婿」大評選，李鋒認為，他家大姊夫肯定能拔得頭籌。因來得早，前兩天沒見著的兩個小姨子，這回也見著了。因為大家都要來老夫人院裡請安。李家的二姑娘和三姑娘也見到了這位聞名已久，可能會做大姊夫的神仙公子秦鳳儀秦公子，至於秦公子的美貌，尤其燈下觀看，還隔著那樣一種難以描述的朦朧之美，兩個小姑娘原覺得自家大哥與平家表兄已是難得的出眾人物，今日見秦鳳儀之美貌，竟較之二人更勝兩分，不由心下都升起這樣一種情緒：倘大姊姊是相中了這位神仙公子，倒也情有可原。

不過，秦鳳儀的目光並不在兩個小姨子身上，秦鳳儀目光自始至終只膠著在一人身上。

李鏡再大方的人，面對秦鳳儀那癡癡的眼神，不由也有些羞澀。自古以來，情之一字最是動人，何況秦鳳儀這樣有一無二的相貌，他打心底裡露出那樣一種如水深情來，便是天上的明月，在秦鳳儀的美貌面前似乎都黯淡了幾分。

要說秦鳳儀，他簡直攢了一肚子的話同媳婦說，只是此時見了媳婦，一時卻又癡了、呆了，反忘了那些話。

直待景川侯道：「好了，向老太太請過安，你們就先回吧。」

這話自然是對幾個女兒說的。

秦鳳儀眼見媳婦要走，猛地回神，立刻大步上前，自懷裡掏出一物來。

他這突然行動，簡直是驚嚇著一屋子女人，以為秦鳳儀突然見著李鏡，行為失常了。定睛看時，卻見秦鳳儀自懷裡掏出五封厚信，一股腦兒塞李鏡手裡，大聲道：「阿鏡，這是我昨晚寫的。一個信皮放不開，我放了五個，妳拿去慢慢看，我要說的話都在信裡了。」

李鏡點點頭，她的手被秦鳳儀緊緊握住，李鏡多想握得再久些，但她是個機敏人，眼瞅父親臉色越發陰沉，不由輕輕抽了一下，硬是沒把手抽出來。李鏡對秦鳳儀使個眼色，秦鳳儀回頭見岳父臉都黑了，方不捨地把手鬆開了。

李鏡便與兩個妹妹同去了，秦鳳儀忽然想到什麼，喚了聲：「阿鏡。」兩步趕上，從袖中取出兩個紅木匣子，眼神依舊望著李鏡，手裡東西卻是遞到李二姑娘和李三姑娘跟前。秦鳳儀看著李鏡，說話對象卻是兩個小姨子，秦鳳儀道：「二妹妹、三妹妹，這是姊夫給妳們的見面禮。」

李二姑娘和李三姑娘看看長輩，長輩們臉色不是很好，一時不知該不該收。秦鳳儀乾脆一併塞給媳婦，並趁機再摸了回媳婦的手，道：「阿鏡，妳給兩位妹妹吧。」

李鏡一笑，說了聲「好」，便帶著妹妹們走了。

秦鳳儀依依不捨，直望得李鏡的身影繞過影壁再看不見，他又愣愣地站了一會兒，此方回頭，過去老夫人身邊坐了，感慨道：「祖母，以前我聽人說『一日不見，如隔三秋』，我都覺得這話有些誇大。今日見了阿鏡妹妹，我方明白這話竟不及我感觸的千分之一，我覺得我與阿鏡妹妹是一日不見，如隔十秋。」

秦鳳儀心下算了算，繼續感慨：「如今，我不過面上看著還算年少，其實心裡年紀已是好幾百歲了。」

李老夫人笑道：「阿鳳果然是癡情之人。」

「哪裡，我算什麼癡情，我也只對阿鏡妹妹才有這種感覺。」秦鳳儀決定了，明天一大早他還要過來。

因今日見著阿鏡妹妹，早上吃飯時，秦鳳儀格外有胃口，呼嚕呼嚕吃得比誰都多。相對的，景川侯則是被他氣得沒了胃口，秦鳳儀還勸景川侯：「岳父，您每天要忙的事情多，可得多吃點。」還給景川侯布菜，殷勤地勸景川侯多吃。

勸過岳父，又勸大小舅子：「大舅兄要明年春闈，二弟和三弟都在念書，更得要吃飽吃好，如此事半功倍，念書才能記得住。」

反正，秦鳳儀那一通殷勤，不知道的還得以為他是主家，人家景川侯一家子是客呢！

景川侯被他煩得不堪其擾，冷聲道：「食不言！」

人家不說話，是因為人家有食不言的規矩啊！

「哦哦哦。」秦鳳儀連忙點頭，吐吐舌頭不再說話了。邊上服侍的丫鬟都覺有趣，唇角悄悄翹了起來。

待景川侯吃好，除了李老夫人，大家一塊起身。景川侯先與李老太太道：「母親，兒子這便去上朝了。」

李老夫人頷首，「去吧。」

景川侯夫人與李釗三人相送景川侯出去，景川侯與幾個兒子道：「都念書去吧。」並不令兒子們相送。秦鳳儀卻是顛顛地跟上去。

景川侯不喜他晨間失禮，道：「也不必你送，你陪老太太去吧。」

秦鳳儀笑嘻嘻的，「我有一天功夫跟祖母說話呢，再說，明兒我還來，岳父就叫我送一送吧，我又不用念書。」

「不用念書覺得很光彩啊？」景川侯淡淡地道。

「光彩啥，我最羨慕大哥那樣會念書的人了。」秦鳳儀接過丫鬟手裡的燈籠，「太太，妳先回吧，這會兒風涼，妳們女人家還是要留心身子的，我送岳父就成。」

他還喧賓奪主地想把人家景川夫人打發走。

景川侯夫人根本不睬秦鳳儀這話，而是道：「聽著秦公子說話，也是個懂禮的。有些話在老太太屋裡不好說，這會兒當著侯爺，我便要說一說了。」

「您只管說。」

「秦公子啊，你與我們阿鏡畢竟親事未定。阿鏡一個未出閣的女孩子，你不好在她面前失禮的。再者，一日名分未定，你這稱呼上還是得留意些才好。」什麼岳父啊、大舅兄啊、二弟三弟啊、二妹三妹啊，這是該你叫的嗎？你個鹽商小子，可真會攀附！

「我知道啊，不就是您不許我叫您岳母嗎？我也沒叫過啊！」

景川侯夫人知這鹽商小子慣聽不懂人話，直接道：「我家侯爺現下還不是你岳父。」

秦鳳儀不高興地道：「岳父還沒說我呢，您就說我。人家都說，丈母娘看女婿，越看越是歡喜，您怎麼跟人家不一樣啊？」

果然，不是親生的，就是不行！

「人家的女婿跟你還不一樣呢，有你這樣無禮的？」景川侯夫人道。

「那是自然，他們哪個能有我俊？」秦鳳儀一句話噎著景川侯夫人，景川侯夫人剛要說什麼，秦鳳儀道：「好了，這是我們男人之間的事，您就別管了。到二門了，您回去吧，有我服侍岳父就成啦！」

景川侯夫人向來只送景川侯到二門，她住了腳，很是不滿地哼了一聲。

秦鳳儀翻個大白眼，心說，這不是親娘就是不成！

秦鳳儀一直把岳父服侍著上了馬，送出侯府大門，還揮一揮手，「岳父走好！」

在任何年代，都是很講究街區的。

一般官員有官員住的街區，像景川侯府，還不是尋常官員所在的街區，景川侯府在帝都豪門的高檔住宅區。景川侯府的鄰居也是侯府，襄永侯府。上朝的時間是固定的，襄永侯也是剛出門，正巧經過景川侯府門前，聽到秦鳳儀這響亮一句。

襄永侯掀開車窗簾子望一眼，笑道：「秦公子這麼早就過來了？」說來，秦鳳儀現在也是城中名人啊！

秦鳳儀不過十六，聲音又脆又響，秦鳳儀笑道：「給老侯爺和世子請安了，我過來送岳父上朝。您倆正好做個伴，省得路上寂寞。」

襄永侯一笑，他上了年紀，是坐車的，隔著車窗打趣，「秦公子這樣孝順的女婿，滿京城都是少的，景川侯有福了。」

「我岳父也這樣說。」秦鳳儀笑笑，「老侯爺下回再有誇我的話，私下告訴我就成，不然要擱您家女婿聽了，不得吃我的醋啊！」

襄永侯大笑，景川侯也是無奈了，過去與襄永侯和襄永侯世子打過招呼，既是遇到，自然一道去宮裡上朝。

秦鳳儀照舊在景川侯府泡了一天，吃過晚飯方回。

秦鳳儀臉皮厚得，京城城牆都不如他。他這整天地來，李鏡自然高興，李釗也沒什麼不高興的。秦鳳儀心誠又真心，李釗方認為，秦鳳儀沒有辜負他妹妹的一番情意。

李老夫人也挺喜歡秦鳳儀，這麼個漂亮孩子，每天過來陪她老人家說話玩耍，多好啊。便是如李鋒、李二姑娘、李三姑娘，雖然覺得這位未來大姊夫與他們以往對人類的認知有些個不同，但這既是大姊夫，自然不是外人。至於景川侯，秦鳳儀過來李家，是景川侯點了頭的，景川侯還沒有再發布讓秦鳳儀滾出李家的命令，故而，秦鳳儀過來，雖則景川侯時常皺眉，倒也沒說什麼。

真正受不了的是景川侯夫人和李欽，李欽不愧是他娘的親兒子，連反對的理由也是母子連心，李欽道：「難不成，以後真讓我管這鹽商小子叫姊夫？」

景川侯夫人也是受不住秦鳳儀這成天成天地長在她家，景川侯夫人道：「不成，我得再跟你爹提一提。」

景川侯夫人提起這秦鳳儀總是一大早來，吃過三餐才會走的事，景川侯夫人道：「這叫什麼事兒啊？要不，還是跟秦公子說說，別叫他總來了。他這成天地來，幾個女孩子都不好去老太太那裡說話了。」

景川侯不愧是將家族爵位由尋常民爵升至世襲爵位的牛人，他的想法與認知，完全與景川侯夫人不同。景川侯道：「是啊，成天一大早來，怪麻煩的，讓他搬來府裡住吧。」

景川侯夫人音調都變了，「侯爺難道同意這樁親事？」

景川侯道：「我只說讓他搬過來住，何時說同意親事了？」

這件事，景川侯是第二天早上與秦鳳儀提的，秦鳳儀喜不自勝，當下便把事情給坐實了，「那我今兒就搬！」

李老夫人笑，「這也好，省得阿鳳總是每天跑來跑去的，多麼奔波。」

「祖母，我不覺得奔波，只要每天能過來，我一整天都覺得高興，做夢都能笑醒！不過能住過來自然更好了，這樣就離祖母和岳父更近了！」秦鳳儀歡喜得笑出聲來，他本就坐在景川侯身邊，此時更是湊近景川侯，滿含真誠地道：「岳父，您真好，我特別喜歡您。」

景川侯唇角抽抽，正好侍女捧上早飯，秦鳳儀正想再說些什麼以表達他對岳父的感激，景川侯生怕這小子再說出什麼肉麻兮兮的話影響食慾，正色道：「吃飯，食不言。」

秦鳳儀一肚子話就這麼憋了回去，憋得他早飯後送走去上朝的岳父，又吩咐大管事回去搬家到景川侯府的事後，那滿肚子話，就嘰嘰咕嘰嘰咕地與李老夫人說開了。然後，秦鳳儀還即興做了首長詩，他的詩是這樣的：

第一次與妳相見，隔著夢境與時間。

第二次與妳相見，是在瓊花樹盛開的茶樓裡面。

第三次與妳相見，也只是匆匆的那一眼。

第四次與妳相見，我終於鼓起勇氣上前。

……

總之，這首詩很長，秦鳳儀直待吃午飯時，才只做到「第四十次與妳相見」。據他說，就是每天寫每天寫，也還得十幾天才能寫完。

秦鳳儀這樁深情，不要說李老夫人，便是李家的丫鬟婆子都感動得不得了。

其實真的是年代所限，不然秦鳳儀這完全是開了「一代白話體詩歌」的先河啊！

……

秦鳳儀火速搬來了景川侯府，說他急吧，他行事還透出些個講究來。搬家搬得急，待收拾好了，秦鳳儀就帶著兩個侍女過來向李老夫人磕了頭，畢竟以後倆丫鬟或是到內宅來，不好不叫她們認人。李老夫人見兩個侍女皆十分貌美，笑道：「真是兩個水靈丫頭。」

秦鳳儀笑道：「瓊花姊姊是我院裡的大丫鬟，自小就服侍我的。桃花姊姊是我娘身邊的大丫鬟，這次來京城，我娘不放心，就把桃花姊姊也派給了我。她們倆可細心了，我這一路多虧得她們照顧。」

「是兩個忠心的丫頭。」命一人賞了一吊錢，讓她們繼續好生服侍秦鳳儀。

秦鳳儀道：「我新搬過來，倘以後往內宅送個東西什麼的，就是她倆出入了。她們也沒見過什麼世面，還得祖母屋裡的哪個姊姊帶她們到各處磕個頭行個禮才好。」

李老夫人命自己的大丫鬟綺秀帶著瓊花和桃花去了，看向秦鳳儀的眼神透出些滿意來。這孩子，雖然是個直性子，其實該懂的規矩都懂。

如此，秦鳳儀正式搬到景川侯府住下。

他白天去李老夫人那裡說話，順便一早一晚地見一見媳婦，晚上就跟大舅兄交流一下阿鏡妹妹的情形。秦鳳儀出門尋點什麼好東西，都是託大舅兄給媳婦帶去。再有，就是半宿半宿地給阿鏡妹妹寫詩寫信，第二天再交給阿鏡妹妹。

至於阿鏡妹妹的回信，當然是託大舅兄給他。

近來，秦鳳儀有些個不滿，問大舅兄：「媳婦，不，阿鏡妹妹是不是不喜歡我啊？是不是變心了啊？」

「這是哪裡的話？」

秦鳳儀拿出證據，「你看，我給阿鏡妹妹寫信，從來是說不完的話，一寫寫老厚，可你看阿鏡妹妹給我的回信，就這樣薄薄的兩頁紙。」

李釗道：「我正要說呢，你寫什麼啊，每天都寫那老長？你院子裡一天用的紙，可以頂我半個月。」

「當然是寫我對阿鏡妹妹的牽掛與思念了。」

李釗要來一閱，秦鳳儀一向坦蕩，遞給李釗兩封信，「這是中午時寫的，還沒寫完，晚上我還要接著寫。」

李釗打開一瞧，發現先時說秦鳳儀無甚才幹其實是不對的，這傢伙在寫這些噁心兮兮的話上很有天分。李釗只看了一封，就堅決不肯再看第二封了。李釗還得指點他，「你這都寫的什麼呀？原本兩個字能解決的事，你得寫上三篇，怪道用紙這麼費。」

「哥，咱家堂堂侯府，還怕我用幾頁紙寫信啊？」

「不是說這個。」李釗道：「我是說，你完全可簡略些。你看你這信，光寫你如何想阿鏡，就寫了三篇。你完全就可以寫一句，思君甚，不就行了？」

「就這一句，哪裡能完全表述出我對阿鏡的心情來？」不過，秦鳳儀一向活絡，他的問題總算有了答案，他感慨道：「原來阿鏡就是像你啊，一點都不會寫信，怪道寫得那麼短，我還以為她不喜歡我了呢！」

李釗好笑，「那還能每天給你回信，別成天瞎擔心了。」

想通媳婦沒變心以後，秦鳳儀唇角一綻，又很認真地與李釗道：「大哥，你還是光棍，你不明白的。」

李釗：我什麼不明白？就不該開導這小子！

秦鳳儀搬到景川侯府後，也沒有忘記自己交到的新朋友，尤其是曾經替自己傳書信被截的酈遠。因出了那事，酈遠都不好意思到侯府來了，秦鳳儀便請酈遠過來吃飯。用過午飯，兩人陪著李老夫人說話。

景川侯夫人不喜秦鳳儀，但對酈遠那叫一個熱絡親切，一口一個「阿遠這個，阿遠那個」的，秦鳳儀在一旁，時不時就要翻個大白眼。

眼珠一轉，秦鳳儀就想了個主意，笑道：「祖母，咱們正好四個人，不如摸紙牌吧。」

秦鳳儀各項紙牌遊戲都十分精通。

李老夫人笑，「行啊。」這是貴婦人時常的消遣。

支開牌桌，秦鳳儀打發瓊花回去拿銀子，然後整整一個下午，景川侯夫人一回都沒贏，最後一算，秦鳳儀、李老夫人和酈遠三家都贏得差不多，那麼出血的是誰，可想而知。便是玩得不大，景川侯夫人一下午也輸了二百兩。當然，這點小數目，並不在景川侯夫人的眼裡，只是，這一下午光輸了，尤其是輸給了那可惡的鹽商小子好幾次，更可惡的是，每次她輸了那可惡的鹽商小子，可惡的鹽商小子便會笑嘻嘻地說一句：「看，大太太您總是讓我。」要不就是：「哎喲，大太太您又讓我啦！」再或者：「唉，又贏了。」

總之，種種行為，十分可惡。

尤其那鹽商小子贏了錢，還借花獻佛道：「今兒個贏了這些彩頭，阿遠哥也難得過來，午飯是祖母請的，晚飯我來請。同興樓的烹蝦段最好，就叫他們那裡的一等君子席。這席好吃，還不油膩，最適合晚上吃了，讓他們帶著材料來現做，最是新鮮，如何？」

這個時候誰會掃興，酈遠還道：「我父親那裡藏有好酒，我前兒偷了一罈擱我床底下，晚上就喝這個酒。」當下命小廝回家取好酒。
秦鳳儀出錢叫席面，這事就託給了李老夫人屋裡的大丫鬟錦秀。
錦秀笑道：「便是同興樓的一等君子席，也用不了這麼些銀子，有二十兩足夠的。」
秦鳳儀瀟灑地一搖手裡的烏骨泥金扇，笑道：「今兒服侍茶水的姊姊妹妹們都辛苦了，剩下的妳們只管分了玩去。」
大家都笑道：「原就是我們分內中事，卻得秦公子的賞，該是我們謝公子才是。」
酈遠也一併把贏的錢散了，他公府出身，更不差這些銀子。
晚上待景川侯回府，李釗自舅家回家，酈遠向景川侯見了禮。景川侯並沒有說什麼，更未提前事，酈遠總算放下心來。酈遠來者是客，晚上自然沒有食不言的規矩了，大家說說笑笑，十分歡樂。
用過晚飯，酈遠便告辭了。
李欽已是知曉今天秦鳳儀贏了銀子叫的同興樓的席面，而且，這銀子還是贏得他娘的。李欽原就不喜秦鳳儀，面上卻是不露聲色，笑道：「可惜今日我不在家，摸紙牌我不成，秦公子會下棋不？」
「秦公子琴棋書畫，樣樣精通。」秦鳳儀一看就知這小子沒憋好屁，「但是，秦公子不與你下，秦公子只與內弟下。或者，阿鳳哥也可以跟你下？」
李欽最瞧不上秦鳳儀這鹽商子弟，他道：「待你勝了，我再叫你哥不遲。」
秦鳳儀問：「是象棋還是圍棋？」

李欽自認雖不是高手，也比秦鳳儀這繡花枕頭強些的，遂道：「我偏好圍棋，要是秦公子喜歡象棋，也是一樣的。」

「光玩棋哪裡有興致，不若關撲。」

關撲就是賭一把的意思，此風，江南尤盛。

李欽道：「我雖不如阿鳳哥有錢，也有些私房。」

「那好吧。」

秦鳳儀命瓊花取二十兩銀子來，道：「你看，有岳父在一邊，我又是做姊夫的，咱們別玩太大，就玩二十兩的吧。」

李欽也命人取了二十兩過來。

秦鳳儀還動員李老夫人，道：「祖母，您要不要押我？您押我，咱們贏便是雙份，要是二弟贏了，他也贏把大的。」

李老夫人興致頗高，「成，那我就押阿鳳，押十兩吧。」

「祖母，您今兒剛贏了好幾十兩，才押我十兩，不如多押點。」

「不成不成，就十兩。」

「大哥，你要不要押我？」秦鳳儀又開始動員李釗，李釗笑道：「不敢與祖母比肩，那我押八兩。」

待秦鳳儀動員岳父和岳母時，這兩人也是一人十兩，不過，押的卻是李欽。

秦鳳儀道：「你們就等著輸錢吧！」看一旁乖乖的李鋒，「三弟，你不押？」

李鋒道：「嗯，我一會兒再押。」

「先說好，要是你中途下注，賠率可要減一半的。」

「那我也一會兒再押。」李鋒是個有所堅持的孩子。

秦鳳儀對錦秀道：「錦秀姊姊，勞妳跑一趟，問問阿鏡和二妹、三妹她們押不押？」

錦秀見主子們沒反對，一笑去了。結果，把三位姑娘都招來了。

李鏡自然押秦鳳儀，秦鳳儀與她道：「壓注大點，今兒該咱們發財。」

李鏡瞧了一眼桌面上，道：「我跟祖母一樣就是了。」

秦鳳儀不滿地嘟下嘴，覺得媳婦押得太少了，然後，看向兩個青蔥稚嫩的小姨子，「二妹和三妹，妳們可得把眼睛擦亮些。」

李三姑娘道：「秦哥哥，我二哥的圍棋下得可好了，家裡也就父親比他下得好。」

「那妳們知不知道秦哥哥在揚州城的名號？人稱圍棋小霸王就是我！」

李二姑娘和李三姑娘都被他逗笑，李三姑娘笑，「好吧，那我押秦哥哥。」不過，她沒有多押，就押了五兩銀子。

李二姑娘的性子與李鋒有些像，很是謹慎，都是打算中途下注的那種。

侍女們取來棋盤，李欽已是在榻桌的一畔正襟危坐。倒不是他有意這樣坐，只是自小教養，坐有坐相，站有站相。與李欽不同的就是秦鳳儀，秦鳳儀倒也沒有如何懶散，只是他手邊放了個四方的錦靠，他一手拄著這錦靠，自然流露出幾分風流意味。

兩人先猜子，李欽執黑。

秦鳳儀下棋，與他牛皮糖一樣的為人十分不同。

他坐姿隨意，唇角逸出一絲若有若無的笑意，完美地表達了對於對手的蔑視，執棋時，那一隻潔白如羊脂美玉的修長左手，每每自棋罐中拈出一枚玉石棋子後，必然是啪一聲落在棋盤上。姿勢之完美，落子之凌厲，不知道的，還得以為他是棋聖降世。

總之，棋下得如何另說，但秦鳳儀之種種表現行為，簡直是噁心死個人。

事實上，秦鳳儀的棋風相當凌厲，他布局靈活，棋感也不錯，但他這樣凌厲的棋風偏偏遇到李欽這種細緻周詳型的對手。李三姑娘說他二哥棋下得好，並非妄言。秦鳳儀講究的是快，李欽甭看是想為母親爭回一口氣，卻也很耐得住性子，他行棋堅實，計算縝密，生生拖住了秦鳳儀的節奏，秦鳳儀更是一度陷入苦戰，可秦鳳儀自稱揚州圍棋小霸王，這雖則有些吹牛，也是有一定實力的，尤其中盤劫爭，秦鳳儀表現出非同尋常的優秀判斷力，縱李欽拚盡最後一滴血，仍是小輸秦鳳儀一目。

要知道李欽執黑，論理，該貼秦鳳儀六目半的，如果算上那六目半，便是輸了七目半。李欽倒也沒有輸了不認，將銀子往秦鳳儀面前一推，道：「算上貼目，我輸七目半。」

話說，李欽與人下棋，也不是沒輸過，只是沒哪個贏了如秦鳳儀這般討厭。秦鳳儀哈哈哈大笑三聲，一副得瑟的欠抽模樣，吊著兩隻眼睛問李欽：「服了吧？」

難為他天生好模樣，做出麼個二流子的樣子，卻也不覺討厭。

李欽乃侯府貴公子，自有其傲氣，「不過一局而已。」

「管你服不服，先叫哥！」

李欽吶吶地喊了一聲，秦鳳儀掏掏耳朵，「沒聽到。」

李欽氣道：「那是你聾！」

「哈哈哈，我聾我聾！來來來，祖母、阿鏡、大哥、三妹妹，我們分銀子！」今天贏的全是他討厭的傢伙們，包括他岳父、後岳母、討厭的二小舅子的銀子，秦鳳儀甭提多爽了。然後，分銀子時，竟見押自己這邊的還有兩份，一份是三小舅子李鋒的五兩，另一份是二小姨子的五兩。

秦鳳儀目瞪口呆，「你們什麼時候押我的啊？」

李鋒笑，「在阿鳳哥你跟二哥苦戰的時候。」

「什麼苦戰，我明明很輕鬆就贏了！」秦鳳儀道：「你倆中途押的，賠率減半啊！」

兩人都沒意見。

押秦鳳儀的自然都有所獲，秦鳳儀把自己贏來的那份交給媳婦收著，道：「阿鏡，妳收著咱們的銀子。」

秦鳳儀完全表現出了什麼叫小人得志，他與李欽道：「二弟，什麼時候想再玩，你就跟我說一聲。」一想到今天還贏了魔王岳父的銀子，秦鳳儀又是一陣笑。

小人一得志，就容易忘乎所以，秦鳳儀昏頭之下，竟然去拍了拍景川侯的肩，之後，一隻手搭景川侯肩上，得瑟地抖著一條腿，拉長了調子道：「岳父，您到時還要押二弟啊！」

景川侯問：「贏了我的錢，這麼高興？」

秦鳳儀大笑，猛然見景川侯正用一種若有所思的眼神看著自己搭他肩上的手，秦鳳儀平生所有的機靈都在這一刻暴發，他舉起另一隻手，啪地落在景川侯的另一面肩頭，然後一臉正色道：「我給岳父揉揉肩。」

李釗實在忍不住，噗哧就笑了出來。

捌之章 ● 奮發苦讀娶嬌娘

遊戲是非常能促進人與人之間的感情的。

自從與李欽賭了一場棋後，秦鳳儀與三小舅子李鋒，還有兩個小姨子的關係，也明顯近了一層，連這府裡各處主子那裡的大大小小的丫鬟都覺得秦公子這人非但生個神仙模樣，性子也十分有趣。

而且，秦鳳儀也找到了與岳父景川侯拉近感情的方法。

景川侯相當喜歡圍棋，以往覺得秦鳳儀這小子一無是處，突然發現這小子的棋竟下得不錯。偶爾閒了，便喚了秦鳳儀過來下棋。

秦鳳儀下棋有個好處，他鮮少讓棋，除非是有目的，與李老夫人玩牌時讓著老夫人些，畢竟老太太上了年紀，哄老太太高興罷了，但是秦鳳儀不喜歡的人，譬如後丈母娘景川侯夫人，秦鳳儀就不讓。他對於遊戲玩耍一類的事非常精通，牌玩得也好，令景川侯夫人輸了二百兩銀子的事，秦鳳儀心下暗爽好幾日。

與岳父下棋，秦鳳儀當然知道應該討好岳父，倒不是他不想讓，只是他岳父棋力比李欽強得多，他不讓還贏不了，誰還會去讓棋啊！

並且，秦鳳儀心下懷疑，岳父是不是記著他贏李欽的事，故而，總把他殺得片甲不留。秦鳳儀要是個圓滑的人，輸就輸唄，輸給自己岳父，就當討長輩高興了。秦鳳儀偏生不是這樣，他是個二愣子，也沒那些世家公子的風度，輸成這樣，秦鳳儀自己就先氣個半死。

尤其不同於秦鳳儀贏了李欽時的小人得志，秦鳳儀認為自己只是哈哈大笑了三五回而已，根本不過分，可是看他岳父那是什麼嘴臉，每次贏他，就是一副叫人看不懂的神色，然後道：「呵呵，不好意思，又贏了。」
之後，「竟然又贏了。」
再之後，連話都不說了，就是一副看不起人的樣子。
秦鳳儀氣得跟頭鬥牛似的，與李釗道：「早晚有一天，我非贏得他哭爹喊娘！」
李釗：這是人說的話嗎？
這是人家李釗的親爹，李釗道：「我看你快哭爹喊娘了。」
秦鳳儀哼道：「別得意，我正研究呢！等我研究出法子，就能贏他！」
李釗道：「你就甭想了，我爹的棋藝，他看過的棋譜，都比你自小到大讀的書多。」
「什麼棋譜？」秦鳳儀連忙打聽。
「哦，我爹喜歡珍藏各種棋譜，他有許多珍藏。我與你說，就在帝都，他的棋力也是數一數二的。」
秦鳳儀心思活絡，立刻問：「大哥，那這棋譜我能看不？」
「那都是父親的寶貝。」
「看看還不成啊？我又不是要拿走。」秦鳳儀道：「我這圍棋都是跟街上關撲棋局學來的，說正經的，我就是書看的少，我要是書看的多，能叫岳父贏了？」
「你去問問父親應該能行，你又不是外人。」
秦鳳儀果然去問了，景川侯倒沒說不成，不過，景川侯是要收費的，而且，那費用很貴的，秦鳳儀看一個時辰就要收一百兩銀子，還不能借出書齋。秦鳳儀直言道：「岳父，你虧得沒行商，你要是做生意，我們連吃飯的地界都沒有了。」

「痛快點，就說看不看吧？」

「看！」秦鳳儀撂下狠話，「我非贏你不可！」

反正秦鳳儀有的是銀子，這銀子他就花了，每天看一個時辰。

岳父棋譜收藏了整整一書架，秦鳳儀還費了不少功夫才找出幾本不錯的棋譜研究。秦鳳儀這種直性子的人，有點小白癡屬性，但有一樣好處，愣子幹啥都專心。為了贏岳父，他給阿鏡妹妹寫信的時間都減少了，不過，現在他們也不用寫信了，因為李家已不禁著他與阿鏡妹妹相見了。只是，每次見面也只是在李老夫人的屋裡。

秦鳳儀專心研究棋譜，研究之後就拉著李鏡對弈。李鏡倒也喜歡下棋，只是她可沒有秦鳳儀這成天下棋的癮。倒是秦鳳儀發現，李老夫人竟也是圍棋個中高手。李鏡不下時，他就拉著李老夫人下，有時也自己打棋譜。

李老夫人與長孫女在靜室說話，笑道：「看不出阿鳳的好勝心這樣強。」

李鏡道：「江南闗撲風氣極盛，什麼都能闗撲，阿鳳哥說他小時候常在路邊看人闗撲棋局。這下棋的路數，就是在路邊闗撲時學來的，我有的時候都下不過他。」

話到最後，李鏡不自覺的露出幾分笑意。

李老夫人很中肯地道：「在路邊闗撲就能有這等棋力，可是不錯。」

李鏡笑，「是啊！」

李老夫人問：「秦家沒人念書嗎？」

李鏡道：「秦老爺是白手起家，自己打下的家業，想來當年艱難，怕是想念書也沒有銀子念去。到阿鳳哥這裡，他家就他一個，秦老爺秦太太寵他寵得很，他說什麼是什麼的。」

李老夫人笑道：「看得出來。」

秦鳳儀的性子，必是家裡有長輩沒限制的寵愛孩子，才會嬌養出來這樣的性情。

李老夫人問：「聽阿鳳說平珍和方閣老給你們做媒的事，究竟是怎麼回事？」

李鏡有些不好意思，李老夫人道：「就咱們祖孫說些個私房話，又沒外人。」

李鏡道：「我知祖母必是想著，這是我或者大哥的面子。這事兒，說起來還真與我和大哥關係不大，都是阿鳳哥自己去辦的。揚州城裡，要說德高望眾，自然以方閣老為首。阿鳳哥原是想請方閣老做媒，並沒有算上珍舅舅。他那人一向存不住事，他時常去珍舅舅那裡，就把我們的事同珍舅舅說了。他說是順嘴一提，珍舅舅便應了，如此媒人便多了一個。」

李老夫人微微頷首，「除了出身，別個我瞧著，阿鳳是個不錯的孩子。他年紀小，就有些未定性，不過，倒也知道規矩。待妳，亦是十分真心。」

李鏡道：「哪裡就有十全十美的人？人這一輩子不過幾十年，何不順心暢意地過？」

「阿鏡啊，妳性子能幹，故而為人便強勢。妳生在侯府，見識過權勢富貴，眼下並不將這些放在心上。女人啊，弱也不成，會被人欺負，可太強了，難免有些坎坷。」李老夫人緩聲道：「女人在家從父，出嫁從夫，夫死從子。這句話，為什麼這麼說呢？因為在家時，看的是妳父親的權勢地位，待出嫁了，就得看丈夫的前程。丈夫過世，就要看兒子了。妳得要知道，咱們女人不是直接擁有權力的人。我們的權力，是自男人那裡獲得。妳也見過來咱們家奉承巴結的那些太太奶奶們，能到咱們跟前的，還多是官宦人家的婦人。她們要過來奉承，或是為了丈夫，或是為了兒子。她們各家的地位，遠在鹽商之上。」

「妳以後出嫁，做了人家的媳婦，就是一府主母，就得為家族出頭露面地做女眷間的來往。那時候，妳來往的皆是商賈婦人。縱是見到那些七八品小官家的太太奶奶，都要客客氣氣、恭恭敬敬，必要時，還要討好她們。」李老夫人道：「這樣的日子，妳想過嗎？」

李鏡點頭，「想過。」

「想好了嗎？」

「很早我就想好了。」

祖孫倆這次的談話，李鏡誰都沒有說，李老夫人也沒有與第三人說，李老夫人只是與兒子道：「這樁親事，阿鳳十分心誠，阿鏡也是鐵了心的。阿鎮啊，阿鏡是你的長女，眼下就是她的及笄禮，你的意思呢？」

景川侯道：「母親放心，我心中有數。」

李老夫人微微頷首，饒是以李老夫人的閱歷猶道：「你說，這秦家也真是的，就這麼一個兒子，不教導著兒子上進，硬是把個好端端的孩子給耽誤了。」

李老夫人又道：「要不咱們給阿鳳捐個官，哪怕職低些，弄個實缺以後也有個升遷。」

景川侯帶著幾分煞氣地長眉微挑，「我還給他捐官？」

李老夫人勸兒子：「只當為了阿鏡。」

「母親放心，我心中有數。」景川侯第二次說這話，李老夫人便未再多言此事。

秦鳳儀完全不曉得李家大人物們就他與他媳婦的未來有過這樣的對話，他現在一門心思就在贏景川侯上面。只要景川侯一回家，用過晚飯後，景川侯如果回的是主院，秦鳳儀就不過去了。如果去的是書齋，秦鳳儀便會尋個給岳父端茶送水的理由，過去找景川侯下棋。

秦鳳儀雖自詡揚州圍棋界的小霸王，他還用一個時辰一百銀子的高價過來景川侯的書齋研究許多難得的棋譜，但圍棋不是一蹴而就的事，秦鳳儀拚盡全力，依舊是連輸三盤。

不過，他這次輸完之後雖然喪氣，算了目數後道：「頭一天咱們下棋，三盤，我第一盤輸你八目，第二盤輸了五目，第三盤輸了十目。」說完後，秦鳳儀喜孜孜地道：「岳父，連著五天，我輸你最多不過三目，最少的一次只輸了半目。」

景川侯漫不經心道：「看你這模樣，不知道的還以為贏的是你呢！」

秦鳳儀自信滿滿，握著拳頭表示：「等著吧，這一天馬上就要到來了！」

景川侯看他那拳頭一眼，以眼神示意，「過來給我揉揉肩。」

秦鳳儀雖然立志要在圍棋上勝過景川侯，但自現在看，這志向還遠得很，李鏡的及笄禮則是近得很了。秦鳳儀顧不得下棋的事，雖然早在船上送過了阿鏡妹妹及笄禮，既然侯府要正式慶祝，秦鳳儀出去跑了好幾天，尋了一對五彩鴛鴦佩，就是他送給阿鏡妹妹的及笄禮。

秦鳳儀是提前送過去的，還肉麻兮兮地與李鏡道：「這佩得打個結子才好佩戴，阿鏡妹妹，妳給我打，咱倆打一樣的，這樣才算一對。」

「還是這般口無遮攔，什麼一對不一對的？」李鏡嗔一句，又問：「近來與父親下棋，勝負如何？」

秦鳳儀道：「岳父還真難對付，不過，我現在棋力大有長進，我估摸著，用不了多久就能贏他了。上回下棋，我只輸了一目。」

李鏡笑，「父親可問過你什麼沒？」

秦鳳儀道：「岳父不愛說話，每回找他下棋，下完棋還要給他揉肩。妳說，岳父身邊這麼多小廝，他怎麼這麼愛使喚我啊？」

「小廝是小廝，小廝跟女婿一樣的？」李鏡道：「你還不願意不成？」

「願意願意，我哪裡會不願意？」秦鳳儀道：「別看岳父時常黑臉，他身上挺白的。」

李鏡驚道：「你怎麼知道父親身上挺白的？」

「看到的唄。總叫我揉肩，我就自岳父衣領往裡瞧了瞧，白皙皙的。」秦鳳儀大笑。

對於秦鳳儀往自家父親衣領裡偷看的事，李鏡頗是無語。秦鳳儀的思路，偶爾就是這麼難以琢磨。不過，對於秦鳳儀常與父親下棋之事，李鏡是欣喜且支持的，李鏡道：「父親棋下得極好，你不要成天想著贏他，要是哪裡不明白，只管與父親請教便是。」

秦鳳儀大聲道：「別想！我才不問他，我定要靠自己的本事贏過他！」

「你這是怎麼了？你一向活絡，先時不是想法子要拉近與父親的關係，眼下如何又賭起氣來了？」李鏡道。

秦鳳儀哼道：「我最討厭別人瞧不起我，妳不知道岳父是如何蔑視我的！」

李鏡問：「怎麼蔑視你的？」

秦鳳儀瞇起自己的大桃花眼，模仿起了景川侯那冷淡又有優越感的口吻：「哎喲，又贏了！誒，又贏了。最後，話都不屑與我說的樣子。我這輩子還沒被人這樣瞧不起過，總有一天，我定要贏過他！」

「一點小事罷了。」

「妳們婦道人家不懂。」秦鳳儀板著個臉，一副無人能懂自己心境的模樣。

李鏡忍笑，也不再勸他，只是與他道：「我及笄禮那日，會來許多親戚朋友，你到時或是跟在父親身邊，或是跟在大哥身邊。」

「我知道，我去書房那裡問了，筆墨文書的先生說，帖子發了一百多張，屆時來的人定不在少數。家裡正是用人的時候，又是妳的大日子，我一定會幫著張羅的。」秦鳳儀與李鏡商量著，「阿鏡，在揚州，女孩子過了及笄禮就能議親了。我想著，待妳及笄禮之後，我再與岳父提一提咱倆的親事。」

李鏡有些羞，嗔道：「這自是由你做主。」

李鏡的及笄禮，秦鳳儀做了好幾身新袍子，打扮得神光耀彩，但凡過來為李鏡賀及笄禮的，無不多看秦鳳儀幾眼。秦鳳儀是跟著李釗一併迎客，他這人嘴甜，叫人也只管跟著李釗一併叫。有認識的，便多說笑兩句。倘是不認識的，秦鳳儀便暗暗記下這些人的姓名身分。

女孩子的及笄禮，主要就是個儀式。婦人們在裡頭觀禮，官客們在外說話，待及笄禮結束，還有戲酒準備。

秦鳳儀雖得以與李釗一併迎客，不過，席面他被安排到最末等席位，未能夠與李釗在一處。好在秦鳳儀是個心寬的，就是末等席位，也皆是官宦大人，秦鳳儀笑嘻嘻陪著吃酒。他言談風趣，又以景川侯府的女婿自居，便有人問他：「秦公子的親事該定了吧？」

「我婚書都準備好了，就等岳父大人點頭了。」秦鳳儀言談自苦，他能夠與李釗一起迎客，起碼說明景川侯府沒當他是外人。聽他這樣說，諸人難免恭喜他一回。

秦鳳儀雖學問尋常，但在酒場上的事他並不陌生，他公侯府都去過，也吃過酒，打過交道，應酬這些官員更不是難事。再者，他家是鹽商，就沒斷了要奉承官員，秦鳳儀自小到大耳濡目染，拿捏出個不卑不亢，待得酒宴散盡，他便過去與大舅兄一塊送走客人。

李鏡的及笄禮，盛大且熱鬧。

就是如今有秦鳳儀在京城橫空出世，而且，秦鳳儀又住到了景川侯府，都跟著接待來往客人了，故而，李鏡的親事，是真的沒人再打聽了，十之八九都認為，李鏡必是要下嫁這鹽商家的公子的。

還有如平世子夫人，算來是景川侯夫人的娘家長嫂，私下還打趣了一句：「在門口見著神仙公子，當真是神仙一流的人物，也不怪阿鏡傾心了。」

哼，一個鹽商，李鏡的眼光也不過如此嘛！

景川侯夫人甭提多堵得慌了，生怕李鏡的親事影響到自己的兩個閨女。

李鏡卻是因及笄禮秦鳳儀陪坐末等席位的事與大哥抱怨了一回，李鏡道：「論公，我與阿鳳哥親事未定，把阿鳳哥看成家裡客人，也不該叫他去往最末等的席面去坐。論私，要真是把阿鳳哥當咱們家的姑爺，這事更是一千個不妥！」

誰家這樣怠慢姑爺的？

李釗勸道：「妳消消氣，這是父親親自定的。這個時候，妳什麼都不要說，你們的事，成與不成，就在這幾天了。」

李鏡氣道：「父親就是欺負阿鳳哥好性。」

李釗安撫妹妹，「妳先等一等，待大事定了，有了名分，以後誰敢小瞧他呢？先是把名分定下，咱們家也好替他安排個前程。」

李鏡沉默片刻，道：「父親原就不樂意我與阿鳳哥的親事，如何還會想著要給阿鳳哥安排前程呢？」

「總歸是咱們侯府的面子。」

「哥，我嫁給阿鳳哥，你們是不是覺得怪丟人的？」

李釗好笑，「妳要為我們考慮，就罷了這親事如何？」

李鏡挑眉，「休想！」她繼而道：「你也想想，阿鳳哥自到了京城，費了多少氣力，花了多少時間，才進了咱們家的門。就憑他這樣的心，我也不能辜負他。」

李釗笑，「那就是了。妳這裡肅靜些，阿鳳已是準備跟父親再提提親的事了。」

李鏡叮囑大哥：「你多為阿鳳哥說說好話才是。」

「這還用妳說？」

秦鳳儀再次正式提親，是在景川侯的書齋。

這次，翁婿二人沒有下棋。

秦鳳儀先自小廝手裡接了茶，殷勤地奉予景川侯，把小廝打發下去，秦鳳儀方道：「岳父，我有事想跟你商量。」

景川侯已是猜到了，慢調斯理地呷口茶，「你與阿鏡的親事？」

「嗯。」秦鳳儀認真又誠懇地道：「岳父，我來京城也有兩個多月了。岳父您這樣的眼力，一眼就能看穿我的內心。我對阿鏡的心，這輩子是不會改變的。岳父，您能夠將阿鏡許配給我嗎？」

景川侯道：「聽說，你把婚書都帶來了？」

秦鳳儀再提親事，自然也有所準備，忙自懷裡取出婚書，恭恭敬敬地雙手奉上。

景川侯打開看過，道：「我明白你的意思，請了方閣老與平珍做媒，一則是想要親事體面，二則也是想，你家門第尋常，有他二人做保，也可加重你的身分。」

縱景川侯點破此事，秦鳳儀也沒覺得有什麼不好意思，秦鳳儀道：「岳父，以後我一準兒上進，叫阿鏡過好日子。」

「我不接受這種求人在婚書上簽字來加持身分的女婿。」景川侯只是兩根手指在婚書上一捏，整張燙金婚書，刷一聲輕響，便化為了碎屑。

秦鳳儀眼睛盯著景川侯的兩根手指，臉色泛白，繼而雙眸泛紅，眼瞅就要化身瘋狗。

景川侯看向他，轉而道：「不過，這事不是不可以商量。」

秦鳳儀瞬間恢復理智，卻是帶了幾分怒氣，「你說如何商量？」

岳父也不叫了，想著這老東西要是當真不同意，他就拐了阿鏡妹妹私奔。

景川侯道：「不說你那個無稽之談的夢境，我家閨女自三月認識你，眼下不過七月底，滿打滿算不過四個月。我認識你，不過兩個月。第一，我不會將女兒嫁給一個我只認識兩個月的男人為妻。」

秦鳳儀急道：「這兩個月，岳父你難道就看不到我的真心？」

「真心不是看的，真心是要做出來的。」景川侯又道：「你說以後會上進，我也沒看到你如何上進。」

「我這不急著跟阿鏡的親事嗎？」秦鳳儀道。

「眼下你不必急這事了，因為我根本不會同意你們的親事。」景川侯道：「我不介意與鹽商做親家，但我介意鹽商做女婿。我的女婿不從文便從武，眼下有兩條路，你可以選。第一，明年春闈你是趕不上了，下個春闈，你要有所斬獲。第二，你也可從軍，以四年為期，你要能夠做到官居五品，不是買來的五品，是實打實的戰功。這兩樣，你做到哪一樣，我都會許婚。」

秦鳳儀傻了，他眼睛發直，聲音輕飄飄的，「這……這不是做夢嗎？」

他全不懂武功，書也念得不大通啊！

景川侯冷笑一聲，自椅中起身，居高臨下盯著秦鳳儀的眼睛，睥睨而視，「上進不是你輕飄飄地說一句上進，便是上進的。秦鳳儀，在我眼裡，以上二者，方勉強算是上進。」

話畢，景川侯拂袖而去。

秦鳳儀人生中第一個巨大的打擊並不是夢裡早死的事，那事他早忘的得差不多了。他人生中第一個巨大的打擊是，他都這樣努力了，景川侯還是不肯將阿鏡妹妹許他為妻。

這讓一直順風順水的秦鳳儀真真正正地感受到了現實的殘酷，而且，景川侯十分狡猾的是，他還沒一下子把事完全拒絕，他留下了活扣，但是，這活扣在秦鳳儀看來，跟做夢也沒什麼差別。

秦鳳儀完全是一路發飄地自景川侯的書齋飄出來的，飄出來後，也不知往那裡去，不知不覺就渾渾噩噩到了景川侯府的外花園的蓮湖畔。秦鳳儀看到已是開敗的荷花，愣愣地出了會兒神，對於絕望的現實又無助地落了會兒淚。

他這樣對湖落淚，又是這麼個相貌，邊上許多丫鬟小廝見了，皆不禁多幾分心疼。有人上來勸他，秦鳳儀一概不理。

秦鳳儀一直哭到有丫鬟過來請他去老夫人屋裡用飯，秦鳳儀也沒有去，一直在蓮湖畔孤站到夜深，方回房歇息。

李釗一回家就聽說了秦鳳儀的事，至晚飯後，侍女還說：「秦公子不知為何，站在外花園的小湖前哭了足有兩個時辰。大爺要不要去勸勸？不然，這倘是遇著什麼難事，一時想不開可如何是好？」

李釗道：「要是想不開早跳了。」不過，還是得去看看，估計是親事的事不大順利。

李釗去瞧秦鳳儀時，秦鳳儀已經回自己院裡睡下了。第二天一大早，秦鳳儀跟誰也沒跟說，也沒到李老夫人那裡吃早飯，就帶著下人騎馬出門了。傍晚有秦家的下人回府回稟，說是他家大爺在廟裡住下了，今兒就不回來了。

李老夫人知道後，心裡那叫一個擔憂，晚飯後與兒子道：「你這法子也忒狠了。別把阿鳳逼出病來，這萬一想不開出了家，人家雖是小戶人家，也只有這一個兒子，疼寵著長大，倘有個好歹，豈不都是咱家的不是？」倒不是怕秦家，只是人家孩子好意提親，你家不應便也不應，斷沒有這樣逼迫人家孩子的。

景川侯道：「娘，您莫多想，他在揚州就鬧過這麼一齣，聽說阿鏡與平家親事定了，就跑廟裡住去了。這不是頭一遭，您看他那六根不淨的樣，斷不會出家的。」

「阿鳳是個直性子，這樣的人容易鑽牛角尖。」

「要是為這麼點事就鑽牛角尖，也只好叫他鑽去了。」景川侯完全不覺得這是什麼事，倒是自老夫人屋裡出門就遇著他閨女，李鏡道：「爹，我想去看看阿鳳哥。」

「不行。」景川侯道：「妳老實在家待著，我又沒怎麼著他。」話畢，不待李鏡再說什麼，便抬腳走了。

李鏡哼一聲，過去尋她哥，讓她哥去廟裡看一看秦鳳儀，別叫他走了死胡同。

李鏡道：「父親只是想暫且再將親事放一放，看一看他是否真心是個上進的人罷了。功名和官位，也不過是劃出條道來，說真也是真的，可事情還不是人做的？阿鳳哥這人，有時十分活絡，有時又很呆。哥，你去看看他，他在京城無依無靠的，雖然有下人服侍，到底不是親人，還不得咱們多照顧他嗎？」

「這個秦鳳儀啊……」李釗嘆一回，「行了，妳別管了，我過去瞧瞧。」

「明天一大早，哥你別在家吃飯，起床你就出門，不要與父親見面。」

「怎麼，你還怕父親攔我？」

「不是怕，他定是要攔你，得在他沒想到要攔你之前把這事辦了！」李鏡再三道：「你明兒一早就過去啊！」

「知道了。」然後，景川侯倒沒有第二日不讓李釗去廟裡勸秦鳳儀，他當天晚上就打發人過來了，讓長子在家老實念書，哪裡都不許去。

李鏡早上過去祖母那裡請安，一見她哥沒出門就猜出來是她哥被攔截了，李鏡氣得早飯也沒吃多少，就逕自回房了。李鏡這出不去，李釗是景川侯不讓他出去，李鏡沒秦鳳儀的消息，心裡油煎似的，好幾天不搭理她爹。李釗勸她：「妳放心吧，我問了秦家的小廝，說阿鳳已是不住廟裡了，他現在尋了個私塾念書。」

李鏡忙問：「是哪個私塾？莫不是酈家的族學？」阿鳳哥與酈遠關係不錯。

李釗道：「我沒聽過那個名兒，是離郊外靈雲寺不遠的叫十里鋪一個縣裡的小私塾。」

「那是鄉下私塾了。」李鏡嘆道：「就是念書，也不必去小私塾，該回來跟大家一道相商，京城名師也不少。」

「看阿鳳的意思吧，要我說，升遷是軍中容易。不過，阿鳳不懂武功，想立軍功也很危險。念書的話，不論國子監還是咱們家的族學都可以。」李釗安慰妹妹，「妳看，阿鳳其實是個明白人，妳不必再擔心他了。」

李鏡哪裡能不擔心，她吩咐廚下做好飯菜，特意讓阿圓炸盤焦炸小丸子，再著秦家小廝給秦鳳儀送去，一日三餐，每天如此。景川侯倒沒禁閨女打發人給秦鳳儀送東西，便是送書信，景川侯也未多說什麼。

秦鳳儀是六天後就回了景川侯府，他先打發瓊花過去阿鏡妹妹的院裡說一聲，不叫阿鏡妹妹再擔心，便去了李老夫人的院裡。李老夫人見到秦鳳儀總算放下心，待秦鳳儀行過禮，李老夫人讓他在自己身邊坐著，拍拍他的手，「回來就好，回來就好。」

秦鳳儀見李老夫人眼神慈祥又擔心，心中一暖，道：「前些天覺得腦子不大清明，就去山裡住了些日子。想通了，我就回來了。」

李老夫人笑，「想通就好。」

秦鳳儀一向存不住事，他道：「祖母，我岳父說，到下科春闈止，我念書要念到進士。要是去軍中，得做到五品官，他就會把阿鏡許配給我的事，您知道吧？」

李老夫人見秦鳳儀一臉認真，便點了點頭，「知道。這事，其實啊，阿鏡的父親，就是想要你上進。」

「我都明白。」秦鳳儀道：「岳父是一家之主，阿鏡的親事自然是要岳父做主。岳父的話，我都記在心裡了。祖母既然也知道，我就把阿鏡託給您照顧了。」

李老夫人有些猜不透秦鳳儀的意思，問：「阿鳳，你這是要從軍嗎？」

「不是，我要回鄉念書。」秦鳳儀道：「我這六天沒閒著，聽說廟裡有教人武功，我去看了看，廟裡的師傅說，我年紀已大，筋骨已成，再習武也不會有什麼大進境。再者，我膽子小，殺雞都不成，何況是殺人？我又去私塾聽了幾日老先生講課，倒也不是很難，就是背書。我想了一下，還是念書比較容易達到岳父的要求。」

「念書在京城念也成啊，國子監裡的先生學識很不錯，便是阿欽和阿鋒，現在都是在國子監念書。你們一處，還能做個伴。」聽了秦鳳儀這六天的事，李老夫人反是欣慰，原來人家不是去出家，人家是想法子去了。只要秦鳳儀肯上進，李家哪裡有不願意幫他的，畢竟這才十六，年紀尚輕，什麼都來得及。

秦鳳儀卻是拒絕了李老夫人的提議，「我要娶阿鏡，必要叫岳父心服口服，我才不用他幫。祖母，您幫我把阿鏡妹妹照顧好就成，我心裡已有主意，國子監先生再好，我想著也不如方閣老的學問。大舅兄不是拜方閣老為師嗎？大舅兄的學問就很不錯，想來方閣老也會教人，我回家後就拜方閣老為師。」

秦鳳儀認真地道：「祖母，您可得把阿鏡妹妹替我照顧好，待我明年中了秀才，我就來京城看她。」

李老夫人笑意滿臉，「這你只管放心。要是方閣老那裡不好說話，你還是來京城，京城裡先生多。念書什麼的，不必求阿鏡她爹，我也能給你辦。」

秦鳳儀笑了笑，沒接李老夫人這話，「我想去看看阿鏡，她這幾天定是記掛我得很。」

「好，去吧。」

自從秦鳳儀住進景川侯府，兩人每每相見，秦鳳儀都是歡歡喜喜的，唯獨這次，見著媳婦就流下淚來。秦鳳儀抹著眼淚，「我還以為岳父看到我這些天的誠心，已是被我打動了，沒想到他竟是個鐵石心腸的，我好不容易弄來的婚書，也叫他兩根手指撚沒了。」

李鏡幫他拭去眼淚，勸他道：「你莫傷心，父親的話聽一聽便罷了，他不一定就是叫你考進士或者做大官。」

一聽這話，秦鳳儀眼淚刷地就收回去了，大聲道：「不就是這麼點小事！湖我都跳過，我還怕考個破進士？他的話，我非但聽了，我還當真了！阿鏡，妳放心，我非要考個狀元叫他瞧瞧，好叫他開開眼！」

秦鳳儀那嗓門，一院子的丫鬟婆子都聽見了，都覺得秦公子可真是個有志向的，唯李鏡很是憂心，又聽秦鳳儀道：「我這一回揚州，最不放心的就是妳。」

李鏡頓時臉色大變，問：「阿鳳哥，你要回揚州？」

秦鳳儀把想拜方閣老為師的話說了，「拜方閣老為師，這是其一。其二，我在京城離妳太近了，我滿心裡都是妳，一有空我就想妳。再者，我家妳也知道，我爹娘就只我這一個兒子，我要是留在京城，他們得想我想出病來。」

「讓叔叔和嬸嬸來京城，鋪子給掌櫃打理也是一樣的。做鹽課生意，要緊的是鹽引，只要鹽引在手，有忠心的管事管著，這生意就不必太擔心。」李鏡道：「再者，與其要從文，何不從武？父親在軍中頗有人脈……」

李鏡的話還沒說完，秦鳳儀就擺擺手，「就是因知道岳父軍中極有人脈，我才不去軍中呢！我不靠他，我誰都不靠，我就靠我自己！我就不信，三年有三百個進士，我難道就比那三百人笨了？我在私塾背書，也背得挺快，連私塾先生都誇我聰明。不必提岳父，那就是個老瞎子。妳先在家好生過日子，該吃吃，該喝喝，該玩妳就玩，我回去就找方閣老學念書，明年中了秀才便來看妳。」

秦鳳儀話到最後，簡直自信爆棚，那口氣，彷彿狀元已是他囊中之物。

秦鳳儀並不擔心狀元啥的，他是擔心他媳婦，秦鳳儀道：「阿鏡，我要給妳寫信，妳可得多回我些字。咱們雖不在一處，妳也得記著，我心裡牽掛著妳，妳可不許變心啊！」

「胡說八道，我看會變心的是你吧？小秀兒和什麼選花魁的事，再不准有，知道不？」

「妳放心好了，那都是我遇到妳之前的事了，我早改了。」

李鏡哼一聲，「你來了京城，花樓的什麼施施姑娘、玉環姑娘的，沒給你遞過帖子？」

「咦？」秦鳳儀瞪大眼，「阿鏡，妳怎麼曉得？」

「我都曉得。」

秦鳳儀連忙道：「這可不是我的錯，她們打發人給我送帖子，我還說呢，那什麼西施、玉環的，不是死好多年了，怎麼又活了？後來才曉得，人家是花名。」

李鏡聽秦鳳儀這話直笑，秦鳳儀道：「我根本就沒去。」

「要不是知道你沒去，這事能這麼算了的？」

「哎喲，一個多月前的事了，妳要是不提，我都忘了。」秦鳳儀是給點陽光就燦爛的類型，他愛極了李鏡吃醋時的那副厲害模樣，笑嘻嘻地道：「知道妳相公多美貌了吧？多少人惦記我啊！不過，我瞧不上她們，她們連妳的頭髮絲都比不上！」

秦鳳儀說起甜言蜜語，那簡直是不要錢似的往外倒，聽得李鏡更捨不得他了。

李鏡道：「明年便是中不了秀才，你也來一趟。」

「不准烏鴉嘴，妳相公的才幹，秀才算什麼，我可是要考狀元的男人！」秦鳳儀握住了她的手，「放心，明年我一準兒過來。」

李鏡笑，「好，我曉得了。」

秦鳳儀要回鄉的事，當天便同李家說了。

景川侯知道後也沒說什麼，反正秦鳳儀沒本事前，是甭想娶他閨女的。

李老夫人讓景川侯夫人準備一份豐厚的回禮，與景川侯夫人道：「咱們京城的土物，給阿鳳預備一些。我前兒得的宮裡賞的緞子，江南絲綢最有名氣，不過，這是宮裡的東西，貴在體面，一會兒我叫錦秀找出來，妳一併添上。其他的東西，妳看著置辦。」

景川侯夫人笑應了，想著還是侯爺有智謀，管叫這小子再不敢提娶侯府貴女之事。待這小子一走，趕緊叫侯爺給李鏡說一門體面親事，把李鏡嫁了，這事也便了了。

卻是不想，秦鳳儀還真有秦鳳儀的本事。

秦鳳儀是打算回鄉念書，但他不能就這麼回去，他十分有本事地請了酈悠與戶部程尚書到了侯府，當著酈悠與程尚書的面，再次與景川侯確認了約定。

秦鳳儀道：「下科春闈我必高中，只是我回鄉念書，這四年岳父大人不可再為阿鏡另相看親事，我這要求不過分吧？不然，岳父便是哄我，誆我回鄉，調虎離山，另有打算。」

酈悠與程尚書饒是一個是公府出身，一個是當朝大員，也是頭一遭見這等新鮮事。

原本秦鳳儀說了，他倆還不大信，但看景川侯這臉色，沒準兒這事還是真的。

景川侯未計較秦鳳儀話中的無禮，景川侯就兩個字：「可以。」

秦鳳儀對著景川侯一揖，又與酈程二人行過禮，道：「酈叔叔和程叔叔都是我的長輩，今日有你二位見證，鳳儀就放心回鄉念書了。」

然後，秦鳳儀還先小人後君子地向景川侯賠了個不是，「岳父一諾千金，我自是信得過的。只是，這關乎我和阿鏡的終身，我反是患得患失。岳父，您能理解我的吧？」

「不理解。」

「不理解我也做完了。」秦鳳儀對景川侯也頗是不滿，哼了一聲，「你就等著吧，以後別人都不叫你景川侯了，等我中了狀元，人家都會喊你，哎喲，狀元他岳父、狀元他老丈人什麼的。」

景川侯覺得，實在不能與這等神經病多交談。酈悠、程尚書已是忍俊不禁，景川侯為避免再丟臉，起身相請，「我備了酒宴，有三十年的紹興黃，二位嘗嘗。」

酈悠笑道：「那可得好生吃兩杯。」

程尚書一併去了。

秦鳳儀耳朵頗靈，聽得這話，喊道：「酈叔叔，這算什麼好酒？我一出生，我爹就在我家院裡的桂花樹下埋了幾十罈好酒。等我中了狀元，你與程叔叔便都來喝我的狀元紅！」

酈悠大笑，「好啊！」

秦鳳儀能請動程尚書，還是讓景川侯府有些意外的。

其實秦鳳儀到程家時，程尚書還打趣了一句：「我以為神仙公子不登我家的門呢！」

秦鳳儀施一禮，先獻上禮物，道：「我來京城前，我爹與我說起過程叔叔。我這些在京城的事，程叔叔肯定聽說了。說來十分丟臉，我開始是急著提親的事，結果淨碰壁了。外頭人也多笑我，其實我一早就想過來，可後來聽阿遠哥，就是酈公府世子家的酈遠，他說我岳父先時在軍中主持過斥候一類的事。我岳父那人很是厲害，程叔叔是我最後的倚靠，我生怕露出來給岳父知道。那時，他可是看我一千個不順眼。」

程尚書笑道：「我聽說你已是搬到景川侯府去了，景川侯府大姑娘的及笄禮，你還幫著招呼客人。想來，你這親事也近了。」

秦家曾與他有恩，秦鳳儀眼下又是京城知名人物，別看秦鳳儀沒上門，程尚書也挺關心他這事，亦盼他能得到這樁極好的親事。

秦鳳儀臉色微黯，「我原也這樣想，只是岳父愛女心切，依舊不肯答應。」當下把景川侯開的兩個條件說了。別看秦鳳儀生得好，便是京城的女娘們，也對他美貌很是推崇，但秦鳳儀這相貌，一看便是個不大會念書的，再看他這一雙美玉般的手，更不似會武功的。

饒是程尚書也不禁道：「景川侯這事，可是不易。」問秦鳳儀：「你打算怎麼做？要是需要我幫忙，只管說就是。」

「倘是別個事，不論我爹還是程叔叔你，都能幫我。唯獨這事，得靠我自己。」便把來意說了，秦鳳儀道：「我準備回鄉念書，但岳父說的兩個條件，我想請您和酈悠酈叔叔來做個見證，不然我前腳走了，他後腳把阿鏡給嫁了，我哭都找不著地方。」

程尚書笑道：「這個你且放心，我雖與景川侯府來往不多，但是景川侯一向重諾，他的話，不會反悔的。」

秦鳳儀道：「這也不是我不信岳父，程叔叔您不曉得，阿鏡家現在是後娘當家。她那後娘很是看不上我，我想把事做在明處，也算我小人之心吧，反正我年紀不大，小就小。」

程尚書有心糾正，此「小人」不是彼「小人」。唉，就秦鳳儀這種文化水準，還打算要考春闈，程尚書非常憂心。不過，景川侯定下四年為期，四年後，他那閨女也十九了。這樣的老閨女，只要一意癡情阿鳳，怕李家也只有把閨女嫁給阿鳳了。

這麼想著，程尚書一口應下此事，「成，我便與你做個見證！」

秦鳳儀歡天喜地謝過程尚書，程尚書留他在家吃飯。程夫人還是程尚書原本鄉下娶的元配，為人很賢慧，兩人膝下一子，年歲較秦鳳儀小兩歲，是個極斯文的少年。

程夫人待秦鳳儀很親近，笑道：「你程叔叔兩個月前就念叨你，有一回在外頭見著你，回來還與我說你如何俊來著，你可是比他說的更俊。」

秦鳳儀慚愧道：「原早該過來向叔叔嬸嬸請安的。」

「你這也是有緣故的嘛！」程尚書笑道：「我頭一回見你是在兵部衙門口，那天過去瞧你的那些女娘們把道路堵得水洩不通，落衙大家都要回家，結果路堵死了，誰都走不了。滿街的女娘，又不能派兵驅散，你指揮著，那些女娘們才讓出路來。你不曉得，那回的事，景川侯可是受了禮部尚書和左都御史好幾遭的埋怨，讓他管一管自家女婿。景川侯那些天，臉黑得跟什麼似的。」

秦鳳儀笑，「我岳父那人就那樣，成天黑著個臉。其實他心地不錯，就是愛嚇唬人。先時我還挺怕他的，後來就不怕了。他棋下得極好，我與他下棋從沒贏過。」

「豈止是極好？景川侯的棋力，闔京城都有名的。」程尚書笑道：「他能與你下棋，可見心裡還是喜歡你的。」又道：「一會兒吃完飯，咱們爺倆下一盤。」

請過程尚書後，秦鳳儀又親自去請了酈悠，他是先到酈老夫人屋裡請安的，酈老夫人又一向喜歡他。自秦鳳儀搬到景川侯府後，在這「一向喜歡」裡便更加多了幾分格外喜歡，問秦鳳儀過來可是尋酈三叔有事，秦鳳儀便照實說了。

秦鳳儀道：「眼下我要回鄉念書，先準備明年的秀才試。我與岳父即立此盟約，還需要有人見證。我在京城認識的人有限，想著，請酈三叔幫我做個見證。」

酈家雖有些吃驚，但想想眼下秦鳳儀的身分，景川侯府一向高傲，定下讓秦鳳儀先有功名再許親的約定，倒也正常，酈老夫人就替酈悠應下了。

之後，便有了程尚書與酈悠的景川侯府之行。

秦鳳儀將此事辦妥，便真正準備回鄉事宜了。

景川侯府幫他定的大船，讓他與南下運軍糧的大船一塊走，路上安全。秦鳳儀捨不得阿鏡妹妹，臨走前哭了好幾場。李鏡本不是個愛流淚的，被他鬧得也傷感起來。

李釗看他倆這樣，覺得好笑，「眼下已進八月，明年轉眼就到，不就能見著了？」

秦鳳儀寫了整整半箱的信給李鏡，拉著阿鏡妹妹的手道：「我這一走，明年才能過來。這些信是我連夜寫的。阿鏡，妳慢慢看，待我回了揚州就給妳寫信。咱們人雖不在一處，心卻是在一起的。」

李鏡把打好結的鴛鴦佩中的鴦佩悄悄塞給了阿鳳哥，秦鳳儀走前，還擺酒請了一回自己在京城認識的朋友們。如此，方乘船南下，就此回了揚州城。

李鏡在碼頭矗立良久，李釗道：「咱們回吧。」

李鏡嘆道：「以往只覺得與阿鳳哥在一處，每天都是開開心心的。今日他剛走，我這心裡便牽掛起來。真是古人說的，相思無限極了。」

大船已然遠去，那船上一直朝她揮手的人再也望不見了。

李鏡望著一時滾滾而去的秋水，與兄長登車回府。

秦鳳儀不愧是屬牛的，認真起來，當真是個牛性子。他傷感了些時候，便讓瓊花尋出書來，開始背書。這些個聖人說的之乎者也，沒勁得要命，秦鳳儀也不大明白這些話裡的意思，但他心思純粹，做事專心，背起書來竟是飛快。

這船上多是些軍爺。

原本以為秦鳳儀是官宦家的小公子，結果一大早就聽他在甲板大聲朗讀，搖頭晃腦地背書，而且，秦鳳儀不是一天這樣，他每天這樣，上午背了下午背，吃過晚飯，還要在自己艙室裡背。孫漁擔心船上的軍爺怕吵，上下打點了一回，有人問起來，孫漁便道：「我家大爺是準備明年的秀才試，眼瞅這已是八月，故而要多用功。」

有人便道：「看小公子年紀尚小。」

「十六了，明年十七。」

這些當兵的，多是不識字的，便是有識字的，那學識也比秦鳳儀強不到哪兒去，一聽秦鳳儀不過十六就要考秀才，皆道：「您家小公子可真有本事。」

再問來歷，出身鹽商之家，出身不高，不過聽說是景川侯府的女婿，諸多不明就理的，竟把秦鳳儀看做那等才幹非凡，令侯府千金下嫁的絕代人物。也有消息靈通，聽說過神仙公子名號的，此時便反應過來，道：「您家公子就是京城有名的神仙公子吧？」

呵，這可有八卦話題了！

孫管事每天就陪著這些軍爺們替他家大爺吹牛，秦鳳儀一路專心背書，半個月都沒有一日閒下的，每天不聞外務，就是背書。待到了揚州碼頭，秦鳳儀已是將四書背得滾瓜爛熟。

秦鳳儀一下碼頭，見到的不是自家管事，而是自家爹娘。他這一走兩個多月，秦老爺和秦太太早盼兒子盼得望眼欲穿，如今已是按捺不住對兒子的思念，親自來接人了。

儘管秦鳳儀在京城，與父母也沒斷了通信，但此時父母和兒子三人一見面，皆是紅了眼圈。見到兒子，秦老爺和秦太太是喜出了眼淚。秦鳳儀也高興，先時在帝都淨受那魔王岳父的折磨，秦鳳儀一見他爹他娘，頓時覺得世上還是爹娘好啊！

一家子高高興興回了家，秦太太先心疼了兒子一回，摸著兒子的臉說兒子瘦了，命丫鬟端來燕窩粥給兒子滋補。秦老爺笑道：「瘦了些，也長高了。」又問兒子：「先時看你信上說的，這後來是搬到侯府去住了，事情如何？成了沒？」

秦鳳儀拍拍胸脯，一臉的自信，「自然是成啦！」

秦老爺和秦太太皆是大喜，秦太太連忙道：「聘禮我已都是備好了的，那這就去租船，咱們去京城下聘？」

秦老爺便要打發人去租船，又與妻子道：「先不要急，把兩個孩子的八字拿去棲靈寺投幾個吉日，咱們一併帶去京城，好叫侯府挑選。」

秦太太笑稱是。

秦鳳儀忙道：「爹、娘，你們倒是聽我把話說完啊！」話還沒說完呢，看爹娘急的！

「岳父允是允了，只是有條件。」

「什麼條件？」

「岳父說了，我得下科春闈中了進士，才能娶阿鏡妹妹。」秦鳳儀見他爹他娘震驚得以致於說不出話，四隻眼睛齊齊望著他，就差老淚縱橫了。秦鳳儀大手一揮，道：「我與岳父說好了，進士算什麼？下科春闈我一準兒考個狀元，好叫他知道小爺的本事！」

秦鳳儀這話再一說，秦太太的眼淚是真的下來了。

秦太太拉著兒子哭，「我的兒，你上了人家的鬼當啦！」不要說進士狀元，兒子哪怕能考個秀才出來，都是他們老秦家祖上燒高香啊！她家兒子，這完全是給景川侯府拿巧話給騙了啊！

秦老爺和秦太太都是久經世故之人，兩家結親，女方有些條件倒也正常，但如景川侯府開出的這條件：他兒子考中進士才肯許婚。秦太太第一反應就是，兒子被景川侯府騙了！景川侯府這是把自家兒子打發回揚州，轉頭就得給李姑娘別許親事。

其實不只秦太太這樣想，就是秦老爺也用一種極憐惜的目光看著自家被騙的寶貝兒子，心裡想著，兒子還是年紀太輕，就這樣被人家給糊弄了。

不過，在聽秦鳳儀將整個事情講完，夫妻二人忽地重打起精神，尤其景川侯府劃下了道來，兒子請了酈公府的大人和程尚書做見證，把這事坐實了。

秦太太轉悲為喜，笑道：「我的兒果然有智謀，原我還以為景川侯府是推脫，既有公府老爺和尚書大人為見證，先不說狀元的事，起碼景川侯府答應這四年內不給李大姑娘議親，這就是誠意。」

秦老爺不愧是程尚書的朋友，心下已是與程尚書想到一處去了，想著，四年之後李姑娘老大不小，只要兩個孩子的情分不變，這親事還是有極大可能的。而且，秦老爺一人能支起這麼大個家業，自有其見識。

秦老爺說：「阿鳳啊，你也別抱怨人家侯府立下四年之約，不說別個，咱們家是知道你的好的，可擱人家侯府，人家先時都不認得你，更不了解你的為人。人家閨女這樣寶貝，自然要多看一看。這四年之約，侯府也是想看看你的為人，看看你與李姑娘的情義。倘你們四年情義不變，侯府也看到了你的真心，如何會不允婚呢？」

雖然秦老爺盼著兒子能夠早些傳宗接代，但如果是迎娶侯府貴女，便是晚上幾年，秦老爺也是願意的。

「我大舅兄也與我這樣說，要不是看在岳父也是為阿鏡好的面子上，哼，我早就偷偷把阿鏡拐回來了。」秦鳳儀呼嚕喝完一碗燕窩粥，把空碗遞給丫鬟，「娘，我還餓。」

秦太太大為心疼，一迭聲叫丫鬟再端碗燕窩粥來，不忘糾正兒子的錯誤婚嫁觀念，「咱們結親是要正兒八經的，三媒六娉，這樣才不委屈李姑娘，你可不許行那邪招。」

怎麼還要拐人咋地？這可不是正路。

秦鳳儀道：「娘，您不知道，當時岳父說，或者考進士，或者去軍中搏前程。我岳父那人特別厲害，我想著，我正式提親，岳父可能會訓誡我兩句，再沒想過他提出這樣的要求，我當時就傻了。想了一晚，真有心偷偷帶著阿鏡回揚州，可要是我岳父不是什麼好鳥，我帶阿鏡回來也說得過去，偏生他是為了阿鏡好，我就不好這麼做了。您說把我愁得，我去山上看和尚們練武，原想著練得絕世武功，好叫岳父大吃一驚，結果人家和尚說我年歲大了，現在練武也沒啥大成就。再者，要是在軍中花銀子打點個官職，倒也容易，不過，我岳父在兵部做官，他說了，不能是銀子打點出來的官職。我去軍中一點鬼都做不得，我又不愛跟人打仗。沒法子，我就找了個私塾，聽了幾日酸生講課。唉，雖然聽不大懂，但我以前也念過書的。這念書沒啥，不就是背嗎？背書又不難，回來的路上，四書我都背得滾瓜爛熟了。狀元不是什麼難事，你們就放心吧。爹，從明兒起我得專心念書，準備明年考秀才的事，我以後不跟您去鋪子了。」

秦老爺見兒子果真要奮起，連聲道：「不去了不去了，你只管在家裡念書就好！」

秦太太與丈夫道：「要不要給阿鳳請兩個先生？」

秦老爺道：「這是自然，咱們家出大價錢，一準兒給咱們阿鳳請個好的。」

「不用，市面上那些不成，我已經找好先生了。」

秦太太忙問：「是哪家的先生，我這就預備拜師禮，咱們可不能虧了人家。」

「方閣老學問就很好啊！」

秦家夫妻想，自家兒子的眼力果然是不錯的。

娶媳婦，相中了侯府千金。這拜師，又相中了致仕的閣老。

只是，兒子誒，咱們家平日裡給閣老家送禮還得看人家收不收，人家可是會願意給你做先生不？

秦老爺心活，問：「兒子，這是誰指點的你？」以為是侯府給兒子指的明道。

「他們誰有這麼好的主意啊？是我自己想的。」秦鳳儀一派得意，「我這主意，阿鏡妹妹都沒想到。那邊的老太太、大舅兄，還有阿鏡，都說讓我留在京城念書，叫我去國子監，說國子監裡的先生們好。我沒答應，我要是在京城念書，你們不得想我想出相思病來啊。再者說了，去國子監也是要靠侯府的人脈，我不願意。你們不曉得，我岳父那人是勢利眼，只喜歡有本事的人，你要本事略差一點，正眼都不帶瞧你的。我要是在京城，難免總要求到侯府。就是他家老太太、我大舅兄、阿鏡不說什麼，我這跟吃軟飯有什麼差別啊？再者說，咱們江南有的是有學問的人，趙胖子也是翰林出身，方閣老以前還做過大官，也是我大舅兄的先生，我幹嘛不拜方閣老為師？」

秦太太雖有些跟不上兒子的思路，不過，兒子的事，秦太太只有支持的，她道：「咱們家自然願意你能拜到閣老門下，哎，閣老是喜歡紫砂，讓你爹去淘換個好的，投其所好。只要閣老大人高興了，想來能收下我兒。」

秦太太對於兒子也是極有信心的。

秦鳳儀琢磨這事並非一日，他心裡早想了好幾個法子，秦鳳儀道：「爹，您著人買個上好的紫砂壺準備著。明兒我先去閣老府上說說話，問一問這事。這事開始怕是不容易，不過我已經有法子了。」

秦太太連忙問：「我兒有什麼法子，說出來也叫我跟你爹聽聽，看能不能幫上忙？」

「先買個好壺就成了，別個全得靠我自個兒了。」秦鳳儀道：「這回在京城，我長了不少見識。以往我都覺得憑我的相貌，誰能不喜歡我啊？結果，岳父就是我人生最大的攔路虎啊，他開始都不正眼看我。我還見到了不少有本事的人，像我大舅兄就不說了，還有酈公府的阿遠哥，他與我大舅兄年紀相仿，現在也是舉人了，準備明年考進士呢！原本我以為他們這些公府侯門的公子哥，富貴榮華都有了，還用上進幹嘛？結果，比誰都要努力！唉，我也得開始上進了，男人還是不能全靠臉。雖然我生得好，可要我現在就是狀元的功名，岳父估計早把阿鏡許給我了。」

秦鳳儀又暢想了一回中狀元的事，自己嘻嘻地笑了幾聲。

秦家夫妻看兒子一臉傻笑，儘管他們現在仍覺得考狀元這事跟發夢也差不到哪兒去。不過，兒子正在上進的興頭，可不能打擊兒子的自信。

秦鳳儀感慨了回自己在京城的經歷，秦太太和秦老爺有不明白的，還細細問了一回，譬如酈公府那是個啥公府啊，秦鳳儀就大致與父母說了說，然後喝了三碗的燕窩粥，肚子飽飽的，就回自己屋裡繼續用功背書去了。

秦太太與丈夫道：「別說，咱們阿鳳這回還真是長了不少本領。」

像這種搭上公府的本事，便是秦老爺親去，怕也沒有兒子這樣順利。

秦老爺頷首，亦有說不出的欣慰，「這幾個月，我沒一天不記掛兒子的。他說自己去京城，原也是想他歷練一二。妳看咱兒子，以前在家看不出來，這一出門就顯出本事來了。」

這位也是認為兒子優秀出眾的親爹之一。

「什麼在以前在家看不出來？」秦太太對這話不滿，「咱們阿鳳先不說這有一無二的相貌，就是交際上，咱們阿鳳自小就會交朋友。先時方閣老沒回鄉的時候，咱們揚州趙才子最有名，趙才子就與咱們阿鳳很好。」

秦老爺想想，笑道：「也是，這孩子就有那麼股叫人喜歡的勁兒。」

夫妻二人又把兒子誇了一回，聽下人回稟說孫管事押著自京城帶回的東西回府了，秦老爺連忙把孫管事叫進來。孫管事先是遞上禮單，除了秦鳳儀在京城採買的東西，就是侯府的回禮了。秦太太先看侯府回禮，頗是不輕啊。

秦太太遞給丈夫看，秦老爺瞧了一回，只看這回禮也知道，人家侯府對他家這樁親事的確是慎重考慮中了。雖則沒能把親事定下來，但有這樣的進展，也頗是不易了。

秦老爺問孫管事：「阿鳳沒說幾句話就去念書了，眼下這是大事，不能擾了他。你與我說一說，在京城這兩個月是如何過的？」

孫管事便說了起來，其間如何跌宕起伏暫且不提，便是自他家大爺初到京城受的那些冷待，孫管事說著自己都心疼，更不必提秦太太，光聽孫管事說初到京城的事，就哭了兩場。

孫管事連忙道：「不過，咱們家大爺那真是不尋常人。倘是別家少年，遇到了這樣的冷待，四處碰壁，那還不得六神無主？咱們家大爺就特有主意，侯府不讓咱們進，大爺轉眼就攀上了酈公府的關係。我跟攬月他們都是在外頭，二門外也不曉得大爺在公府裡如何說話行事，但我想著，便是等閒官宦門第，也不是容易打交道，何況公府？可大爺不一樣，大爺頭一回去酈公府，就得了公府裡老太太、太太和奶奶們的見面禮，體面得不得了。就是咱們做下人的，也跟著臉上有光。還有淮商會館的人，見著大爺這般本領，私下找我打聽來著。我心說這本事哪裡是人教的，我看也沒人教過大爺，可大爺就是有那麼種氣度。別個去公府巴結的人，都是點頭哈腰的，就是門房也瞧他們不上。咱們家大爺不一樣，那一身的氣派，便是我們這些做下人的也跟著沾光。跟著大爺去公府，大爺在裡頭吃飯，我們在外頭也是有飯吃，每人兩菜一湯，並不叫餓著肚子。咱們家大爺對李姑娘真是心實啊，開始進不得侯府，託了酈公府的遠二爺送信，結果還被景川侯府把信截下了。大爺就整天到兵部衙門，向景川侯請安問好送飯送菜，足送了一個多月，半個京城的人都曉得大爺是如何的癡心了。大爺生生地用這份癡心感動了景川侯，要不說，精誠所至，金石為開。就大爺的誠心誠意，便是鐵石心腸也得動容。景川侯就讓大爺先到府裡向他家老太太、太太請安，我們服侍大爺過去。大爺的人品、相貌和行事，在國公府都吃得開的，這一到侯府，果然侯府老太太喜歡大爺喜歡得緊，沒過幾天，就叫大爺搬到侯府去住了。」

待孫漁把事情大致說了一遍，已是後半晌要吃晚飯的時候了。

秦老爺和秦太太的眼圈都是紅的，兒子實在是太不容易了。不過，秦老爺到底是一家之主，先賞了孫管事，連帶著同兒子出門的小廝侍衛丫鬟都有賞，還一人給了他們三日的假，讓他們都回家歇一歇。

秦太太拭淚道：「咱們阿鳳自小到大哪裡吃過這樣的苦，受過這許多的委屈？」

秦老爺自己的眼圈也是濕了，不過，他正色道：「家裡就阿鳳一個，不經此歷練如何有這般長進？先時咱們哄著勸著，他也不肯念書，妳看他現在多上進？妳莫作婦人之態，更不准在他面前露出心疼來。念書只管叫他念去，倘真有一二運道，我就給景川侯立長生牌。」

都虧這位侯爺啊，他家兒子要開竅上進啦！

（未完待續）

漾小說 197

龍闕❶

國家圖書館出版品預行編目資料

龍闕/ 石頭與水著. -- 初版. -- 臺北市 :
晴空, 城邦文化出版 : 家庭傳媒城邦分公司發行,
2018.07
冊；　公分. --（漾小說 ; 197）
ISBN 978-986-96370-4-6（第1冊：平裝）

857.7　　107008853

原著書名：《龙阙》，由北京晋江原創網絡科技有限公司授權出版。

城邦讀書花園
www.cite.com.tw

作　　者　石頭與水
封面繪圖　畫　措
責任編輯　施雅棠
國際版權　吳玲瑋　蔡傳宜
行　　銷　艾青荷　蘇莞婷　黃家瑜
業　　務　李再星　陳玫潾　陳美燕
編輯總監　劉麗真
總 經 理　陳逸瑛
發 行 人　涂玉雲
出　　版　晴空
城邦文化事業股份有限公司
104台北市中山區民生東路二段141號5樓
電話：（886）2-2500-7696　傳真：（886）2-2500-1967
發　　行　英屬蓋曼群島商家庭傳媒股份有限公司城邦分公司
104台北市中山區民生東路二段141號2樓
客服服務專線：（886）2-25007718；25007719
24小時傳真專線：（886）2-25001990；25001991
服務時間：週一至週五上午09:00~12:00；下午13:00~17:00
劃撥帳號：19863813；戶名：書虫股份有限公司
讀者服務信箱：service@readingclub.com.tw
晴空部落格　http://blog.yam.com/readsky
香港發行所　城邦（香港）出版集團有限公司
香港灣仔駱克道193號東超商業中心1樓
電話：852-25086231　傳真：852-25789337
E-mail：hkcite@biznetvigator.com
馬新發行所　城邦（馬新）出版集團【Cite (M) Sdn Bhd】
41, Jalan Radin Anum, Bandar Baru Sri Petaling,
57000 Kuala Lumpur, Malaysia.
電話：(603) 9057-8822　傳真：(603) 9057-6622
Email：cite@cite.com.my
美術設計　洸譜創意設計股份有限公司
印　　刷　沐春行銷創意有限公司
初版一刷　2018年07月05日
定　　價　320元
I S B N　978-986-96370-4-6